U0895135

魅丽文化
心晴坊

阅读越美丽

开卷好心情

甲虫花花　著

江苏凤凰文艺出版社
JIANGSU PHOENIX LITERATURE AND ART PUBLISHING

图书在版编目（CIP）数据

当尘沙洗净时 / 甲虫花花著. -- 南京：江苏凤凰文艺出版社，2022.7
ISBN 978-7-5594-6311-1

Ⅰ. ①当… Ⅱ. ①甲… Ⅲ. ①长篇小说－中国－当代 Ⅳ. ①I247.5

中国版本图书馆 CIP 数据核字 (2021) 第 195243 号

当尘沙洗净时

甲虫花花 著

责任编辑　张　倩
出版统筹　曾英姿
选题策划　王　洁
特约编辑　石　颖　王　洁
插画绘制　柠檬漫游　木路吉
封面设计　白砚川
出版发行　江苏凤凰文艺出版社
　　　　　南京市中央路 165 号，邮编：210009
网　　址　http://www.jswenyi.com
印　　刷　湖南凌宇纸品有限公司
开　　本　880mm × 1230mm　1/32
印　　张　11
字　　数　343 千字
版　　次　2022 年 7 月第 1 版
印　　次　2022 年 7 月第 1 次印刷
书　　号　ISBN 978-7-5594-6311-1
定　　价　48.60 元

目录

001 · 第一章　真假翡翠白菜
012 · 第二章　人玉之缘
037 · 第三章　赌石启动金
069 · 第四章　办公室暧昧
094 · 第五章　骗人的绿色
113 · 第六章　赌石比赛
128 · 第七章　远赴缅甸
153 · 第八章　你想怎么赌?
174 · 第九章　价值连城的石头

C O N T E N T S

目录

197 · 第 十 章　翡翠店铺

215 · 第十一章　极品帝王绿

230 · 第十二章　金麒麟俱乐部

259 · 第十三章　矿达生日宴

284 · 第十四章　尘封的往事

295 · 第十五章　赌石初心

312 · 第十六章　女娲矿赌局

330 · 第十七章　最美的翡翠

339 · 番　　外

C O N T E N T S

第一章

▷▷ 真假翡翠白菜

早上六点钟，林嘉禾起床了。

她迷糊着洗完了澡，举起吹风机“呜呜呜”地吹干头发，才彻底清醒过来。

化好全妆，换好衣服，林嘉禾把卧室窗帘拉开，外面阳光灿烂。她坐回床头，捧起首饰盒放在膝盖上。

这才是今天的重头戏。

林嘉禾从盒子里小心翼翼地拎出一对翡翠耳饰。

鲜艳的绿色水滴形耳坠，质地细，水头足，颜色难得浓郁、均匀。

戴到耳朵上，林嘉禾站在镜前左右照了照，两滴浓绿微微摇晃，衬得皮肤莹白。高翠格外抬人，整个人气质一下子起来了，只是佩戴要小心点，录完今天的节目她还要还回公司。

林嘉禾多看了两眼，才从镜子前移开目光。

整理好东西，林嘉禾钩上包下了楼。车就停在楼下车位上，林嘉禾坐进去，把包扔在副驾驶座上，朝地方电视台开了过去。

她今天要参加《民间宝鉴》的节目录制。

《民间宝鉴》是一档为民间收藏者鉴定艺术品的节目，分了书画、陶瓷、玉器珠宝等多个专题。她今天代表公司来参加玉器珠宝专场。

林嘉禾事先并没准备太多。公司的邢姐跟她说这节目大半有台本，到了现场节目组会安排好的，她只需好好收拾一下，出个镜就可以了。

节目通告九点开始。林嘉禾八点半赶到了现场。她在电视台门口简单登记，领了自己的身份牌，走进录影棚里。

工作人员很快引导她在指定座位坐下。林嘉禾探身看了一下，自己前面的桌子上有两个按钮，分别标着“真”和“假”，还立着一个 14 号牌子——华光彩玉有限公司，代表人林嘉禾。

她又朝前方望去，几个工作人员正在布置舞台，一个面孔熟悉的主持人从台下匆匆而过，走入后台。

林嘉禾之前没到过节目现场，新鲜了几分钟，很快就适应了。

她靠在椅子靠背上，把手机拿了出来。

到了九点，工作人员站上舞台，示意大家安静。林嘉禾把手机调成静音，认真听他介绍节目规则。

节目现场除了观众，还坐着十五位公司代表和三位专家。每轮会有一名嘉宾带着自己的藏品上场，嘉宾首先介绍一下藏品的故事，然后大屏幕会详细展示藏品细节。

接下来，主持人会请观众席的公司代表按动按钮，判断这件藏品的真假。

最后，再由三位专家给出专业评断。

林嘉禾以前在电视上看过鉴宝节目，大概流程都是如此，不自觉地点了下头，心情放松了一些。

工作人员介绍完毕，安排大家试了试面前的按钮，然后调好灯光、音乐，主持人便从后台走了出来。

主持人念了几句开场白后，开始一一介绍三位专家老师。前两位都是鉴宝节目的常驻专家了，名字都十分耳熟。介绍到第三位时，主持人声音高昂地说："接下来，是本场节目特别邀请到的知名翡翠专家——颜威老师！"

林嘉禾的眼皮一下子抬了起来。

"他是一位成功的商人，也是一位资深的翡翠学者。多年来，颜威老师亲赴缅甸矿区实地考察，参与了数百场翡翠原石拍卖会，为翡翠行业的发展、翡翠鉴定标准的规范都做出了卓越的贡献……"

大屏幕上实时显示出了三位专家老师的照片。前两位专家都是慈眉善目的大头照，只有颜威，是一张半身照。他站在深色办公桌旁边，一手按着桌面，一手捧着一本书。光线在他的半张侧脸上投下阴影，他朝镜头直直望过来。

林嘉禾看着大屏幕，一时心绪激动。

她确信现场大部分人不认识颜威，他不是一个名人，甚至网上的信息都少之又少。林嘉禾之所以知道他，是因为她专门查过他的资料。

大约十年前，林嘉禾还在上初中。那时候，邢姐刚刚成立公司，林嘉禾天生对翡翠珠宝感兴趣，放学后常跑去凑热闹。在那里，她慢慢了解了翡翠行业，学到了丰富的玉石知识，也知道了赌石[1]这个行当。

1　赌石是一种翡翠原石交易方式，也是一种具有较高风险的投资方式，指翡翠在开采出来时，有一层风化皮包裹着，无法知道其内的好坏，须切割后才能知道翡翠的质量。

公司订了许多业内杂志，林嘉禾无聊时便坐在窗台上翻阅，有一天，她无意翻到了一篇新闻，标题是“史上最年轻的赌石之王”。

林嘉禾在那一页停留了很久。其实新闻内容很简单，在一场大型盲赌公盘上，一位年轻人以少量资金接连赌涨，三天时间，他的身家已经飙到了天际。年轻人很低调，在记者的接连采访下，只是透露自己下一步打算开公司，然后就匆匆离去了。

关于赌石一夜暴富的新闻不算少，这也正是这个行当的魅力所在。

令林嘉禾印象深刻的并不是他的传奇故事，而是他的照片。新闻下方，配了一张记者抓拍的照片——

年轻人回头，对镜头做出拒绝的手势，一只手恰好抬起，手腕上戴了一只翡翠手表。

他身上仿佛有种独特的气场，被相机整体定格住，然后突破纸面成形了。

林嘉禾的目光被吸在上面，久久移不开。

那本杂志是彩页的，纸张光滑厚实。光线把他的照片映得熠熠反光。

林嘉禾第一次清晰地感受到了玉石之美，一抹翠绿竟可以和一个男人如此相衬。怪不得，古诗词常以玉来比喻君子。

那一眼惊艳带给林嘉禾的震撼是很大的，她悄悄把那页杂志撕下来，夹进了笔记本里。

他的名字，颜威，也印在了她的记忆里。

她曾几次在浏览器里输入他的名字查询，早期还能搜到几条相关新闻。后来，那些新闻都被抹去了，最后只剩一条百科——颜威，知名翡翠专家。

连照片也没有，其他信息更是全无。

这十年间……

林嘉禾走神片刻，等她反应过来，主持人已经开始介绍各位公司代表了。

第十二位公司代表的镜头出现在了大屏幕上，而林嘉禾是第十四位，赶紧坐正了。

很快镜头打过来，林嘉禾简短地介绍了公司和姓名，然后微笑着点头。镜头顺利移过去了，林嘉禾才松了口气。

铺陈过后，第一位嘉宾带着藏品上场了。

主持人和嘉宾介绍藏品故事的时候，林嘉禾不自觉地望向专家坐席。

三个深色皮座椅，装饰成宝座的模样。她的这个位置很偏，正好对着椅背，连专家的一根头发丝也瞧不见。

林嘉禾叹了口气，收回目光，认真看向大屏幕。第一件藏品是一枚翡翠蛋面花型戒指，戒托周围嵌了一圈小钻。当中一块圆玉呈豆绿色，种水一般，不过质地很幼，整体造型还是很年轻精巧的。

主持人很快开始倒计时，让观众按下按钮，判断这枚翡翠戒指的真假。

林嘉禾按下了“真”的按钮。

观众判断后，就是专家鉴定。

简短讨论后，坐在第一位的老专家缓缓开口，说这枚玉戒是真品，颜色美，若是种水再好一些，价值就更高了，不过现在也不失为一款精美的饰品。

嘉宾连连道谢，收好戒指下台了。又接连上来几位嘉宾，很快就到中午了。节目中场休息，观众离席吃饭，下午一点半再返回来。这一整天的录制，最后节目会剪成两期播出。

林嘉禾吃完了午饭，闲闲地走回来，打算去卫生间补一下口红。她正走在路上，手机响了。

林嘉禾看了一眼来电，是邢姐打来的。她接起来：“喂，邢姐。”

邢秋眉应该在工厂里，听起来忙忙乱乱的，提高嗓门问：“上午节目录得怎么样？”

林嘉禾说：“节目流程都是固定的，我们基本上只在座位上按个按钮，还挺闲的。”

邢秋眉朗声一笑：“早跟你说，这是个轻松的差事……”她声音转远，跟身边的人交谈两句，然后重新拉回来，“对了，我托人跟节目打好招呼了，下午主持人会向你提问，然后给你和公司名称来一个镜头特写。”

林嘉禾：“上午碰到了几件钻石珠宝的收藏品，我也不大了解啊。”

邢秋眉说：“不会难为你的，涉及翡翠类的藏品才会提问你，到时你正常解释两句就可以，主要是给公司打个广告。”

林嘉禾点了下头：“好，那我下午可不能走神。”

邢秋眉：“行了，我就嘱咐你一声，吃饭去吧。”

林嘉禾：“我刚吃完，邢姐你还没吃吧？”

邢秋眉说：“我盯完这批贵妃镯就去，好了，挂了啊。”

“嗯，邢姐再见。”挂了电话，林嘉禾去卫生间整理了一下发型、妆容，然后返回录影棚里。

棚内环境昏沉，加之下午这个时间段，令人很容易犯困。好在主持人声音洪亮，配合着嘉宾讲述，把一个个藏品故事描绘得玄乎又神奇。

前一位嘉宾离场了，隔的时间稍久一些，下一位嘉宾才在工作人员的帮助下，搬着一块半人高的翡翠牌上场。

林嘉禾的额角跳了一下。这么大块的满绿料，颜色又鲜艳，若是真品，恐怕能把邢姐的半个公司买下来了。

这位嘉宾是一个瘦小精干的中年男子，指着玉牌，介绍说这是他太爷爷八十大寿时，一位高官特地派人送的。接下来，他开始讲述太爷爷对那个高官有救命之恩的传奇故事。

男子絮絮地讲了五分钟，主持人打断了他，询问这个玉牌上雕刻的画是什么。

中年男子说，上面雕刻的是《群仙祝寿图》，有祝太爷爷长命百岁、幸福安康之意。

主持人点头，让大屏幕播放展示玉牌的细节，供观众席的人细细观察。

倒计时过后，主持人让大家按下按钮。林嘉禾毫不犹豫地按了个“假”。

等待专家鉴定的时间，主持人伸手指向林嘉禾所在的 14 号座位，镜头立即转了过来。

主持人问：“华光彩玉公司的代表人林女士，您判断这件藏品为假，请问是从哪里观察到的，可以给各位观众分享一下吗？”

林嘉禾看到大屏幕上实时出现了自己的面容，翡翠耳坠在她的脸侧轻轻摇曳。她镇定地回答：“我认为这件玉牌是人工染色处理过的。首先全面观察，玉牌的色泽太过鲜艳，和种水并不太配，给人怪异的感觉。之后通过屏幕上的细节图片，可以看出在光照下，玉牌的颜色由边缘向中心是由深到浅变化的，这是人工染色的典型现象。”

她把微卷的长发往耳后别了一下，对着镜头微笑：“如果能够近距离用放大镜观察，就会发现有染色剂填充在玉石孔隙里的现象，这是平时最常用的辨别方法。”

主持人连连点头：“好，华光彩玉公司的林女士给出了非常详细且专业的判断。下面我们听一下专家老师的鉴定结果。”

老专家慢慢声开口了，和林嘉禾的说法差不多，说这件翡翠经过了浸酸染色处理，是一件人工加色的假品。

专家还没说完，台上嘉宾立即激动地跳脚，说这是别人赠予他太爷爷的，怎么可能是假的？

老专家清了一下嗓子，直说这件翡翠玉牌是近十年内才加工完成的，历史不会那样悠久。

嘉宾愣了愣，梗着脖子没再说话。

主持人赶紧劝了他几句，又招呼工作人员把玉牌搬了下去。

耽误了一会儿，下一位嘉宾才从后台上场，新的藏品展示开始了。

接下来几小时平淡如水地过去，林嘉禾感到有些无聊。主要是每次都由坐在第一位的那个老专家开口宣布鉴定结果，一整天下来，她连颜威的声音都没听到。

坐久了，林嘉禾也渐渐发现了规律。摄像机隔一段时间会扫过观众席，收录大家的表情。当摄像镜头不对准她的时候，林嘉禾就放松肩膀，以舒适的姿势坐着。

录制快接近尾声时，还是出了岔子。最后一位嘉宾走上台，带来的是一只翡翠笔筒，白底青种的玉料，雕刻成白菜造型。

林嘉禾抬头看着大屏幕上的细节图。这笔筒的料子质细，种好，关键是色泽搭配合适，白底部分正好做成白菜的菜帮，翠绿部分雕成菜叶，栩栩如生，十分精美。

只是……林嘉禾皱了下眉，隐隐感到哪里有些不自然。她更加仔细地看着屏幕，各个细节都很逼真，找不出人工作假的痕迹。

很快就倒计时了，林嘉禾犹豫了一下，还是遵从内心，按下了“假”的按钮。

计时结束，大屏幕上实时出现了选择结果。

林嘉禾发现除了14号的自己，其他观众都选择了“真”。她有些不服输，跟台上嘉宾一样提着心，等待专家宣布鉴定结果。

这回专家席讨论得有些久，过了好几分钟，老专家才回到话筒面前，宣布这是一件难得的翡翠精品。

嘉宾喜笑颜开，主持人向他道贺，这时，不知哪里的话筒传来一句话：“这不是天然的翡翠。”

林嘉禾愣了一下，立即望向专家席。声音是从第三个椅背上传出来的，低沉清晰的一道男声：“笔筒底部有人工作假。”

主持人也愣了一下，很快反应过来对观众说：“看来这件藏品很神秘啊，让我们再听一下专家的说法。”

老专家在第一席位上开口解释：“是这样，刚刚我们二位都认为这是天然品，只有颜威老师认为这是人工处理过的，却点不出直接的证据来说服我们。”停了几秒，老专家对主持人说，“这就是你们节目组请三位专家的意义，现场鉴定，多数压过少数，所以我可以代表专家席宣布鉴定结果为真。”

他话音刚落，第三个椅子上的人又说话了：“你宣布为真，它也是造假的。”

老专家被戗得咳嗽了一声，嘉宾也一脸茫然地站在舞台中央。

主持人走到舞台边上，跟专家对话：“要不再给老师们一些时间鉴定一下？”他回头跟工作人员说：“把笔筒拿到专家席来。”

专家席没人说话，工作人员一时也没有动。安静了几秒后，颜威开口说：“拿过来吧。”配合着话语，他应该招了一下手。

林嘉禾望过去，那里椅背又高又厚，泛着黑色皮光，把一切都遮挡住了。

翡翠白菜笔筒被送到了专家席上。专家座位前的话筒被关掉了，只能听到真实音量传过来，且隔着好几排座位，要仔细分辨才听得清。

林嘉禾听到老专家说：“颜威老师，我知道你专攻翡翠，比我们见得多。可你不能说作假就作假，这外观、手感，哪里能看出来作假？你要说服我们啊，可不要说全凭感觉。”

颜威对他说：“稍等一下。”

颜威似乎把笔筒接到了手里，隔了两分钟才说：“白菜根部加入了树脂胶结，人为提高了透明度。”

老专家说：“就这一小部分？”

颜威说：“玉料底子不错，这样处理确实得不偿失，纯属创作者的审美问题。”

老专家问：“哪里看出来的？来，放大镜给你。”

“肉眼不好看出来。”

“那你如何判断的？”

“凭感觉。”

讨论再次陷入僵局，主持人忙过来打圆场：“老师们经验都相当丰富了，这些经验积累起来，确实会形成一种敏锐的感觉。我们《民间宝鉴》虽然是一个现场鉴定的节目，不过也要对每一个嘉宾负责，既然老师各执己见，不知能否借助仪器，获得更精准的鉴定结果呢？”

老专家想了一下，叹了口气，跟工作人员说：“这一段剪掉吧，都晚上了，不要耽误大家的时间了。”

他又对台上的嘉宾说：“下场后，你带着笔筒跟我回鉴定中心，用红外光谱仪检测一下，给你一个确定的结果。”

嘉宾点头说“好”，等了一下，又犹豫着问：“那位老师说，这笔筒加了树脂？”

老专家向他解释：“漂色入树脂是一种人工作假手段，可以改善翡翠种质。不过你这笔筒本身底子尚可，若像颜威老师所说，只在底部有少量作假，又经过了复杂的镂空雕刻手段，单凭肉眼很难判别。”

嘉宾其实最关心的还是价值问题，问：“那……如果鉴定出加了树脂，这笔筒的价格……”

颜威直接说：“一文不值。”

嘉宾愣住了，看向他。

颜威说：“人工作假就是欺骗，扭曲了翡翠市场，是对天然翡翠的一种不尊重，不配谈价值。”

嘉宾瞠目结舌，半晌，鞋底在地面上紧张地搓了一下。

老专家好声补充说：“若论市场买卖，你这个笔筒价格还是很高的。只是处理过的翡翠会失去耐久性，容易产生裂纹，而且造假一定是不提倡的。”

嘉宾松了口气，赶紧点了下头。

又交流了几句，嘉宾带着笔筒走下舞台，等着节目结束后再进行专业鉴定。

主持人赶紧回到舞台中央，录制片尾结束语。

摄像机最后一次扫过观众席鼓掌的片段。镜头离开，林嘉禾望向前方，看到专家席的三个人站了起来。

林嘉禾很容易就辨别出了颜威的背影。他身量高，穿着一件黑色外套，领子立起来，有种凛然的气度。不过她只看到了几秒钟，那个身影就走入了后台。

等她收回目光，现场观众已经纷纷起身了，摄像师也开始收拾东西。录制结束了，林嘉禾跟在人群后面走出录影棚。外面天已经黑了，走到自己的车面前，打了个哈欠，她拉开车门坐进去，想着回家早点睡觉。

车子转上公路，林嘉禾木然地开了一段，脑筋突然一动，感觉自己忘带手机了。她把车子靠边停下，伸手在包里摸了一圈，果然没拿手机。

林嘉禾用手背敲了一下脑门，心想自己一定是被最后那件翡翠白菜笔筒弄昏头了，手机放在桌下抽屉里，走时都没记得检查。

林嘉禾赶紧开到路口，把车掉头，朝电视台开回去。

这档鉴宝节目结束时间最晚，工作人员几乎都下班了。林嘉禾停下车，匆匆走到录影棚门前，发现门已经锁了。

正好走廊里有一个保洁在拖地，林嘉禾忙走过去询问，保洁说棚里也正在打扫卫生，后门还开着，不过要从楼外面绕一下。

林嘉禾谢过她，转身走出去。大楼外的灯光有点暗，光线投在地上是一个一个光圈，没有融合在一起。林嘉禾一脚明一脚暗地走着，很快经过了一个小门，这应该是电台的某个侧门。

林嘉禾随意望了一眼，侧门是锁着的，同时也瞥见门口台阶上坐着一个人。她没有多想，继续往前走。

后门果然还开着，里面亮着灯，林嘉禾走到自己的座位旁边，伸手一摸，摸到了手机。她大大松了口气，还好，手机还在。

林嘉禾装好手机出门，绕着大楼原路返回，晚上风有些凉，她的步伐也不由得加快了一些。鞋跟在地面上一下接着一下敲响，保持着固有的节奏。突然间，她停下了脚步。

林嘉禾望着侧门口的楼梯，那个人还坐在那里。

楼梯一边是扶手，一边是墙壁，那个人端端正正地坐在台阶中间，姿势始终没换过。她走过去时是这样，她走回来时还是这样。

林嘉禾不太爱管闲事，可是这一刻觉得不对劲，莫名地朝那里迈了两步。同时，那个人听到脚步声，脑袋稍微动了一下。

林嘉禾认出他的轮廓，立即惊奇地出声："颜威……老师。"

林嘉禾用手指掐了一下掌心，为自己这个失败的开口感到懊恼。她没想过要怎么称呼他，脑子一时锈了，居然将他的全名脱口而出。

她赶紧补救，重新打了一遍招呼："颜老师，是您啊。"

微暗的光线下，颜威点了下头。

林嘉禾很是激动，赶紧自我介绍："颜老师，我今天刚跟您一起参加了《民间宝鉴》的录制，我是观众席的公司代表之一林嘉禾。"

颜威坐在楼梯上，没有伸手握手，也没有动。他的后背挺得很直，好像凭空有一个靠背垫在他的背后。

林嘉禾知道自己的行为有些唐突，但是难得见到真人，她没想那么多，继续说："颜老师，您一直是我的偶像。我初中时候就看过您的新闻，很崇拜您，现在我选择从事翡翠行业，可能多少还是受您的影响呢。"

颜威开口问："我的新闻？"

林嘉禾第一次直接听到他的声音。他的嗓底低沉，在夜风里轻轻飘荡，让人心绪有点飘。她紧张地笑了笑，回答说："对，我在一本杂志上看到的，您在一场盲赌公盘上获得'赌石之王'的称号。"

颜威停顿了一下，似乎思索了一下，随后说："很多年以前的事了。"

林嘉禾补充："正好是十年前。"

颜威点了下头，表示知道了。

四周再次陷入安静。林嘉禾摸摸头发，感觉自己的话已经说干净了。她总不能跟人家要个签名吧？这样偶遇交流两句，她已经挺满足了。

于是林嘉禾对他说："打扰您了颜老师，希望之后在翡翠活动上还能有缘见到您，我就先回去了。"

颜威坐着没有动。林嘉禾对他礼貌一笑，然后转身走了。她一步比一步缓慢，走了几步，又回头看了一眼。

颜威依旧坐在台阶上，像是一个空洞的黑影。他的脸始终冲着正前方，刚刚说话时，他也没有看向她。他既没有在打电话，也没有其他事情，却停留在这里这么久……这样端正的坐姿，倒像是在隐藏什么。

林嘉禾心里生出强烈的念头，不由自主地放轻脚步走回去。

“颜老师……”林嘉禾叫他，他依旧没有转头。林嘉禾走到比刚才更近一步的位置，犹豫着询问：“您是，哪里不舒服吗？”

颜威坐姿稍微动了一下，像是因为她再次返回有些不适，不过他依旧没有说话。

林嘉禾低下头，大胆地看向他的脸。光照在他的脸上，半明半暗，有种光影的美感。他的眼睛低垂着，眼神那样安静。

她被触动，轻声开口：“您是……眼睛不舒服吗？”

颜威没有回应，不过这样的场景下，他这样的态度，其实相当于默认了。

林嘉禾顿时有点着急，朝左右望了望，对他说道：“需要我帮您打个电话吗？”她紧接着说，“我是开车来的，直接送您去医院吧，如果，还没有人来接您的话……”

周围无人，她的声音散落在空荡的环境里，语气关切、焦急，字字清楚。

静了两秒钟，颜威出声问：“你的车在哪儿？”

林嘉禾立即说：“在电视台停车场，就在前边，几百米。”她下意识地朝停车场指了一下，这个动作还没结束，颜威已经站了起来。

林嘉禾赶紧看着他。颜威伸手扶住栏杆，迈下几级台阶，然后顿在了原地，手始终抓在扶手上。

他并不只是眼睛不舒服，好像是……完全看不见东西了。

林嘉禾走上前，说：“颜老师，我扶……”

“胳膊。”

林嘉禾愣了一下，把左手胳膊抬起来。颜威摸索着抓住她的小臂，然后点了一下头，说：“走吧。”

林嘉禾“嗯”了一声，慢慢朝停车场走去。

她看着前面的路，没有看他，也没有继续询问太多问题。她觉得保持安静，是对他现在状况的一种尊重与理解。

他的手隔着衣服抓在她的胳膊上，带着一点力道，意外令人安定。

尽管她放慢了步调，但很快走到了车子旁边。

林嘉禾就近拉开后车门，对他说：“颜老师……”

不用她多说，颜威伸手摸了一下车门位置，自己弯腰坐了进去。

林嘉禾赶紧用手挡了一下，生怕他磕到脑袋。

确认他坐好后，林嘉禾绕去驾驶室。把车子打着，林嘉禾看了一眼后视镜，他没有说话，她也不知道该送他去哪家医院。

他这样的人，会不会有私人医生啊？

等了几秒钟，林嘉禾觉得这样的沉默太尴尬了，她的呼吸都开始不自然了。她把车子朝着大门开过去，顺便问：“颜老师，送您去市医院可以吗，离得比较近。”

颜威没有回答医院，却开口说：“你是 14 号。”

林嘉禾看着路况，反应了一下才说：“对，我今天录节目，座位是 14 号。”

他又缓缓地说：“华光彩玉有限公司。”

林嘉禾笑了一下：“您记忆力真好。”

颜威没有再说话了。

前面就是路口了，林嘉禾犹豫了一下，打算直接开去医院。她拨了一下右转向灯，这时颜威在后座说：“我不用去医院。”

林嘉禾：“可是您……”

颜威直接说：“这是老毛病了。”

失明，是老毛病？林嘉禾满头问号。眼睛可是人最重要的器官之一了，他真的不去医院治疗一下吗？

她又朝后视镜看了一眼，颜威靠在座椅上，双目闭上了，像是在养神。

他本人都这样镇定，林嘉禾只能默默地点了下头。

车子漫无目的地跑了一段，林嘉禾向后面问：“颜老师，您住在哪里？”她又说，“您不是本地人吧。”

他大概率是录节目才来到这里的。如果他住在宾馆里，那么宾馆有人照顾他吗？他出差在外，应该会带秘书或者助理之类的帮手吧。

林嘉禾一连串想了很多，他也一直没有回答。

夜幕黑暗，路灯在车窗外流淌过去。又驶到了一个路口，遇上了红灯，林嘉禾把车停下来，颜威这时开口问：“你是本地人？”

林嘉禾说：“嗯，我家离电视台不远。”

“一个人住？”

林嘉禾心里莫名跳了一下，再次看了一眼后视镜，说：“对。”

颜威始终闭着双眼，把脑袋向后靠了一下，说道：“去你家。”

他话音落下，前方的红灯变绿了。

第二章

人玉之缘

林嘉禾握着方向盘呆住了。

车子一直停在路口，后面没有其他车排着，也没有鸣笛提醒，等她反应过来，绿灯已经十秒倒计时了。她赶紧脚下一踩油门，开了过去。

她其实没想太多，也没想拒绝他，只是有点蒙。这样的状态保持了一路，直到车子沿着熟悉的道路回到小区里，然后停下来。

林嘉禾松开方向盘，轻呼了口气，转头说："颜老师，到我家楼下了。"

颜威身体前倾，伸手去摸车门。

等林嘉禾绕过去，他已经站到地上，把车门关上了。

楼道里声控灯亮了起来。颜威用手扶着车身，暖黄的光映在他身上，显出一种镇定的脆弱感。

林嘉禾在几步外看了他一眼，然后走过去。她刚抬起胳膊，颜威就察觉到了，直接伸手抓住。

林嘉禾带他转身慢慢朝楼道走去，说："颜老师，我家住三楼，要走楼梯。"

颜威点了下头。这是林嘉禾从地面的影子观察到的。

走到台阶底下，颜威另一只手扶住扶手，一级一级地往上走。

他走得不算慢，很快适应了这些台阶的宽度，脚步下落逐渐自然。

林嘉禾给他介绍："这里是瑞丽小区，我家住在十号楼一单元。"

颜威问："一层住几户人？"

林嘉禾说："三户，我家在东侧。"

颜威"嗯"了一声。不是太满意的"嗯"，似乎带着一点思虑。

三楼很快到了。林嘉禾打开家门，提醒说："脚下有门框。"

颜威迈了一下，走进屋里。林嘉禾按开灯，带他来到客厅沙发旁边。

林嘉禾刚想请他坐，还没开口，颜威就松开了手，自己感受着沙发边缘向前移动，最后在最里侧坐下了。

于是林嘉禾说：“那颜老师，我去给你倒杯水。”她去厨房仔细洗干净一只玻璃杯，放了一个茶包，然后缓缓倒入半杯热水，又兑成温的。

回到客厅，颜威已经把眼睛闭上了。林嘉禾轻轻走近：“喝点水吧。”

颜威说：“先放茶几上。”

林嘉禾有点尴尬，客厅里并没有茶几。她的房子是个一居室，卧室不大，多数东西都堆在了客厅里。客厅一边摆着一条沙发，另一边摆着两个大柜子，中间空地面积已经不大了，所以什么都没有摆。

不过林嘉禾还是拉来了一把椅子，把水杯放在了椅子上。然后她站直身子，问：“颜老师，还需要我做点什么？需要……帮您打电话联系什么人吗？”

颜威说：“不用。”

林嘉禾接着又问：“那您有什么常用药吗？我可以帮您买。”

颜威又说了一句“不用”。

这不是一段流畅的对话。林嘉禾站在他面前，不知道再说什么了。

好在颜威又开口了，说：“我最多在你的房子里停留三天。这期间你不用考虑我，正常出门工作，只是不要向别人透露我的情况，这样就可以了。”

这样就可以了？

不用找医生，不用吃药，他的意思是，他的眼睛可以在三天内自动痊愈？

林嘉禾脑子始终发蒙，只有少数几个脑细胞还在工作。她呆呆思索的时候，颜威抬了一下下颌，对着她的方向低低说了声：“谢谢。”

林嘉禾瞬间回神，赶紧摆摆手：“不用的，不用谢……”

他这一声“谢谢”莫名真诚，留在她的耳朵里，后劲很大，林嘉禾倒觉得不好意思起来。

她赶紧动了一下脚步：“那您先休息吧，我回屋里收拾一下。”

颜威点了下头，身体向后，靠住了沙发靠背。

林嘉禾走回卧室，关上房门。她先把翡翠耳坠摘了，对着光线照了照，放回首饰盒里，然后换上舒适的睡衣、睡裤，轻轻打开门，走进卫生间里洗漱。

清水扑在脸上，她脑海里又浮现出了那则杂志新闻——史上最年轻的赌石之王。杂志页里，他的照片发着润泽的光，像是上等美玉一样。隔了这么多年，她始终记得清楚。

林嘉禾埋下头，将脸上的泡沫洗干净。她擦了擦脸，回到卧室，把旧物箱子搬了出来，里面都是她学生时期一些有纪念意义的东西。

林嘉禾坐在地板上，一件件地往下找，终于从底部找到了一本笔记本。她翻了两页，将夹着的那张杂志照片拿了出来。

同一个人，只是照片里的他不超过二十岁，带着少年感，初露锋芒。

林嘉禾悄悄地走到客厅门口，朝沙发望过去。颜威独自坐在那里，闭着双目。现在的他明显更成熟了，气场也更强大了，甚至完全压过五官，给人一种凛然不可靠近的感觉。

然而，他停留在自己家里，安静地坐在沙发一角。这显得十分矛盾。

林嘉禾看了看他本人，又举起杂志照片来看，这时，沙发那边的人突然说话了："你在拍照吗？"

林嘉禾吓了一跳，赶紧将杂志页藏到背后。随即，她想自己完全没必要这么做的。林嘉禾站直了，对他的方向说："没有，颜老师我不会偷拍您的，我也不会跟其他人说，您放心。"

颜威说："你站在那边很久了。"

"哦……"林嘉禾慢慢走进客厅，"我只是……"

我只是想看您两眼，只是难得见到了真人，这话要怎么讲啊？

林嘉禾脑子一转，说："我只是看您需不需要一床被子。"

颜威的声音很平静："不需要。"

"那……您就在沙发那里睡，可以吗？"

"可以。"

林嘉禾说："现在快十二点了，您休息吧，我也去睡觉了。"

她往卧室走了一步，颜威突然开口："今天在节目上，你为什么判定笔筒是造假的？"

林嘉禾愣了一下，转过身来："那件翡翠白菜？"

没想到他居然把她记住了。林嘉禾实话实说："我其实没看到什么破绽，只是感觉不太天然，就按了'假'的那个按钮。"

颜威"嗯"了声，调整了一下背后的靠垫，然后问："你做这一行多久了？"

林嘉禾回答："我从小就去亲戚的翡翠公司帮忙，大学毕业后就直接过去工作了。都算上的话，应该有十年了。"

"你现在做什么工作？"

"哦，我现在主要负责收购翡翠原料，跟雕刻师敲定设计方案，然后跑跑业务什么。"林嘉禾笑了一下，"我们公司比较小，做的事情挺杂的。"

颜威问："你赌石吗？"

林嘉禾站在原地摇了摇头，意识到他看不到，紧接着说："我不赌石的，只帮公司购买别人切出来的翡翠明料。”

“不感兴趣？”

“不是……只是赌石风险太大了，我们公司承担不起太大风险。”

“你个人呢？”

林嘉禾顿了一下，目光看向他。他微微陷进柔软的沙发里，好像彻底适应了那里。这般，连带他的问题，都有了一些难以揣测的温度。

林嘉禾对他说：“颜老师，赌石毕竟需要成本，一般人很难有一飞冲天的运气的。背后没有资金的支撑，个人很难进行下去。”

颜威点了一下下颌，不再说话。林嘉禾站了一会儿，确定这番交谈已经结束了，说：“颜老师，我回卧室了，如果有事，您随时可以叫我。”

颜威又点了一下头，幅度很轻，好像只是跟面前空气的简短互动。

林嘉禾被他带得不自觉地也冲他点了一下头，然后朝卧室走去。

转身前那一瞥，她看到他面前的椅子上那杯茶水没有动。

茶色已经很深了，当然，水早已经凉了。

林嘉禾关上卧室门，躺到床上。她翻了个身，试图把今天的事情重新捋一遍。她想到了节目上关于那件翡翠白菜的争论，那时候，颜威的视力应该还没有问题。

紧接着，她又想到节目录制结束，她看到了颜威独自走进后台的背影。他的步伐很自如，她确信，那个时候他的眼睛是没有任何问题的。

失明也可以间歇发生吗？

林嘉禾想拿手机查一下，可是感到很疲惫，懒得下床去拿。她再次翻了个身，抱着枕头直接睡着了。

第二天早上，闹钟按时响起。林嘉禾爬起床，醒过神来的第一件事就是跑到客厅门口。

颜威还是靠坐在沙发的那个位置上，姿势都没有变化太多。他闭着眼睛，不知是在睡觉还是已经醒了。

林嘉禾没有和他打招呼，悄悄地看了看，就回去洗漱了。收拾完毕，林嘉禾朝沙发走过去：“颜老师，我现在下楼去买早饭，您爱吃什么？”

颜威像是早已想好了，开口说：“帮我买一袋馒头，一些瓶装水。”

林嘉禾声音直了一下：“馒头？”

颜威点头：“馒头。”

她知道他的意思，馒头是比较能放的食物了，可是……

林嘉禾说："颜老师，我可以帮您买饭，不麻烦的。"

颜威没有说话，伸手整了一下衣领，安静地坐在沙发里。

林嘉禾看着他。他似乎很喜欢以沉默来表达态度。

林嘉禾突然想起昨天节目上，他给老专家丢下一句"你宣布为真，它也是假的"。当时她觉得他很傲慢，可现在回想，其实他的语气很平淡，就像他和她的对话一样。

他并不强迫所有人都听他的，只是相信自己的每个判断都是正确的。

林嘉禾的目光又移向椅子上那杯根本没有动的茶水。

有些东西对他来说，根本没有必要。

她伸手端走水杯，对他说："好的，馒头和水，我下楼顺便买。"

颜威这才又点了一下头。林嘉禾走到门口换好鞋子，想了想，又探头对沙发那里说："颜老师，我把手机号留给您吧？"

颜威说了声"好"，把手掌伸进口袋里。林嘉禾朝他走回来："我买完早饭就去上班了，您如果有事情，随时打电话给我。"

颜威拿出手机，向前递过去。林嘉禾刚好伸手接过，一边输入手机号，一边嘱咐说："我把手机号留在首页面上，您点一下拨号键就可以了。"

输完手机号，她抬起眼睛，看到他的手始终举在半空中。同时，他低声问："好了吗？"

林嘉禾愣了一瞬，赶紧把手机放回他的掌心里，然后补了一句："好了。"

馒头。

林嘉禾下楼的时候，还想着家里的事情，等到了楼下，满脑子就只剩这个食物名词了。

她朝小区里望了一下，现在是早上七点多，还真不确定哪里能买到馒头。

林嘉禾先就近去了超市。店里刚刚开门，老板正在收拾货架，林嘉禾问了一下，这家超市平时确实卖馒头，不过现在时间太早，今天的货还没有到。

于是林嘉禾走去了小区外面的菜市场。早晨是菜市场最热闹的时候，水果、蔬菜都十分新鲜。她来到卖米面杂粮的地方，找了两家后，终于在第三家看到了热气腾腾的蒸笼。

林嘉禾赶紧打招呼："你好，我买点馒头。"

老板娘走过来，问："要多少？"

林嘉禾想着问："馒头能放几天？"

老板娘："通风的话能放三天。"

林嘉禾点了点头："那先要五块钱的吧。"

五块钱，十五个馒头。

林嘉禾拎着袋子往回走。太阳迎在道路正前方，她眯起眼睛，感觉前额被照得热热的。她时不时低头看手里，一大早为了五块钱的馒头跑了半个多小时，似乎不太值得。

不过，为了他这个人，她觉得还是值得的。

林嘉禾从超市里买了五瓶矿泉水，一并拎回家。她没有换鞋，直接走进屋里，把馒头和水放在他面前的椅子上。

林嘉禾对他说："颜老师，我去上班了。"颜威伸手摸到塑料袋，然后轻微地点了下头。

林嘉禾再次出门，走到楼下车子旁边。她坐进去，向后靠了一下，抬头望向自家窗口。

颜威此时此刻，居然停留在她家里。这个事实令她感到很恍惚，她觉得自己买彩票中头奖的概率都比这个要大些。

这个世界，还真是一切皆有可能啊。

林嘉禾在狭小的车厢空间里发起了呆，直到一个背书包的学生从车前跑了过去，她这才动了一下，伸手把车子打着了。

车子慢慢地开出小区。林嘉禾深叹了口气，决定先把那个人从脑海里移走。她看向前路，朝公司开了过去。

说是公司，其实主要场所就是一间翡翠加工厂。林嘉禾很少坐在固定的办公室里，大半时间是在玉料店和工厂两头跑。

林嘉禾把车停进工厂院子里，拎着包下车了。

这时刚到上班时间，厂里只有零星几台机器在工作。林嘉禾先走到工厂后的一排房子面前，敲了敲一间办公室的门，没有人应，邢姐还没有来。

林嘉禾走进厂房，循着声音，看到角落处一台磨石机正在运转，何师傅凑在机器面前，手拿砂纸细细地打磨着。

何师傅是工厂里最资深的雕刻师，也是邢姐创办公司时的第一批员工，可以说他是看着林嘉禾长大的。现在何师傅已经六十多岁了，却依然身手矫健，头脑灵活，面对玉石时更是百分百认真。

林嘉禾站到旁边等了十几分钟，直到何师傅把机器停了，直起身子呼了口气这才出声打招呼："何伯。"

"呦。"何师傅转过头来，拍了拍胸口，"吓我一跳。"

林嘉禾笑着说："我在旁边看半天了，就是怕吓您一跳。"她又问，"您怎么这么早，昨晚没回去吗？”

何师傅说：“没回去，这批镯子时间赶得紧。”

林嘉禾看向机器：“这批镯子很贵重吗，需要您亲自打磨？”

何师傅招呼她走近看，说：“是啊，有五只估价十几万的镯子，交给别人不放心啊。这不，最后这只刚弄好。”

机器上卡着一只已经打磨得极其光润的玉镯，淡淡的散绿色，水头极其充足，不由得让人联想到了碧荷掩映的池水，只看一眼就觉得沁人心脾。

这里光线还不算太好，若是打光下，镯子一定美得令人移不开眼。

林嘉禾称赞道：“这水头真难得，这样品质的镯子能出五只，那这块玉料一定不小吧？”

“可不，六百多公斤的一整块原石，切出来不少好料子，雕了一个大摆件，余下的除了这五只十几万的玉镯，还能再切出十几只万元的镯子，还有挂坠、戒面什么的。”何师父叹息着摇头，“只可惜是别人赌出来的石头，咱们公司只挣个加工费。”

这样一块玉料，加工成成品售卖出去，除去成本，货主也能赚得盆满钵满。

林嘉禾的视线留在那只玉镯上。他们公司主要经营中档玉石，这样高品质的翡翠其实并不常见。不过，贵价翡翠确实有昂贵的道理，这种纯粹的惊艳之美真是无与伦比的。林嘉禾是爱玉之人，欣赏了好一会儿才舍得挪开目光。

她想起正事，从包里把首饰盒拿了出来：“何伯，邢姐不在办公室，这个耳坠先还给您吧。我等下要去玉料店逛逛，看能不能收到好料子。”

何师傅打开盒子，欣赏着里面的耳饰：“戴着好看吧？”

林嘉禾笑了笑：“那当然了。”

这对阳绿色翡翠钻石耳坠是何师傅前段日子手工做出来的，当时林嘉禾就很喜欢，只可惜公司的内部价也要十五万，实在昂贵。这次录节目，林嘉禾有机会借来戴一次，已经心满意足了。

何师傅把盒子收好，突然拍了下手掌：“对了，你去解石店的时候，帮忙带个人吧。”

林嘉禾问：“带人？”

何师傅说：“我侄子，叫何钏，上周刚来厂里实习。这孩子在雕刻方面挺有天赋的，只是没怎么摸过翡翠，你以后收料子的时候带上他，让他多见识见识。”

林嘉禾想了一下，点头：“好啊，他会雕刻是吧，正好可以给我掌掌眼。我看有些公司收原料的时候都带着雕刻师傅，这样好判断一块料子能做多少成品，可以更好地给玉石估价。”

何师傅边听边点头，掏出手机道：“稍等，我把何钏叫过来。”拨号的时候，他又说，“这孩子性格好，安安静静的，不会给你添麻烦的。”

林嘉禾说：“没事，正好有个伴。”

何师傅打通电话，讲了几句就挂了，对林嘉禾说：“五分钟，他马上过来。”

林嘉禾点点头，又跟何师傅聊了两句，一转头，看到一个高高瘦瘦的小伙子跑了过来。

何钏穿着连帽衫，配哈伦裤和运动鞋，跑到近前，脚步一下子刹住了。他先跟何师傅打招呼，然后看向林嘉禾，气喘吁吁地笑了一下，不知道该称呼什么。

何师傅对他说：“这是林经理。”

何钏立即大声道：“林经理。”

林嘉禾摆了摆手：“别叫经理了，叫我的名字就行，林嘉禾。”

何钏笑了笑，露出一口白牙，也没有再叫她的名字。

林嘉禾看了他两眼，何师傅评价他很安静，林嘉禾倒是觉得他挺阳光的。年龄不大，二十出头，性格不错倒是真的。

林嘉禾移开目光，对何师傅说：“那您忙，我们看料子去了。”

何师傅点点头，又嘱咐何钏：“跟着多看多学着点。”何钏“哎”了一声。

林嘉禾带着何钏走出厂房，来到车旁边。何钏主动说：“我来开吧。”

林嘉禾看向他：“你有驾照？”

何钏挠挠头发：“当然有了，我开车技术还挺好的。”

林嘉禾把车钥匙拿出来，也不想打消他的积极性，只是说：“车型不一样，找时间你熟悉熟悉再开吧，现在不早了，咱们先过去看解石。”

何钏点了下头：“成，抓紧时间。”他转身开门，坐到了副驾驶座上。

他们城市有条著名的玉石街，也是全国排名前几的翡翠交易基地。每周都有来自缅甸矿区的大量翡翠原料流入，经过分拣，再分散到各个商家手上。

林嘉禾开车直奔玉石街方向。何钏望了会儿窗外，没一会儿就转过头来跟她聊天：“林经理，你赌石厉害吗？”

这两天，她怎么总是遇到这个问题？林嘉禾停顿了一下，轻微摇了下头：“我不赌石。”

何钏疑惑：“那我们这是去……”

林嘉禾说：“我们是去看别人赌石，切出来好料子，价格合适的，我们就替公司买回来。”

何钏“哦”了一声：“原来这样，我还以为要直接买原石呢。”

林嘉禾笑了笑：“现在大部分翡翠企业为了规避风险，不会买‘蒙头’毛料了，邢姐更是保守派，只让收切好的明料。”她又随意问，“你对赌石了解多少？”

何钏说：“我看过一些资料的，翡翠原石被开采出来时，外面都包着一层皮壳，在充分切割前，没有任何机器能够透视到里面的状况。所以人们只能通过外表去‘赌’里面的内容。”

林嘉禾应了一声：“是这样。”

何钏接着说：“可是这有什么难的？看的石头多了，不就自然形成经验了吗？比如卖西瓜的，拍一拍就知道里面甜不甜。”

林嘉禾摇头：“原石外表千变万化，不像挑西瓜那么简单的。现在确实有许多现成的经验，比如，通过观察表皮上的松花蟒带，可以大概判断石头内部的颜色和种质，通过皮壳上的藓和裂隙来判断内部的瑕疵……这些都可以作为判断依据，但都是片面的。当你真正面对一块原石的时候，就会发现它的外表要复杂得多，而且内部表现往往也不按套路出牌，只能说是神鬼莫测，毫无确定性。”

她不知不觉地说了一大段话，讲完侧头看了一眼。何钏若有所思地点了下头：“所以，赌石小部分靠专业，大半还是靠运气啊。”

林嘉禾：“可以这么说。既是运气，也要讲求缘分。”

何钏立即点头：“是，书上都说人寻玉，玉觅人，人玉之缘不能强求。”

林嘉禾笑了一下：“你看的书还不少。”

何钏挠了下头发，不好意思地道：“嘿，都是纸上谈兵。”

聊天之间，玉石街已经快到了。林嘉禾找寻车位的时候，何钏又问：“林经理，切出来的翡翠明料，比原石价格要贵很多吧，我们公司还能赚到钱吗？”

林嘉禾说：“能啊，翡翠再美只是石头，加工成成品后，才能标上价格流入市场。这也是考验你们雕刻师的时候了，有时候表现稍差的料子，经过设计巧思，也能做出不错的作品。”

何钏忙点了点头。

车子顺利停进车位里，林嘉禾拔了钥匙，对他招手：“走，聊了这么多，咱们到现场看看去。”

玉石街道路宽阔，两旁店铺都在门口搭出来一截摊位。

有的摊位卖翡翠首饰摆件；有的卖半赌的原石，擦开的那一面上看起来翠绿欲滴；有的摊位直接堆着布满灰尘的毛料，旁边放了一台解石机，供人现场切石。

这些东西标价不高，看起来很诱人，实则真假参半，都是用来吸引散客的。然而“真佛难见”，真正的好东西往往都藏在店内，需要熟人领路才见得到。

林嘉禾带着何钏走过大半条街，来到一家店面门口。这家店里聚集了不少人，何钏抬头看到店门上方挂着一个复古的匾，上面写着“解玉坊”，问：“这是专门切翡翠毛料的店？”

林嘉禾说了声“对”。

何钏有些疑惑：“我一路上看到不少店里有解石机，还用专门拿来这里切吗？”

林嘉禾说：“这家店里的师傅切了二十多年石头了，经验老到，经手过不少精品翡翠。很多买主都愿意把石头拿来这里切，希望沾沾好运气。”

两人一边交流着，一边迈上台阶走进店里。

店里显眼处摆着好几台解石机，不过都还没开始工作，大部分人聚在靠墙一角。林嘉禾走过去，看到他们正在给一块翡翠毛料画线。

这块毛料偏圆，比篮球略大一圈，表皮松花密集，有一个绿莹莹的擦面。

林嘉禾钻进人群，想近距离看一下这块石头的表现。这时一个白白净净的男人回过头，看到了林嘉禾，推了一下眼镜，和她打招呼：“林经理，你也来了。”

这人是陈岩水，是一位十分热衷赌石的珠宝店老板。林嘉禾之前跟他碰见过几次。她忙微笑：“陈总你好。”她指了一下众人围着的小圆毛料，“这石头是你的吗？”

陈岩水说：“不是，这块，还有墙边那块大的都是老孙的。你来得正好，等下就开始切了。”

林嘉禾闻言望去，墙那边还放着一块更大的扁方毛料。陈岩水顺势让开一步，林嘉禾对他点了下头，朝墙边走过去。

她在石头前面蹲下，何钏也跟过来蹲下了。

林嘉禾扎了一下头发，拿出放大镜和手电，沿着表皮仔细看了一遍，然后对何钏说：“你看一下？”

何钏伸手摸了摸表皮：“我只知道挺粗糙的，别的也看不懂。”

林嘉禾将视线转回毛料上，随口说：“对，这块料子表面砂粒比较粗，砂粗肉粗，里面的玉肉质地可能也会粗糙一些。”

何钏问：“最好的种质，是玻璃地吧？”

林嘉禾点了下头：“玻璃地最好，可是比较稀少。再往下，分别是冰地、糯地、豆地等。”

“这块原石大概开出什么质地的翡翠？”

林嘉禾笑了：“如果能看出来，就用不着切开了。”

何钏回头看了看，然后小声地说：“可以猜一下啊，现在又没人听见，等一会儿切开了可以对对答案。”

林嘉禾摇晃着放大镜，想了一下说：“要我猜啊，豆地的可能性比较大。”

何钏说：“那岂不是比较差的种质？天花板这么低，货主买它干什么？”

“这块料子赌的是颜色。”林嘉禾沿着表皮移动手电，对他说，“你看，这里有一条正绿的色带，表面松花虽然稀疏，却也能隐隐看出绿色，所以里面出绿的概率很大。”

何钏点头，看到石头上有一道木工笔画的线条，问：“这里有条画线，一会儿要沿着它切开吗？”

林嘉禾说：“是，这条线画得很好，沿着它很可能切出一片漂亮的绿色。”

这时身后传来声音，林嘉禾回头，看到围着那块小圆毛料的人群已经散开了。

准备工作都已就绪，解石师傅问一名微胖的男人：“先开哪个？”

那微胖的男人想必就是货主老孙。他看了看，说：“先切大的吧。”

师傅一点头，招呼人过来，把墙边的大方毛料搬到机器底下。

切石也需要一段时间，这个空当，林嘉禾又来到小圆毛料旁边蹲下了。看了一遍，林嘉禾对旁边的何钏说：“你看，这块料子表皮就细腻很多。”

何钏现学现用：“所以它里面的质地可能也更细腻。”他又问，“那是颜色好的价格高，还是种质好的价格更高啊？”

这时突然传来问话：“林经理，看好这块料子吗？”

林嘉禾抬头，看到陈岩水走了过来。

从事翡翠原料收购工作的人以男性为主，一般女性来玉石街，都是来购买玉石饰品的。而林嘉禾直接扎根在灰尘飞扬的解石店里，凑在毛料旁边闷头研究，也是一道显眼的风景。

林嘉禾对搭讪早已见怪不怪了，正好向他询问：“陈总知道这两块料子都是多少钱收来的吗？”

陈岩水半蹲下来，说：“老孙刚才说过，小的这块五十万，大的那块二十万。”

何钏在一旁惊讶：“这个小的反而还贵？”

林嘉禾对他说：“所以，回答你刚才的问题，比起颜色，种质好的料子更容易卖高价。”

陈岩水跟着解释：“是啊，种水好的翡翠收藏价值更高。毕竟翡翠矿藏就那么多，开一块少一块啊。”

何钏一脸“受教了”的表情。

陈岩水又问回林嘉禾：“林经理怎么看这块料子？”

林嘉禾想了想说：“外观表现确实好，砂粒细腻，松花密集，而且这个擦面已经出绿了。难怪这么小一块料就值五十万。”

陈岩水顺着她的话语问：“可是？”

林嘉禾一挑眉：“陈总怎么觉得有可是？”

陈岩水说：“我刚才在那边，就瞧见你在看石的时候皱了下眉。”

林嘉禾大大方方地笑了笑，如实说：“我只是觉得，老孙对这块料子的期望肯定很大，所以风险也大。一般都说‘宁要一线，不买一片’，这块料子在表现最好的地方已经擦出一片绿了，再往里切，失望的可能性也就大了。”

话音刚落，解石机那边传来一阵呼声，想必是切开了。

陈岩水对林嘉禾说了句：“受教了。”

然后他们三人站起来，围到解石机的人群旁边。

只见方扁毛料被切下了薄薄一片，两个切面上都布着四指宽的正绿色，由于水头不够，显得有些老气，不过绿色面积倒是够大。

老孙站在一边喜笑颜开，这块料子的表现比他预期的要好得多，现在转手卖出去，估计价格能翻一倍。

师傅问他：“还切吗？”

再切开一刀，可以看到这绿色纵向吃进去多少。如果绿色延伸多，价格会继续高涨。可是也有把绿色一刀切没的风险。

总之现在还有悬念，再切一次，这块料子的赌性基本就没了。

老孙心里打鼓，想了想说：“要不先切那块小的吧。”

围着的人都是识货的，这时已经有人开始出价了。

“三十万，这块料子现在转给我吧。”

老孙对他说：“都切完，等两块都切完。”

何钏小声问林嘉禾：“我们要不要买？”

林嘉禾看着那块小毛料被搬到了解石机上，隔了一会儿，说：“再看一下吧。”

大的方扁毛料赌涨了，老孙对这块小圆毛料抱有更大的期望。毕竟这块价格更高，外观表现也出色得多。

大家的兴致也被提起来了，无人走开，都围在机器旁边，直到小毛料被缓缓切开——

“这……”老孙离得最近，切开后也第一个看到，眉毛立即皱成个核桃。

石料切面光滑，师傅淋了些清水上去，冲掉杂尘，使得表现更清晰地展现了出来。

只见一面飘着几丝惨淡的绿色，另一面干脆只是干白地的石头。

围观的人群里有人叹息。

“就是一层靠皮绿啊，里面垮了……”

“唉，这么细腻，可惜了……”

解石师傅各种情况见多了，面不改色地问：“还切吗？”

老孙缓了缓，抬起脑袋说：“切！”

“从哪里画线？”

老孙的声音因为紧张提高了不少：“不画线，直接从这中间再来一刀。”他指着白花花的那一大块地方说。

师傅点点头，又开动机器。周围再次安静下来，随着另一个切面被打开，老孙的后背也塌了下去。都是白花花的石头。

这回是彻底垮了。五十万的玉石，只收获了薄薄一块贴皮绿，能磨出几只戒面就不错了。

有熟人走过去拍了拍老孙的背，出声安慰他。

老孙心里很失落，不过他也不是第一次赌石，对这其中的起落与风险也是清楚的。他思考过一番后，说：“把那块大绿料再切一刀吧。”

那块大玉料表现很好，若是绿色吃进去多，转手的价格也能再涨一涨，起码整体可以回本。

老孙跟师傅仔细地商量了好一会儿，画好线，切石刀再次落了下去。

这时基本悬念已经结束了，围观热闹的人已经走了一部分，留下的都是有意向收购玉料的。

何钏目不转睛，看得很起劲。林嘉禾站在一边静静地等着。这刀结束后，醒目的老绿色再次暴露出来。

老孙的精神头瞬间又回来了，这块料子的出绿量比想象中要多，他多少还能赚上一些。他转身问人群：“六十万，有人收吗？”

一个精瘦的男人忙招手：“六十万，给我吧。”

又有人说：“六十二万，我收。”

何钏看向林嘉禾，林嘉禾摇了摇头。这种绿色又老又干，她并不想收。

这时她听到熟悉的声音，只见陈岩水走上前一步，说：“六十五万。”

精瘦男人说：“六十八万。”他转头看了一圈，好像只有陈岩水有继续加价的意愿，忙商量，“陈总，我手里有设计好的图纸，需要大块的颜色料子来雕刻，等了很久了，这块料子正好合适。”

陈岩水想了一下，六十八万，这块绿料质地一般，切成散件利润空间不算太高。于是他摆了摆手，意思是自己不争了。

精瘦男人露出笑容，道了声谢，走过去跟老孙商量买卖细节。

就此，两块石头告一段落，店里的人纷纷散去。

林嘉禾和何钏走出店门，看了一下时间，已经快傍晚了。

何钏头一次看到完整的解石，兴致格外高涨：“林经理，我请你吃饭吧，这附近有什么好吃的？”

林嘉禾想着他还在实习，不想让他请客，不然，最多吃碗牛肉面。

她还没说话，后面突然有人叫她：“林经理！”

林嘉禾转头，陈岩水从店里追出来，向她递上一张名片：“这是我的电话。”

林嘉禾接过来道了声谢，从钱包里抽出一张自己的名片给他：“还好我今天带了钱包。”

陈岩水笑了笑，把名片收好，然后说：“我朋友弄了一批表现很好的毛料，还在路上，两三天就运过来了。到时候林经理可以过来给掌掌眼，看看有没有满意的料子。”

林嘉禾：“好，正好我今天没有收获。料子到了，陈总记得通知我一声。”

陈岩水一摆手：“那是一定的。”

与他别过后，林嘉禾和何钏走出玉石街。林嘉禾指着街对面的一家老牌牛肉面店，说：“吃那个吧。”

何钏揉了揉肚子：“行啊，饿了饿了，牛肉面快。”

他们走进面店，点了两份套餐，然后在座位上等着。店里大部分人是来玉石街看货或者进货的，在这里临时歇脚，大声聊天，环境十分杂乱。

林嘉禾挽起袖子，洗干净了手，然后用纸巾细细擦干。两份牛肉面套餐端上来了。

面条、卤蛋、小菜都是搭配好的，服务员把餐具一样一样地摆上桌子，这时林嘉禾和何钏都看到了一只绿色镯子在服务员的手腕上晃荡，那绿色又正又匀，像是颜料刷出来的，一丝杂质也没有。

服务员离开后，何钏小声问：“那个玉镯是假的吧？”

林嘉禾见怪不怪："嗯，玉石街很多店里卖那样的首饰，人工加色，又填充树脂，属于双重造假的C货。"

何钏摇头："唉，我都能看出是假的，跟塑料的似的。为什么要卖那么假的镯子啊？"

林嘉禾拿起筷子，说："这种人工玉镯价格便宜，销量很好，商家利润其实很高的……"

说了一半，话语止了，林嘉禾愣了一下，突然想起节目上颜威说的那句话——人工作假是对天然翡翠的一种不尊重，不配谈价格。

林嘉禾的筷尖悬在面碗上。那个坐在沙发中的身影，一下又钻回她的脑海里。

她不由得想，颜威此时如果坐在店里，看到服务员手上那只假玉镯，会是什么表现呢？他会直接点破吗？

这是一个很有趣的想法，林嘉禾乐津津地继续想着，如果颜威走进一家卖假翡翠的店里，又会怎样表现呢？如果他走进一个翡翠造假工厂呢？

她发现自己并不了解他，他不像是那种会跟商家直接理论的人，却又不是面对假货视若无睹的人。

"林经理？林经理？"

林嘉禾猛然回神，看到何钏在对面望着她，发蒙地问："午饭都没吃，你不饿吗？"

他面前的面碗已经吃得只剩汤底了。

林嘉禾赶紧落下筷子，挑起面条吃了一口。

她吃了大半碗后，差不多饱了，有一下没一下地夹着小菜。何钏又好奇地问："林经理，你为什么不戴一个玉首饰？"他比画了一下，"比如戴个玉镯子？"

此时林嘉禾的肘臂搭在桌子上，手腕上干干净净，什么也没有。"我啊……"林嘉禾转动了一下自己的手腕，想着说，"可能没遇着合适的。"

"你都见过那么多玉料了，不会都不喜欢吧？"

林嘉禾摇头："喜欢肯定有的，只是精美的翡翠太昂贵了。价格合适的翡翠，又多少会有瑕疵。"

何钏说："啊，我知道了，见识过好的翡翠，差一点的就看不上了。"

林嘉禾缓缓说："或许是吧，翡翠这行常说一句话，'看过即拥有'。精品翡翠都是大自然鬼斧神工的产物，我没有能力拥有它们，但工作原因，能够有机会近距离见识到它们，已经是幸运的了。"

她抬起头，看到何钏无比认真地听着她讲话，觉得有点好笑："吃完了，咱们走吧。”

何钏没动，仍旧一脸认真地说：“林经理，我觉得你心态特别正，有种……大家风范。”

林嘉禾笑了：“大家风范？你夸人用词很独特啊。”

何钏挠了挠头发：“我可能表达得不太对，反正我觉得你的心态很好。我见过其他赌石的人，也见过一些做玉石生意的人，他们眼里只有钱，好像玉石只是一样商品，和人民币没什么差别。”

林嘉禾说：“玉石翡翠是有灵性的。”

何钏：“对，翡翠从古至今有那么多传奇，有那么多扑朔迷离的故事，它不该只是一种商品。都说人与翡翠讲求缘分，我觉得一个人首先心态要端正，才能有那个境界遇到好翡翠啊……”何钏说了一堆，突然总结般冒出一句，“林经理，我以后叫你师父吧。”

林嘉禾愣了一下。

何钏说：“我才跟了你一天，就学到了不少东西。以后你别嫌弃我就行。”

林嘉禾看着他，能够感受到他对翡翠真的充满了热忱。她摇头笑了：“想叫什么叫什么吧，总归师父比林经理好听。”

何钏很兴奋，立即说：“好嘞，师父。”

林嘉禾站起身说：“走吧，回去了。”

他们出了拉面店，往车子方向走去，林嘉禾看着自己的脚步，隐隐觉得自己今天心态有些不同。她平时并没有这么“淡然”，更不会对一个还不熟悉的人耐心讲解这么多东西。

直到开车在路上跑了一段，她才琢磨出，或许是颜威多少带给她一些影响。她不自觉地以更尊重的眼光去对待翡翠了。

回到公司，林嘉禾对着单子验收了一批翡翠戒面，又打电话催了一下戒托的加工进程，进进出出几趟，转眼间天就黑下来了。

林嘉禾把单据收进办公室里，跟最后几个员工打了招呼，然后下班回家。

车子开了一段后，在路口一拐，就和昨天从电视台回家的路重合了。

两旁路灯亮着，一辆辆车的照明灯也亮着，形成了一片昏黄流淌的光海。林嘉禾突然回忆起昨天也是这个时候，颜威靠在后排座椅上，略为疲倦地闭上了眼睛。

她不自觉地抬起目光看了一眼后视镜。后座当然是空的，她的心跳的频率却加快了。仿佛她又听到了那个低缓的声音。他说：“去你家。”

林嘉禾深深呼出一口气，却仍然无法缓解心情。其实，她充分理解自己的这种悸动，如果算的话，颜威是她追过的第一个，也是唯一一个偶像级人物。

而这个偶像在她家里，吃了一整天的馒头。

林嘉禾想到他有点紧张，一想到他让自己买的那袋馒头又莫名想笑。开进小区之前，她在一家港式茶餐厅前停下了车。

林嘉禾走进店里，翻了翻菜单，点了一份虾饺，一份叉烧包，又要了一份蔬菜粥。她叠起菜单，问服务员："粥可以杯装打包吗？"

服务员摇头："粥不行，吸管吸不上来。"他理解林嘉禾的要求，推荐说，"奶茶或者豆浆都是纸杯打包的。"

林嘉禾对他说："那麻烦换成豆浆吧。"

等了没一会儿，服务员就把外卖拎过来了。林嘉禾回到车里，把袋子放在副驾驶座椅上，调整了一下，让它安稳待好，然后把车平稳地开回了楼底下。

打开家门时，屋里的灯是亮着的。林嘉禾心里动了一下，随即她很快想到，自己从昨晚起始终没有关灯。

林嘉禾在门口踢掉鞋子，拎着袋子走进客厅："颜老师，我回来了。"

看到颜威的同时，林嘉禾发现他在沙发上的位置移动过了。原本他坐在最里侧，现在挪到了中间部分，说明他尝试着走动了一番。

她立即看了看客厅的家具，有些边角很尖锐，柜子上还摆着不少小装饰品，不过那些都安然无恙。

还好，他应该没有撞到。

林嘉禾把外卖放在沙发上，然后在另一侧坐下了。她一边拆袋子，一边说："颜老师，我给您买了小包子和豆浆，比较方便吃……"

颜威循着声响，微微侧头。林嘉禾打开盒盖，一抬头正好对上他的脸，原本要说的话顿时卡在了嘴里。她第一次把他看得这样清晰。

林嘉禾发现其实他的五官很利落、帅气，不过他的气场太强了，而且她带着一种崇拜的眼光去看待他，所以其他都自然弱化了。以至她这样近距离看起来，他的长相是陌生的。

这几秒钟的时间里，她像是相玉一样悄悄观摩他。他的脸部棱角优美，自带一种光影效果，这或许归功于他颧骨的线条，或许归功于眉眼的轮廓。

说到眉眼……

她猛然意识到，此刻他的眼睛是有神采的。难怪，她突然觉得看清了他。

林嘉禾脑子里过了下电，她有一种正在与他对视的错觉。

他是真的，看不到东西吗？

她慢动作般抬起手，在他面前轻轻地晃了一下。

几乎同时，颜威的身体动了，林嘉禾吓了一跳，赶紧把手背到身后。随即她发现，他的眼睛没有动，睫毛一眨没眨，他只是把身体转了过来。

颜威开口问她："你今天解石了？"

林嘉禾的心怦怦跳，她忙"嗯"了声："我今天去现场看了别人解石。"

反应过来，她又问："颜老师你怎么知道？"她闻了闻自己的袖子，没有什么灰尘的味道啊。

颜威淡声说："有水锯的气味。"

林嘉禾又闻了一下，还是没闻出来。颜威这时又说："不难闻。"

明白他的话并没有深意，可林嘉禾的耳朵还是热了一下。她笑了笑，赶紧找话说："今天有块料子比较大，确实是用水锯切开的。"

颜威点了下头。

"今天我一共看了两块赌石，一块小一些的外观表现很好，可惜切垮了。大一些的倒是出绿很多，价格也合适，只是是豆种的，水头不好，所以我没有收。"林嘉禾感觉他对赌石会感兴趣，干脆讲述了一遍。

颜威听完，问："你们公司主要做高档翡翠？"

林嘉禾说："不是，我们公司以中档饰品为主，比如镯子都是万元左右的。各个商场专柜也愿意收这样的东西，价格再高，就不好卖了。"

颜威说："万元价位的镯子，一半以上是豆种豆色的。"

林嘉禾没想到他对直接市场这样了解，忙点了下头："确实是的……只是这样的料见多了，公司也暂时不缺，所以我想着收一些种水更好的东西。"

颜威了然，说："虽有公司销售的制约，心里又喜欢好东西。"

林嘉禾笑了一下："是，如果真有一块种水很好的明料，可能我的预算就不够了，所以就一直纠结，下手不果断。"

颜威坐正身体，往后靠了一下。

过了一会儿，他开口问："市场主要认可颜色，你为什么更看重种水？"

林嘉禾想：种水好的翡翠，显而易见美观啊。

可是面对他这样的问题，林嘉禾莫名地提起了精神，仿佛她正在面临一场考验，要好好回答这个问题。

林嘉禾思索着说："颜色就像是翡翠的外貌，而种水更像是翡翠的灵魂，是一种内在的品格。外貌再美观夺目，内在不行，总算不上好的，甚至可以说是有欠缺的。"

颜威听她说完，压了一下下颌，说："知道了。"

林嘉禾不明所以，这个聊天貌似已经结束了。

就像昨天他问她赌不赌石一样。他们看似在有来有回地对话，可实际他只是询问了她的想法，然后就结束了。

林嘉禾转头看向他，他靠在沙发靠背上，明明很沉静，侧脸也毫无表情，可林嘉禾的心又加速跳了起来。她视线一低，看到了他们之间的外卖盒子，赶紧说："颜老师，我给您买了饭。"

她用手捂了一下豆浆，还温着，把杯子插上吸管，抬头对他说："就放在这里了。我去洗个澡，不打扰你了。"

她说完立即站了起来，以为颜威多半不会回应，却听到颜威说了声："好。"

林嘉禾回头，看到他摸索了一下，把豆浆杯子拿了起来。她倒了一杯水拿上，把东西放回卧室，然后关门走进卫生间里。

她确保自己不会再回到客厅。

打开淋浴，林嘉禾抹了一下脸，在热气中慢慢沉下心绪。洗好之后，她插上吹风机吹头发，吹风声音把一切都盖住了，她看着角落里一块白瓷砖发起了呆。

林嘉禾知道，和颜威这次偶遇是难得的机会，她应该好好表现自己，这是理性上的想法。可情感上，她又害怕自己显得太刻意。

最终她想，还是不要刻意跟他搭话了。她在卧室这边，他在客厅那边，彼此都自然。

林嘉禾回到卧室，躺在床上看了看手机，就准备睡觉了。

她闭上眼睛，脑海里不断重复他和她产生的那些对话。

他询问了她为何不赌石，询问了她的工作，询问了她对翡翠的理解。

他的地位远高于她，信息和知识层面都远高于她。他只是暂处低境，于是俯下身，耐心地跟她互动了一下。

似乎，仅此而已。

第二天早上林嘉禾刚到公司，定制的戒托正好送到了。

她检查了一遍，给对方签单，然后走进厂房，把戒托交给师傅镶嵌。

工厂里有些吵，林嘉禾低头跟师傅交谈了两句，再抬起头，看到旁边几台机器都在磨珠子。何钏在不远处工作着，瞧见林嘉禾，立即对她挥了挥手。

林嘉禾走过去，见何钏手里拿着一把卡尺，在给玉珠比尺寸。大小均匀的珠子会再经过抛光打孔，然后被穿成饰品卖。

何钏边量边对她说："师父，这些玉珠质地一般般啊。"

林嘉禾："这些都是用边角料磨出来的。"

"切完镯子剩下的料？"

"嗯，切镯子剩下的料，一般先挑成色好的做挂坠或者戒面，最后的边角料再磨成玉珠。"

何钏若有所思地歪了下头，放下了手里的尺子。

林嘉禾问他："怎么了？"

何钏犹豫一下，问："翡翠摆件是不是比戒面或者珠子价格更高啊？"

林嘉禾说："那是当然。"

何钏说："那磨完镯子之后不是剩下一个镯芯吗？可以将其雕刻成小摆件啊。"

林嘉禾看了他一眼，缓缓说："可以是可以，只不过体积小，操作起来比较麻烦。一般摆件都选完整的大块玉料来雕刻。"

何钏立即说："不麻烦，我会的，我刻过很多小玩意儿。"

林嘉禾微微挑眉："你雕刻过很多？"

"我从小就拿石头来刻着玩，比镯芯更小的石头我都刻过。"何钏遗憾地搓了搓手，"不过我没带过来，都在老家的窗台上摆着呢。"

林嘉禾有些意外。何师傅说过他在雕刻方面有天赋，林嘉禾以为他只是简单接触过，可没想到他竟然是当兴趣一般从小练到大的。

她进一步问："你觉得圆形镯芯适合雕刻成什么？"

何钏边想边说："我觉得镯芯挺适合雕刻成一个小佛的，也可以刻成小水牛。总之根据石头的具体表现设计一下，很多可以刻的。"

说完，他期待地看着林嘉禾。林嘉禾对他点了下头："我跟邢姐请示一下，下次有镯芯，或者其他的小块料，拿给你来发挥。"

何钏喜出望外，忙点头，都不知说什么好。他抓起一颗只发亮的玉珠，举在面前，端详半天才说："这刻出来肯定好看。肯定比石头好看多了。"

林嘉禾笑了一下。

林嘉禾在工厂里忙过一个上午，吃完午饭又回办公室处理了一些文件，接近傍晚的时候，她在椅子上伸了个懒腰，突然听到手机响了一下。

她转头看向自己的包，那响声却又消失了。

林嘉禾怀疑是自己听差了，不过还是把包拎了过来。

她拿出手机，瞧见了一条陌生未接来电。这个电话只响了一声。

林嘉禾看着屏幕上陌生的号码，心里突然紧了一下。她立即站起身，快步朝自己的车子走去。

开车往家里赶的时候，林嘉禾想，这个电话响一声就挂了，很有可能是打错了，可是心里一个强烈的念头在不停地提醒她，这个电话是颜威打给她的。他在家里，很可能出了什么状况。

这个时间点路上还堵车，林嘉禾越来越焦急，探头看着前面一排车屁股，恨不得自己的车能飞起来。

好不容易回到小区，林嘉禾一摔车门快速跑上楼。开门的时候，她却突然放轻了动作。林嘉禾听到自己紧促的呼吸声，在门扇和自己的身体之间回荡。

“咔”的一声——门打开了。林嘉禾往屋里紧走两步，愣住了。整条沙发上空空荡荡。颜威不在那里。

“颜老师？”林嘉禾脚步没停，先走向卫生间，又看了一圈卧室，都是空无一人。

林嘉禾呆站在原地，足足过了两分钟才想起来，赶紧走过去拿上手机。她微微屏息，给那个陌生的号码拨了回去，那一瞬间甚至有个想法——他不会被绑架了吧？

响到第四声时，电话通了。

林嘉禾的心一下子被揪到嗓子眼，她试探着开口：“颜老师？”

那边的人没有停顿，直接叫了她的名字：“林嘉禾。”

是熟悉的声音。林嘉禾的心落回了肚子里，呼吸却悄悄漏掉了半拍。

她整理了一下思绪：“颜老师，是有人来接您了吗？”

刚问完，忽然手机传来振动，林嘉禾拿到面前一看，另一通电话打进来了。

她忽略了那个电话，赶紧重新将手机放在耳边，刚好听到颜威开口：“我自己走的。”

林嘉禾顿了一下，自己走的，也就是他的眼睛好了？

她张了张嘴：“哦，那……”林嘉禾吸了口气，告诉自己要镇定，然后说，“那您……记得注意身体。”

颜威“嗯”了一声。

他还不如保持沉默。他这一声“嗯”沿着话筒传震过来，林嘉禾感到心绪泛起涟漪，一时不知道该说什么了。

颜威没有等太久，见她没有出声，他在电话那边说：“等下你把电子邮箱发给我。”

林嘉禾脑子没转过来，但赶紧说了声“好的”。

颜威说：“发这个手机号就可以。其他没事情了，挂了。”

“嗯，好。”她话音刚落，电话就挂断了。

林嘉禾捧着手机，盯了很长一段时间，然后才点开短信，把自己的邮箱号码发了过去，还附上了一句话："颜老师，这是我的邮箱。"

发完短信，林嘉禾立即坐到电脑面前，登录了邮箱。

她检查了一下收件箱，然后平均十秒钟就刷新一下。这样过了十来分钟，没有新邮件消息，她放在一旁的手机又响了起来。

林嘉禾拿起一看，是刚才那通插进来的电话。她的视线不离电脑，把手机贴到耳边："喂，你好。"

"喂，林经理你好，我是陈岩水。"

林嘉禾忙说："陈总您好，刚刚有事情，那个电话没接到。"

陈岩水说："哦没事，打电话是通知你，我说的那批料子到了，明天上午送到解玉坊，有时间记得过来看。"

林嘉禾："当然有时间，我明天上午过去，谢谢陈总。"

陈岩水："不客气，明天上午见。"

"好的，明天见。"林嘉禾再次刷新了一下邮箱页面，看到新邮件过来了，于是赶紧挂了电话。

邮件来自一个公司的官方账号。点开之后，林嘉禾发现这是一封邀请函，邀请她参加一个翡翠赌石的培训课程。

林嘉禾感到很意外，继续往下滑动鼠标，很快就到底了。邮件只有简短几行，并没有关于活动更加具体的介绍了。她把文字仔细地读了一遍，终于在负责人一栏看到了颜威的名字。

这是，他的公司举办的活动吗？

林嘉禾想了半天，仍然很疑惑，不过无论如何，是要去参加的。或许她到了那里，一切就清楚了。

她把邮件拉到最底端，看到培训活动的时间是每周六晚五点到七点，地址在一栋大楼里。她用手机地图查了一下，发现大楼地址就在玉石街附近。明天正好是周六，上午她去解玉坊看毛料，下午去参加课程，两不耽误。

林嘉禾满意地笑了一下，扣上电脑，从桌子面前站了起来。

她看回客厅，发现沙发上的物品都不见了，无论是馒头、矿泉水，还是外卖，只有那把椅子还搁在沙发面前。

林嘉禾走到近前，看到颜威曾经坐过的位置已经回弹了，一点痕迹也没有。

一个很小的细节突然被她注意到，林嘉禾在沙发面前蹲了下来，用手指在上面划了一下。沙发是绒面的，按压之后，会留下印记，在光线下尤其清晰。而他坐过的地方，一片平整。

林嘉禾轻轻地眨了一下眼睛，仿佛能够想象他弯下腰，用手掌依次抚过沙发，之后每一片都是纹路整齐的了。

她这样想着，把胳膊搭在沙发上，下巴抵在上面转过头，看到空荡荡的阳台，外面的天再次黑了下来。

第二天早上，林嘉禾来到了玉石街。还有段距离时，她就看到解玉坊门口搭出来一个简易的棚子，地上堆放着毛料，棚子里聚集了不少人。

林嘉禾走近后，看清这批毛料有大有小，灰尘很大，像是从矿区直接拉过来的。一名戴眼镜的微胖男人蹲在棚里，用木工笔在毛料上做着标记，时不时指挥工人把看好的毛料挪一下位置。

想必他就是货主了。

林嘉禾就近看了看脚边的一块毛料，白盐砂皮，摸上去手感细腻。她又看向其他毛料，一律浅黄偏白的皮壳，一眼望去，像是蒙了一层细沙，在阳光下闪闪反光。

这样匀净的外观表现……

林嘉禾一抬头，正好看到人群里的陈岩水。她伸手打招呼："陈总。"

陈岩水礼貌一笑，朝她走过来："林经理，你来了。"

林嘉禾和他寒暄了两句，然后问："陈总知道这批料子是哪里的货吗？"

陈岩水露出神秘的表情，挥手一指："你看呢？"

"是……木那老场口？"

陈岩水点了点头。

林嘉禾很惊讶，都说缅甸老场口已经逐渐开采枯竭了，市面上老坑种翡翠也越发稀少了。木那场口是著名的老场口，料子以白沙表皮为特色，还有一点，就是很容易开出种色均匀的精品翡翠。

林嘉禾之前常听说木那石品质好，没承想今天居然能够亲眼见到。她连忙摸了摸面前的石头，仔细感受着它的质感。

陈岩水在一旁说："这批料子相当难得，走了特别渠道才弄来的，下次不一定什么时候才能遇到了。"

林嘉禾转头问："这些毛料，都是直接卖的？"

"对，货主自己留下了几块，外面这些都按全赌的料子卖。"陈岩水随意指了一块，"表现有好有坏，每公斤的定价也不同，价格都标在石头上了。"

林嘉禾点了下头。

陈岩水知道她是来收购明料的，说："这批毛料价格不低，大家都看得比较谨慎。等到有人买下来开始切石，最快也要中午了。”

林嘉禾望了望棚子里的人，比刚才聚集的更多了，说道：“是啊，而且今天一天也切不了几块。”

大部分人赌原石，会谨慎地先擦一个窗口，如果表现好，多半加点价格就转手卖了。等到一块原石被彻底切成翡翠明料，说不定要经手几个人，也说不定要过多少天了。

若是平时，林嘉禾倒无所谓，遇到哪块石头都是缘分。不过今天这些毛料都是老场口的，出好货的概率很大，她恨不得每一块石头切开的时候都在旁边盯着看。

陈岩水又和她聊了两句，很快被其他朋友叫走了。

林嘉禾看过几块毛料，最后停在一块略扁的毛料面前，拿出放大镜和手电来。这块料子的皮层很薄，局部青翠欲滴的玉肉直接暴露出来了，水种也非常好，可以赌一下冰种到玻璃种。

林嘉禾看了看石头上标的价格，每千克十万元。她尝试着双手抱了一下，很吃力，十五公斤往上的重量。也就是这块不算大的扁毛料，要接近二百万才能拿下。

她在心里叹了口气。果然，表现这么出色的料子，价格也摆在那里了。

林嘉禾站直身体，瞪了那块扁毛料半天，最后只是遗憾地摇了摇头。她继续在石头之间穿梭，走到棚子一角，发现这里的毛料都是小块的，有些甚至连个镯子都切不出来。

人们对零散毛料兴趣不大，因此这片区域人比较少，空气都显得新鲜了。林嘉禾蹲下来，随意看了两块，突然想起今天的事忘记通知何钏了。她拿出手机，给何钏拨了电话过去，等待的时候，伸手翻动着地上的小毛料。

电话很快就通了，何钏声音清爽地打招呼：“喂，师父。”

林嘉禾对他说：“我现在在解玉坊，这里进了一批毛料……”

她还没说完，何钏就赶忙说：“我马上过去。”

林嘉禾：“不用着急的，你可以吃完午饭过来，现在也没有人解石。”

何钏说了句“好的”，然后问：“师父，你是不是没时间吃午饭，我帮你带点吃的吧？”

林嘉禾想了下，说：“好啊，帮我带一点方便吃的。”

何钏立马答应了一声。

装了手机，林嘉禾低头定睛一看，发现自己刚才翻出来的两块小毛料还挺顺眼的。于是她按开手电仔细地看了起来。第一块毛料只有两个拳头大小，但麻雀小五脏全，皮壳上松花蟒带该有的都有了，手电一压，局部隐隐透绿，整体表现还不错。

她把这块毛料放在面前，又把第二块搬过来，翻了个面，不由得皱眉。这块稍大一些，一面是正常的白砂皮，另一面却裹满了黑藓，乍一看像是乌砂皮一样。

很多人赌石回避黑藓，因为不可预知它渗透进去多少，万一密密麻麻遍布全石，无论底子多好，这块玉料就算是毁了。

但这块石头黑藓只集中在一侧，倒是很少见的现象。林嘉禾照着手电，观察了一圈，越看越觉得有点意思。

不知看了多久，她再抬起头，突然感觉有道目光停留在她身上。

林嘉禾朝人群里望去。大家都在仔细钻研毛料，有些人对一块毛料判断不一致，几乎都快吵起来了。

玉石面前，金钱当头，并没有人刻意看她。

林嘉禾转回头，握了一下手电，心里的那个直觉仍然没有消除。有些时候，女人对这种事情格外敏感。

林嘉禾再次转头看去，这一回，目光越过人群，看到棚子外面站着交谈的两个人。其中一人微胖戴眼镜，是这批毛料的老板。另一个人……她的呼吸顿了一下。

那个人戴着一副墨镜，单手揣兜，外套领子立起来。只看一眼他的身形，或者说只看一眼他站在那里的感觉，林嘉禾立即就认出了他是颜威。

不知两人之前在交谈什么，总之这次聊天结束了。货主转身开始跟另一个顾客讲话，而颜威径直朝棚子这里走过来。

林嘉禾顿时心跳如擂鼓，她想自己应该装作没看见他。不过她忘记把头转回去了。

她蹲在原地，脚边放着两块石头，愣愣地望着他越走越近。

第三章

▷▷ 赌石启动金

颜威快走到时，遇到了几人挡路。他站定，对他们说：“让一下。”

那几人正围着一块大石研究，没工夫离开，只是屁股拧了一下。颜威侧身从空隙间挤过来，拍了拍衣服，然后脚步停在林嘉禾面前，出声问：“看石头？”

林嘉禾始终抬头看着他，说：“嗯。”

他没叫她的名字，她也没叫颜老师，好像两个人突然都忘记了客套。

颜威瞥了一眼地面，弯腰蹲下了。他伸手把墨镜摘了，用墨镜指了指她挑出来的两块毛料：“看好哪块？”

他说话语气很平常，可他靠近身边，便会给她带来紧张感。

林嘉禾低头看着石头，说：“这块有黑藓的。”

“原因呢？”

林嘉禾回答他：“高色往往伴随着黑藓一起出现，这块料子种质已经很细腻了，如果同时具有漂亮的颜色，就很绝。”

所以，哪怕大部分肉质被黑藓渗透了，只要能切出一小块种色俱佳的翡翠，磨成蛋面也能卖出高昂的价格。

这是林嘉禾传达给他的意思。

但她没有说的是，她感觉这块毛料上的黑藓并不瘆人，反而凉凉的，给人一种很有精气神的感觉。这种感受太抽象，她无法用语言描述。

颜威听她说完，点了下头，伸手把那块石头抓了起来。

林嘉禾转头看去，颜威一只手拎着墨镜搭在膝盖上，另一只手托着石头，先是掂了一下，然后用手指搓了搓表皮。

这块石头不算太轻，他的手臂线条明显绷了起来。

林嘉禾抬起眼睛，看到他的视线专注地落在石头上，好像那里的时间都凝固了。他的眼睛，似乎真的完全好了。

林嘉禾悄悄瞅着他的侧脸，心跳加快，又不自觉地放轻了呼吸。

大约过了一分钟，颜威把石头放回她面前的地面上，开口说：“买下来。”

林嘉禾愣了一下：“啊？”

颜威嘱咐：“用你个人的名义买。”

林嘉禾看了看石头，又看向他。

颜威同时站了起来，说：“就这样，我还有事情。”

林嘉禾下意识地跟着他一起站了起来，比动作迟钝了两秒才开口：“哦，那……颜老师再见。”

颜威单手戴上墨镜，把手揣进兜里，对她点了下头：“去付款吧。”说完，他转身跨过几块石头，走出了棚子。

颜威的步伐很大，好像把自己裹在了那个利落笔挺的背影里。阳光底下，他越走越远，最后只剩下一道冷静的影子。

直到完全望不见人了，林嘉禾才收回目光。

他刚才是专门过来，跟自己打了个招呼吗？

林嘉禾在原地站了一会儿，然后慢慢蹲下来，把那块黑藓毛料抱了起来。

她翻了个面，上面用木工笔写着价格，每公斤三万元。表皮这么多黑藓的毛料，这个定价可谓很高了。

老板把它丢在角落里，根本没指望能卖出去，压根是随意标价的。

林嘉禾看了一眼，然后在心里开始估算。这块石头大约五公斤，十五万左右就可以拿下，她的存款凑一下，还是够的……

林嘉禾抱着石头，朝老板走过去。这些毛料的老板姓付，正坐在一张椅子上休息，见林嘉禾也不是大客户，便没有起身，叫了一个工人过来帮她称重。

工人接过她手里的石头，放到店门口的秤上。林嘉禾紧跟着他，像是怕自己的石头跑掉了。

过完秤，六公斤还多一点，付老板抹了零头，要她十八万。

林嘉禾心头直发痛，一咬牙买下了。她再三嘱咐工人把这块石头放好，然后走去银行给老板转钱。

毛料买卖除非熟人，否则向来都是银货两讫的，要避免切垮之后客户不给钱，或者赌涨了老板不肯卖的情况出现。一刀穷一刀富，涨跌都在瞬间，说不好谁心态失衡会做出什么事来。

玉石街门口就有银行，林嘉禾花了一阵子时间，把几张银行卡凑了一下，才把钱凑齐。等返回店门口，把毛料重新抱在怀里，她才呼了口气，这块石头终于完全属于她了。

付老板坐在椅子上问："现在切吗？"

林嘉禾想了一下，说："等下再切吧。"

付老板对她说："在这儿买的免费给切，到时候你叫个员工帮你就行。"

林嘉禾点了下头。她拿着自己的毛料，看别的毛料都少了一些心情。而且这块石头抱久了还挺沉。

林嘉禾找了把椅子，在阴凉处坐下，没多久，何钏就来了。何钏给她带了一个汉堡和一杯可乐。

林嘉禾向他道谢，用湿纸巾擦干净手，直接拆开包装吃了起来。

何钏也找来了一把折叠椅，坐在她旁边。他一低头看到椅腿旁边的石头，问："师父，这是你买的毛料？"

林嘉禾点点头。何钏诧异地问："你不是不赌石吗？"

林嘉禾咽下一口汉堡，也不知道要怎么解释。

"这块毛料特别好？"何钏问，"我能看看吗？"

林嘉禾说："看吧。"

何钏弯腰把石头搬到腿上，正面浅白砂皮还正常，翻了个面，直接乌漆墨黑。何钏目瞪口呆："师父，这是阴阳石吗？"

林嘉禾说："那是黑藓。"

"黑藓？带黑藓的不是废料吗？"

"观察黑藓也是用来赌色的一种方法，比如有'绿随黑走'的说法。不过比较冒险，就看这些黑藓吃进去多少，有多少料子是可用的了。"

何钏点头，摸了摸石头表皮，又问："那师父，你什么时候解石？"

林嘉禾一直关注着棚子里的动态，几块毛料已经陆续成交了。她喝了口可乐，说："一会儿先看别人切石，我晚一些再切。"

她吃饱之后，带着何钏去毛料那边转了转，挑了两块有特点的给他讲解了一下。这时解石店里突然一阵喧闹，不少人暂放毛料，走进店里。

林嘉禾看过去："有人开始解石了。"

何钏替她抱着那块阴阳石，两人走进店里。店深处围了一圈人，他们找了个空隙站进去，看到解石机下放着一块很大的椭圆形毛料。

何钏问了问旁边的人，然后对林嘉禾说："这块毛料九十四千克，二百万。"

林嘉禾点点头，这块毛料外观表现中规中矩，个头够大，这个价格还算合理。

毛料主人姓赵，在解石前就跟大家讲清楚了，如果开出好货，他想自己挑着留一块，另一部分卖出去回个本。

说完，老赵跟解石师傅说：“开始吧。”

按之前商量好的方式，师傅先开动机器，在石头表现最好的一端小心翼翼地开了一个窗口。

机器停下后，师傅用清水冲了冲杂尘。围观的人看清情况，顿时议论纷纷。只见切开的那一面灰突突的，像是蒙着一层雾霾。

老赵难以置信地锁紧眉头，脸上一丝笑模样也没了，再次把手电和放大镜掏了出来。

人群里有人小声交流：“唉，多半是垮了，这一面是最有可能出绿的。”

“还有机会，现在一百万转手，我就收着。”

“一百万你敢要啊？……”

老赵自然不甘心转手，重新观察了十来分钟，抬起头对师傅说：“再切掉一层看看吧。”

机器嗡嗡运转起来，在原先的切面上又切进去约一厘米的厚度，等到声音停止，十几双眼睛盯上去。

“唉，没戏了。”有人率先叹息。

又切掉一层，还是乌灰发暗的表现，不仅没有一丝绿色，连一点明净的白地都没有。

老赵的脸色也一下子灰了。

有人看热闹不嫌事大：“老赵头，可别切了，赶紧便宜卖了吧，再切一分钱也收不回来喽。”

老赵蒙蒙地站在石头旁边，搁下了放大镜，双手不住颤抖，像是在思考自己接下来如何是好。

何钏看到这幅场景，也不由得叹了口气：“真惨啊，二百万啊。感觉这个石头跟我路边捡的差不多，就是个头大点……”

他讲完一转头，看到林嘉禾微微蹙眉，似乎正在思考。

何钏小声地问：“师父，怎么了？你觉得这个石头还有的切？”

林嘉禾将视线从毛料上挪开，问他：“你知道卯水吗？”

“猫水？不知道。”

林嘉禾说：“就是皮壳和玉肉之间，有一层雾状的东西，能有几厘米厚。”

何钏听得一愣：“你觉得现在是雾层，再往下磨还能出绿？”

“我以前见过几次，卯水这个东西很骗人的。曾经有个货主磨掉几层都看不到好东西，就低价把石头卖了。因为便宜，接手的人也不上心，随意一切，结果里面绿莹莹一大片。原先的货主听说了差点气得住院。”

何钏说：“可是，没见过的人，是不是不好判断啊？”

林嘉禾说：“见过也不好判断的，看货主自己的想法了。”

“如果是我，肯定继续切，现在也卖不上多少钱了。”

林嘉禾微微摇头：“越切越垮，人的心态会变的。现在转手哪怕只能卖十万块钱，大部分人也不敢再切了，怕一分钱也收不回来。”

何钏默默地叹了一口气。

“卯水，卯水。”他念了两遍，好像要记住这个新名词。

“你觉得这是卯水？”

人群有一阵安静，老赵在空当里听到了何钏的讲话，走了过来。

何钏愣了一下，转脸看向林嘉禾。

林嘉禾冲老赵点头：“是我说的，我认为有这样的可能性。”

老赵的目光移到林嘉禾身上，微有诧异，或许没想到这个样貌姣好的女人倒是正主。不过如今也是病急乱投医了，老赵搓了一下手掌，请教说：“我听说种很差的翡翠才有卯水现象啊，这批可是老坑种的好货啊。”

林嘉禾对他说：“我之前见过一块外观表现细腻的毛料，有着厚厚一层卯水，结果最里面开出了种、色俱佳的翡翠。”

“真的？那我这个呢？”

林嘉禾原本不想再多说了，毕竟这不关她的事情，还容易惹麻烦。可是老赵一脸急切地望着她，眼睛都急红了，他的鬓角花白，看起来也上年纪了……

林嘉禾很诚恳地对他说：“赵师傅，我建议再切一次，十厘米以上的厚度。这样一下就见分晓了。”

众人都看着他们。

赌石这种事，大家爱看个热闹，但是具体的建议，谁也不敢乱提。毕竟一刀下去都是钱，怕到时候有人拎不清。

老赵喘着粗气，半晌，狠狠点了下头：“好！反正都这样了，现在二十万都没人敢要。”

他走回石头旁边，直接拿笔画了一个三七分的位置：“从这里再来一刀。”

真正是一刀定生死，这刀下去没有，石头就是真真正正砸手里了。

林嘉禾的心也跟着揪了起来。

解刀缓缓破开石料，经过无比漫长的时间，终于，毛料被一分两半——老赵一直搓动的手突然不搓了，眼神也直了。

两个切面都暴露出剔透的颜色，果真切出好东西了。

老赵亲自淋水，仔仔细细地把杂质冲干净。只见玉肉是纯净半透的底色，飘着淡淡的绿花，那绿意很翠嫩，像是初春抽出的新芽一样，重在种水极好，色不浓，搭配起来却十分宜人。

人群顿时鸦雀无声，好几分钟后，有人叫价："三百万，转给我吧。"

人们顿时反应过来。

"三百二十万，我收了。"

"两块分开卖吗？小的那块我出一百万。"

老赵这时心态倒是稳定了，没有理会大家，只是对师傅说："小的这块横向再擦一下吧。"

师傅很快工作起来。随着玉肉暴露越来越多，人群小声议论起来，多少透露着惋惜。

这几乎就是翡翠明料了，种水又这样好，恐怕价格要飞起来喽。

快切完的时候，老赵转身直接朝林嘉禾这里走了过来。

林嘉禾轻微挑眉，心里大概明白他要做什么了。

老赵走到面前，对她说："刚才着急了，还没问你贵姓？"

林嘉禾忙说："免贵姓林。"

老赵带着笑容问："林小姐，你是来赌石还是收购翡翠？"

"主要是替公司收购。"

老赵朝后面指了一下："这料子你要吗？"

林嘉禾微微一笑："这么漂亮的料子，有机会当然要收。"

老赵说："好。大的那块我个人要留着。小的那块，刚才有人出价一百万，现在虽然都解开了，但我不加价，一百万我就卖给你。"

翡翠交易，买卖都是自己议价。老赵这个表现算得上讲理大气。

他仿佛怕林嘉禾推托，又补充一句："林小姐，不论别的，你跟这块料子有缘啊。"

林嘉禾当然不会推托，这块料子水口大，种色也好，做出东西利润空间太大了。她点了下头："好的，赵师傅，这个价格我要了。我现在给公司打个电话请示一下，等下来找你签合同。"

老赵笑着说："好、好。"

林嘉禾来到店外安静处，给邢姐打了个电话。

邢姐听了她的描述很高兴。这块料子虽然偏高档，但是纯净的飘花翡翠是年轻讨巧的品种，做成首饰在市场上也是很畅销的。

再次返回解石店，林嘉禾顺利地和老赵签下了合同。公司财务会把钱打给他，料子则委托店家送到公司里。

何钏也很有成就感，跟着林嘉禾走进走出，抱着那块阴阳石头也不嫌累。

等林嘉禾这边翡翠买卖告一段落，解石机上又有一块毛料开始解磨了。看了下时间，林嘉禾找到店员，把自己安排到了下一位解石。

然后他们走到近前，看一看现在这块赌石是什么货色。

打眼一瞧，何钏说："哇，表皮上松花好多。"

只见这块石料表面布着密集的艳绿松花，一条深绿色的蟒带几乎穿过半个石面，蟒与松花配合良好，石头本身种又老，出好色的可能性是很大的。这块石料不算太大，二十公斤左右，但是这么出色的表现，起码要百万以上的价格才能拿下。

林嘉禾心里感叹，又是一场豪赌啊。

师傅还是先在石料表现最好的一端擦了个天窗。只磨掉薄薄一层，一面翠绿却迫不及待地暴露了出来，这绿色不算艳，但是因着水头充沛，光如凝脂，看起来分外喜人。

人群接连称赞，货主也满脸喜气洋洋，直冲大家拱手。

这时就要考虑是否转手了。若非公司购入，个人赌石擦涨了，转手赚个差价是最稳妥的做法。但这货主想了想，放不下这么好的表现，还是想自己再多解几刀。

于是他在方才那个水口的侧向，又选定一块位置，让师傅切了下去。

机器缓缓停止，货主凑近一瞧，表情顿时凝固了。

围观的有人抽了口气："出藓了。"

新擦开的切面约巴掌大，底子还是水嫩的翠绿色，只不过上面点缀着密密麻麻的黑藓，有些是斑点状的，有些是条带状的，像是往池水里撒了一把扭动的黑色虫子。

依这个表现，黑藓会吃进去不少。

林嘉禾蹙起眉，看向货主。货主的嘴唇哆嗦了一下，他问周围几家公司的熟人："现在一百万，收吗？"

若是方才，二百万人们都会争着要，但如今这一面黑藓乍然出现……若只是色种差点，还有的赌，但这黑藓很可能把整块石头变得一文不值啊。

无人回答。

货主声音颤了一下："七十万呢？"

还是没人应声。

有人感觉这块石头丧气，直接转身离开了。

这时一个店员走过来，跟他交谈："五十万，老板愿意把这块毛料再收回去。"

货主当即崩溃："五十万？我可是一百五十万买下来的啊！"

店员："老板说这块料子表现骗人，藓生在内部，五十万也有可能赔。如果不是在他这里买的，五十万他都不愿意收。"

货主又往人群里看了一圈，没有人愿意要，而他自己更是不敢再往下切了。

他恼乱地抓了抓头发，都怪自己手贱多解了一刀，却也无法，世上没有后悔药，他抖着嘴唇，最后只得点了头。

那块"大降价"的毛料被搬走了。货主离开的时候背都驼了。

何钏目送着他离开，再转回头，看到林嘉禾把自己的阴阳毛料交给了解石师傅。

林嘉禾像是没看见刚才的情况似的，只是嘱咐师傅："麻烦从这一面轻擦开吧。"

何钏走到她旁边，小声说："师父……刚才那个就是黑藓把石头毁了。"

林嘉禾"嗯"了一声。何钏说："我都不敢看了。那个表面根本看不出藓，咱们这个表面都是……"

"不能这么比较的。"林嘉禾声音淡淡地打断他。

何钏转头，她的表情很宁静，双手抱在一起，视线始终望着自己的石头。

何钏点了下头，把情绪咽下，也专注地看过去。她的这块毛料很小，不用大动干戈，师傅拿来一台手动磨石机，从"阴"的那一面开始轻擦。

周围仍然聚着不少人，多半是看热闹的。方才刚切垮了一件黑藓毛料，这一块表面又都是黑藓，个头也小，找不出哪里吸引人，难道是因为价格便宜吗？有人在旁边好奇地问："这块石头多少钱收的？"

知道情况的路人回答："十八万。"

"按单价也不便宜啊……"

林嘉禾轻轻抿住唇，磨开的杂尘在空气中飞舞，映入她的视线里。

她想，这是她第一次赌石。

之前她看过那么多人赌石，有人喜悲外露，有人八风不动。可无论怎样性格的人，等待石头解开的时间，绝对是浑身紧张的。因为神仙难断寸玉，尘埃落定前谁也说不好输赢。

林嘉禾多少也紧张，但很奇怪，并不担心输赢。颜威让她买下这块毛料时，她心里就认为自己一定会赢。

但她想知道的是，自己会赢多少。

她只是在等待一个结果，看那个结果会带给自己多大的惊喜。

机器停止，清水淋下，尘沙洗净。

林嘉禾按开手电，走了过去。

磨去一层后，切面上还保留着一小块黑藓，大部分是纯粹的玉质了。但这玉肉并不是翠色的，而是透着冷色调的紫色。林嘉禾屏住呼吸，把手电筒压上去，透光极好，里面泛着冰冰凉凉的紫色光芒。

“紫罗兰翡翠啊……”

“还是细糯冰种，难得的好东西啊。”

任由周围赞叹纷纷，林嘉禾仔细地研究了很久。这块黑藓比她想象的范围小很多，两侧玉肉都是纯净可用的，而且或许还要感谢这道黑藓，紫罗兰色脉正是攀着黑色蔓延开的，真是完美的藓喷色现象。

等她终于舍得抬起头来，便发现一边站着何钏，另一边是走近的陈岩水。

陈岩水小声地询问：“林经理，这块紫罗兰石头你要出吗？”

林嘉禾把手电关上，对他说：“不好意思陈总，这块料子我想自己留下。”

陈岩水也知道她多半不会卖，赌出漂亮的料子，他们公司正好有工厂，根本不愁加工。他忙摆了摆手：“没关系，我只是瞧这紫色翡翠太美了，想沾沾光。”他又说，“那等加工出成品，还望通知我，我按市面的价格收上一两件作为收藏。”

林嘉禾说：“好的，一定。”她微微一笑，“到时候给你打折。”

陈岩水礼貌地点头，又称赞说：“林经理今天真是有福气啊，收了一块冰种飘绿的好料子，转眼又赌出了一块紫罗兰冰种。”

她今天，很有福气吗？

林嘉禾心里轻跳，有瞬间出神，只是笑了一下。

接下来请师傅把石料整体擦开来，林嘉禾搬了把椅子坐在一边看着，脑子里开始估算这块紫罗兰翡翠的价值。

当表面磨开三分之二左右，林嘉禾眼神一动，又站了起来，只见暴露出来的翡翠由紫色开始渐渐过渡成了绿色调。

这竟是一块紫阳双色翡翠。

何钏在一旁惊叹：“这是，传说中的春带彩？”

林嘉禾看着那里，点了下头。

“哇，真好看。”何钏凑近端详半天，转头说，“师傅，我觉得这块比你替公司收的那块飘绿的还要好看，居然是双色的啊。”

听着他的赞叹，看着眼前夺目的翡翠，林嘉禾突然想到颜威那句嘱咐。

“用你个人的名义买。”

她今天，似乎特别容易走神。

在嘈杂的解石声里，她垂下眼睛，任由柔软的思绪荡漾开来。

整块料子磨净后，林嘉禾走上前谢过师傅。然后她和何钏把料子搬到安静处，用尺子开始比量。

除掉黑藓，可以切几片双色的镯子料，也可以切单色的镯子，选择还挺多的。林嘉禾头一次拥有一整块玉料，切割设计能够任由自己来，一时间有点没头绪。

她大概想了一番，问何钏：“雕刻大师，你怎么看？”

何钏面对自己擅长的问题，倒是不慌不忙，接过尺子比画了半天，才说：“我觉得这个颜色，挺适合雕刻一个小巧的葡萄果盘的。”

林嘉禾问：“绿色做盘底，紫色雕成葡萄？”

何钏指着描述：“取中间这部分，带一道黑藓。黑色正好作为葡萄茎，围绕着的浓紫色雕刻成一串葡萄，周围再衬托一些绿叶。”

林嘉禾思索着：“那两边的料子还可以切出镯子。”

“我再量一下。”

何钏又调整尺子仔细测量，然后有些遗憾地嘀咕：“可能只有一边够做镯子了。”

林嘉禾直接说：“行，你刻吧。”

何钏猛然抬头。林嘉禾说：“刻成葡萄摆件，正好中间的黑藓料不浪费。剩下的一边切镯子，另一边雕成小挂饰。”

何钏咧嘴笑了：“师父，你这么信任我啊？”

林嘉禾说：“可不要刻坏了。”

“刻不坏，绝对刻不坏。而且……”何钏再次看回玉料，好像在脑子里已经构出图像，“成品一定很好看的。”

林嘉禾可谓今天最大的赢家了。留在店里的这段时间，有好几人都过来跟她交换了名片，林嘉禾欣然应对，毕竟翡翠行当渠道还是很重要的，朋友越多，看到好石头的机会越多。

等闲下来，林嘉禾顿时想起今晚还要参加赌石培训课程，拿出手机一看时间，已经要迟到了。

她赶紧嘱咐何钏把翡翠带回公司放好，然后自己按着导航朝大楼的位置找过去。好在距离不远，她从玉石街的岔路拐出去，过条马路就到了。

林嘉禾朝大楼走近的时候，抬头望着锃亮的玻璃窗口，心想难怪自己不认识。这栋大楼是今年刚建成的，前两年这里始终是一片乱糟糟的施工地，她开车都会绕路走。

走进大楼，林嘉禾按着门上编号找到了指定的屋子。推开门，里面是一个宽敞的报告厅，已经坐了二十来人。桌椅都是活动的，大家坐得并不整齐，这里一个那里一个，但是他们的脸都冲着前方。

林嘉禾转头，看到大屏幕上正在播放翡翠知识的讲解视频。除此之外，并没有授课老师。

林嘉禾怕影响大家看视频，赶紧走到一个位置坐下了。她把包甩在桌子上，看了几分钟，然后悄悄问旁边一个中年男人。

“你好，请问这是什么类型的培训？就是看视频吗？”

中年男人转头，林嘉禾发现他皮肤很黑，晒出来的那种黝黑。他问：“你之前没来过？”

林嘉禾说：“我刚收到邀请函，今天第一次来。”

中年男人把胳膊肘撑在桌子上，对她说：“这个培训课一共三个月，已经开始两个月了，还剩一个月就结束了，都是视频的形式。”

“那……你们都是来学习的？要交学费吗？”

中年男人意识到她完全不清楚，扭转身体，好好跟她解释：“我们都是通过公司报名的，学习课程就是走个形式，主要目的是最后要参加一个赌石比赛。”

林嘉禾微微一愣：“赌石比赛？”

“对啊，举办方给很多公司发了邀请函，据说最后奖金很丰厚。”

林嘉禾一时没说话。

那中年男子又懒洋洋地说：“其实学习这些视频真没什么用，大家都是做翡翠生意的，破爬滚打这么多年，这些皮毛谁还不了解啊？我每周还得专门坐高铁过来，特别麻烦。”

林嘉禾问他：“你是做什么工作的？”

中年男子说：“我啊，负责收购翡翠料子的。”他朝屋里其他人努努嘴，“大家都是类似的工作，不然怎么会来参加赌石比赛？你也是做这一行的吧。”

林嘉禾点点头，又问：“你是哪个公司的？”

中年男子说了一个名声响亮的上市珠宝公司。

林嘉禾心里瞬间懂了。她就职的公司太小了，按正常流程，她根本不可能收到邀请函。

她现在只剩下最后一个问题了。

林嘉禾压低声音，神神秘秘地问："你认识颜威吗？"

"谁？"中年男人抬头望了一圈，"一个班的吗？"

林嘉禾摇了下头："没事了。"

中年男子这时把手机掏了出来："来，加个联系方式，有事情好联系，你贵姓？"

林嘉禾对他伸手："我来输吧。"

他们交换手机，输入了联系方式。林嘉禾拿回手机，看到这个黝黑的中年男人名叫班强，她冲他扬扬手机，意思是收到，然后把手机装了。

林嘉禾转正身体，看向大屏幕，努力凝神，一个小时之后也终于听不进去了。她有好几年没有这样规规矩矩地上课了。

屋里气氛也很浮躁，大家都爱听不听的，时不时有人进出。林嘉禾拿上包，轻声出门，去了卫生间。

她原路往回走的时候，经过了一个路口，里面是办公区域。林嘉禾原本已经路过了，顿住脚步，又倒了回来。

正对着的办公室里隐约站着两个人。办公室是用磨砂玻璃隔断的，只能看到大概的身形，但林嘉禾敏锐地感到，其中一个人是颜威。

她悄悄地走过去，那个人影在办公室里走动了一步，他的衣服是深色的，领子立起来。这样笔挺的身形，又在这栋楼里，多半就是颜威了。

她不知不觉地走到了办公室面前，不过这样离得近了，反而看不清了。林嘉禾也有点迷茫，她为什么要走过来？她不可能推开门去跟他打招呼。

她在门口站了半晌，又悄悄地走掉了。

林嘉禾回到活动室坐下，心里却再也安稳不下来。

她按开手机看时间，傍晚六点半了，距离结束还有半小时，望向窗外擦黑的天色，头脑里有一个念头始终转啊转，终于，安定了下来。

七点一到，课程准时结束了，一个工作人员走进来关掉大屏幕。

林嘉禾等大部分人离开了，才走出门，朝着与电梯相反的方向，回到了刚才那间办公室面前。

她仔细地分辨了一下，颜威还在里面，只不过坐下了。

林嘉禾撤到拐角，拿出手机，给附近一家饭店打电话订了个包间。收了手机，她又探头朝办公室看了一眼，然后靠着玻璃墙面，安安静静地等待着。

接近八点，办公室里终于有动静了。

颜威的身影停在门里，他最后交代了一句话，然后开门走了出来。

走过拐角，见一个人迎面过来，颜威停住脚步，认出她来："林嘉禾。"

偏窄的空间里，他叫她的名字听起来非常清晰。

林嘉禾停在原地，抬头打招呼："颜老师。"

颜威看了一眼她身后的走廊，又重新看向她，略带思索地点了下头。

林嘉禾微笑着："好巧啊颜老师，您也在这里。您吃饭了吗？"

颜威忍不住点明："你刚刚来过。"

林嘉禾笑容一僵。

"一个多小时以前，是你在办公室门口停留了一会儿。"颜威直接问，"有事情？"

冒充偶遇失败了啊，林嘉禾低了一下脑袋，倒没觉得不好意思，干脆实话实说："我下课一直等在这里了……颜老师，我是想请您吃个饭，谢谢您给我指点那块翡翠。

"今晚您方便吗？"她问完，抬脸看向他。

颜威站在那里，整个人是有些棱角的，无论是外观还是性格，这使他显得不大好相处。但其实他本人并没有什么架子，而且他喜欢独来独往，身上带着秘密。那个秘密，她已经与他共享了……

所以，林嘉禾很轻易地开口这样询问他了。

颜威脸上表情没有变化，只是眼帘动了一下，似乎经历片刻思考。然后他抬起眼睛，说："可以。"

林嘉禾："那我们去吃……"

"等我十分钟。"

林嘉禾这时才发现他手里拿着文件。她连忙说："那颜老师，我在楼下大厅等您。"

颜威点了下头。

林嘉禾转身朝电梯间走去，按完按钮，回头看到他推门走进了另一间办公室。

下到一楼后，林嘉禾在大厅里找了一圈，发现这栋大楼是没有挂名的，连手机地图里都只有一个地理坐标。她耸耸肩，到旁边的等候座椅上坐下了。

颜威不到十分钟就从电梯里走了出来，迈步很大，路过座椅，林嘉禾站了起来。颜威等了她一步，然后两人一前一后地走出了大门。

走下楼梯，颜威才问："去哪里？"

"珠玉饭店可以吗？吃炒菜。"

"多远？"

林嘉禾说："就在玉石街旁边，很近的，不用开车。"

颜威点了点头："那走吧。"

他站在原地，等她走了，才抬步跟上。林嘉禾知道了，他对周边不太熟悉。珠玉饭店也算是附近最大的饭店了。

也正是因为近，路上不聊天也不显尴尬，两人很快就到了。走进饭店大堂，林嘉禾来到前台询问一个服务员："你好，我刚订了一个包间，我姓林。"

服务员对照着查了一下，然后抬头问："你们几位？"

"两位。"

"对不起，林小姐，我们包间是有……"

林嘉禾："我知道有最低消费，我们公司常来这里吃饭，你看我应该是会员了。"

服务员说："是的，我看到了。只是最小的包间是八人桌，你们两位人数太少了。"

"怎么了？"

林嘉禾刚想继续讲话，就听到了颜威的声音。她转头，看到颜威走到了旁边，单手揣在兜里，很标准的等待姿势。

林嘉禾对他笑了下："没事的，我正在……"

"随意一点。"颜威说，"不用包间。"

林嘉禾顿了一下，然后点了点头，对前台说："那就坐散座吧，麻烦挑一个安静点的位置。"

服务员欣然答应，走出来伸手引路："二位这边走。"

他们被带到大堂深处一张二人桌坐下了，这里每桌都有竹墙隔开，确实清幽安静。服务员很快拿来两本菜单，递给他们一人一本。

林嘉禾翻开菜单，抬眼看到颜威没有动。她看了两页，然后问："颜老师，您爱吃什么？"

颜威说："你点。"

"哦，那您爱吃海鲜吗？"林嘉禾正好翻到海鲜那一栏，一道招牌菜是麻辣小鲜鲍，"您能吃辣吗？"

"都可以。"

颜威把面前的菜单往旁边推了一下，拿过水杯喝了一口，意思是点菜全权交与她负责，他完全不参与。

林嘉禾也不问了，看了两分钟菜单，招手对服务员点了一道凉菜、两道特色炒菜、一条清蒸鱼，又要了一瓶葡萄酒。

然后她把菜单合上，推到一边，端起玻璃杯喝了一口水。

她放下杯子时，杯子碰了一下桌面，发出“叮”的一声。

林嘉禾看着晃动的水面，然后抬眼看向他：“颜老师，今天早上的那块毛料赌涨了，开出了一块春带彩的双色翡翠，黑藓很少，大部分没有瑕疵。”

颜威略微点头：“很好，成品发挥空间很大。”

“是……所以我想，谢谢您的指导。”

“不必谢我。”颜威调整了一下盘碟的位置，说，“是你自己选的。”

是她自己选的倒是没错。只是，没有他来敲定，她不可能有勇气出手买下。

林嘉禾看向对面，颜威坐得很端正，只是视线垂着，神色难以分辨。她把身体向前微探，轻声问：“颜老师，您很希望我开始赌石，是吗？”

颜威的眉心动了一下，他抬起眼睛看向她。

林嘉禾继续开口：“之前您问我为什么不赌石，我说成本不够。所以，您这是送了我一份赌石启动资金吗？”

颜威依旧看着她，声音平静地道：“你很敢问。”

林嘉禾笑了下，眼神跟着轻微一动：“我以为您答应来跟我吃晚饭，是默认要来回答我一些疑惑的。”

颜威压了压下颌，脸上光影暗了，再抬起来，眼神清晰锐利，直说：“我可以回答你三个问题。之后我的事情，希望你不要跟其他人提起。”

林嘉禾立即举起三根手指：“我不会告诉别人的。”

这时，一名男服务员走了过来。

林嘉禾赶紧把手收了下去，看着他端上一盘凉菜，打开一瓶葡萄酒，缓缓注入两人面前的高脚杯，然后把酒瓶搁在桌子内侧，鞠了个躬，离开了。

林嘉禾找了找，才重新把话题找回来。

三个问题。

她看向对面：“颜老师，刚刚我的问题，算第一个吗？”

颜威说：“算。问我是否送了你一份赌石启动金，我来回答？”

“等一下……”

颜威看着她。

林嘉禾不好意思地笑了，手里握住高脚杯，整合了一下语言，才说：“我的第一个问题是，您送给我那块春带彩翡翠，是因为我之前帮助了您，您想回报我，还是因为您想要刺激我开始赌石？”

颜威说：“都有。”

林嘉禾等了一下，以为他的回答已经结束了。

这时，颜威又继续开口：“你从小在翡翠行当里长大，不论是亲眼见证，还是听人口传，都吸收了很丰富的赌石知识。同时，你对翡翠有非常好的直觉，这是很难得的。所以我希望你能够参与赌石，不浪费你的经验和天赋。”

林嘉禾怔了一下，没想到自己可以获得他的评价，而且还是认可的态度，这份认可太宝贵了。

她手指绕住酒杯，不自觉地扣紧了。

颜威端起酒杯喝了一口酒，林嘉禾也跟着喝了一口。

酒杯同时搁下，颜威问：“第二个问题？”

林嘉禾鼓足了勇气，问：“颜老师，您看翡翠，是有平常人都不具有的天赋吗？这个特别的天赋跟你的眼睛失明有关系吗？”

他是曾经的赌石之王，看翡翠毛料那么准，而且他的眼睛失明后又自动痊愈。这会是他天赋异禀带来的副作用吗？

这样的猜测其实早已成型了。

可是直接朝他问出来，她的心里还是怦怦直跳。

颜威将手按在餐桌上，没有立即回答。

几秒钟之后，林嘉禾有些后悔，怕他觉得冒犯，她问的问题是不是太直接了？

这个时候，服务员推着推车上菜了。

热菜一一端上了桌子，最后一条蒸鱼摆在当中。服务员说了句“您的菜上齐了”就离开了。

林嘉禾拿起筷子，缓和地说：“颜老师，趁热先吃饭吧。”

颜威没有动，看着她说：“你问的是两个问题。”

“嗯？”

“我是否有天赋，与眼睛是否有关系，这两个问题，要我都回答吗？”

林嘉禾摇了摇头：“不用了。”

“回答一个？”

林嘉禾抬眼看向他，新炒的菜冒着热腾腾的白气，把他全部的凌厉都藏了起来。模糊视线之下，他的面孔竟显得有些柔和。

她说：“一个也不用了。颜老师，您就当这些是废问题。”

她提出了这么荒诞的猜测，如果不是如此，他会感到好笑吧？

但他态度很严肃，所以她心里已经有答案了。

他是她崇拜的神秘人物，之前是，之后也是，她会帮他保守秘密，这就够了。

颜威没有再说话，松了一下衣领，然后把筷子拿在手里。

他夹了一块鱼肉，林嘉禾随后动筷，在那条鱼的另一边也夹了一块。鱼肉填进嘴里，林嘉禾的舌头立即被烫了一下，她赶紧端起酒杯喝了一口酒降降温。

她表面还要装得若无其事，优雅地放下杯子，抬起眼睛，看到他又吃了一口鱼肉。

刚蒸出来的鱼，他不觉得烫吗？

林嘉禾的眼睫动了一下，她掩盖似的赶紧夹了口菜吃。每样菜都吃了一遍之后，林嘉禾放下筷子，喝了口酒。

她注意到一盘桃仁秋葵距离颜威最近，于是他夹了很多次那道菜，似乎只以吃饱为目的。

搁下酒杯，林嘉禾随意地说：“颜老师，您很爱吃甜的东西吗？”

颜威问：“这是你的第二个问题？”

林嘉禾赶紧摇摇头。

颜威握着筷子，看了她一眼。之后再夹菜，他都避开那道桃仁秋葵，开始吃其他的菜。

可是，那道桃仁秋葵并不是甜的。相反，它的调料里加了芥末，表面上看不出来，吃起来却有些呛口。

林嘉禾默默地抿了一口酒。

之后全程安静吃完了饭，差不多的时候，林嘉禾询问他吃不吃主食。颜威拒绝了，林嘉禾也感觉吃饱了，便没有要。

林嘉禾摇晃了一下高脚杯，然后朝他伸过去，微微一笑：“颜老师，最后一口了，我们干了。”

颜威与她碰了一下酒杯。

饮尽红酒，放下杯子，林嘉禾首先看向他。随后，颜威也看向她。

对视之下，林嘉禾眼波流转，轻声开口：“颜老师，我想问您第二个问题，还请您……不要生气。”

颜威单手搭在桌面上，说：“你问。”

“您现在，尝得到味道吗？”

颜威蹙起眉心，霍然意识到她是一个心思极其灵动的人。她身上有种浑然天成的魅力，很容易就把距离拉近了，比如她现在就坐在对面，身子微微前探，在等待答案。

但意外的是，他并不感到冒犯，只是觉得她大胆而真诚。

这种体验倒是难得。

颜威的手指在桌面上敲了一下，他缓缓开口："你的判断没错。"他直视着她，给出回答，"我现在味觉有些问题，尝不到任何味道。"

"哦……"他这样直说，林嘉禾倒突然顿住了。她脑子里快速过了一下，上次录节目看完翡翠白菜，他的视力出了问题，这次他为她看了春带彩翡翠，他的味觉出了问题……各种感官轮着，是这样吗？

林嘉禾缓缓地眨了一下眼睛："还是，三天左右就可以痊愈吗？"

"第三个问题？"颜威问。

"不是不是……"林嘉禾赶紧摆手，"颜老师，不用回答。"

颜威看着她，抿上了唇。林嘉禾握了下高脚杯，酒已经没了，于是她拿起玻璃杯喝了一口水。气氛有些安静。

一餐饭毕，两人都没离席，正是聊天的时间。

颜威不紧不慢地开口问："那块春带彩翡翠怎么处理？转卖给了你们公司吗？"

林嘉禾摇头："没有，我想自己加工出成品。"

"自己做？"

"嗯，我最近带了一个徒弟，他很会雕刻，正好有这块料子，就交给他去发挥了。等到成品做好，我再放到网上去卖。"

颜威"嗯"了一声。

他有意继续聊天，林嘉禾就好开口了，问："颜老师，这段时间您都留在这边吗？等到最后的赌石比赛结束？"

颜威刚要说话，林嘉禾立即反应过来，说："不不不，这不是我的第三个问题。"颜威的表情动了一下，好像有些想笑。

林嘉禾叹了口气，说："颜老师，我都不敢说话了……"她不好意思地笑了一下，"舍不得用掉最后一个问题。"

颜威说："我平时到处跑，这段时间重点在这边。"他淡淡补充，"这不算第三个问题。"

林嘉禾说："那您经常去翡翠矿区吗？"

"对。"

"您参加过很多次缅甸的公盘大会吗？"

颜威看着她："你没有参加过？"

林嘉禾笑了笑："之前我也不赌石，给公司采购，本地的货源就够用了。"

颜威说："缅甸翡翠公盘一年有三次，无论赌不赌石，都值得去参加。"

"我回去关注一下。"

"嗯。"

林嘉禾双手交握在玻璃杯上，对他说："不过，我要先好好参加您推荐的赌石比赛。"

她有意地看着他的表情。

颜威不动声色，只是又"嗯"了一声。

他们有交集，她帮过他，他也给了她回报，算是打平了。

在这之后，他或许不会再帮她。

林嘉禾清楚，如果她想要继续出现在他的视野里，想要他对她另眼相待，还要靠自己的努力。

竹墙隔着，外面陆续有几桌人离开了，时间已经不早了。

林嘉禾慢慢喝下一口水，然后对他说："颜老师，第三个问题，我可以先保留着吗？"

颜威说："你决定。"

林嘉禾说："那我就先留着。"她对他微笑，"我现在没有问题了。"

颜威点了下头，把水杯往里推了一下，看向她："那走吧。"

林嘉禾说："好的。"说完她招手叫服务员结账。

颜威静静注视着她刷完卡，装好钱包，然后他们离开座位，一前一后走了出去。

外面天已经黑了，站在灯火亮堂的饭店门口，林嘉禾指了一下，说："我去玉石街那边。"

颜威说："好，再见。"

林嘉禾挥了挥手："颜老师再见。"

颜威转身朝大楼的方向走回去，一边走一边把外套的衣领拉高了。林嘉禾看着他的背影消失在路灯尽头，默默弯起嘴角，然后走向马路对面。

接下来一天是周日，她晚上依旧来大楼里上课，不过没有碰见颜威。

她的没有碰见，是指她刻意去办公区门口晃了一圈，下课后又多等了一个小时，始终没有看见他。

林嘉禾也并不沮丧，一个人离开了大楼。

开车回家的路上，她的心情慢慢轻快起来。她想，他不再是一个遥不可及的人物了，她知道在哪里可以偶遇他，甚至，她有他的电话了。

这已经是巨大的突破了。

周一回到工厂，林嘉禾就开始忙碌起来。一方面，给公司收购的那块飘绿花毛料要敲定设计方案，联系售卖渠道；另一方面，她自己的那块春带彩翡翠也要加工起来了。

何钏周末一直待在工厂里，雕刻方案在脑中已经晃荡了无数遍。等到林嘉禾来了，他请示一声，立刻开始动手切割。

中午午休时，林嘉禾看到邢姐在办公室里，便叫她一起吃午饭。

两人在公司附近一家小餐馆要了两份盖饭，等待上餐的时候，林嘉禾伸手给她倒了杯茶水，说："邢姐，我周末买了一块毛料，赌涨了。"

邢秋眉闻言诧异地问："你赌石了？"

"嗯，店家进了一批老坑种毛料，表现都不错，我就挑了一块小的下手了。"

邢秋眉愣了半晌，沉沉地叹了声气："你还年轻，想闯一闯，我也不拦你。只是，邢姐为什么不赌石，你也是知道的吧？"

林嘉禾看着她，点了点头。

林嘉禾小时候父母都忙，邢秋眉是她远房的表亲，由于住得近，一直像母亲一样照顾她。后来邢秋眉结婚了，她本身是学珠宝鉴定出身，她丈夫也是个生意人，两人凑了凑积蓄，一起做起了翡翠珠宝生意。

刚开始他们按部就班地进货、卖货，踏踏实实的，生意还算红火。

但偶然一次，她丈夫接触了赌石，第一次出手就赌涨了。她丈夫大喜，觉得自己摸到了挣大钱的渠道，便开始日日流连于各个玉料店。

邢秋眉知道她丈夫本身不懂翡翠知识，耳根又软，朋友一鼓动他就敢下手。她好言劝过，也动怒吵过，但她丈夫入了迷一样就是不听。

终于有一天，她丈夫从家里偷走了银行卡，还借贷数百万，买下了一块据说表现奇好的"蒙头货"。

他朋友的原话是，蒙头藏大漏，这料子百分之九十九能让你赚得盆满钵满。

结果石头一解，里面根本一丝玉肉都没，再看回外皮，发现那些绿色表现竟也是人工造假的。她丈夫又惊又怒，再找回去，发现朋友已经卷着钱跑了。她丈夫无法，只能灰溜溜地回家了。

邢秋眉是个重感情的人，东拼西凑，终于把贷款的窟窿补上了。好不容易回到正轨，安生了一段日子后，邢秋眉发现，她丈夫竟又悄悄开始赌石了……

邢秋眉心灰意懒，家产一划，坚决地和他离婚了。

她自己重新开起了华光彩玉珠宝公司，这十年下来，都谨慎地只收购翡翠明料，虽不能大赚，生意却在稳步上升。而她的前夫因为赌石欠下一个又一个大窟窿，人人喊打，现在已经逃到缅甸去了。

邢秋眉常说，确实有靠赌石发家的人，但那是人家运气好。我们不求那个好运气，但求踏踏实实地生活。

那些往事，林嘉禾回忆起来了，邢秋眉也回忆起来了。邢秋眉叹了口气，实话实说："赌石是有运气成分在，但不全靠运气，也需要一定的技术水平和长期的经验积累。比起不懂的人砸钱瞎玩，其实你这样懂翡翠的聪明人，反而会更谨慎一些。"

林嘉禾只是轻轻地点头。这时盖饭端上来了，邢秋眉拿起勺子，口气和缓下来："你赌到什么料子，直接拿到工厂里雕刻就行。"

林嘉禾立即说："我不会占用工作时间的。"

邢秋眉说："那都是小事，只是赌石一旦开始……邢姐还是要提醒你，小赌修心，大赌伤筋动骨，一定要见好就收啊。"

林嘉禾看着她，坚定地点了点头。

邢秋眉舀起一勺饭："不说了，快吃饭吧。"

之后一周时间，林嘉禾都在公司里忙碌，有两次玉料店老板打电话通知她新的翡翠毛料到货了，她都没有去看。

其实，她既然决定开始赌石，是应该多去观摩的。可是她心里突然很宁静，只想把目前的翡翠打理好，并不想再往外迈步。

她不知道自己在等待什么。

何钏这边紧赶慢赶，点灯熬油，先把那个葡萄果盘雕刻出来了。

林嘉禾眼看着那个摆件在他手里慢慢成形，紫色葡萄颗颗饱满，镂空叶片精巧细致，上面还站着两只活灵活现的小鹦鹉。经过最后打磨抛光，整个摆件更加光彩熠熠起来。

最后他们用高清摄像机拍了许多照片，并开好了翡翠鉴定证书，一并上传到了翡翠藏品交易网站上。

这个网站是专为翡翠买卖建立的。一般公司里的翡翠制品，除了实体店，主要也是在这个网站上销售。

林嘉禾在网上定价之前，首先看了看其他的藏品。她没有找到类似的春带彩摆件，不过有一个青白过渡的冰种翡翠观音，用料大小与他们的葡萄摆件相近，标价是一百五十万。还有一套紫罗兰首饰，手镯、耳环、戒指俱全，标价是二百二十万，但这套首饰的紫色非常均匀，饱和度也更高一些，是更为难得的品种。

他们两个坐在电脑面前讨论半天，最终把春带彩葡萄果盘的价格定为一百八十万。先挂一周，如果无人问津，价格还可以再降一下。

都操作完毕，林嘉禾松了口气，对旁边的何钏说：“卖出去之后，给你百分之五的提成。”

何钏说：“别啊师父，你让我练手已经是信任我了。我怎么能拿跟老雕刻师一样的价格呢？”

林嘉禾笑了一下：“不白给你，我还有工作，你帮我盯着这个网站。可能会有买家想看细节图，有人询问的话，你就回复一下。”

何钏也没再继续推托，点了点头：“好嘞。”

他们是上午把葡萄果盘传到网站上的，下午林嘉禾正在另一家公司谈事情，电话就响了。

林嘉禾走到走廊里，接起电话，何钏兴奋的声音传了过来：“师父，果盘卖出去了！”

林嘉禾微愣：“是有人要买吗？”

“不是有人要买，是已经买下了，都付完款了。而且没有分期，是一次付清的。”

“哦，那……”林嘉禾感到很意外，平时公司的翡翠制品挂到网上，基本上要拖好几个月才卖出去。春带彩的摆件居然这么吃香吗？

何钏在电话那边又说：“师父，购买的截图我发给你了，你看一下。”

林嘉禾说“好的”，很快挂了电话。

她点开截图，首先是全款付清的提示，继续往下，看到了收货地址，格外熟悉的地址。

是那栋只有坐标，没有名字的大楼。

林嘉禾看着屏幕，呼吸突然放轻了，把电话给何钏拨了回去。

“师父，你看完了吧？没骗你，真的卖出去了。”

林嘉禾说：“是啊，我看到了。你现在把那个葡萄果盘好好包装起来吧。”

何钏问：“要叫公司帮忙送货吗？”

“不用。”林嘉禾望向窗外，轻声说，“先包装好，下班之后，我自己送过去。”

傍晚，林嘉禾回到公司，何钏把包装好的翡翠葡萄果盘交给了她。

包装盒是深红色的，上面布满了烫金花纹，吉祥又喜庆。林嘉禾边看边琢磨：“我记得咱们有一批印着梅兰竹菊的很淡雅的包装盒啊。”

何钏问："啊，这个不好看？"

林嘉禾抬起头，和他四目相对。何钏指着她手里的盒子说："这个大小比较合适。换别的盒子的话，我还要再去找找。"

林嘉禾突然意识到自己的心理很好笑，摇了下头："不用，这样就可以。"

她走向车子，把东西放在副驾驶座上。何钏跟了过来，林嘉禾对他说："下班了，好好休息一下吧。"

何钏应了一声，恋恋不舍地瞅着车窗里的盒子："唉，其余翡翠都要做成小件了，都没这个雕刻起来爽了。"

林嘉禾笑了笑，伸手拉开驾驶座车门，一眼看到了自己光洁的手腕。她心里一动，对何钏说："咱们明天开始切镯子吧。"

何钏点头："我已经画好线了，选好样式就可以开始切了。"

"好，明早来了我们敲定一下样式。"林嘉禾钻进车里，对他晃了晃手腕，"我要先弄个镯子自己戴。"

何钏笑着"哎"了一声。

"走啦。"关上车门，林嘉禾朝工厂外开去。

这个时间赶上了堵车，一路上走走停停，鸣笛声把道路上的司机弄得心浮气躁的，等她开到目的地大楼，天都已经黑了。

林嘉禾解开安全带，伸了个懒腰，然后把装着翡翠葡萄的盒子拿到自己的腿上。

她向后靠着，一手搭在盒子上，一手点开手机，按收货信息上面的联系电话拨打了过去。

这个号码与之前颜威的号码不是同一个，不过林嘉禾下意识地认为，这可能是他的工作号码。

所以，当电话很快接通，对面传来一个女声的"喂，您好"时，林嘉禾一下了愣了。

林嘉禾慢慢地坐直起来："哦，你好。"她停顿了一下才问，"请问，是你在翡翠藏品官网购买了一件翡翠葡萄果盘吗？"

女人问："有什么问题吗？已经交易出去了？"

"不是的，没有问题。"林嘉禾垂下眼来，声音也低了，"感谢购买，我已经把东西送来了，现在就在收货地址的楼下。"

"今天就送来了？这么快？"那女人很诧异，说，"可是我们已经下班了。"

"下班？"

"对啊。我们七点下班，现在已经快八点了，你送货之前应该先打个电话联系一下的。”

林嘉禾突然松了口气，看向窗外那栋无名的大楼：“请问，你是替哪家公司购买的？”

“矿达集团。”

林嘉禾默默记下这个名字，又问：“那请问，你们老板怎么称呼？”

她屏气凝神，等着对方说出“颜威”两个字。对面的人却说：“我刚来工作没多久，这个不太清楚。”

林嘉禾又慢慢地点了下头：“好的，打扰了。”

女人说：“嗯，明天上午九点之后再来送吧，提前打电话联系我一下。”

“好的。”挂了电话，林嘉禾静了片刻，然后点开通讯录，直接下滑找到颜威的名字。

她点开短信，思索措辞，给他发了一条消息：“颜老师，我经过大楼附近，你购买的翡翠葡萄果盘在我车上。请问怎样给您方便？”

看着发送成功的提示，林嘉禾长长出了一口气，几丝紧张浮上心头。

她搭住方向盘，再次朝车窗外望去。晚间大楼黑漆漆的，只有几个窗口亮着灯，多少显得寂寥。

没一会儿，掌心的手机传来振动：“我在701，送上来吧。”

林嘉禾嘴角一翘，装了手机，抱起盒子下车。

电梯到达七楼，林嘉禾从缓缓打开门的电梯里走出来。楼道灯光白亮，十分安静。走了一段，她发现这一层的屋子很少，挨着电梯口的是703，隔好远才瞧见702。她一直走到走廊尽头，才看见701的门牌。

林嘉禾把盒子放在地上，抬手敲了敲门。

敲完，她意识到这是一扇防盗门，比普通办公室的门要厚重不少。

她正研究着，门打开了。

颜威站在打开的缝隙里，看了她一眼，然后说：“请进。”

林嘉禾抱起盒子再抬头，他的身影已经从门后消失了。

林嘉禾抵开门扇，走进屋里，首先看到对面摆放着一大排货架。没错，就是传统的金属材质的货架，质感冰冷，造型结实。

货架只有少数位置是空的，大部分摆满了翡翠毛料，简直像个石头仓库，林嘉禾想，这些都是他收集的吗？

她被吸引住，不由得朝货架走过去，这时，颜威在屋里说：“这边。”

林嘉禾扭头，这才看到屋子里面摆着一张大办公桌、两张沙发，还有书架、绿植。

不知是他把办公室放到了仓库里，还是把仓库挪进了办公室里，总之空间够大，还放得下东西。

林嘉禾抱着盒子走过去：“颜老师，这个……”

“先放桌子上吧。”颜威对她说，然后转身打开了办公桌旁边的一个柜子。

林嘉禾把盒子放下，目光看向那个柜子，顿时惊呆了。

柜子里从上到下陈列着各种翡翠摆件，没有太大的，都是柜子能够搁下的大小，但是一眼扫去，就能看出每件都是精品。深浅不一的翠色，还有红色、黄色等异色，光润璀璨，简直可以称得上琳琅满目。

颜威在柜子下层腾出了一块位置后，转身走过来。林嘉禾赶紧让开一步。

颜威按开办公桌上的台灯，从盒子里取出翡翠葡萄果盘，先对着光照看了看玉质，然后看了一下细节，特别是小鹦鹉的眼睛和葡萄的藤蔓等部分。

他今天穿着一件黑色的薄毛衫，袖口随意卷到小臂上，指节有力，将翡翠果盘抓紧了。

林嘉禾安安静静地等在旁边。他的办公室里虽然堆了很多石头，但是很干净，家具都一尘不染。他身上的气息也十分干爽，隐约有些热度，或许是他的呼吸，也或许是他结实的手臂传过来的。

她的心脏莫名地加速跳动起来。翡翠面前，她感觉他很认真，很干练，同时也格外有魅力。

检查一遍后，颜威点了下头：“功夫不错。”

他转身把葡萄果盘放进展示柜，和那些精美的摆件陈列在了一起。

林嘉禾轻轻抿唇，觉得他这个举动带给自己很大的成就感。

放好后，颜威停留在柜子面前。林嘉禾看着他的后背，问：“颜老师，这些都是您的收藏？”

颜威“嗯”了一声：“我经手过的翡翠，都会留一块做纪念。”

这些，都是他赌出来的？

林嘉禾瞬间觉得这一柜子东西更难得了。她询问：“我可以看看吗？”

颜威转头看了她一眼，然后挪开一步，伸手示意：“请吧。”

林嘉禾走到柜子近前，也没敢用手触摸，只是用眼睛贪婪地欣赏起来。

她一边看一边暗自激动，翡翠的美真是变幻无穷啊，很多她闻所未闻的东西居然在这里见到了。比如，一只天鹅摆件是用纯净无色的玻璃种翡翠雕刻成的，简直如同水晶一般透明。比如，一块小小的翡翠居然聚齐了紫、红、黄、蓝四色，并巧妙雕刻成了一只俏色螃蟹。

弯腰看到最下层，林嘉禾一下子注意到了一朵巴掌大的红莲花，那翡翠红得光耀夺目，令她不自觉地心跳加快。

“这是？”

“血翡。”

林嘉禾回头，颜威靠在办公桌边喝水，用拿杯子的手指了一下：“拿起来看看吧。”

林嘉禾点点头，别了一下耳边的碎发，小心翼翼地把那朵莲花从摆架上捧了下来。她之前也见过红翡，但这般浓郁似血的正红，她还是第一次看见，浓到极致竟有了一丝妖艳之感，仿佛可以突破冰凉的质地，渗入她的掌心里。

平时人们看一块翡翠，总是说颜色老嫩或是和底子搭配得好不好，但那只是在平常中找意境。林嘉禾心里始终认为，翡翠颜色正浓到了极致，才是绝美。比如，仿佛要流出来的帝王绿，再比如，眼下这块如血般鲜艳的红翡。

这朵红莲的雕刻手法也精巧，细节生动，使得整体造型更立体勾人了。

极品难得一遇，林嘉禾满心震撼，默默地捧着看了很久。

这个时间里，颜威没有打扰，一直在看她。

林嘉禾安静地蹲在那里，瘦瘦的，却给人一种充满生机的感觉。很奇怪，她算不上多令人惊艳的女人，最多称得上俏丽，但是格外吸引人。

颜威握着杯子，试图找到一种翡翠来形容她，可是找不出来。

她的气质里有比翡翠更加灵动的东西。

颜威很清楚，她心底里有小算盘，但不得不承认，跟她相处是舒适且轻松的。而且，她与他有巨大的共同点，他们都对翡翠十分着迷。

所以颜威没有推开她，今天收到她的短信时，甚至有一种新鲜的感觉。

他打算就这样看着她，看她下一步会做什么。

终于，林嘉禾舍得把血翡莲花放回架子上，脑袋一低，碎发又落下来。她伸手别到耳后，站了起来。

颜威把杯子向后搁回桌上。

林嘉禾先在房顶找了一圈，然后看向他，一脸意犹未尽的表情：“颜老师，您屋里有摄像头吗？”

颜威问：“怎么，想好偷哪块了？”

林嘉禾没想到他这么配合，笑了：“没有没有，开个玩笑。”

颜威没笑，只是说：“喜欢好东西，自己去赌。”

“嗯。”林嘉禾看着他，点了点头。

颜威转身一指桌面上的茶具：“喝点水？”

他一提醒，林嘉禾感到确实有点口干舌燥。她走过去拿起一只杯子，拎起茶壶倒了倒，空的。

林嘉禾抬起头来。颜威对她说："那边有饮水机。"

林嘉禾目光看过去，果然在墙角看到了饮水机。她走过去，接了一杯水。

茶杯很小，她两口就喝完了。林嘉禾又接了一杯，喝水的声音有些尴尬，好在很快停止了。

她捧着杯子喝下一口，然后看向他。

颜威站在桌边，低头整理着桌面。林嘉禾突然想到，隔了一周多的时间，他现在大概可以尝到味道了吧。

安安静静的空间里，她准备了两秒钟，然后开口问："颜老师，今天晚饭，您吃了吗？"

颜威摆了一下茶壶："这回是不是该我请你了？"

"我不是这个意思……"林嘉禾张了张口，又觉得他可能只是开个玩笑，她笑了一下，轻声说，"我只是在邀请您。"

"改天吧。"颜威双手一收，抬起目光看向她，"今晚我还有事情。"

林嘉禾认为，他这是委婉地拒绝了。

她忙说："那好的，颜老师您忙。我该走了。"

颜威点了下头。

林嘉禾把手里的杯子搁在办公桌一角，又觉得太突兀了，想拿到茶盘上去，这时颜威说："放着吧。"

林嘉禾抬头对他微微笑了一下，转身往门口走去，又听到他说："你等一下。"

颜威打开办公桌抽屉，从里面摸出一张卡片。林嘉禾走回两步，伸手接过，看到这是一家叫作"揽翠馆"的店铺名片。

她问："这是……一家玉料店？"

颜威说："这家店货源比较好。"

林嘉禾轻轻点头，翻到名片背面看地址。颜威主动告诉她："在玉石街斜街上。"

林嘉禾心头一动，抬起眼睛。

隔着一张办公桌，他双手按在桌面上，身体向前倾，说话声音也离得近了。林嘉禾冲他扬了扬名片："颜老师，您常去这家店吗？"

颜威看着她回答："会去。"

他们就此对视了两秒钟，很莫名，不知有何意味。

林嘉禾首先低下头，说了声："好的。"她从随身包里掏出钱包，把名片插进卡位里。颜威一直看着她，她装好钱包，再次抬头微笑："那我走了。"

颜威"嗯"了一声。

她走到门口，拧动了一下门把手。颜威坐回办公椅，说："门直接关上就可以。"

林嘉禾点头，迈出去慢慢把门带上，同时看了一遍屋里。办公室面积阔大，货架上的毛料满当当的，而他坐在桌前没有抬头，沉默地坐拥着这一切。

门关上了，林嘉禾的最后一个念头是：这真是个价值连城的办公室。

走出大楼，天空已经黑得彻底，林嘉禾摸出手机一看，九点半了。亏得她刚才还邀请颜威吃晚饭，这个时间点，应该吃夜宵才对。

林嘉禾开上车子，拐出车位的时候，最后望了一眼那栋大楼。依然有几个窗口亮着灯，不过离得太远，她分辨不清哪个是他的窗口了。

回去一路上经过了许多家饭店，林嘉禾往窗外瞥着，不知道自己想吃什么，也不是很饿，于是直接开回了小区。

回到家里，林嘉禾洗漱了一下，然后热了杯牛奶。

她站在窗边，捧着牛奶喝了一口，轻轻地叹了口气。

她觉得心情很舒畅。每次见过颜威，尽管没聊什么，都觉得滋味丰富，好像能回味很久。

好像她在工作和生活之余，多了一种期待。

林嘉禾不愿细想，只知道这感觉很不错。

喝完牛奶，林嘉禾很早就睡下了，第二天一起床感到肚子空空的。她到小区门口的早餐店叫了一顿丰盛的早餐，吃饱喝足，开车来到公司里。

何钏已经围着春带彩玉料比画很久了。

看到林嘉禾，他忙招手："师父，你喜欢紫色部分多一些，还是绿色部分多一些的？"

预备切成镯子的玉料已经理成片了，每片颜色分布都不同，出来的镯子价值也不同。林嘉禾在摊开的几片玉料里挑了一下，选了一片紫色为主的。

何钏说："我也觉得这个最淡雅。"

林嘉禾点头："淡紫色打底，配一点绿色很好看。"

何钏拿软尺给她量了一下手围，然后在玉料上比量。简单画好线，他抬起头来："对了，你喜欢什么款式？贵妃镯还是圆镯？要雕花吗？"

圆镯就是通体圆条的镯型，贵妃镯则是内平外圆的，像是把圆镯的内芯切掉了一半。当前市面上比较流行贵妃镯，因为扁圆形状贴合手腕，给人以纤细秀气的感觉。

但林嘉禾偏爱圆镯，认为那浑圆正统的造型更加经典，有种环佩叮当的优雅韵味。

她对何钏说："简单的圆镯就行，细条一些，不要太厚重。"

何钏笑道："没问题。"

何钏白天在工厂里还有些杂活，晚上加了两天班，把那只春带彩镯子磨出来了。仔细抛光后，他检查了一遍，然后装进盒子交给林嘉禾。

林嘉禾正在电脑面前处理业务，忙了半个小时后，才把镯子小心翼翼地拿了出来。自然光下，淡淡紫罗兰底子干净，翻转半圈，又慢慢过渡成一抹绿色。那绿色不是正绿，偏青色，紫色也是冷调紫，整体搭配起来有种冰凉的仙气。

她不由得放轻了呼吸，这个成品比她想象中还要好看，即便在商场柜台里，她也会为它驻足的。然而现在，这个镯子已经属于她了。林嘉禾心里美滋滋的，抹了些护手霜，直接把镯子戴到了手腕上。

她的这块春带彩翡翠围绕着黑藓那里颜色最浓，切完葡萄摆件剩下的颜色都比较淡。因着水头好，做成镯子还是很有韵味的，但是做成戒面、耳饰就差了一些味道，容易被金银钻饰抢去风头。

所以这块料子出完镯子，何钏又雕刻了几件挂坠，剩余料子都磨成玉珠穿成了手链或者项链。

成品都加工好后，林嘉禾按之前答应的，先联系了陈岩水。他抽半天时间来工厂里挑走了一个条双色镯子、一件冰飘花的山水挂坠，还有一串色泽均匀的淡紫佛珠。

林嘉禾只朝他要了市价八折左右的价格。这样无论他拿去售卖，还是自己收藏，都有一定的升值空间。

这其实是种感恩，如果没有陈岩水的介绍，她没机会遇见这批毛料，没机会偶遇颜威，更没机会买下这块春带彩翡翠。

陈岩水干脆地付好款，直言下次有好料子一定通知她。

人情都是相互的，朋友也就这么交到了。

林嘉禾又挑了一件精巧的双色如意吊坠送给邢姐，其余货品大部分被实体商户收走了，小部分挂在网上慢慢卖着。

她这样忙忙碌碌，一周又过去了。

一个周五，林嘉禾在公司附近吃完午饭，留在座位上喝水，把"揽翠馆"

的名片从包里拿了出来。

名片硬硬的，边角都很完整，林嘉禾在掌心里握了一下，再张开，手心被压出一个红印。

她看着这张名片，慢慢地把一杯水喝完，然后给何钏打了个电话，叫他下午一起去看毛料。

两个人很快就出发了，到了玉石街是下午两点多。此时阳光正盛，路上人很少，很多摊位的主人回屋休息去了。他们按着名片地址，来到玉石街的斜街上，走了很远一段，终于看到了“揽翠馆”的商牌。

一般大型玉料店都开在正街上，而斜街上都是一些私人小店，林嘉禾很少来这边，这家店对她而言是完全陌生的。

何钏见她站住，问：“我们看这家？”

林嘉禾点头。何钏走上台阶，推了一下门，门开了。

“开着门的。”何钏回头说，然后又往店里看了一眼，“哇，店里面积还挺大的，好凉快。”

林嘉禾也跟着走上台阶。

店里确实凉快，这个季节又不至于开空调，是一种避光的阴凉。

林嘉禾打眼一看，瞬间知道为什么颜威会推荐这家店了。这店里环境很好，翡翠毛料都摆在展示架上，下层是个头大的，上层的是个头小的，干干净净，像是艺术品一样。

脚下的红木地板有些褪色了，但是没有灰尘，踩上去发出轻轻的响声。林嘉禾来到一个架子面前，看到上面的毛料有半赌的，有蒙头的，皮壳千差万别，似乎来自各个矿区。

她又看了看其他的展示架，每块毛料都像是各有故事。林嘉禾意识到这是一家精品毛料寄卖店。

有些货主自己没有渠道，便委托寄卖店把毛料转卖出去，而这家店的毛料表现都不错，想必是筛选过的。

何钏迈着步子，在展示架之间穿梭，突然看到了一块擦了个天窗的毛料，连忙冲林嘉禾招手：“师父你看，这个绿好透亮。”

林嘉禾走过去，看到他指着一块小椭圆毛料，擦开的那一面露出醒目的阳绿色，带着喜人的灵动感。

“这个有玻璃种了吧。”何钏凑近看着。

林嘉禾把放大镜和手电拿出来，说：“差不多了。”她细细地看了一遍，心里直叹气，正阳绿玻璃种，非常纯净，还起了胶质感，这么一块擦面简直太唬人了。

何钏边看边摇头："这个石头的主人怎么舍得卖？"

林嘉禾说："当卖则卖，就凭这个擦面，足够抛售一个好价钱了。"

"那如果里面开出一大块玻璃种翡翠呢？"

"那货主也没什么可惋惜的。"林嘉禾从毛料面前抬起头来，"行内常有人讲，'好货富三家'，就是说，好的东西自己赚一部分，也要让下家赚到钱，甚至还要给下下家赚钱的余地。翡翠这个东西，一个人最好不要赚得太满。"

何钏从她手里接过手电，照了照绿莹莹的擦面："那这块毛料，师父你要收吗？"

林嘉禾轻轻摇头。这擦面确实完美，若是同等品质的翡翠能切出一只镯子，那也是精品了。只是她心里有点悬着，这块料子目前表现太张扬了，感觉缺少后劲。而她比较相信自己的感觉，但凡有顾虑，就不会下手。

他们在店里交谈时，屋里的一扇门开了。

一个年轻的小伙子打着哈欠走出来，给他们倒了两杯茶水，招呼他们随便看，自己在店角的沙发椅上坐下了，看样子仍在犯困。

林嘉禾端着杯子，又看了两块毛料，然后朝沙发椅走了过去。

小伙子见她过来，站起身问："加水吗？"

林嘉禾忙说不用，她杯里的茶水还是满的。她喝了一口，然后问："你是这里的老板吗？"

小伙子说："不是，我在这里打工的。"

林嘉禾慢慢点头，然后小声问："请问，你认识颜威吗？"

店员小伙子摇了下头："不认识。"

"他向我推荐了你们这家店。"

"我们家老顾客挺多的，我也认不全。"

林嘉禾朝店里望了一眼，除了何钏没别人了，随口问道："你们店里顾客很少，是这个时间点的缘故吗？"

店员小伙子说："嗯，平时没什么人，老顾客一般都周末来。"

林嘉禾若有所思道："周末啊。"

"主要是周六，我家周六早上会上新货。"

林嘉禾点了点头。

店员招呼说："你随便看看，我家都免费给解石，看上哪块叫我就行。"

林嘉禾答了声好，又走回展示架前，带着何钏一起看了几块毛料，这回自己确实选中了一块毛料。

一大块乌砂皮的蒙头料，砂粒细腻均匀，皮层很薄，很像是老帕坎场口的石头。这石头形状不规则，一头扁一头圆，带着一种年代感，像是在不同人手里辗转很久了，始终没有被打开过。

旁边的牌子上标着它的重量五十八千克，价格八十八万。

如果是老场口的货，这么大块的料子，这个标价不算高。林嘉禾整体打量皮壳，上面松花蟒带稀疏，但是分布的形态很舒服，而且颜色很绿，硬是把乌黑的表皮衬出了几分艳丽感。

手电光线散在薄薄的表皮上，她一时心动，感觉里面很可能埋藏着漂亮的绿色色脉。

经过那块淡色春带彩翡翠之后，她很想拥有一块颜色浓郁的翡翠加工一下。林嘉禾仔细地看了这块老毛料很久，然后看了一圈其他的石头，最后又回到它的面前。

何钏问："你打算买这块？"

林嘉禾说："今天先不买，明天是周六，这个店里有新货。明天咱们再来看看。"

"我明天上午有事，中午才能过来。"何钏说，"师父你要是解石，一定要等我啊。"

林嘉禾笑了一下："放心吧。"

看石头时间过得很快，感觉没过多久天就黑了。

林嘉禾来到店里的洗手池洗手，发现这里环境的确很好，池子旁边摆着洗手液、纸巾，还有护手霜等。她用纸巾擦干净手，往外走的时候，店员小伙子从沙发椅上站起来，礼貌送客。

林嘉禾对他微一点头，跟何钏一起迈出店门。

走在路上，她没有说话，自己慢慢地回想着，这段时间她遇到了不少人，参加培训活动时的班强，送葡萄摆件时的电话接待员，还有这家翡翠寄卖店的员工，都询问过他们认不认识颜威，他们的答案都是不认识。

可是，这些信息都是他泄露给她的。

很奇妙，她仿佛正在玩一个刮奖游戏，这刮一下，那刮一下，不知什么时候才能窥见全貌。

第四章

⊳⊳ 办公室暧昧

林嘉禾有个习惯，当心里想着事情的时候，就容易醒得特别早。

第二天早上她睁开眼睛，一瞥窗外，天刚蒙蒙亮。距离闹钟响起还有一个多小时，她闭了闭眼睛，还是睡不着。

她干脆起床了，梳洗过一番，打开衣柜，一件件翻衣服。

由于工作性质，她都穿轻便的裤装，几件裙子已经被挤到了衣柜最里侧。

林嘉禾伸手翻找的时候，瞥见了自己腕上淡淡的紫阳手镯，她晃晃手腕，欣赏了一下，然后把一条紫色V领裙从衣柜里拎了出来。配裙子，之前的短外套也不合适了，她又摘下一个衣架，上面挂着一件长风衣。

换好衣服，林嘉禾站在全身镜面前，拨了一下头发，对镜轻轻微笑了一下。

上中学的时候，曾经有同学赞美她很耐看，尤其是笑起来，生动温柔，很有感染力。从那之后，她就有意练习笑容了。

林嘉禾随便吃了口早饭，开车来到玉石街，停好车朝揽翠馆走过去。一路上，她有意放慢了脚步，可是到了店门口，时间还是很早。

晨风刮着，阳光清冷，她裹了一下风衣，迈进店里。店里这回有三个店员了，两个在整理物品，一个在拖地，一副要好好迎客的架势。

展示架上的毛料焕然一新，林嘉禾仔细一瞧，发现这其中很多毛料被替换了。她赶紧走到熟悉的架子面前，还好，昨天她看上的那块乌砂皮老毛料还在。林嘉禾松了口气，走到座椅区询问一个店员：“你好，你们店里的毛料多久更换一次？”

店员正在摆放茶叶桶，说：“最多一个月，如果无人问津，就给货主退回去了。”

林嘉禾点了下头，寄卖店的风格和普通玉料店还是不一样的。在普通玉料店里，一块好的毛料少说十几万，多则数百上千万，一般买主相中了也不会当场购买，而是带朋友隔三岔五来看一下。一块毛料成交有时能拖上几个月，货主也不着急，留着几块好毛料镇店也是吸引客人的一种手段。

店员从消毒柜里拿出一只杯子，问她：“您喝什么茶？”

桌子上摆了四五种茶叶，林嘉禾看了看，说：“铁观音就可以。”

店员应了一声，拿出茶壶熟练地洗茶、泡茶，很快把一杯热茶递给她。

林嘉禾向他道谢，坐在沙发椅上喝了两口，这时店门开合，进来了三位顾客。他们聊了几句，径直走到有新货的展示架面前看毛料。

林嘉禾也坐不住了，放下杯子，朝那些毛料走了过去。

没过多久，店里陆续进了好几拨顾客，人一下子多了起来。

林嘉禾刚开始还留意着每一个进门的人，期待见到颜威，不过当她看起毛料后，就顾不上了。

这些新上的毛料表现都很好，而且定价也很合理，林嘉禾简直有种眼花缭乱的感觉。她置身其中，仿佛书虫掉进书海里，连时间都忘了。

可是她现在资金有限，没有能力收下太多毛料。于是她一边看，一边给自己定下要求，除了昨天看上的那块乌砂皮老毛料，她最多再买一块，而且要特别心仪的才可以。

看了数十块以后，回过头来，她发现自己还是最看好一块圆团状毛料。

这块毛料只有八公斤，在店里众多石头中，算是体格较小的，因此摆在架子的上层，但是它的定价不低，要六十万。

标这么高的价格，主要是因为这块石头暴露出了一块绿莹莹的玉肉。与人工切开的窗口不同，这块玉肉像是藏不住了一般，从表皮后迫不及待地偾张了出来，不由得让人浮想到，剥掉薄薄一层皮壳后，里头一整块都是这般油润的绿色。

林嘉禾打着手电细细地观摩，石头是黄砂皮，手感平滑细腻，偶有几处起伏的颗粒。她不好判断这件石头来自哪个场口，但是老场区的可能性也是很大的，因为这块石头的种很好，手电从玉肉部分上方压下去，十分透亮，满是光芒。

她压轻了呼吸，眼睛也被手电筒映得光亮。这时，手机响了。

她放下手电，拿出手机一看，是何钏打来的：“喂。”

“师父，我到玉石街了，我帮你带点午饭过去吧？”

林嘉禾看了一眼手机时间，不知不觉已经中午了。她把耳朵贴上手机问：“你吃了没？”

何钏：“还没有呢，我打算在街对面这里吃碗牛肉面。”

林嘉禾说：“那不用带饭了，我也去吃碗面。”

“哦好，我在面店这里等你。”

“好的。”挂掉电话，林嘉禾又看回那块小圆团毛料，然后转身询问一个店员：“你好，我看上了这块，还有那边的一块毛料，可以给我预留一下吗？”

店员说：“抱歉，我们店不预留的，看上哪块，您还是尽早购买比较好。”

林嘉禾视线一扫，发现刚才还摆满的展示架已经空出了好几个位置。这个店里货品流通确实很快，大家看上哪块，都是直接下手了。

于是她点了点头：“那好，带我去付款吧。”

之前翡翠葡萄果盘的货款就在她的卡上，她还没另存，正好直接付了。

付好款，店员把她的两块毛料从架子撤下来，寄存到了店后仓库里，等她稍后解石。

林嘉禾出了店门，朝牛肉面店走去，一路上脚步发轻发飘。一块毛料八十八万，另一块毛料六十万，她居然面不改色地把卡刷了，总感觉比正常消费多了个万字。

可是她也清楚，赌石是需要具有一定魄力的，不敢下手，更无法获得回报。而且她很快就要参加那场赌石比赛了，必须真枪实战地进行几场赌石来给自己信心。

到了牛肉面店，林嘉禾跟何钏碰面之后说了两句话，然后沉默下来。

心不在焉地吃完饭，他们很快又回到揽翠馆里。

店员领着他们穿过店面，来到后面的仓库。仓库里几台解石机宽松地摆放着，有人正在切石，所以已经聚集了不少人。

店员把他们带到毛料旁边，转身去叫解石师傅了。林嘉禾拿起木工笔在石头上画线，跟何钏讲解着，时不时抬头望一眼仓库门口，最后何钏小声问：“师父，你是不是很紧张啊？”

林嘉禾拿笔的手顿了一下，她笑了笑：“多少有点。”

何钏说：“没事，师父你这样想，之前那块春带彩已经赚到一笔了，抛去这两块毛料的成本，也还是赚的。而且你很看好这两块毛料，通过你的描述，我感觉这两块毛料即便赌垮了，也垮不到哪里去，万一赌涨了，没准能赚得不亦乐乎呢。”

林嘉禾轻轻点了下头。

究竟是在紧张，还是在等待什么呢？她其实分不清楚。

等她选好切面、画好线，解石师傅也过来了。

林嘉禾劳驾他先解那块黄砂皮的小圆团毛料。师傅点点头，把机器打开了。

这块毛料原本就暴露出了一块玉肉，相当于半赌的料子，所以林嘉禾并不考虑擦解之后再转手了，想把它完全开出来，看看里面有多少可以利用的翡翠。

师傅按着她的画线，在原水口约四十五度方向下刀，一刀到底之后，机器停下了。周围的人纷纷聚过来看情况，把林嘉禾面前的路都挡住了。何钏喊着说："让一让，留点位置，这块料子不卖的。"

林嘉禾还没看到具体表现，不过从围观的人略带惊异的表情来看，知道自己大概是切涨了。

何钏挤开了一条路，她屏住呼吸走上前去，瞧见情况也微微诧异。

只见两个切面都是瓷白地，中间各有一条宽约四厘米的绿色翠脉，这部分绿色是标准的苹果绿，质地细，色调嫩，水头充足。

这是一道很美的色脉，看这个延伸的形式，其中翡翠能够占据石头体积的一半，而匀净的苹果绿原料每公斤单价都不止六十万了。也就是说，她绝对赌涨了。

可是，这样脉形分布的翠肉，是林嘉禾万万没想到的。现在来看，石头表面露出的那块晶莹欲滴的玉肉，确确实实是一块贴皮绿。一般呈带子色脉形的翡翠，皮壳上的松花和蟒带都是有迹可循的，可是这块毛料表面一点也看不出来。

她凭借一块骗人的贴皮绿，收获了一条漂亮的苹果绿色脉。这算是蒙到了吗？

果然神仙难断寸玉，翡翠切开之前，一切判断都只能是猜测啊。林嘉禾心情复杂，但也松了口气，嘱咐师傅再把料子擦两刀。

她已经明说了开出来的翡翠料不卖，但围观的人还是很多，大部分是看个热闹，涨涨见识。

林嘉禾一般是充当围观群众的，这回成了毛料的主人，被围在当中，还感到有些不习惯。

等待的时间，何钏看着那抹冰意十足的苹果绿色脉，说："这块料还是切镯子好看，比较有气质，镶嵌的话颜色淡了点。"

林嘉禾抱住小臂，点了下头。何钏转头问："师父，你渴不渴？"

林嘉禾说："渴。"

何钏说："我也嗓子干，你等在这里，我去店里倒杯水。"

他走没多久，师傅把机器停下了。苹果绿翡翠擦得差不多了，更具体的得等回去设计一下再切。

她的另一块乌砂皮老毛料体积较大，不可能一点点地擦出来，师傅打算使用水锯来切。林嘉禾跟师傅讨论了一下，最后决定沿着一道蟒带下刀，更佳地暴露有色位置。

圆形锯刃缓缓破开石料，声音嘈杂，把周围的交谈声都掩盖住了。林嘉禾等在旁边，在这噪声里竟感到一丝清净，独自发起了呆。

何钏不知什么时候回来了，举着杯子跟她说话，她都没听到。何钏伸手拍了拍她，她才反应过来，道了声谢，把杯子接过来。

杯里是一杯绿茶，茶叶尖尖细细的，有几根悬浮在水面上。林嘉禾吹了吹，连着抿了两口，等她抬起头，忽然看到颜威站在几米开外。

她一下子愣住了，目光定在他身上。

对面另一台机器也在解石，而颜威站在之间的空地上，距离两拨人都有一定距离，不知道他想要关注哪一边。

此时他低着头，正在检查衣角的灰尘，后背始终挺得笔直，从不放松，此时他单手揣在兜里，像是随时会匆匆离开的样子。

他穿着一件黑色外套，那种面料黑得深沉，蹭上灰尘特别明显。他单手拍打了几下，终于干净了。然后他感应到什么似的，抬起头朝她的方向看过来。

林嘉禾迅速移走目光。她捧紧杯子，难以抑制地心跳加速。其实她今天来到这里，目的就是想要遇到他，可是突然遇到了，发现自己根本没有准备好。

这时何钏说了句“切好了”，然后机器的声音停了。

大家的注意力都被毛料吸引了过去。

林嘉禾走近一步，看到切开的两面，心里顿时咯噔一下。只见惨白的底子上飘着几丝油青色纹路，底子毫不透明，没有水头，像是不透明的白瓷一样。

她心下知道，这块料子基本垮了。

如果没有那几丝油青色，目前表现几乎是毫无价值可言的。可是那油青色也并不好看，发深发灰，很沉闷，切成镯子也只是千元左右，很老气的款式。

于是她很容易就判断出，这么大一块料，只能挑拣着带颜色的部分磨出一批镯子，最多能收回几万元的成本。

但是眼下，赌垮了并不是最主要的事情。林嘉禾抿了下唇，对身旁的何钏悄声说：“如果有人问起，你能不能说这块料子是你买的？”

“啊？”何钏一脸诧异地转过头，“说是我买的？”

林嘉禾的声音更小了：“对……”

她悄悄瞥过去，看到颜威始终在看她。他站在人群外面的空隙里，没什么表情，好像什么都不关注，又好像将一切都收在眼里了。

林嘉禾看到他淡淡的视线，感觉脸上有点热，明明是这块毛料表现很差，可感觉是自己表现很差似的。

这时解石师傅冲着林嘉禾问：“还切吗？”

林嘉禾没反应过来，何钏上前一步抢着说：“问我，这块料子是我买的。”

解石师傅看向何钏：“那你还切吗？”

何钏动了动嘴巴，转回头看林嘉禾：“我做不了主啊……咱们还切吗？”

林嘉禾咽了一下口水，对他们说：“不切了，就这样吧。”

解石师傅把机器电一断，拿着手巾去洗手了。

何钏走回来，安慰她：“没事师父，这块垮了没事，那块苹果绿咱们还有的赚。”

颜威是什么时候过来的，她的第一块小毛料切涨了，他看到了吗？

林嘉禾这样想着，又朝人群空隙里望了一眼，颜威已经不在那里了。

有个店员拿着纸笔走过来，他们店里负责免费运送玉料，不过需要填一下单子。林嘉禾对何钏说：“交给你了，我还有点事情。”

何钏接过笔：“送到公司地址就可以吧？”

“对。”林嘉禾停留了片刻，看店员已经开始准备给玉料装箱，何钏这里也没什么问题了，于是朝仓库外面走去。

回到店面里，她稍微一找，就看到颜威坐在店角的沙发椅上。店员给他端来一杯茶，他点了下头，店员走开后，他端着杯子，抬起眼皮看向她。

林嘉禾朝他走过去，快到面前时，微微一笑：“颜老师。”

颜威开口问：“上午来的？”

林嘉禾说：“嗯。”

此时接近傍晚，店里顾客明显多了起来。她算是时间赶得比较早的，上午就选好了毛料，到现在已经忙完了。

颜威旁边有几人正好站起来，林嘉禾在与他隔着一张桌子的空位上坐了下来。颜威喝了口茶，向她示意了一下，林嘉禾立即摆手：“我不喝了，刚刚喝了一杯。”

颜威点了下头，茶杯在手里摇晃着。林嘉禾问：“颜老师，你刚过来吗？”

颜威：“对，刚好看到你解石。”

解出了一块干巴巴的瓷地翡翠，既没种，也没色……

林嘉禾双手撑在腿上，不自然地说：“我也挺意外的，这块大乌砂皮毛料我其实挺看好的……”

“看好哪里？”林嘉禾抬起目光，颜威把杯子搁在桌上，看向她，“看好哪里？讲讲吧。”

他的眼神带着一种直接的询问，林嘉禾不自觉地挪动目光看向桌面。

“从表皮来看，我认为这是一块老帕坎场口的石头，很有希望开出种、色兼备的翡翠。而且它个头够大，定价也不高……”

“那不是老帕坎的石头。”他直接打断她的话。

林嘉禾轻轻“啊”了一声。颜威对她说：“不是看起来破旧的石头就是老场口的，也有可能是辗转多年，别人都看不上的。”

林嘉禾呆了呆，解释道：“我看它表皮呈煤黑色，又很细腻。”

“不对，老帕坎乌皮石表面会有一层蜡壳。”颜威顿了一下，然后说，“我这么解释没有用，你的问题是见识的石头太少了。”

“是。”这一点林嘉禾倒是承认，她之前活动范围只局限在玉石街的几家店里，好料子其实见得不多。一些老场口料子的特点她只是听说过，并没有亲眼见过。

她说：“不过还好单价不算太高，虽然赌垮了，但是也算涨经验了。”

“没有但是。”颜威语气偏硬，“无论价位高低，赌就是要赢，输了没有任何好开脱的。”

林嘉禾又呆了一下。他说话的方式太直接了，她的思路一时应对不了。

颜威自己也觉察到了：“我没有批评你的意思。”他放缓声音，看着她说，“这块石头错得很有代表性，我只是就事论事，讨论一下。”

林嘉禾与他对视，轻轻浮出一个笑容：“没有事，颜老师，本身就是我判断失误了。”

颜威点了下头，视线又投向店里。店里顾客很多，声响嘈杂，三个店员都忙不过来。许多人在座椅区坐了又走，而他们两人始终停留在这里。

安静片刻，颜威伸手把杯子在桌上转了半圈，开口说：“上周末你没有过来。”

他给了她“揽翠馆”的名片之后，她一直在忙那块春带彩翡翠的加工，确实是隔了一周多的时间才来这家店的。

林嘉禾没想到他在留意自己，解释说：“哦，我上个周末有些忙。”

颜威说：“今天也可以。”

林嘉禾不明所以。颜威拿手机看了看时间，然后说：“到时间了，你先去上培训课，之后一起吃晚饭。”

林嘉禾微微一愣，很意外。

上次在他的办公室里，她邀请他吃晚饭，他说改天吧。原来并不是托词，他真的在考虑改到哪一天合适。也对，他是个直来直往不愿周旋的人。

颜威又问：“你没空？”

林嘉禾赶紧说：“有空的。”顿了一下，她问，“颜老师，您想吃什么？”

颜威说：“东南亚菜可以吗？”

他们城市有不少来自缅甸的翡翠商人，所以东南亚饭馆还挺盛行的。

林嘉禾说：“可以啊，我知道有一家叫热辣花园的饭店，东南亚菜色挺出名的。”

颜威点头，然后指了一下手机：“到时间了。”

五点，她要去参加赌石培训课程。林嘉禾问：“颜老师，你不回办公楼吗？”

颜威说：“我现在不回去。”

林嘉禾说：“那好的，我先去上课了。”她站起身来，“那……下课后我给你打电话？”

颜威说：“七点下课之后，来办公室门口找我。”

“701？”

“嗯。”

林嘉禾裹了一下风衣，轻笑着答了声“好”。镯子在她的手腕上滑动，那抹紫色淡淡的，光泽冰润，和白皙的肌肤搭在一起分外融洽。

颜威先看着她的手，然后抬起目光看她的脸。

林嘉禾对他说：“颜老师，一会儿见。”

“一会儿见。”他说。

初夏天气不稳定，今天就降温了，从早到晚都刮着凉风。

林嘉禾出门之后，先给何钏打了个电话，得知他已经护送着翡翠料一起回公司了。

挂了电话，林嘉禾经过一行抽芽的柳树，感到裙子单薄，风灌进来，浑身都凉飕飕的。她把外套裹得更紧了。匆匆走到大楼，进入教室找了个位置坐下，林嘉禾点开手机，自己迟到了两分钟。

她缓了口气，往左右一看，发现教室里只有不到十个人，比之前少了一多半，班强也不在。大屏幕上播放着枯燥无味的视频。

林嘉禾想，大部分人应该是翘课了。

这是倒数第二次课，下周还有最后一次，然后就是赌石比赛了。大家的目的，应该都只是最后那场比赛吧。

林嘉禾把胳膊撑在桌上，托住脸看向大屏幕。今天课程主要讲解了翡翠的分级和评价，相当于把高、中、低档翡翠的评判标准具体化了。她内心平静，居然听进去了，等视频播放完毕，还感觉补充了不少知识。

到了七点，工作人员准时关了视频，同学们稀稀拉拉地走出教室。其实称呼为同学们太年轻化了，这些人一看都是在公司摸爬滚打很久的中年人了，有些年纪更大，看视频时需要把老花镜摘掉。

赌石需要丰富的经验积累，年纪越大确实越吃香。

林嘉禾跟着人群走进电梯，听到几个人使用云南方言交谈，语速很快，谈论的大概是关于赌石比赛的事情，但更具体的东西，她就听不懂了。

很快到了七楼，林嘉禾走了出来，那些说云南方言的人被关在电梯里，继续降下去。她沿着安静的走廊一直走到尽头，脚步刚停下，门就自己开了。

颜威站在办公室门后面，手臂上挂着外套。他看了看她，然后迈出来，伸手把门带上了。林嘉禾向后让开一步。颜威站在楼道里穿上外套，拉高衣领，往前一指：“走吧。”

颜威走在前面，林嘉禾落后半步，走进电梯之后，他们还是肩并肩地站在一起了。电梯慢慢往下蹦字，林嘉禾余光瞥见他黑色的衣袖，心快速跳起来。她轻声开口：“颜老师，我们吃什么？”

颜威说：“热辣花园？”

“啊，这家饭店有点远。”林嘉禾之前只是提议，忘记考虑距离问题了，“开车过去大概半个小时，可以吗？”

颜威想了一下道：“还是就近吧。”

电梯门开了，他们朝大楼外面走去，林嘉禾思索了一下，说道：“就近的，东南亚菜……”她拿出手机，“我查一下。”

“不用查了。”

林嘉禾刚点开手机软件，闻言转头看向他。

颜威步伐没停，说：“没有看好的，就跟我走吧。”

林嘉禾跟上他，轻轻“哦”了声，把手机装了起来。

走出大楼，过了马路，两人走进玉石街旁边的一条小巷子里。

巷子两侧曾经是居民住房，不过现在都成了门面房，一些也是做翡翠生意的，另一些是小饭馆或者小超市。

巷子陈旧昏暗，亮光都是从两边窗口透出来的，林嘉禾抬起头，看到上方天空也是又黑又窄。

她又看着颜威的背影，心里直琢磨。她明明常来玉石街这边，可无论是揽翠馆，还是这条巷子，她都没有踏足过。而他作为一个外地人，却对这里探索得如此深入，跟她一比，他更像是扎根在这里一样。

他似乎有种踏实的，能够沉下去的本领。

颜威脚步迈得大，没几下就走到了一家小店门口。他推开门，一串羽毛和石头绑成的风铃清脆地响了起来。

店里光线亮堂，他们挑了张木桌面对面坐下，一个五官立体、皮肤棕黑的男人走了过来。颜威抬头跟他用缅甸语开始交谈。林嘉禾这才反应过来，这是一家缅甸人开的小餐馆。

点完餐，缅甸男人灿烂地笑了一下，转身走开了。

林嘉禾问："颜老师，您学过缅甸语？"

颜威说："听得多了，会一些简单交流的话。"

"那您经常去缅甸吧。"

"前些年大半时间都在那边。"

服务员送过来一壶水，林嘉禾把颜威面前的杯子拿过来，跟自己的并到一起，然后拎起壶来倒水。

热水缓缓注入杯子，颜威开口问："缅甸翡翠公盘，你报名参加了吗？"

林嘉禾："还没有。"

"上次你说回去关注一下。"

上次吃饭的时候，她确实有这样的想法，可是一忙别的事就忘记了。

林嘉禾尴尬地笑了笑，搁下茶壶："还没来得及。"

颜威说："翡翠公盘上能见到各个厂区的石头，是研究赌石最好的'实验室'，之后六月份就有一场。"

他神色平淡，声音也不紧不缓的，好像只是在简单提醒，就像一个同事提醒她别忘记开会一样。

林嘉禾看着他，说："我回去了就报名。"

颜威点了下头，伸手把自己的水杯握了过来。

颜威喝了一口水，林嘉禾也跟着喝了一口。

他们之间的桌子空荡荡的，气氛也是，好像需要找些什么来填上。

林嘉禾用双手环握住杯子："颜老师，下次如果我再请您吃饭，您会答应吗？"

颜威说："看时间。"

“那您……还会再请回来吗？”

颜威看了她一眼：“这不是回请，是因为上次答应你了。”他拿手指点了一下木头桌面，“吃饭吃饱就行，形式没那么多讲究。”

“那和谁一起吃，有讲究吗？”

颜威又看了她一眼。

这一眼好像在询问她想说什么？

林嘉禾不知道接下来说什么，快速笑了一下：“开个玩笑。”

这时服务员来上菜了，两份咖喱饭，一大碗沙拉。

颜威把桌边一个调料罐拿到面前，打开盖，说：“我不常跟别人一起吃饭，我一般习惯吃点口味重的东西。”他从罐子里舀出一大勺辣椒酱加进盘子里，又换另一个罐子舀出一大勺虾酱，然后熟练地把咖喱饭搅拌起来。

林嘉禾看着自己面前的盘子，咖喱颜色比正常偏红。她挑了一点尝了下，果然已经很辣了。于是她什么也没有加，直接把米饭混起来拌了拌。

饭馆里客人不多，也没有放音乐，服务员在店后用缅甸语交谈着，陌生的异国风情，更把气氛衬得安静。

餐具碰撞盘子的声音都很清晰。林嘉禾吃完一小半，颜威已经把一盘咖喱饭吃完了。她跟着他放下勺子，注意桌子中间一碗沙拉还没有动。

沙拉里有海鲜、小番茄、蔬菜丝和一些干果，酱料直接铺在表面，碗边搁着一双长筷子。林嘉禾想把沙拉搅拌一下，伸手去拿筷子，对面一只手也同时伸了过来。

林嘉禾的手顿住了，她抬眼看向他，颜威把手撤了回去：“你来吧。”

林嘉禾赶紧几下拌好了沙拉，夹了一些放进自己的盘子里，然后把筷子递给颜威。他接过去，也夹了一些沙拉放进盘里。

这个小插曲，把气氛搅得有些乱了。

一对男女头碰头坐着，如果硬要把它理解成一场约会，也不是不可以。

林嘉禾心不在焉地挑了几口蔬菜吃，再抬起头来，发现颜威没有动筷，始终在对面注视着她。

她感觉心情立即被催化了一下，慢慢把手里的餐具放下了。

颜威开口对她说：“你很适合戴玉镯。”

原来他在看她手腕上的镯子。

林嘉禾抬起手腕，紫翡晃着一道润泽的光，她问：“适合紫色吗？”

“你适合翡翠。”

林嘉禾心尖轻微一动。

他评价说："翡翠饰品抬人，但能把翡翠衬得好看的人不多。"

林嘉禾不知怎的，想起了他办公室里的那一柜子翡翠藏品："颜老师，您的收藏大多是翡翠摆件，您不爱收藏翡翠饰品吗？"

颜威说："我只是留念，首饰也用不到。"

"可是，您曾经戴过一只翡翠手表……"

那张杂志照片中，他手腕间有一抹翠绿，人玉相衬，那惊艳的和谐之美曾经给她带来了巨大的启蒙作用。

颜威问："还是十年前那则新闻？"

林嘉禾点头。颜威蹙了下眉，好像重新回忆起来，说："那是我赌到的第一块翡翠，当时比较重视，特意加工出来戴在身上一段时间。"

林嘉禾说："很好看。"

颜威只是淡淡一笑。

似乎他夸她很有权威性，她夸他就不是那么回事了。

"真的，您也很适合翡翠。"林嘉禾朝他伸出手腕，"不信您来比一下。"

颜威看了看，还真的把手举了起来，并到她的手腕旁边。

他的肤色更深，手腕与手掌连接处骨骼鲜明，和紫翡手镯碰在一起，有种硬碰硬的刚性效果。他很快撤回手，单看她的手腕又是柔美的了。

林嘉禾把手腕悬了一会儿才收回来，然后托住下巴看向他，好像是说：你看吧，你果然也很适合翡翠。

颜威很不习惯受到关注，无论是新闻采访，还是别人的眼光。他清了一下嗓子，伸手端起水杯，发现空了。

林嘉禾拎了一下水壶，也没水了。

"朝服务员要一下吧。"颜威说，"这里有奶茶。"

林嘉禾看向他："那我喝一杯奶茶，您呢？"

颜威招手叫来服务员，用缅甸语交谈了两句，不一会儿服务员端来两杯奶茶。奶茶刚煮出来，捧在掌心里热烘烘的，刚才吃的咖喱也使胃里很暖和。林嘉禾把风衣脱掉了，挂在椅背上，整理了一下裙子，转回身来。

等奶茶降温的工夫，她找话和他聊了两句，随即又沉默了。

林嘉禾悄悄看向他，在这份沉默里，心跳又一点点地加速起来。

她轻轻吸了口气，然后说："颜老师。"

"嗯？"

"还剩第三个问题，我现在可以问您吗？"

颜威直接说：“你问吧。”

林嘉禾双手捧住杯子，后背绷紧了，声音轻轻的，像是试探，又很清晰。

“您现在……有伴侣吗？”

颜威很明显地顿了一下，抬起眼睛来。他微微眯起眼睛，眼神凛然，长久都没有回应。

林嘉禾心里紧张，对他说：“这是我的第三个问题。”

颜威开口说：“建议你问更有用的问题。”

她和他对视一瞬，然后慢慢点了下头：“那就是没有。”

颜威一时无话。就像他之前感受到的一样，她是个大胆而真诚的人。其实，她的试探他又怎会感受不到？这个女人的眼神和笑容里都写满了心事。

而且，他其实也默许这份联系。

颜威低声对她说：“你不了解我。”

林嘉禾说：“我了解的。”

“了解我什么？十年前的那则新闻？还是你认为我赌石天赋异禀？”

林嘉禾延迟了半秒，点了下头。她所了解的，确实是这两件事情。颜威不知该不该笑，刚要开口，林嘉禾又说：“您的朋友很少，我觉得您有些孤单。我也很热爱翡翠，所以，我们会有很多共同话题可以聊的。”

她说得慢慢的，好像认真在心上过了一遍。

颜威看着她，皱了下眉，然后说：“你是个很有能力的人，不需要这样。”

你不需要这样。

林嘉禾顿时笑了：“颜老师，您也并不了解我。”

她并没有因为被误会而恼怒，只是坦然微笑，看着他说：“我没有想要利用您走捷径的意思，我可以把公私分得很开的。”

“公私分开？”颜威重复了一遍，然后摇头笑了，把手掌放在桌面上敲了几下，看向她说，“半个月后的赌石比赛……”

“嗯。”

“我希望看到你好好表现。”

林嘉禾点头：“我会的。”

颜威继续看着她：“我这人说话比较直。我说你不需要这样，是指你的翡翠天赋很好，你身上有令人欣赏的东西，所以你不需要穿一条漂亮裙子，或者说几句俏皮话来讨好我……”

“漂亮，裙子。”林嘉禾念了关键词。

颜威收住了言语。

原来他发现她换了一条裙子啊。林嘉禾对他笑了：“谢谢夸奖。”

颜威面色不自然，沉声“嗯”了声，然后将视线别开了。

他没有再说什么。林嘉禾小口小口喝着奶茶，觉得心里轻快起来，她的那些小心思突然都有了交代，还隐隐占了上风。

颜威没有动他的那杯奶茶。林嘉禾喝饱之后，他才出声问：“走吧？”

林嘉禾点点头，站起身拿起外套。穿衣袖的时候，她随意问道：“颜老师，您一会儿要回办公室吗？”

颜威站在桌椅旁边，说：“不了，回去休息了。”

“对了，一直没问，您住在哪里？”

“宾馆。”

林嘉禾正在穿另一只衣袖，动作滞了一下，这个词语十分敏感。

颜威垂眼看她，又故意补充：“就在附近。”

林嘉禾轻轻“哦”了一声，低头把风衣拢好。

她的头发弧度柔软，散在领口上，光影将她的神情全部藏了起来。这个瞬间，颜威突然被激起了一种兴致，想要抬起她的下巴看她的表情。

可他只是看着她。等林嘉禾抬起头来，颜威把手收进兜里，朝门口走去：“走吧。”

外面是一条黑巷，许多小店都关了，只有零星几家饭馆亮着灯。林嘉禾跟在颜威后面走着，黑黢黢的地面上不时有些开裂的砖石，不过踩着他踩过的路，就很安全。

夜风掀起她的风衣下摆，发出猎猎声响。

走到玉石街停车场门口，颜威站住了，说：“我去马路对面。”

林嘉禾说：“我的车就在停车场里。”

颜威点了下头。

路口的风更大了，林嘉禾抱住小臂，衣摆在小腿周围翻飞起来。

“那……颜老师再见。”

颜威稍微眯了一下眼睛，说：“下个周六我有事情。”

“嗯？”

“下周末我不来揽玉馆。”

“我下周也要忙着加工那两块翡翠了。”林嘉禾伸手把飞散的发丝别到耳后，“那……我再联系您。”

颜威看着她，忽然又说：“你的三个问题，都问完了。”

林嘉禾说：“我知道。”

他们的声音都很轻，落在风里，很快飘走了。

站了一下，颜威对她点了下头，后退两步，转身踱过马路。

林嘉禾被凉风吹得精神，无比清醒地开车回家。余光里路灯一道道晃过去，她看到前面的交通标线闪闪发亮，道路无比宽阔。

这条路她再熟悉不过了，她每天沿着它上班、下班。不知是因为现在车少还是怎么，她望见了一个红绿灯，还能看到下一个红绿灯，还有下下个……她居然能望到这么远。

车子笔直地跑着，风尘都在外面，她握着方向盘，心里静谧。谁又说今晚不是一场约会呢？她不仅吐露了自己的心声，还知道了下一步的方向。

原来我身上也会有令你着迷的东西啊。我会让你看到的。

周日，林嘉禾在家里窝了一天。

她先给陈岩水打了个电话，询问他清不清楚参加缅甸翡翠公盘的事宜。结果陈岩水不清楚。他只在本地开了个小公司，日常也就在玉石街混一混。

林嘉禾又咨询了几个做翡翠生意的熟人，才摸索出了进入缅甸公盘的流程。像她这样初次参加的人，需要先联系当地珠宝玉器协会，交上一千万缅币，也就是约五万人民币的保证金，然后协会会为她担保，给她一份邀请书。到时她拿着邀请书就可以进入公盘了。

挑了一天工作日，林嘉禾带着身份证、护照复印件什么的，跑了一趟玉器珠宝协会，忙活了大半天，才把相关事宜搞定。

走出办事大楼，林嘉禾站在台阶上呼了口气，想着：颜威参加缅甸公盘一定不用这么忙活，邀请函肯定是自动送到他手上的。

而且，他多半不属于参会者，应该是公盘组委会的一员。

这里车水马龙，空气也不好，林嘉禾没多停留，很快返回公司里。

从撷翠馆收来的那两块料子，其中苹果绿那块好加工，就按最中规中矩的方式，先理片切镯子，然后选料、雕挂饰，最后余料都磨成珠子。

这抹绿色嫩嫩的，切出来的镯子很美，但是种质和林嘉禾手上的春带彩手镯差不多，颜色也不算太出挑。林嘉禾便没有自留手镯，只挑了一枚小小的平安扣留作纪念，其余货品陆续销售了出去。

另外那块瓷白地油青花的大石头则是个大难题。

店家把它运到工厂后，林嘉禾和何钏谁也没碰，搁置了快一周，何钏终于抽空把它擦解了几刀。

这块料子内部并有没出现惊喜，仍然只有些粗糙的油青色翡翠，并且没有飘出花，而是一块凝着一块，像是没有晕染开的浓墨。

这样的分布形式，也很难切镯子。一条瓷地镯子上如果飘着些花纹还是耐看的，但如果干点着一块墨绿色痕迹，那活脱脱就像一颗媒婆痣。

林嘉禾对这块石头完全丧失了兴趣，觉得加工的意义都不大，简直想把它付邮送出去。没承想隔了一天，何钏兴冲冲地塞给她一张图纸。

林嘉禾举起图纸，看到画面里有蛇，有蟾蜍，还有蝎子等，这些动物纠缠在一起，造型繁复优美，竟意外地给人一种吉祥的感觉。

“这是？”

“这是《五毒图》，由蝎子、蛇、壁虎、蜈蚣、蟾蜍五种毒物组成。有些农家会贴《五毒图》祈祷庄稼不受害虫侵袭，还有些地方把它张贴在门窗上驱凶纳吉。”

林嘉禾总结：“辟邪的老传统。不过，你是想……”她指向工厂角落里那块瓷地大石头，“你想用那个来雕刻吗？”

何钏点头：“那块石头有青有白，颜色暗黯淡，我觉得很合适。”

如此变废为宝，林嘉禾几乎是立马答应了。来到石头旁边，她问何钏：“这块石头很大，你想要整体雕刻成一个大件？”

何钏比画着：“对，这么大块的五毒摆件多气派，万一没人收，师父你就放在家里镇宅。”

林嘉禾笑了笑，把图纸还给他：“放开膀子干吧。”

如此，两块料子都有了着落。其中苹果绿翡翠的货品卖得不错，资金流回来一些，林嘉禾心里开始悄悄发痒，好像只有把卡里的数字换成几块毛料，大刀阔斧地切一顿，才能挠到那股痒痒。

她暗自摇头，怪不得赌博会使人流连，使人沉迷，使人情不自禁地把钱都掏出来。她这个一共只买了三块毛料的新手，似乎已经对赌石上瘾了……

周日傍晚，林嘉禾开车去上赌石培训课。由于是最后一节课，她特意提前了十五分钟，在大楼前停好车，一转眼看到班强从一辆黑色卡宴上跨下来。

林嘉禾抬手冲他打招呼。两周没见，班强那张阔脸又黑了一个度，他张嘴一笑，笑容显得特别灿烂。

林嘉禾觉得有必要给他推荐一下防晒霜，可是扫见他身后的车，转过弯来。

“你不是外地的吗？这回自驾来的？”

班强说：“没有，这车是我昨天用石头赌来的。”

林嘉禾挑眉：“什么情况？”

“昨晚我没事去玉石街遛弯，收了块毛料，擦了一刀就涨了。有个人想收，现金不够，就用车抵了。”

“然后呢，那个人继续切了吗？”

“切了，垮了……”班强晃了一下脑袋，“好东西都表现在天窗上了，里面一点绿都没有。”

林嘉禾笑了一下：“这么惨，钱没赚到，车也没了。”

班强说：“当时擦完那一刀我觉得悬，才出手的，要不我就继续切了。”

“真是奸商啊。”

“不能叫奸商，这叫老江湖。不能只兴卖家擦个窗口骗人啊，我们也得学着点，能抛则抛。”

聊着天，他们走进大楼。到了活动室，林嘉禾发现这回人明显多了起来，想必最后一次课程，该来的人都来了。

林嘉禾把包搁在桌上，在老位置上坐下了。班强坐到她隔壁，按了两下手机，又收起来，转头问：“对了，你知道咱们参加的这个赌石比赛是什么性质的吗？”

“不是说最后有奖金……”林嘉禾看着他略显神秘的表情，问，“你是在问我，还是想告诉我？”

班强笑了笑，低头说：“我听说，奖金只是个幌子。比赛的主要目的，是这背后的公司想要挖赌石人才。”

林嘉禾问：“背后的公司？”

“矿达集团啊。这个比赛是矿达集团主办的，你不会连这个都不知道吧？”

林嘉禾点了下头，慢慢说了句：“我知道。”她又抬起眼睛，“那是要挖走第一名，还是前三名，还是……”

“具体的我也不知道了，我都是听说的。”班强将胳膊摊在桌面上，“也就拿奖金做由头，我的公司才让我来参加，如果知道有跳槽风险，我的公司肯定不放人的啊。” 他又叹了口气，“唉，好想被挖过来啊。”

挖来挖去的，像萝卜似的。林嘉禾笑了下，然后问他：“你的公司不是很好吗？干吗想跳槽？”

班强说：“不让赌石啊，超级不爽。现在公司都走稳妥路线，只让收翡翠明料，看上一件半赌的料子都得请示半天，结果还批不下来。”

林嘉禾说：“唉，其实很多翡翠老板，最开始都是靠一块赌石发迹的。”

“是啊，公司做得越大越怕死。赌石是人们用智慧丈量自然的艺术，老传统不能给丢了啊。”

闲聊着，林嘉禾扫了一圈屋子，形形色色的人，各个地方的都有。这些人都在外面混惯了，待在屋子里憋不住，按地域凑在一起用方言聊着天，有几人坐在窗户缝前面抽烟。

到了五点，工作人员走进来播放视频，提醒他们禁止抽烟，那几人嘟囔着把烟掐了。视频播放了有一阵，屋里的人才不情不愿地安静下来。

班强嗤笑了一声："唉，弄得跟小学生似的。"

林嘉禾调了个舒服的坐姿，托脸看向大屏幕。

今天的课程讲了人工处理翡翠的方法，把当前市面上的翡翠作假手段都总结了一遍，有一些手段太先进，林嘉禾甚至都没听说过。她以为讲完翡翠作假，会讲一下鉴别方法，可是并没有，视频讲完最后一项造假，直接结束了。

林嘉禾看着黑屏直发愣，不过心下想想也对，大部分翡翠作假是要靠仪器鉴定的，要么就要依靠直觉判断。

而这个赌石比赛，比的就是大家对翡翠的直觉。

刚过了一个小时，还没有到下课时间，屋里议论纷纷，不知道接下来有什么安排。有人出声问："屏幕坏了吧。"这时活动室的门开了，一个穿着衬衫的工作人员抱着一摞纸张利索地走了进来。

林嘉禾看着那纸张的大小，和上面印刷的字迹，不由得想，这不会是卷子吧？果然，工作人员站在前面一脸严肃地说："接下来进行赌石比赛的第一项，文化考试。"然后二话不说开始发卷。

大家拿到卷子都一脸蒙。班强按着桌面："真成小学生了啊。"他转脸对林嘉禾道，"我没笔啊。"

林嘉禾说："我也没有啊。"

话说完没多久，工作人员出门又进来，拿来一盒中性笔，一支一支地发给大家。有人捏住笔，怪声怪气地问："老师，考试时间多久啊？"

工作人员走到门口说："七点，我回来收卷。"然后转身出了屋子。

教室里十分骚动，许多人抱怨没有提前通知，可也没人离开座位，毕竟这笔试也是赌石比赛的一部分，说不准占多大分值。

林嘉禾拔开笔帽，大致扫了一下试卷，然后点开手机看时间，现在是六点十五分。

"搜不到答案的。"林嘉禾转头，班强一脸悻悻地把手机放回桌面上，"我搜了两道题，网上都没有答案的。"

林嘉禾看回试卷："都是很主观的题。"

"对，感觉是考我们的素质……"班强叹了口气，握着笔往前一趴，"题还挺多的，赶快写吧。”

试卷前半部分是主观题，比如“赌翡翠原石者，需要具备哪些基本素质”。

后半部分则考察培训视频里讲到的知识，比如上周讲到的翡翠分级方法，以及刚才视频里讲到的人工处理翡翠的手段。这部分知识的题目出得很细，如果谁翘课了，或者课上懒得听，估计也答不出来。

林嘉禾提笔写着，时不时卡壳一下，其中一半题目她也不太清楚，不过她努力在脑海里搜刮了一遍，把能填的都填了上去。

她平时工作也需要笔书，所以写字这个技能还没丢。答完之后，她的字迹覆盖在卷面上，清秀干净，还挺像那么回事的。

屋里始终嘈杂，林嘉禾抬头看了一圈，大部分人怨声载道。其实赌石的人大多靠经验吃饭，部分文化程度不高，或者年纪不小了，有些人普通话都不标准，答这样一份试卷，确实有些为难。

林嘉禾想，就像班强所说，这份卷子其实是拿来考验大家的素质的。

不光是文化素质。林嘉禾看着前面一个人气急败坏地把笔一摔，心想：没准还考心理素质。

无论大家乐不乐意，到了七点，工作人员还是走进来收卷了。

有人没怎么动笔，按着卷子跟工作人员扯皮：“你们没说过要考笔试啊。”

工作人员说：“我们也没说不考。”

“我们的手是拿来赌石、摸石头的，会写几个破字又能怎样啊？”

“怎么回事我们说了算。”工作人员拽着卷子问他，“你到底交不交？”

“交交交！”这人把卷子一拍，往起一站，骂骂咧咧地夺门而出。

工作人员面不改色地整理好卷子，站到前面对大家说：“赌石比赛安排在下个周六，早上八点，地点还是这栋楼。其他信息另发邮件通知，大家注意查阅。其他没有事情了，可以散了。”

“散喽散喽。”班强一个打挺站起来，问林嘉禾，“你一会儿去玉石街吗？”

林嘉禾说：“我今天不去了。”

“我这周都在这边，打算在玉石街上多逛逛。”班强问，“你们这边什么规矩？一般多久上一批新货？”

林嘉禾说：“我认识的几家店如果上新会通知我，到时候我给你打电话。”

班强说：“成。”他迈出座位，挥了挥手，“我先撤了。”

林嘉禾收拾了一下包，随后走出活动室。她走进电梯，方才那个工作人员也刚好走了进来。林嘉禾站在按钮旁边，问：“你去几楼？”

工作人员说：“七楼，谢谢。”

林嘉禾眉梢轻轻一挑，按下七楼，又侧过头，看了看工作人员怀里抱着的卷子。

七楼很快到了，工作人员带着卷子匆匆走了出去，就在电梯门快要合上的时候，林嘉禾也闪身出了电梯。

她没有跟上去，靠在电梯旁边的墙壁上，把手机拿了出来。在短信里找到颜威的名字，她点开来，上一条短信是他的回复："我在 701，送上来吧。"

林嘉禾手指点动屏幕，新建了一条短信："今天的赌石文化考试，是颜老师亲自批卷吗？"

打完这条短信，林嘉禾扯起嘴角笑了笑。比起询问，这句话更带着一种调侃的语气，她只是想找个由头跟他聊天。

她点击发送了出去。不一会儿，手机振了一声："你走了吗？"

她立即回复："没有，我还在大楼里。"

这条短信发送出去，林嘉禾一直等待着，心情起伏不定，有点紧张，又有点期待。过了十多分钟，足够把她的卷子翻出来批阅一遍，手机再次振动了一下。

"我在 703，过来吧。"林嘉禾看到短信，立即起来朝楼道走去。

停在 703 门口，林嘉禾整理了一下头发，心里默数了六十秒，才伸手敲了敲门。门几乎立即开了，还是那个工作人员，一脸面无表情地道："你有什么事？"

林嘉禾心里犯嘀咕，探头朝屋里看。

工作人员拿身体拦住她的视线，又问："你找谁？"

这时，屋里传来颜威的声音："找我。"

工作人员表情意外，回头跟颜威确认了一下，才留着门走开了。

林嘉禾推门走进去，入目一片乱糟糟的。屋里像是刚装修了一半，桌椅都歪七扭八地堆在地面上，几个工人正凑在一起拼装东西。然而这屋子出奇地大，像是把两个办公室打通了。

颜威坐在墙边唯一一张完整的平板桌面前，坐姿笔挺，低着头。林嘉禾将视线投向他面前的纸张，果然，他正在翻阅试卷。

林嘉禾留神着脚下，朝他走过去。

待她走到面前，颜威没有抬头，说："搬个椅子。"

林嘉禾轻轻"哦"了一声，转身从地上找了一张四脚平稳的椅子，拖到他的旁边。这时工作人员走过来，在桌子对面拿着图纸询问颜威："毛料摆成两列，还是三列？”

颜威说：“摆三列，屋子一端要留出足够的休息区域。”

工作人员点点头，走回去跟工人交流。

看这个架势，他们像是在布置比赛现场。

林嘉禾在一旁问：“赌石比赛，要在这里进行吗？”

“对。”颜威翻过一张卷子，抬起头看她，“你坐吧。”

林嘉禾这才在椅子上坐下了。不过，她坐在这里干什么呢？

颜威又翻过一张卷子，脸上始终毫无波澜，也不知这张卷子答得合不合意。林嘉禾干坐了一会儿，将双手慢慢撑在膝盖上。

颜威说：“你先等一下，我一会儿给你拿个东西。”

林嘉禾点了下头，继续保持安静。

她看着他的手指捏在卷子上，几分钟掀过一张，又看着一片杂乱的办公室，心想：他所说的这个周末有事情，原来是要筹备赌石比赛啊。

可是，他们还是见面了。

颜威很快就将全部卷子分成了三摞，抬手叫工作人员过来。他把第一摞递给工作人员：“这几份是勉强过关的。”

林嘉禾将视线探过去，想看自己的试卷在不在其中。

颜威察觉了，指了指第二摞试卷：“你在这个里面。”他把卷子交给工作人员：“这些是给个机会的。”

林嘉禾脸上有些尴尬，往后坐了一下。

“这些呢？”工作人员指着桌子上最厚的第三摞试卷。

颜威拎起第三摞试卷，直接往地上一扔，丢进了装修废物里：“这些是闹着玩的，叫他们不用来比赛了。”

工作人员问：“发邮件通知他们？”

“对。”颜威点了一下桌面，好像有许多话想评价，最后只是摇了下头，“不要求有文凭，可基本的行业素养要有。”

工作人员自然不敢有异议，点了下头，把手上薄薄的卷子收好，又问颜威需不需要订盒饭。

颜威说：“订，和你们的一样就行。”工作人员答应了一声。

颜威又说：“订两份，一会儿送到701。”他站起身，对林嘉禾说：“走，你跟我回办公室。”

林嘉禾顺着椅子站起来，跟着颜威出了这间“半成品”的比赛场地，沿着走廊走到701门口。

走廊环境一下安静很多，空荡荡的。颜威不紧不慢地开门，低着头，肩背线条紧实。扭开门的那一瞬间，他的胳膊也跟着绷紧了。

也是那一瞬间，林嘉禾突然领悟了他的想法。

他叫她搬把椅子坐在旁边，并不是为了让她看着批卷子，而是觉得还要耽误一段时间，让她在外面等太久不太好。

林嘉禾嘴角微微一动，感觉自己能够摸到他的思路了。或者说，毫不拐弯，直达到底，就是他的思路。

进了屋，颜威走到办公桌旁边，指了一下沙发：“坐吧。”

林嘉禾已经熟悉了他的办公室，无论是那些毛料货架，还是桌椅的布局。她在沙发一边坐下，看到颜威从抽屉里拿出一本资料册，翻了翻，朝她走过来。

林嘉禾伸手接过资料册，抬着头看他。

颜威站在沙发面前：“这是近几年一些不错的雕刻案例。”

“雕刻啊……”林嘉禾把册子放在膝上，随手翻开一页，看到一枚翡翠星球戒指，主体是一枚剔透的圆玉，周围环绕着两颗小小的卫星。她手指抚过，感觉这款设计十分新颖。

颜威在她头顶说：“两个年轻人想法比较多，不必循规蹈矩，可以拿翡翠做些更有创意的东西。”

林嘉禾想那天解石时，他大概看到何钏跟在她旁边了，也知道了她的雕刻师是个很年轻的小伙子。

她低着头笑了笑，又翻了一页：“我们是年轻人，那颜老师您属于中年人了吗？也不算啊。”

颜威说：“你觉得我多大？”

“三十？”林嘉禾抬起头来，“三十出头？”

颜威蹙了一下眉毛。

“不对吗？”

颜威问：“三十多不算中年人吗？”

林嘉禾笑了：“当然不算，中年人要四十岁吧，或者更往上一些。”

颜威不想继续讨论年龄划分的问题了，后撤一步，绕到旁边沙发上坐下了。他松了一下衣领，向后靠着。安静的办公室里，只有纸张掀过的声音。

林嘉禾问：“颜老师，这本雕刻案例我可以带走吗？”

颜威声音低低的：“就是给你的。”

林嘉禾手指停顿，然后翻过一页，听到他又开口了。

“一般有了几件好石头，又有雕刻师傅，就可以开个翡翠专卖店了，各种东西都做一点，慢慢摸索出自己的风格。翡翠公司都是这样开起来的。”

林嘉禾转过头来，不自觉地重复他的话：“开一个……翡翠专卖店？”

“这是一个发展方向。”

林嘉禾怔了怔，看着他的侧脸。

颜威靠着沙发靠背，下颌抬高，难得放松的姿势，也使他显得有些疲惫。终于，他转过脸来与她对视。

林嘉禾对他说：“颜老师，其实您一直在帮助我。”

颜威眼神淡定：“我只是惜才。”

“我赌石经历不多，您可能觉得我天赋比较好。可是，上回那块乌砂皮毛料我也赌垮了……”

“你见得少。所以要参加翡翠公盘多见识一下。”

“颜老师，我并不想……”林嘉禾吸了口气，“我上回已经表达过了，我说我喜欢您，并不是想要从您身上获得帮助。”

“你喜欢我？”颜威的声音一下沉了下来，他静静看着她。

林嘉禾张了张口，在他的眼神里突然不会发声了。

又好像，她把所有的话语都压在了他的身上，剩下的，只是他的回答了。

“你喜欢的，是我拥有的东西。”颜威坐直身子，对她说，“这公与私，是分不开的。”

林嘉禾望着他。她理解他是个直接的人，可是对待感情，这样现实，简直将人压得喘不过气来。她心里扑腾扑腾起来：“颜老师，其实……”

颜威看着她，可她的声音又消失了。

林嘉禾找话似的低了一下头，又仰起来。她的头发弧度柔软，拂在肩膀上，恰如其分的女人味衬得一张脸晶莹生动。

看着她的模样，颜威放低了声音：“我也挺喜欢你，我喜欢聪明大胆的人。”

林嘉禾望着他，忽然感到身下的沙发比家里的柔软很多。她仿佛陷在了里面，拔都拔不出来。她轻声说：“颜老师，你今天好像有些累。”

颜威单手扶上沙发靠背：“是挺累的，忙了一天。”他向她凑近，“收到你的短信，就想让你过来了。”

偌大的办公室里只有他们两个人，气氛太好了。

颜威眼神凝着，身体越靠越近。林嘉禾微仰着头，感觉被一种强大的力量笼罩上来，他周身的疏离都推远了，慢慢升出一种迷人的温柔。

就在他的气息压下的时刻，办公室门被敲响了。颜威按着沙发顿了一下，后撤身体，站了起来。他走过去开门又关上，手上多了一袋盒饭。

他走回来，把盒饭放在办公桌上，停顿片刻，对它一指："吃晚饭吧。"

林嘉禾坐在沙发上深呼吸了一下，站了起来，让自己赶紧平复下来。

这件事情并不在他们任何一人的计划之中，一被打断，气氛很快就散了。

颜威走到自己的办公椅面前，发现她没有椅子坐，而沙发又不可能搬过来。于是颜威又走了回来，把盒饭拎到了沙发上："在这里吃吧。"

林嘉禾感觉自己很久没开口说话了，一开口，声音有点紧："不会弄脏吗？"

颜威说："没关系。"

林嘉禾重新在沙发上坐下了。颜威拿起一盒饭，林嘉禾伸手拿起另一盒，打开来，里面是精致的两荤两素，折叠筷子干干净净地摆在一边。

林嘉禾本来没什么胃口，不过这饭菜还挺香的，被激起了一点食欲，抱着饭盒一口一口地吃起来。她并没有觉得在他的办公室里吃饭有何不妥。相反，颜威像是常在办公室里解决晚饭的人，她在这里，只是参与了他的部分生活，是一种很新鲜的体验。

颜威吃饭速度很快，等林嘉禾抬起头，颜威已经托着饭盒等着了。

林嘉禾为了表示自己吃好了，把饭盒盖上，放回了塑料袋里。颜威也把饭盒摞回袋子里，没有说话，起身坐回了办公桌面前。

于是林嘉禾站了起来，说："颜老师，谢谢你的晚饭，那我走了。"

颜威说："把资料带上。"

林嘉禾点点头，把沙发上的资料册抱在胳膊里，又看到那个饭盒袋："我把垃圾也带出去吧。"

"可以。"

林嘉禾拎上袋子，走到门口，伸手握了一下门把手，转回身来。

几乎同时，颜威也从办公桌面前抬起头来。

对视之间，颜威眯了一下眼睛，开口说："下回你再赌石，联系我。"

林嘉禾说了声"好的"。

颜威说："最好在下周，赌石比赛之前。"

林嘉禾望着他，半晌，又轻轻说了声"好的"。

颜威点头："没事了。"

"颜老师再见。"林嘉禾轻微一笑，转身走出去，将一道深深的目光留在身后。

出了大楼，林嘉禾坐进自己的车里。她伸手试了一下自己的脸，居然还是热的。可她觉得自己的镇定伪装得很好。

她发了会儿呆，打算开车走人的时候，手机响了，是邢秋眉打来的。

林嘉禾接起电话："喂，邢姐。"

邢秋眉开口问："到家了吗？"

只是平常的问候，不知为何，林嘉禾却有种心虚的感觉。她瞟了一眼车窗外的大楼，说："还没有，打算回去了。邢姐有什么事吗？"

邢秋眉说："你参加的那期《民间宝鉴》节目今天播出了。"

林嘉禾过得日子都记不住："今天就播了？"

"对，今晚九点半，记得开电视。"

"好的，我回去就看。"

电话很快挂了，林嘉禾一看时间，刚八点出头，其实她在颜威的办公室里待了不过一个小时。

林嘉禾不容自己再发呆了，一搭方向盘开了回去。她家的电视机在卧室里。到家后，林嘉禾快速倒了杯果汁，坐在床头换好台。

节目开场漫长，还插播了好几条广告，林嘉禾喝完半杯果汁，才等到介绍专家的片段。镜头一一扫过三位专家，颜威坐姿端正安静，脸上什么表情都没有，像是被框在了那个高背座椅里，倒是他身后一个头发焦黄的观众挺抢镜的。

之后一些专家席讨论的画面里，颜威大多微微侧脸，或者低垂着眼皮，似乎一点多余的关注都不想获得，只差把"低调"两个字写脸上了。

节目过半的时候，那件翡翠玉牌出场了。很快，林嘉禾看到自己的面容出现在大屏幕上，她神采奕奕地讲解了人工染色的判断方法。

她微笑得体，声音轻柔，节目的打光也不错，林嘉禾对自己的上镜表现还是很满意的。在她发言快结束的时候，节目切入了几秒钟专家席位的镜头。

林嘉禾端着杯子愣了愣，电视里，专家席的颜威抬起头，看着大屏幕上发言的自己。他的眼神格外专注，立体的面容被大屏幕映亮了。

隔着遥远的时空，她的心瞬间被软绵绵地捍住了。

林嘉禾一时情绪复杂，看着屏幕上的颜威，恍惚地想，是怎样现实的人，才会觉得自己本身是根本不值得喜欢的呢？又是经历过什么的人，明明渴求亲密，却只想要拿自己拥有的东西去换呢？

当天晚上，林嘉禾倒在床上做了一晚上梦。

她梦到了颜威，梦到他们坐在一张沙发上，沙发软得像棉花，而他朝她越压越近。具体发生了什么已经模糊了，她只记得那种气氛，他低沉的呼吸像是低温燃烧的酒，撑起了整个夜晚的微醺。

那个没有落下的吻，在她的梦里一遍一遍地完成了。

第五章

▷▷ 骗人的绿色

上次林嘉禾做梦梦到异性，或许要追溯到小学去了，她心智成熟一点以后，就没什么人能带给她这么大的劲儿了。

次日早上，林嘉禾醒来坐在床上想了半天，觉得这不能算是一场春梦，最多只能算“日有所思，夜有所梦”。

同时这个梦也像是一个开关，扭开就关不上了。她像是被打了一剂鸡血，脚下踩着粉红色飘飘云，在公司里精神抖擞，看谁都分外顺眼。

林嘉禾感觉自己恋爱了。

何钏则有些痛苦。他开始着手处理那件五毒大摆件了，头一次面对这么大的石头，显然高估了自己的速度。石头大了，可是那蛇的鳞片、蟾蜍的后背等也不能粗糙，还是要精细地慢慢雕琢。他原本以为每天晚上加加班，一个月就能完成，可是现在看来，恐怕要奔着小半年去了。

好在何钏是真心喜欢雕刻，林嘉禾让他慢慢来不要急，他便松下心来，每天刻一点，就当修身养性保持手感了。

周中林嘉禾接到了一通陌生电话，通知她周五有一批集散毛料，让她过来掌掌眼，地址在玉石街附近一处民宅里。

林嘉禾首先答应了，然后询问对方是哪家店的。

对方一说，林嘉禾恍然，原来是付老板的伙计。上回她买下那块阴阳毛料，开出了春带彩，也给付老板的货打响了名气，这回对方上了新货自然要通知她。

周五早上，林嘉禾叫上何钏一起直奔毛料而去。

到了地方，林嘉禾发现这里是一座民宅改成的茶馆，叫德裕茶馆。原本旧院格局都保留着，砖墙瓦盖，长长的廊道上爬着葫芦藤，营造出一种传统舒适的风格。

院中央种着一棵很老的梧桐树，树荫出阴凉，地面上铺着大片大片的厚布，上面堆着表现各异的毛料，一眼望去，有一百来件。

现在时间偏早，来看石头的人还不多。林嘉禾先在廊道的桌位旁坐下，要了一壶茶，然后拿出手机来。

何钏坐在她对面，倒了杯茶，却也不喝，摆弄着那个茶壶。

“师父，我发现玩翡翠的人都特别爱喝茶。”

林嘉禾笑了：“这倒是真的，有时候一天跑几家翡翠店，茶水喝得都睡不着觉。”

何钏说：“可惜我也不懂茶，分不出好坏。”

“我也不算懂，我更爱喝咖啡。”

随意聊着天，林嘉禾点开联系人，找到了班强的名字。她对何钏“嘘”了一声，拨通电话，通知班强过来看毛料。

电话那头班强声音迷迷糊糊的，想必还没起床，一听“毛料”二字立马清醒了，连忙答应了好几声。

这个电话结束，林嘉禾在联系人里继续下滑，点开了颜威的短信框。

她低垂着视线，一个字一个字地打：“颜老师，我现在在德裕茶馆，这里有一批不错的毛料。”

短信发过去，林嘉禾思绪翻飞。在这个网络通信发达的年代，她却始终用发短信的方式联系他，连电话也不好意思打。

这样几次下来，他们似乎都默认用这种方式联络了。

手机很快振了一下：“知道了。”

林嘉禾握着手机，默默勾起嘴角。在她打算把手机装起来的时候，颜威又发来一条短信：“我中午过去。”

也就是，她上午的任务是看毛料，多看看，遇到喜欢的不要着急下手。等颜威来了，现场“指导”一下，她再付款解石。

简短的两条短信，林嘉禾迅速把自己当天的行程安排妥当。

她再抬头，听到门口传来一阵寒暄声。

何钏探身望了望，说：“好像是陈岩水，还有另外两个人。”

没过两分钟，那几人就沿着廊道走过来。果然是陈岩水，陪着一名体态丰腴的男人边走边聊，男人胳膊上还挽着一个妆扮艳丽的年轻女人。

走到近前时，陈岩水瞟到林嘉禾，忙对她打招呼。

林嘉禾站起身来。陈岩水先向她介绍那名很有派头的男人：“这位是王泉祥，王总。王总在这边办事，听说这里上新了一批毛料，特意过来看看。”他又介绍林嘉禾：“这位是林经理，别看她年纪轻轻，前不久刚赌涨了一块春带彩，看石头很有一套的。”

王泉祥闻言很感兴趣，对林嘉禾道：“呦！厉害，美女也会赌石啊？”

他身边的女伴立即把林嘉禾从上到下打量了一遍，别开眼哼了一声。

林嘉禾微微一笑。她看这位王总穿着中式开襟衫，脖子上坠着一枚满绿麒麟吊坠。那吊坠足有半个巴掌大，价值不菲，格外张扬。

她不由得问：“王总是做什么生意的？”

王泉祥抬手一挥，露出手上绿油油的大扳指：“也就是做点翡翠生意。”

陈岩水在一旁说：“王总开了多家小饰品加工厂。咱们市面上一半的翡翠小挂件是从他那里进的货。”

林嘉禾当即懂了。陈岩水所谓的小饰品加工厂，其实是利用一些边角废料，或者翡翠造假料大批量生产饰品的。这些饰品价格低廉，批量走货，十分赚钱。其实算不得正经的翡翠生意。

陈岩水这边也属于被迫营业，继续跟王总客套了几句，一点头就走开了。

王泉祥则带着女伴在隔壁桌坐下了。屁股还没坐热，女伴就攀着王泉祥的肩膀开始撒娇：“这里路太难走了，你看，鞋跟都被卡坏了。”

王泉祥说：“坏就坏，回去给你买新的。”

女伴又看着院子里的环境皱眉：“外面好晒噢，还都是灰尘。”

王泉祥说：“不是你说赌石好玩，非吵着要来看的吗？”

女伴说：“我没想到环境这么差嘛。而且那些石头都好丑，里面能有翡翠吗？”

王泉祥说：“有肯定有，翡翠都是从石头里开出来的。”

女伴手指缠着王泉祥脖子上的艳绿挂坠：“我想要一块这种颜色的翡翠，然后加工成一套首饰，项链、手镯、耳坠，还想要一支簪子……”她说着说着，手就滑到了他的胸口上。

王泉祥抓住她不安分的手：“好好好，一会儿我们就去挑石头……”

两人说话根本不避人，一唱一和，显得特别热闹。何钏半趴在桌上，一脸听戏听得上瘾的表情。

林嘉禾端起杯子最后喝了口茶，打算去院子里看石头了，刚一起身，那个女伴突然转过脸望向她：“你是……林经理对吧？”

林嘉禾点了下头，问她：“你怎么称呼？”

女人撑着脸笑了笑：“我叫陆玲曼。”

林嘉禾也对她回以一笑：“陆小姐。”

陆玲曼伸出一根食指，指向对面的何钏：“那是你的男朋友吗？”

何钏立即说出声："不是不是，她是我师父。"

林嘉禾心想自己不用回答了，于是没有说话。

陆玲曼眯了一下媚眼，看着林嘉禾："居然当人师父噢，那你赌石很厉害对吗？"

林嘉禾感到好笑，干脆点了下头："还可以。"

陆玲曼指了指自己男人胸前的满绿麒麟挂坠："那你赌出过这么绿的翡翠吗？"

林嘉禾摇头："没有。"

不过啊，这绿色又浓又艳，确实是她的追求目标。

陆玲曼骄傲地睨了她一眼："这可是我们朋友亲手赌出来的噢。"

何钏一听，"扑哧"笑了："说半天，我以为是你赌的呢。"

陆玲曼立即将目光转向他，眉梢一挑："那又怎样？我们买下来了。买下来就是我们的。"

何钏耸耸肩，选择闭嘴。

王泉祥拍了拍陆玲曼的肩："行了宝贝，人家要去看毛料了，别耽误人家的时间了。你看看想喝点什么？"

陆玲曼这才把头扭回去看菜单："这里能有什么好喝的啊？！"

林嘉禾对何钏说："走吧。"

他们走了几步，还听到陆玲曼嘀咕的声音："赌石就是碰运气，哪有厉不厉害之分？我在拉斯维加斯手气好了也赢过一堆钱呢……"

何钏回头瞪了她一眼，只可惜离得太远，对方没有收到。

转回头来，何钏叹气："唉，那女的真是吵死了。"

"管她干吗？"

林嘉禾不甚在意，朝院子里看了一圈，毛料都是随机摆放的，每一块都标了号码，但并没有按大小，或者表皮区分开。她朝就近的一片区域走去："咱们围着院子，顺时针看吧。"

何钏点头，隔了会儿又问："师父，赌石算是一种赌博吗？"

林嘉禾想了一下道："我觉得不算。赌石是可以凭经验去'猜测'的，而且，表现不好的毛料价格也不会虚高，所以赌石的风险其实是可控的。"

何钏冲桌子那边努了努嘴："可有的人就是来砸钱'玩'了。"

"懂与不懂的人，赌石完全是两种感觉。"林嘉禾停在毛料面前，石头表面的砂粒在光线下闪闪发亮，每一块都显得格外诱人。

她轻声感叹："我是觉得啊，赌石比赌博更容易令人上瘾，尤其是毛料被切开的那一瞬间，可以印证你的判断是否正确。”

“爽。”何钏一个字总结。

“对，研究得越久，切开时越爽。”

今天是一个艳阳高照的天气，阔大的梧桐树冠遮出了一片阴凉，但还是有一大圈毛料暴露在外面。

林嘉禾从包里取出一顶折叠遮阳帽戴上，将头发在脑后绑好，找了一下，率先从一块大毛料开始研究。

她之所以挑这块毛料，是因为它呈又大又胖的椭圆形，活像一只大冬瓜。她近距离一看，这块毛料表皮还挺薄的，带子形分布着诱人的绿色松花，这样一说，又有些像西瓜。

林嘉禾带着一种轻松的心情，伸手拍了拍它。这一拍，她的手就没离开，呼吸也安静下来。这块料子属于黄砂皮，细细的砂粒丝毫不硌手，反而有种腻人的触感，像是在给手掌做一场按摩。

林嘉禾很相信自己的感觉，一遍一遍地抚摸这块石头的表皮。温温热热的，不知是在阳光下晒久了，还是她心理上感受到的。

何钏也沿着石头看了一遍，林嘉禾没有讲解，他就在一旁等着。

这段时间他也陆续接触过一些毛料了，这块冬瓜毛料在他看来，表皮细腻，有绿色松花，个头也够大，如果切出好料子不愁做不出好产品。

其余的，他也不知道还能再看什么了。

不过他很相信林嘉禾，她两次赌石，一次春带彩，一次苹果绿，其实都算是大涨。除了经验原因，何钏觉得她是能静下心来的人，在人们迫不及待地拿金钱去衡量石头价值的时候，她愿意倾注心力，去感悟这块石头的“灵魂”。

如果翡翠有灵魂的话，它也只会让懂得欣赏的人读懂吧。

林嘉禾看了约半个钟头，才恋恋不舍地移开目光，换了个位置，仍旧回头望着那件“大冬瓜”。

何钏忙问：“师父，你看上了那块毛料是吗？”

林嘉禾说：“感觉很好，就是太大了。”

何钏：“那块石头肯定一百公斤往上了，价格应该不低。”

林嘉禾轻轻点头，心里清楚，就凭她现在的积蓄，如果拿下那块“大冬瓜”，其他再有好料子，恐怕就没能力收了。

而她现在除了赌涨翡翠，还需要考虑能否快速变现的问题。毕竟六月初她就要去参加缅甸公盘了，那里好石头更多，所以她不能把大量翡翠积压在手里，要么按明料出售出去，要么做出的货品要特别好卖才行。

如此思量着，林嘉禾说：“我再多看看，这刚第一块。”

何钏说：“你放心看吧，我帮你盯着那块，跑不了。”

林嘉禾接下来选择性地看了一些毛料。

她首先放弃了个头太大的，那些动辄几百公斤的，有些尽管表现不错，可开解起来太费工费时，适合有公司的人慢慢边切边卖。

其次，她没有看一些表现太扎眼的毛料，那些水口翠绿欲滴、松花密集显眼的，人人都感兴趣，标价自然也跟着高涨，她就不凑这个热闹了。

说到底，林嘉禾其实还是带着一种“捡漏”心理的。这里石头这么多，她希望在表现中庸，价位略低的石头里，选出与自己有缘的那几件。

林嘉禾看上的第二块石头，是一块铁锈皮，标号是二十八号。

远远瞧见它的时候，梧桐树的阴影正好将它罩住了，林嘉禾误以为它印上了树影，等离近了，才发现这块石头表皮就是这样不均匀的铁褐色。

何钏在一旁也说：“这块石头像是生锈了。”

林嘉禾打开手电，边看边讲：“一般铁锈表皮的毛料，发育过程中含铁量比较高。内部如果有色，一般也是团块状的比较浓郁的颜色。”

她将石头细细看完一遍后，何钏抱着石头试了试重量：“还挺沉，二十公斤往上。”

林嘉禾整体打量着这块毛料，皮壳上只有一些铁锈斑点，松花蟒带半点也无，表皮也很厚，手电压下去，根本看不到里面的光亮，表现相当差劲，以至她根本无从判断这块石头的场口。

事实上，这块石头真的很像路边随便搬来的。林嘉禾琢磨片刻，转眼看见付老板就在不远处坐着，于是走过去询问了一下。

通过那块春带彩，付老板对林嘉禾印象深刻，知道她是个行家，态度也好了不少。他解释说这批石头是他和几个朋友共同的存货，他也说不准是哪个场口的了，不过让林嘉禾大可放心，这些料子几乎都是老场口的，他有专门的渠道，一般的货源还看不上呢。

林嘉禾点点头，又走了回来。

何钏跟着问：“那个付老板，他有这么多毛料，为什么不自己开个店呢？”

林嘉禾说：“他这种啊，属于‘倒爷’，一般在缅甸边界来回跑，钻一些空子把毛料运回来。他们一般都不开常店的，找地方把货卖出去就算完事。”

何钏说：“感觉他之前那批毛料还挺靠谱的。”

“是啊。”林嘉禾轻轻说了声。

本着对付老板的信任，林嘉禾重新看回这块铁锈皮毛料。她看久了，觉得这厚实简朴的皮壳竟也顺眼了起来，甚至透露出一种深藏不露的气质。

林嘉禾在心里想好了，如果这块料子每公斤单价不超过一万元，就买下切开瞧瞧。又接连看过两块，林嘉禾瞧见班强风风火火地过来了。

班强找到林嘉禾这里，跟她打了声招呼，然后问："怎么，看好哪件了？"

林嘉禾站起身来："随便看看，还没定下特别喜欢的。"

班强望着院子里的石头："看着还不错啊，一件件都挺老的。"

林嘉禾说："嗯，这个老板货源很靠谱。"

班强撸起袖子，说："行，你看吧，我去那边瞧瞧。"说着他一摆手，朝几人围着的一块窗口翠绿的毛料走过去。

林嘉禾站在原地伸了伸腰身，看到这时院里的人更多了，有不少是熟面孔。除了班强和陈岩水，还有卖给她那块飘花翡翠的老赵头。

赌石这行其实圈子不大，一般哪里有好货，大家相互一传，很快就都聚过来了。

林嘉禾抬头看着树叶空隙里的日头，正了正帽檐，心想：颜威也快到来了吧。

在院中央的树根底下，林嘉禾看上了第三块毛料，标号是66号，比较吉利。

当然，这只是很小一部分原因，更多的原因是这块料子的表皮很薄，石头一端用手电筒一打光，隐隐透出绿意来。

她把手电筒移开，这块石头表皮又很低调，松花只有稀疏几朵。

这块石头半大不大，约五十公斤，通体是细腻的白砂皮，林嘉禾天然对白砂皮有好感，打眼一看便觉得这块石头很符合她的心意。

接下来，她让何钏拿着手电照着，自己一边仔细研究表皮，一边给他讲解。

何钏蹲在她右边，原本听得认真，突然察觉到什么，抬起脑袋向林嘉禾身后望去。林嘉禾顺着他的目光转身，首先看到了笔挺的黑色裤子。她慢慢抬头，只见颜威一动不动地站在原地，低着头，视线和她对上了。

颜威今天也戴了一顶帽子，帽檐一遮，他的五官显得十分精神。

林嘉禾率先对他笑了笑："颜老师，你来啦。"

颜威表情很轻松，说了声："来了。"然后他迈动脚步，直接来到她左边蹲下了。

林嘉禾视线追随着他，几秒之后反应过来，才开始对何钏介绍："这位是……"林嘉禾看着颜威的脸，不知道该怎么称呼。

颜威说：“朋友。”

林嘉禾点点头，转过脸对何钏说：“我的朋友。”

何钏立即“哦”了一声，脑袋上下点了点，配合着富有深意的眼神，就是一副“我懂”的表情。

林嘉禾一本正经地说：“我这位朋友看翡翠很厉害。”

何钏仍旧笑着。林嘉禾把他介绍给颜威：“这是我的雕刻师。”

颜威点了下头，对何钏说：“你的葡萄雕刻得不错。”

何钏一下子惊喜了：“真的？你看到了？”

颜威说：“构思也不错，配得上那块精品翡翠。”

何钏嘿嘿直笑，摇晃着手里的手电：“我也是第一次刻葡萄，就是看那个颜色合适。最近我在刻一个大的五毒摆件，也是看那青白的颜色合适。”

颜威问：“用那块切垮的乌砂皮？”

“是啊，刻出来还有救……”何钏话说到一半，“哎”了一声，“你怎么什么都知道？”

林嘉禾隔在中间，心里也动了动。确实，她赌石以来的一举一动，几乎都在颜威的眼皮底下完成的。

林嘉禾对何钏说：“我有点渴了，这里有卖水的吗？”

何钏将注意力转回来：“我去要壶茶？”

林嘉禾说：“别喝茶了，喝矿泉水吧，我记得门口不远处就有超市。”

何钏笑了笑，懂了，立马站起身来：“好的，我出去买几瓶矿泉水。”他把手电筒搁在毛料上，抬起脚步跑走了。

右边一下安静了，左边……林嘉禾转回头，颜威正静静地看着她，帽檐下他的面容利落，眼神清晰。林嘉禾开口说：“颜老师，我第一次见你戴帽子。”

颜威抬手指了指胸前：“标配。”

林嘉禾这才看见他的衣领上挂着一副墨镜，一下子笑了：“帽子加墨镜，赌石人士的标配吗？下次我也戴上墨镜。”

颜威把手肘搭在膝盖上，随意问道：“你看上哪几块了？”

见他直奔主题，林嘉禾便直接说了：“我大概看上了三块，其中一块是这个66号，白砂皮的。”

她看向面前，发现手电筒还搁在石头上，伸手拿了下来。

颜威点了下头：“讲一下吧。”

林嘉禾说：“它的皮壳很薄，手电照上去能看到里面透出绿色，给人很好的遐想空间……”她说着，看见颜威伸手抚摸过表皮，神色十分专注，她的声音也不由得停下了。

颜威转过头："有遐想空间，之后呢？"

"颜老师……"林嘉禾的声音小了一下，"你看完石头会不会……哪里出问题？"

颜威神色淡淡地问她："你觉得我会哪里出问题？"

"比如，嗅觉？听力？"林嘉禾其实不确定自己的判断对不对，只是感觉他每次专注地看完一样翡翠，五种感官会接替出现问题的。

这次该轮到哪一个了？

林嘉禾望着他。她的帽子类似草帽的形状，帽檐宽宽的，衬得一张脸很秀气。帽檐之下，她的眼神很干净，只写着纯粹的担忧。

颜威避开视线，重新看向毛料："都不碍事。"

林嘉禾抿住唇，没有再说什么。

树底下很阴凉，阳光都远了，在周围嘈杂的谈论声里，不知什么鸟啼叫了两声，还挺清脆。

颜威静默地看了这块白砂皮约两分钟，然后说："确实挺有想象空间的。"

"嗯？"林嘉禾瞅着他，没听出语意是好是坏。

颜威站了起来："看看你挑的另外两块石头，一会儿一起说。"

林嘉禾跟着站了起来，带着颜威走到刚才那块"大冬瓜"面前。颜威看过之后，问："还有一块呢？"

还有一块，就是28号铁锈皮。

走过去后，林嘉禾看见有两人正围着28号毛料看。她心里一紧，生怕被他们看上提前买走了。

结果那两人没看多久，摇摇头就走开了，想必对这块石头实在没兴趣。

他们一离开，颜威直接走了过去。林嘉禾蹲在他旁边，托住脸等着。

看好之后，颜威抬起头来，低声叹了口气。

林嘉禾心里紧张起来，但隐隐感到这叹气的意味并不是这些石头不好。

果然，颜威开口说："你的天赋确实很好。这三块，都值得入手。"

林嘉禾看向他："三块都赌涨了？"

她根本没有问他是否三块都看好，而是直接说赌涨了。在她的潜意识里，他看好的毛料，就跟赌涨是一个意思。

颜威想了一下，问："你的本金还不够吧。"

林嘉禾点了点头："如果买那块'大冬瓜'毛料，就买不了其他的了。"

颜威看着她："是买那块大的，还是买两块小的，你自己决定。"

林嘉禾认真思索，那块“大冬瓜”外观细腻，感觉种很老，内部很可能开出水头充沛的翡翠，但单价会偏高。而那块铁锈皮和白砂皮外观都更含蓄一些，价位也不会太高。

同时，她内心希望见识到更多不同的料子，而不是吊在一块石头上。于是她回答说：“那我买下那两块小的。”

颜威等到她的答案，站起身来，往座椅那边闲闲地望了一眼。

林嘉禾站在他的旁边，感觉他还有话要说。

片刻之后，颜威转回头来低声嘱咐：“那块白砂皮，擦开之后转手卖掉。”

林嘉禾立即说：“好的。”

颜威点了下头：“你去买吧。”

林嘉禾问：“那你……”

颜威说：“我不走，去那边坐一会儿，等你结束。”

听到颜威说他不走，林嘉禾心里一下安定了。

好像有他在这里坐镇，气场都会不一样，她连解石都更加有底气了。

林嘉禾将手电等随身物品收好，找了一圈，看到付老板站在院子一角跟顾客聊天，他身后的两台解石机已经摆了出来。

林嘉禾朝付老板走过去，向他说明自己看上的两块毛料。这时，何钏拎着一袋子矿泉水回来了。

何钏拧开一瓶矿泉水递给林嘉禾，然后问：“师父你那个朋友呢？他喝不喝水？”

林嘉禾望过去，颜威坐在阴凉的座位里，正拿着茶壶倒水。于是她说：“不用给他了。”

何钏晃了晃手里的袋子：“亏得我还买了这么多瓶。”

林嘉禾笑了笑：“今天天热，你多喝点。”

付老板让工人把她选好的两块毛料搬到解石机面前，然后对照着号码翻了翻自己的小本。

“这块铁褐皮，二十三公斤，给你按二十万算。白砂皮这块，五十六公斤，稍微贵一点，八十万。”

林嘉禾微微挑眉：“这件白砂皮表现不算出色，怎么标价这么高？”

这两块石头按单价来说，其实都不算贵。林嘉禾只是单纯好奇，为什么同样表现平平，这块白砂皮能标出更高的单价？

付老板指着圆溜溜的白砂皮说：“这件啊，是前年的货了。这批货一水的白砂皮，其中有一块开出了极品玻璃种艳绿，其他的价格自然就涨了上去，这块是这批货的最后一件了。”像是怕林嘉禾嫌弃，他又补充，“这块也不是剩下的，就是跟林小姐你有缘，在这里等着你呢。”

林嘉禾已经定下要买，便也不啰唆了。她点了下头：“好的，这两块我都要了，麻烦在现场解开吧。”

付老板满脸堆起笑容：“嗬，正好一百万，还凑个整。”

交易完毕之后，林嘉禾和何钏回到毛料旁边研究画线。

这块铁锈皮毛料的形状不规则，也没有松花蟒带可以参考，于是林嘉禾沿着石头中央的凹陷处大致画了一圈线，相当于直接拦腰切开了。

因为这块石头她不打算转手另卖，也没必要轻擦窗口了，直接看到内部表现更为干脆。

至于另一块白砂皮——林嘉禾把目光挪到它身上，颜威刚刚嘱咐说，让她擦解之后转手。所以，这毛料应该是一块靠皮绿。

“这是要切开了吗？”

林嘉禾动了动眉头，从石头面前抬起头，看到陆玲曼的高跟鞋停在了面前。想必这人是闲逛了一圈，逛到她这里了。

林嘉禾随口应和：“是啊，准备切了。”

王泉祥也随后走了过来，陆玲曼立即挽起他的胳膊，指指林嘉禾：“她要切石头了，我们在这里看好不好呀？”

王泉祥偏头看她：“你不自己挑一块吗？”

陆玲曼撇了撇嘴：“那边太晒了，而且刚才看到的那几块露出翡翠的石头，颜色也不好看，我想要特别绿的那种。”说着，她把头发撩到一边，低下头看林嘉禾的这两块毛料，“这个怎么一点翡翠都看不见啊？”

王泉祥说：“这石头是盲赌的，一个面都没有擦开过。”

陆玲曼：“啊……那怎么知道里面好不好啊？”

王泉祥其实也不太了解，张口便说：“一般看表面绿色花纹，花纹多里面的翡翠就好。”

陆玲曼听完仔细一瞧，脚下这两块石头几乎不见一点绿纹，顿时一脸看好戏的表情，瞥了一眼林嘉禾，又扯了扯王泉祥的胳膊：“我们留在这里看好不好啊？”

王泉祥说：“好、好，总归今天是陪你，想看什么都行。”

他俩在这里你一句我一句的，林嘉禾也没心思继续研究了，把木工笔一搁，对何钏说：“叫师傅来解石吧。”

何钏没多久就带着解石师傅走了过来。人们见要开始解石了，也陆续围聚过来。有人上前研究了一下毛料，疑惑地问：“这是谁买的？”

人群里的陈岩水指着机器旁边的林嘉禾说：“是那位女士的。”

“这表现实在是……贪便宜买的吧？”那人见是一位漂亮女人买的石头，以为她只是买着玩玩的。

陈岩水也没有再解释什么。他还是很信任林嘉禾的眼光的，认为她起码比这里八成以上的人要懂行，只是眼前这两块毛料表现确实不够出众，于是安安静静地挪到一旁，只等着看结果了。

解石师傅做好准备工作，问林嘉禾：“先解哪个？”

林嘉禾说：“这个小的铁锈皮的。”

“按画线直接切开？”

“对。”

解石师傅一点头，将机器打开了。

刀刃缓缓破开石头的时候，林嘉禾往座椅区那边望过去，人挨着人，将她的视线挡住了。林嘉禾悄悄后退一步，又退了一步，终于，在人头的空隙里看到了颜威。

他坐在廊道尽头的座位里，不知在看院子里的毛料还是在休息。总之，他一副独自安静，难得休闲的模样。

林嘉禾远远地望着他，心里突然一片宁静，好像周围嘈杂吵闹的声音都远了。

那一瞬间，她突然觉得自己很幸运。她正在从事的工作，是她最熟悉的，也是她最喜爱的，同时，她又有颜威的帮助。

她能做的，就是在这条路上稳稳地走到很远。

石头切割完毕，声响停止之后，何钏率先凑过头去，立即惊叹道：“红色的？”他转身使劲招手，“师父你快来看，是红色的。”

“啊？”林嘉禾上前一看，立即有种谜底揭开的感觉。

原来那么厚的表皮，那样简陋的铁锈斑点，是为了掩藏这样透亮灵动的红心啊。石头是横向剖开的，切面足够大，表现也一清二楚。只见贴着表皮处有半指厚的雾层，里面则包裹着一整团红色翡翠。

这抹红色偏淡，呈絮状飘花分布，比不上颜威收藏的那朵血莲花的色泽艳丽均匀，但是由于种老，也足够给人细致腻人的感觉。

林嘉禾打起手电细细地观察，判断这块红翡是糯地到冰地之间，没有明显的裂和杂质。可以说，单看这两半切面，已经足够漂亮了。

她径自欣赏了好一会儿，等抬起头，看到何钏拦在身边，正在跟几个公司收购的人交涉。林嘉禾把手电关上了，何钏立即转头问她："师父，这个红色翡翠我们出吗？"

林嘉禾想了想，说："我们自己加工一部分，另一部分出掉。"

红翡难见，她自然要自己经手做些东西。只是彩色翡翠饰品没有传统的绿色翡翠好销，所以她卖出一部分料子，回血更快一些。

有意向收购的人立即凑了过来："出哪一块？"

"我收偏大的那一块，你定个价格？"

林嘉禾对大家说："稍等一下。"她重新看回红翡，料子现在是一大一小两块，让何钏把大的那块称了一下，约十三公斤。

她跟何钏一起合计。按每公斤出两只完美手镯，平均一只红翡镯子单价五万元，合约一百三十万。如果按水口来估计，一个水口价值约二十万，可以理片七片左右，总价值也在一百四十万上下。

当然，这只是保守估计，红色翡翠的边角料拿来镶嵌也是价格不菲的。而且这块料子目前只是半开，或许里面还能赌出颜色更浓的部分。

林嘉禾转回头来，跟想要收购的人报价："偏大的那一块，一百五十万。"

立即有人说："我要了，再给你多加两万块的辛苦费。"

另一个人直接跳字加价："一百六十万。"

"一百六十五万。"

一番商议之后，最终两个公司合资以一百七十万买下了这半块红翡。林嘉禾跟他们定好了合同，后续手续让何钏帮着办理，她则走回来看向自己的那块白砂皮石头。

解石师傅问："从哪里解？"

这块石头偏圆，只在一侧有稀疏几朵松花，若要擦开窗口，这一侧出绿的可能性也是最大的。

林嘉禾半蹲下来，指着说："麻烦从这一侧浅擦个水口吧。"

师傅点头，利索地打开了机器。

等待擦解的时间里，林嘉禾又在人群里听到了陆玲曼嘀咕的声音。有时候，女人对女人的敌意真是来得莫名其妙。

林嘉禾瞥过去，看到陆玲曼仰着下巴："红色的算什么翡翠啊？颜色还这么淡。想要这个颜色，我干吗不去买粉钻？"

王泉祥这回倒是没说话。

陆玲曼又赶着问他："翡翠就要绿色的才好看，对不对？"

王泉祥说："是啊，绿色是翡翠的正色。"他话音刚落，周围乍然安静下来。

机器停了，大家的交谈声也停了，所有眼神都聚焦到了那个新擦开的水口上。

一片醒目的艳绿色，无裂、无瑕、无棉，冰地起胶，水头十足，阳浓正匀和，那些常挂在嘴边上拿来夸翡翠的词，几乎都可以安在它的身上了。

有人不自觉地凑近看，像是被吸过去了一样，不住发出贪婪的赞叹。

林嘉禾也呆住了，这般均匀的满绿，她这么多年来几乎从未见过。她没见过这样漂亮的翡翠料子，不过却见过这样的翡翠藏品，那是在几年前的一次珠宝展销会上，她看到过一枚叫作"一滴水"的高品级艳绿蛋面，种色交融，品相饱满，小小一粒就价值二十万。

而这块白砂皮毛料可是重达五十六公斤啊，不知能磨出多少粒蛋面，倘若能磨出几只镯子，雕个摆件，那这个价格……

何钏这时处理完合同回来了，瞅见了这片绿莹莹的表现，小声问："师父，这不会是帝王绿吧？"

林嘉禾说："不是的，这个还算不上是帝王绿。"

虽然不及帝王绿，可这片擦面也足够完美了，林嘉禾的视线始终黏在上面。她没忘记颜威让她转手的嘱托，只是这片绿色她喜欢得不得了，几乎都舍不得卖了。

还是解石师傅提醒了她："继续切吗？"

林嘉禾这才挪开目光，对师傅摇摇头："谢了，先不用了。"然后，她看向人群："现在谁有意向收吗？"

"这……"一个偏瘦的男人犹豫着开口，"你开个价吧。"

他犹豫的原因不是嫌目前表现不好，只是怕价位涨太高，他收不起。

林嘉禾也犹豫了。

她犹豫是因为，这绿色很可能只是薄薄的骗人的一层，所以根本没法客观地出价。所以她干脆沉着下来，想买的人自然会主动报价。

几人纷纷上前研究这块料子，没过多久，偏瘦的男人问："这块料子多少钱收来的？"

有人答他："八十万。"

偏瘦男人说："那我给你翻一倍，一百六十万，你看？"

他还没说完，有人笑了一声："冰地起胶的艳绿啊，你就给一百六十万？"这人转脸对林嘉禾说："五百万，我收。"

何钏愣了一下，小声问：“师父，这一个切面就这么值钱？”

林嘉禾轻微点头。这个满绿切面可以称得上完美，也足够吸引人放手一搏了。她刚想询问出价五百万这位是哪个公司的，这时，一个浑厚的声音说：“五百二十万，林小姐，我们要了。”

林嘉禾诧异地转头，看见之前卖给她冰种飘花料子的老赵走了过来，身后还跟着两个朋友。

老赵头笑着对她说：“林小姐，你的眼光真是厉害啊。我跟我这两位朋友，都太喜欢这个艳绿的颜色了，我们三人凑起来，把你这块料子收了。”

他那两个朋友也跟着微笑。

林嘉禾一时没有回应他，等了一下，好像没有其他人有继续加价的意思了。

她要把这块很可能亏掉的料子，卖给老赵吗？林嘉禾面对着老赵恳切的笑容，真的于心不忍，毕竟他是个重情大气的人。

她宁愿按五百万的价格卖给刚刚那个陌生人。

林嘉禾往人群里扫了一下，好巧不巧，跟陆玲曼的视线对上了。陆玲曼眼里明显带着艳羡之色，不过她很快清了清嗓子，装作无所谓的样子。

身边的王泉祥这时问她：“宝贝啊，你不是喜欢特别绿的吗？这个绿，你想要吗？”

陆玲曼轻声嘀咕：“不是有人要了吗？”

“价高者得啊。”王泉祥拍拍她的肩，然后冲林嘉禾高声招手，“林经理对吧？这块石头我出五百五十万。”

林嘉禾挑了一下眉梢，还没应声，看见王泉祥已经大步走了过来：“石头转给我，钱我立刻让人打给你。”

陆玲曼也踩着高跟鞋过来了，骄傲地望着自己的男人。

一旁的老赵皱了皱眉，跟朋友头碰头地商量了几句，转回来说：“我们最高出到五百六十万。”

陆玲曼见还有人争，赶紧扯扯王泉祥的胳膊，王泉祥直接张口：“六百万。”

老赵看着眼前这人财大气粗的架势，再次跟朋友确认后，轻微摇头：“我们不要了。”

他望着那片艳绿水口，半晌，再次惋惜地摇头。巴掌大的抓西瓜，巴掌小的抓芝麻，即便喜欢得够呛，他们几个也不能把家底都翻出来。

老赵退后了一步，反而向林嘉禾歉意一笑，意思是自己耽误她的时间了。

林嘉禾也对他回以微笑。然后她看向王泉祥和陆玲曼：“那这块料子……”

“这个能做多少首饰啊？”

陆玲曼没有理林嘉禾，自顾自地走到解石机面前，看着石头上那一面绿色。

林嘉禾跟在她身后：“你们买下之后，还要继续开解。根据解出来的翡翠，判断能做什么东西。”

陆玲曼撩了一下头发：“那赶紧继续切啊。”

何钏站在后面，忍不住说：“你们还没付款呢。”

陆玲曼眉毛一皱：“我们都说要买了，当然会付款。”她望向王泉祥，王泉祥正在打电话给财务，很快挂掉电话，高声说：“好了，我给你打款。”

陆玲曼回过头哼笑：“这不就付款了？”

这笔款项比较大，林嘉禾跟王泉祥去签合同，留着陆玲曼和何钏等在解石机面前。林嘉禾离开时脚步分外轻快，眼睛仿佛都在笑，像是迫不及待地想把这块料子抛售掉一样。

何钏有些奇怪。他知道林嘉禾是很想拥有一块颜色浓郁的翡翠来雕刻饰品的，而眼前这块料这么浓绿，她却愿意放手了。

不过，既已决定转卖，何钏也决定配合。正好这时陆玲曼在旁边不停地问：“这个能做几对镯子啊？能不能做项链啊？”

何钏对她说：“看里面的翡翠多少喽，翡翠多的话，手镯、项链、耳坠，还有簪子，都可以做。”

“真的？”陆玲曼露出惊喜的笑容，“簪子也可以做？”

何钏推销说：“是啊，正好你们买的石头够大。像刚才那块小的，都不够切簪子的。”陆玲曼顿时美滋滋的。

林嘉禾和王泉祥签好了合同，收到了货款，回来时脚步更加轻快了。

这是她赌石以来最大的一桶金了。

有时候，财力和胆魄是不可分割的。充足的本金更是赌石的底气。

何钏拎着袋子迎上她：“师父，你还喝水吗？”

林嘉禾摆摆手，轻松地道：“咱们今天完工了，想一想那半块红翡怎么加工吧。”

何钏说：“你上次拿给我的那本雕刻资料还没看完呢。我回去想一想，有好的雕刻灵感再告诉你。”

林嘉禾对他说：“红翡可以镶嵌一副耳坠，我留下搭配衣服。”

何钏点头：“耳坠用料少，我挑颜色浓郁的部分做。”说着，他朝机器那边望去，隔着人群也能听到解石机的吱吱响声，想必是王泉祥他们继续往下解石了。何钏问：“我们不过去看看吗？”

林嘉禾点了一下脑袋，说：“走，过去看看吧。”

他们没有走到太靠前的位置，而是等在人群后面，看着那块白砂皮从一个二八分的位置缓缓被切开。

这个刀口位应该是解石师傅给挑的，能够更直接地呈现其中表现。

可惜刀口选得再好也无用，最好的表现都在那个擦面上了。刀刃一停，全部希望也被打碎了。只见切开的内部一片瓷底，青白发灰，只穿插着可怜巴巴的几道绿色细脉。

那翡翠脉也太细了，想必连一只立体的戒面都磨不出来。

围观的人顿时大失所望，原本以为能看到一整块精品满绿的诞生，尽管是人家的，也能跟着洗洗眼，结果，还是这样垮下去了。

有人感叹："唉，天窗骗人啊……"

"还不如多买几块蒙头料玩玩了。半开不开赌性最大啊，人家原货主要是有信心，何至于转手出去呢？"

何钏也感到惊心动魄，喃喃道："师父，还好你卖出去了。现在这块料子本钱都回不来吧？"

林嘉禾望着解石机那里，说："八十万差不多能回本。这块料子的纹路还是挺绿的，像是漂亮的花岗岩一样，做成低价位的镯子还能销售出去。"

如果她一切到底，或许只算是不赔不赚。

可是没有如果，她已经换来六百万了。

人群中央，王泉祥双手握拳，脸色铁青，赔钱不说，关键是在这么多人面前活生生切垮了，觉得晦气又丢脸。陆玲曼有些慌乱，小声地劝了几句，越说越气不过，视线开始在人群里找寻。

林嘉禾知道她在找自己，多半还要迁怒自己。不过赌石一刀富一刀穷是太正常不过的事情，凭的都是个人眼力，钱货两清之后，那块石头已经和自己无关了。于是林嘉禾耸耸肩，转身对何钏说："咱们走吧。"

等到远离人群之后，何钏问："师父，你那个朋友还在等你吧？"

林嘉禾点头，回头望了一下，这个角度看不到颜威的座位。

何钏说："那我先回去了。"

林嘉禾交代他把那块红翡护送回去，然后对他说："今天辛苦了。"

何钏说："看到两块石头都赚了，哪里会辛苦？"他一脸满足地笑了笑，然后摆摆手后退，"你快去跟你朋友共进晚餐吧。"

林嘉禾这才意识到，一个下午已经过去了。

她穿过院落，朝着廊道的方向走过去。

此时接近傍晚，天还亮着，但是太阳不晒了，正是看石头的好时候。人们都停在院子里，廊道里的桌位几乎都空着，林嘉禾一直走到尽头的座位面前。

在她停下脚步的那一刻，颜威从桌前抬起眼睛来。

林嘉禾说：“颜老师，不好意思，让您在这里等了一下午。”

颜威对她说：“是我想等的。”

林嘉禾笑着轻轻“哦”了声。颜威视线往下一瞥，林嘉禾跟着一看，才发现她面前拦着一根栏杆。

她现在站在院子里，如果想要走进座位，应该从长廊一侧绕进去才对。

不过也不碍事。林嘉禾伸手搭上栏杆，探身问：“我们晚上一起吃饭？”

颜威点头：“好。”

林嘉禾轻声说：“颜老师，你今天好像不忙。”

颜威说：“是，赌石比赛的事情准备得差不多了。”

林嘉禾看着他，感觉解石的喧嚣都落了下来，院子里有微微的凉风卷起，这是一整天最舒适的时分。

她心里一下子变得特别柔软，柔软之间，荡起了一个念头。

她出声问：“你现在……有哪里不舒服吗？”

颜威在座位上看着她：“你觉得我有哪里不舒服？”

林嘉禾首先跟他对视了一下，视力没问题。他们交谈正常，听力显然也没问题。味觉不好说，不过上一次刚刚轮到过味觉，按说……

林嘉禾吸了吸鼻子，问：“颜老师，你有没有闻到什么香味？”

颜威回答说：“没有香味。”

林嘉禾指了指院子里的一簇花：“有花香。”

颜威说：“那种花没有味道。”

他说得无比肯定。确实，那簇花只是开得灿烂，一点香味没有。

嗅觉也没有问题，林嘉禾思索着，人有五感，还有一种感官是什么来着？

颜威这时问：“晚上吃什么？”

林嘉禾几乎没有想，说：“热辣花园可以吗？”

好吃的东南亚菜，他们之前没有去，是因为距离远。

这一回，颜威点头：“好。”

颜威从座位上起身往外走，林嘉禾隔着栏杆跟他一起走。这样走过几步之后，颜威侧脸看了她一眼，林嘉禾也看着他，不由得笑了一下。

颜威的脸色很柔和。他们继续隔着一道栏杆并排走到长廊尽头。这样人为的小默契，既有趣，又令林嘉禾无比享受。

走出德裕茶馆大门之后，林嘉禾才考虑交通问题：“我们开车去饭店吧，我的车在玉石街停车场。”

颜威已经把车钥匙拿了出来：“我的车就在前面。”

两人没走几步就到了一辆黑色轿车旁边。这里是一条窄巷，路边画着几个车位，不过要技术足够好的人才能把车开进来停好。

见颜威拉开车门，林嘉禾说：“那我去停车场开车……”

“不用。”颜威指了一下，说，“坐我的。”

林嘉禾绕到副驾驶座时，颜威已经坐进车里，把车窗都降下来透气。林嘉禾通过窗口看到副驾驶座上放着他的帽子，还有一瓶水。

她刚想坐去后排，就见颜威单手把东西抓起来，直接往后面一扔，看向她说：“上车吧。”

林嘉禾在副驾驶座上坐好了。颜威一拧方向盘，车子倒出车位，又拧了一把，车子顺着小巷直接开了出去。

林嘉禾坐在车内，感觉到一股忽悠的力道。原来颜威开车是这样潇洒的风格啊。她笑了一下：“颜老师，你开车技术不错。我都不敢在这巷子里停车，停进去就开不出来了。”

颜威开着车，神色平静，问：“饭店在哪里？”

林嘉禾说：“我用手机导航一下吧。”

颜威说：“好。”

林嘉禾拿出手机，在导航软件输入“热辣花园”，几下就定位好了。她举着手机看向车前，似乎没有固定手机的地方。

颜威问：“找什么？”

林嘉禾说：“哦，我看把导航放哪里合适。”

颜威搭着方向盘：“你跟我说就行。”

林嘉禾说：“那我把导航的声音打开吧。”

颜威说：“也可以。”

于是林嘉禾把声音开了，一个电子女声念道：“前方道路继续直行 1.5 公里。”提示音冷冰冰的，车厢里一下显得安静下来。

颜威直视着前方开车，头发被帽子压过，显得软软的，不过他的五官还是精神利落。林嘉禾看了看他的侧脸，然后轻轻地抱住手臂，看向车前。

这时颜威问：“不知道聊什么了？”

林嘉禾感觉自己像是被读穿了，轻轻“嗯”了一声。

隔了几秒钟，颜威说：“随便聊，想说什么说什么。”他的手指在方向盘上敲了一下，“我们今天算是约会。”

第六章

▷▷ 赌石比赛

林嘉禾一下子坐正了，手上用劲，像是自己把自己的胳膊掐了一把。

“啊？今天是……”

颜威握着方向盘，瞥了她一眼。

这眼神很轻，不留意地滑过，很快就移走了。可林嘉禾忽然想到在他的办公室里的沙发上面，他倾身压近时那种微醺的劲头。

欲行未行最为勾人。她梦到了他。那么他，也想到她了吗？她这样一想，把今天的相处当作约会，也不是没有道理啊。

林嘉禾迅速调整过来，看到车窗外天色已经昏暗了，小声说：“我看解石耽误太长时间了。”

颜威说：“今天的安排就是带你看石头。”

就跟逛街、看电影似的，这是一次有计划的约会，而且这样的方式对他来说格外合理。

林嘉禾看向他说：“谢谢你的安排，我觉得特别好。”

颜威的手掌在方向盘上一摊一合：“力所能及。”

林嘉禾望着他笑了一下，然后靠住靠背，看向前方。

路上很通畅，连红灯都少。林嘉禾逐渐发现凡是遇到路口，颜威远远地便开始调整变速，刚好通过。这像是一种很专注的开车方式。

许多事情说熟能生巧，可是颜威对待熟练的事情也很认真，对待赌石也一样。他明明可以洞察一块毛料的好坏，却依然对赌石技术抱有很高的追求。

导航有时好几分钟都不出声，在这个安静的空当，林嘉禾悄悄地感受着他。

半个小时的路程很快就到了。

饭店开在一条美食街上，此时灯火都亮了起来，颜威把车拐进车位入口时，一个保安拦下了他，冲他说：“里面停满了，把车停到街道后面去吧。”

颜威转头对林嘉禾说："你在这里下吧。"

林嘉禾说："没关系的，我等你一起。"

颜威看着她："饭店人多。"

林嘉禾这才往窗外一看，"热辣花园"大招牌醒目，底下站着十来个人，想必都是在排队等位的。于是她点点头，伸手拉车门："那我先去排队。"

林嘉禾下车刚走开一步，看到车窗降了下来。她将视线探进去，只见颜威目光平静，对她说："一会儿见。"

林嘉禾笑起来，摆了摆手："一会儿见。"

颜威点了下头，将车子一个急转开走了。林嘉禾望着车屁股消失在视野里，忽然发现自己的嘴角一直翘得高高的。她揉了揉脸，朝饭店走过去。

取了号，他们前面还排着五桌。不过这个饭店很大，桌位流动也快，林嘉禾在门口等了没多久，就被服务员带进座位里。

服务员问过人数，放下两份菜单离开了。

林嘉禾倒好两杯水，独自坐了一会儿。店里放着一首器乐民歌，声音偏吵，林嘉禾担心颜威找不到座位，刚拿出手机，就看到颜威从前面走了过来。

颜威一眼就看到了她，大步迈过来，坐进了对面座位里。他手掌按着菜单，抬眼问她："点菜了吗？"

林嘉禾说："还没有。"

在颜威开口说"你点"之前，林嘉禾抢着说："我们一人点一两道吧。"

颜威看着她，点了下头："行。"然后他打开菜单看了起来。

林嘉禾翻开菜单，又悄悄地朝对面望了一眼。不知道是这里的灯光暖黄，还是他心情好的缘故，林嘉禾觉得此时颜威身上有一种朝气。

当然，颜威的年龄并不大，可是之前他都十分严肃，显得成熟而干练。而这一刻，她忽然觉得他变年轻了。

颜威很快把菜单合上："我点好了。

"啊？"林嘉禾还没来得及看，赶紧瞅着菜单，问，"颜老师你点什么？"

"咖喱蟹、烤鲈鱼。"颜威说，"就在你那一页。"

林嘉禾看的这页正是招牌菜，放着两张大图片，一张图片是咖喱皇珍宝蟹，一张图片是特色香茅烤鲈鱼。林嘉禾抬起头对他笑了一下："好的。"然后她翻了几页菜单，补了一道青木瓜沙拉和一道酱炒空心菜。

补好菜以后，林嘉禾说："这里泰国香米挺好的，主食吃米饭？"

颜威说："可以。"

"喝的，颜老师你开车不能喝酒……"林嘉禾翻了一下，"鲜榨椰子汁可以吗？”

“可以。”林嘉禾把菜单合上了。

等菜的时候应该聊天，可林嘉禾一想要开口，就想到颜威说的那句“想聊什么聊什么，我们今天算是约会”，如此一来，完全不知道要说什么了。

椰子汁首先端上来。林嘉禾终于有话说了：“现在杯子里有水，再要两个杯子吧。”

颜威转身叫服务员。

新的杯子拿过来了，见林嘉禾伸手打算倒椰子汁，颜威说：“我来吧。”于是林嘉禾把手收了回去，等到他倒好了，她伸手捧过来：“谢谢。”

颜威“嗯”了一声。又是一阵安静，然后被咖喱蟹打断了，林嘉禾指着刚端上来的盘子：“这个螃蟹看起来很肥。”

颜威说：“嗯。”或许意识到自己话太少，他补了一句，“多吃点。”

林嘉禾夹了一只蟹钳到盘子里，然后说：“颜老师你也多吃点。”

颜威没动筷：“我等米饭。”林嘉禾立即转身跟服务员催米饭。

等到饭和菜都上齐了，他们两个安安静静地吃了起来。颜威吃饭依旧很快，等林嘉禾放下筷子，看到他碗里的米饭已经吃完了，正有一下没一下地夹着菜等她。

这里的桌子窄窄的，他们夹菜时身体前移，脸也不自觉地凑得近了。

灯光底下，林嘉禾眼神明亮，她看向他说：“颜老师，我的车还在玉石街。”

颜威说：“这里回你家小区更近。”他眼眸一抬，“你明天要开车吗？”

林嘉禾说：“要开。”

颜威说：“那我送你回玉石街。”

林嘉禾轻声说：“麻烦你了。”

“不麻烦。”颜威手掌按着桌子，“那走吧。”

林嘉禾点了点头，颜威撑着桌面站了起来。他们直接走到前台，林嘉禾说：“我来付吧。”说完，她看着颜威的表情。

颜威点了下头：“你来。”

林嘉禾很快付完了款。以往跟一些男性客户或朋友吃饭，他们会很敏感谁付款这种问题，好像让女人付款会拂了面子。所以林嘉禾特别注意这一点。但颜威没有。他是真的不在意。

走出店门口，颜威将双手收进兜里，下巴朝前点了一下：“车在那边。”

林嘉禾说：“嗯，一起过去。”

他们绕过饭店，向后面的道路走过去，灯火渐渐暗了，只有稀疏路灯伫在路边。现在天气越来越暖和，即便是晚上，风也是温热的。

林嘉禾抬手把头发别在耳后，说："这个季节是最舒服的了，不凉不热。"

颜威说："缅甸那边热。"

林嘉禾说："那公盘大会的时候缅甸一定更热吧？"

颜威："对，容易中暑。"

"颜老师你倒没有晒得很黑。"颜威别过眼看她，林嘉禾说，"很多赌石的人晒得黝黑黝黑的。"

颜威说："我底子好。"

林嘉禾轻轻笑了："哦，这样啊。"

两人走到了车位旁边，不远处一阵吵闹。只见几个人围在一辆车旁边推推搡搡，像是一人喝多了不愿上车，另外几个塞他上车。

林嘉禾伸手拉上副驾驶门，朝那个吵闹的方向望着，手上拉了几下，拉不开门，注意力这才回来，发现颜威并没有去开车。

他就停在副驾驶座旁边，低头看着她。路灯映在他的侧脸上，轮廓清晰，光影迷人。林嘉禾望见他漆黑的眼睛，心跳一下就快起来了。她没有出声，轻轻迎了一步。颜威压低头，自然而然地吻住了她。

再冷硬的人，唇也是软的。林嘉禾仰着脸，睫毛颤了颤，闭上了眼睛。

颜威单手从衣兜里抽出来，搂上了她的腰。

嘈杂的声音瞬间远了，马路上时不时有车辆呼啸而过，他们站在一盏路灯底下，更显出一种忘情的温柔。

这是一个情绪渲染出来的，水到渠成的吻。他们几乎是同时移开的。

颜威垂眸看着她。林嘉禾轻垂了一下头，后又抬起来："颜老师。"

她的嘴唇很湿润。颜威低声对她说："走吧。"

林嘉禾说："嗯。"颜威松开了她的腰，然后朝驾驶座走过去。

车开在路上，气氛静悄悄的。这回颜威认识了路，连导航都不用了。

林嘉禾望着窗外数路灯。车速加快了，路灯数不过来，她就开始默读前面的车牌号。沉默了大半程，颜威握着方向盘忽然开口："你也没晒黑。"

林嘉禾转过脸来，反应了一下，才说："哦，我一般都去室内的玉料店，很少在外面晒着。"

颜威不管她的答案，直视着车前，说自己的："你底子也好。"

林嘉禾看着他，再一次轻轻地笑起来。

车子穿过一条斜巷，碾住碎石，在尽头停下了。前面就是玉石街的停车场，颜威拔了钥匙下车，林嘉禾也推开门下车。

现在已经很晚了，夜风穿过旧巷，带来尘土的味道。

颜威立在车子面前。林嘉禾心里做出判断，他并没有邀请她进一步做什么的打算："那颜老师，我去开自己的车了。"

颜威说："好。"

林嘉禾往前走了两步，路过他的身边，颜威忽然转过脸来。林嘉禾不知为何，注意力只是落在他的唇上。他的唇偏薄，微微抿着，带着一种力道，让人不自觉有亲吻的冲动。

颜威主动迈了一步，把脸压了下来。林嘉禾向后靠到了石头墙壁上。墙壁微凉，她的身体却感受到了一种刺激的热度，她微微战栗，把他抱住了。

他的身体坚实，他的肩膀上空有一弯月亮。

嘴唇微移，他抬起她的下巴："明天赌石比赛加油。"

林嘉禾没有回应，只是轻轻地碰了碰他的嘴唇，然后他们继续接吻。

夜深人稀，月光温柔着这条窄巷尽头。

林嘉禾坐回自己车上，拧动钥匙把车子打着了。车子微微震动着，她没有开车，垂眼看着某个角落，片刻后忍不住轻笑起来。

抬手捂了一下脸，果然又变热了，林嘉禾觉得自己像个青涩的小姑娘似的。她把车窗降下来，任由夜风吹拂自己柔软的心绪，然后拿出手机点开浏览器。

输入"人的五感"搜索，看到网页那一刻，林嘉禾顿住了。原来她忽略了触觉。

林嘉禾望向窗外，整片停车场都静悄悄的，她油然生出了一股担心。

林嘉禾下车原路走回去，经过几辆落灰的车辆，穿过无人的马路，远远就望见颜威的黑色轿车还停在那个巷口。

等她走近，颜威已经不在那里了。

林嘉禾四下望了望，重新看回他的车。车子停在巷口一边，并不影响其他车辆行驶，可是若要停一晚上，那显然有更好的选择。

除非，他已经不便将车开走了。

林嘉禾站在原地，立即给他发了一条短信："颜老师，你现在在哪里？"

发完她等了十分钟，没有回音。

林嘉禾慢慢走回自己的车子，又发了第二条："颜老师，你回宾馆了吗？"

依旧没有回信。

林嘉禾等了一会儿，把手机放在副驾驶座上，沉默地开车回家。

已经是半夜了，林嘉禾坐在床上，想要编辑第三条短信，改了又改，最后还是删了。她又想给颜威打个电话，手指点在屏幕上，想起了他温柔的吻，他难得轻松的模样，以及他别开目光说“都不碍事”的样子。

她忽然没有打这个电话的勇气了。

林嘉禾倒在床上，看着黑暗的天花板思索。每次看完翡翠，距离他某个感官出问题，是有一段时间的。

录节目那次，傍晚看了翡翠白菜，晚上他的视力就出了问题。

而今天，他中午看了石头，到深夜才出了问题。

这其中的时间间隔是他能控制的吗？还是他努力维持，最后撑不住了？

林嘉禾失眠了一晚上，第二天浑身软绵绵的，脑袋像是粘在了枕头上。可她强迫自己爬了起来，冲了个澡清醒一下——她还要去参加赌石比赛。

林嘉禾是最后一个到达比赛现场的。

她走进703，看到布置已经全然变样了。

屋里黑压压一片，仔细一看，原来是用黑色帷幕隔出了一个个方形的小空间，像是ATM机（自动取款机）一样，想必每个隔间里都放着一块毛料。

统共三列，一列五个小隔间，所以一共十五块毛料。

屋子一角摆着几张沙发椅，准备比赛的人都坐在那里闲聊着。

林嘉禾朝座位走过去，顺便数了一下，一共只有十二个人，上次笔试已经淘汰了大半的人。

班强在墙边冲她招手，林嘉禾来到他旁边坐下了。

“你看这像什么？”班强冲屋里努了努嘴。

林嘉禾问：“什么像什么？”

“这个布置氛围啊。”

林嘉禾说：“像银行？一个个都是ATM机。”

“倒是也像。”班强笑了笑，然后压低声音说，“这个比赛的布置很像地下赌庄。”

林嘉禾：“地下赌石场所是这样的？”

班强说：“我见过一种叫‘八仙过海’的玩法，一共八块石头，每块都关在小黑屋里，每个人拿着筹码依次观察下注。等到八块翡翠开解出来，最后的‘下注王’不仅能赢走全部筹码，还能赢走表现最好的一块翡翠，输的人就只能空着口袋走了。”

林嘉禾说：“专业啊，我都没听说过。”

班强笑了笑：“你混得太浅了，赌石高手去地下赌庄那是最挣钱的。”

这时工作人员走进屋子，跟大家讲述比赛规则。

现场一共十五块毛料，都关在隔间里，大家依次观石，互不干扰。等全部观石完毕，就要开始竞拍了。

竞拍阶段，每个人有五百万的虚拟资金，可以押到同一块毛料上，也可以分散到几块毛料上，没有限制。最后每块毛料都由出价最高的那个人竞得。

比赛结束后，全部毛料都会被解开，每块翡翠也会确定下价值，到时比赛方按照每个人竞得翡翠的价值高低排出名次。

听完了，林嘉禾想，这其实有些像翡翠公盘上的规则。你的资金五百万是有限的，当你看好一块毛料，不能乱标高价，否则就没钱竞拍另外的毛料了。但是价格也不能太低，否则这块毛料就会被其他人拍走。

当然，最理想的情况，是出价比别人高一元钱。这既需要看准毛料，也需要对其他人的心理有一个很好的揣测。这显然不是一场太容易的比赛。

规则介绍完，大家纷纷抓紧时间去看石了。

工作人员刚走到门口，林嘉禾就在后面叫住了他：“你好。”

工作人员转头，林嘉禾问：“请问，颜威今天来公司了吗？”她又补充，“你应该认识我，上周我来这间屋子里找过颜威。”

工作人员点了下头，表示认识，然后说：“他今天没有来，比赛不需要他在场。”

林嘉禾说：“他请假了？”

工作人员说：“他不用请假，都是他管着我们。”

“那你联系他了吗？”

“他有事会联系我。”

林嘉禾吸了口气，好声问：“那请问，你知道他住在哪个宾馆吗？”

工作人员说：“这个我真不清楚。”

林嘉禾没辙了，对他一点头，回到了场地里。

心上压着事情，头脑反而更清醒了，林嘉禾叉腰深吸了口气，心想无论如何，要把眼前这场比赛认真进行完。

林嘉禾走了几步，看到目前 7 号隔间没有人，于是掀开帘子走了进去。

一进去她吓了一跳，这里面摆着一块巨大的白皮毛料，像一座卧佛一样，她差点都没有落脚的地方。估计，这毛料能有将近一吨重吧。

隔间里光线很暗，林嘉禾凑近后，发现石料旁边放着手电等工具，还有纸笔。她率先打开手电，然后撕下一张纸，写了一个编号 7，避免石头看多了弄混次序。然后她上前细细看起了这块毛料。

刚开始林嘉禾还很疑惑，这块毛料如此大，如果有人特别看好，直接标出五百万封顶价，这块毛料开出“满肚子”翡翠，那人岂不一下就拔得头筹了？

看过半圈，林嘉禾瞬间懂了，嘴角一勾，直接在编号 7 后面打了个叉。

这块毛料表皮细腻均匀，拦腰处却有一道格外细的砂粒，说明这是一个人为的接口。也就是说，这块石头曾经被切开过，里面表现不理想，于是黏合起来，试图伪装成原始面貌骗人。

林嘉禾从 7 号隔间走出来，心想，现场居然还有人为加工的石头。那么她只要细心观察，就可以排除掉一些石头了。

一个上午看完了十个隔间，林嘉禾发现其中有六块是“做石”。

除了那块切开又黏合的大白皮毛料，还有三块毛料的表皮松花有人工添加的痕迹，一般做法是在石头表面匀抹胶水，然后将绿色翡翠粉末撒上去，几乎可以以假乱真，需用放大镜细细观察才能辨出不同。

另有两块毛料的水口是人工作假的，也就是在石头切面上移植了一片色泽艳丽的翡翠，试图伪造成已经出绿的表现。这时需要观察水口下方砂粒和母石砂粒的区别，石料即使再接近，砂粒的分布也会有破绽。

林嘉禾将看完的石头依次记录下来，然后回到座位上休息。

这场赌石比赛并没有限制大家交流，现场却始终安安静静的，只有走动声、布帘掀动声，还有手电不小心掉到地上的声音。

确实，在场每个人都认为自己是赌石好手，根本不屑于借鉴别人的答案。而且，万一对方虚意定价，故意给人下套，岂不更令人乱了阵脚？所以，他们不如多看几眼石头，按自己的内心来。

不久工作人员给大家带来了午饭。林嘉禾一边吃饭，一边研究自己的笔记。目前看过的石头，每一块都清晰地印在记忆里，她心里已经有了大致的判定和排序。

下午，林嘉禾继续看完了剩下五个隔间里的石头，然后退到房间一角，思索竞价。她已经把范围缩小到了三块毛料。其中，一块黄梨皮毛料是她确定要竞拍的。这块毛料表皮没有松花，但是有一条明显的蟒带斜穿过石面，呈盘龙上升之势，视觉舒服。同时，黄梨皮也属于上等毛料，容易开出种色优美的翡翠。最重要的是，这块毛料表皮细腻光滑，整体和谐，林嘉禾左看右看，都很喜欢。

这块毛料不足二十公斤，论表现也不是“热门货”，林嘉禾认为出价一百万应该就能拍下来了。不过为了保险，她把价格标到了一百二十万。

这样起码保证了她在本场比赛中不会落空。

另外两块备选毛料表现则好得多，一块乌砂皮，一块白砂皮，表皮上的松花蟒带分布均表现良好，绿意喜人，而且这两块毛料重量也相近，都是五十公斤上下。

然而，她的资金只够再竞拍下一块了。如果把资金分散开，这两块势必哪块也得不到。林嘉禾想了又想。这件乌砂皮——尽管她上次在乌砂皮上栽了跟头，还被颜威教育了一顿，可是现场这块乌砂皮表现确实好，而且有一层标准的蜡壳。林嘉禾认为它真的是老帕坎场口的石头。

另外这件白砂皮……林嘉禾第一次赌石，就是在一批白砂皮木那石中赌到了春带彩翡翠。从表现上看，林嘉禾认为现场这块石头和之前所见是同一批货，很可能就是颜威从那批货里收来的。

两块毛料，都是老场口的货，跟她还都有几分渊源。林嘉禾犹豫了很久。比赛截止时间也越来越近了。

只剩二十分钟时，林嘉禾决定再把两块石头看一遍。

她抓紧时间把白砂皮看了一圈，又匆匆走进乌砂皮的隔间里……这回看下来，她大松了一口气，一下子就有谱了。这块乌砂皮居然也是人工造假的。

有种造假手法称作“管中窥豹”，一些不法商家会在原石上钻一个小孔，偷偷探明内部情况，当情况不理想时，商家会将小孔掩藏起来，按蒙头料再转手出去。而这块乌砂皮一端就有一个极不显眼的小坑，由于表皮颜色深，开孔处又很隐蔽，如果不是看了两遍，林嘉禾也难以察觉。

林嘉禾走出隔间，心里忽然起了波澜。她觉得这块乌砂皮像是颜威摆在这里故意考验她的一样。她也差点被它骗了，好在最后关头发现了破绽。

林嘉禾最后以一百一十九万九千九百九十九元竞标那件小黄梨皮毛料，以三百八十万零一元竞标那件大白砂皮毛料。

这个出价方式，也是竞标人常用的，就是希望有价压别人一元的好运气。

林嘉禾将模拟标书填写好，收进信封里，交给了工作人员。

比赛结束，气氛一下子缓和起来，大家都开始出声聊天了，有几人开始客套着交换联系方式。

林嘉禾疲惫地揉了揉脖子，收拾好东西，走到电梯间又碰见了班强。班强靠在墙上懒洋洋地等电梯，问：“对了，过两周你去参加缅甸公盘吗？”

林嘉禾点头：“我去。”

“哎，别骂人啊。”

林嘉禾笑了笑，不想理他。

“电梯真磨蹭。”班强看着电梯数字卡在某个楼层不动了，又转过头来，

“对了，那天在德裕茶馆，你走之后又有人赌到了一块好石头，给你看看。”

说着，他摸出手机点开一张图片。

林嘉禾本来看了一天毛料，已经头晕眼花，对什么石头都提不起劲头了。

可是扫见班强的手机屏幕上那张图片，她一下子愣了。是那块细腻的“大冬瓜”毛料，那块她因资金有限，忍痛割爱的大块头。

图片里这只“大冬瓜”已经被切开了，一整片均匀浓艳的阳绿色，晶莹通透，像是一池满当当的绿水。

这样一大块满绿料，还都是又正又浓的高翠，价格可以上千万了。

林嘉禾眼神都直了，很快调整好表情，心里却有种说不出来的滋味。

当时颜威让她做选择，是她自己选择了那两块小的，而放弃了这块大的。

她知道，那两件小毛料也赚到钱了，不该太过贪心的。可是图片里这个绿色正是她十分渴望的阳绿色，浓郁鲜艳，无论做成什么饰品都好看。

林嘉禾不由得问班强：“这块毛料是谁买下的？”

班强说：“好像就是矿达集团来人购买的。”

林嘉禾又愣了。班强：“咋了？突然发呆。”

这时林嘉禾往他身后一瞧，提醒说：“电梯到了。”

下了电梯之后，班强跟林嘉禾挥手告别，开车走了。林嘉禾独自站在大楼外面，回头望了望数不清的窗口，又转回头来，看着傍晚亮起路灯的马路，深深吸了口气，油然升起生出了一股劲儿。

林嘉禾拿出手机，点开颜威的姓名，直接把电话拨了过去。

电话并没有接通。

林嘉禾听着话筒里的忙音，呼吸变得极轻。她感到疲惫、担忧，甚至有依恋，这些说不清的复杂情绪在她胸口旋转成一团，促使她又拨了一遍电话。

手机紧贴在耳边，直到里面再次传来忙音——林嘉禾手一松，将手机丢进包里。

赌石比赛只像是一个小小的插曲，结束了，生活还是回到正轨。

林嘉禾回到工厂里忙碌，跟何钏定下了那半块红翡的加工方案。

红翡玉镯并不算畅销，所以他们只是挑选底子干净的部分切了两只镯子，其余都雕刻成讨巧的挂件和首饰。

何钏还专门设计了一套耳钉和项链，上面镶嵌的红翡切割成方圆形，小小的，又很有设计感，无论挂在耳垂上，还是挂在颈间，都是一抹低调而明丽的点缀。

何钏拿着图纸给林嘉禾比画了一下，满意地点头："好看。"他又把图纸递给林嘉禾，"师父你看，要修改哪里吗？"

林嘉禾说："这样就不错。"

何钏说："行，那就这样做了。"

林嘉禾说："我过两周要去参加缅甸公盘，这段时间你先做订单里其他的货。"

"对噢，你要去缅甸。"何钏敲了一下脑门，"那只能等回来之后再给你了。"

林嘉禾笑了笑："我不着急戴。"

这几天，林嘉禾又把公司的业务往前赶了赶，然后跟邢秋眉请好了假。

邢秋眉嘱咐她："到了那里最好先联系一些本地的朋友。缅甸公盘上百分之八十是中国人，喜欢按地域抱团，商量着出价。"

林嘉禾有些意外："邢姐，你也去过缅甸公盘？"

邢秋眉说："唉，很多年前去过一次。我记得当时公盘上有一批揭阳人，专门竞拍玻璃种翡翠；有几个上海商人，尤其喜欢颜色鲜艳的翡翠。总之，你看上一块石头，一定要多打探打探'情报'，看看你的对手有哪些，盲目出价很可能什么也得不到。"

林嘉禾连忙点头。她接到颜威的电话，已经是一周之后的事情了。

那天又是周六，林嘉禾醒得早，发现自己当天空闲，于是收拾一番去了商场。她逛了半天，只买下了一顶帽型精良的帽子，吃过午饭继续逛了一个小时以后，看上了一款墨镜。

林嘉禾站在镜子面前，把墨镜罩在脸上，推了一下镜腿，左右照着看。

导购员在一旁说："这墨镜是我们这个季度的主打款，您看，广告上模特也戴了这一款，特别衬您的脸形……"

林嘉禾从购物袋里翻出帽子戴在头上，又照了照。

导购员继续推销："对，搭配帽子也好看，夏天到了，帽子加墨镜，防晒又有气场……"

林嘉禾看着镜子里的自己，突然有些想笑，又突然想到了颜威。就在她思念涌起的那一刻，手机响了。

林嘉禾摸出手机，看着来电上显示的"颜威"两个字，一时间产生自我怀疑，怎么把脑子里正在想念的名字投在了手机上呢？

林嘉禾赶紧把墨镜摘下来还给导购，然后走远接起电话："颜老师。"

"你给我打电话了，什么事情？"

还是熟悉的声音，甚至听起来很轻松，林嘉禾的心瞬间被捏住了，她甚至反应了两秒钟，才反应过来他讲话的内容："我是上周六打的电话。"

颜威说："我知道，什么事情？"

她能有什么事情？

林嘉禾吸了口气，问："颜老师，你……现在身体好了吗？"

停顿了一下，颜威说："你没有给我打过电话，我以为有其他的事情。"

林嘉禾很轻地"哦"了一声："之前我怕打电话打扰你。"

"不打扰。"颜威立即回应。

林嘉禾不由得低头，又听到他低声说："身体，已经好了。"

他的嗓音沿着话筒传过来，林嘉禾立即有一种从耳边到后背都酥酥麻麻的感觉。商场里放着一首旋律轻盈的音乐，她悄悄想，为什么颜威只是简单回应了一句话，就能渲染出这样心动的氛围呢？

林嘉禾不自觉地移动脚步，靠在了墙壁上，出声问："颜老师，你今天在上班吗？"

颜威说："没有，我不在办公室。"

"那你今天晚上有……"

"我要回缅甸了。"颜威在电话里说，"马上就到机场了。"

林嘉禾微愣："今天就走吗？"

颜威说："嗯，我提前过去，公盘组委会那边有事。"他问，"你买好机票了吗？"

林嘉禾说："买好了，我是下周的飞机。"

"你们下周过来就来得及。"

安静了一瞬，林嘉禾在手机里分辨出了车子在道路上行驶的背景音。她准备让他路上注意安全，可是没有开口之前，先感到了十分不舍。

定了定神，她问："颜老师，你是几点的飞机？"

颜威说："晚上九点。"

现在刚过下午三点。林嘉禾立即问："我去机场送你，可以吗？"

刚开口时有些兴奋，到了句尾声音就弱了。这只是个冲动的提议，她心里其实也没谱。颜威思索了一下，问："来得及吗？"

林嘉禾说："来得及，我现在正好在外面，马上就可以开车去机场。"

"高速路上车不少。"

"有一点堵也没事，最多一个半小时就到了。"

电话里，颜威说："好，你过来吧。"

林嘉禾顿时轻轻笑了："到了去哪里找你？"

颜威说："我在机场附近找个地方坐下，你到了联系我。"

"好的。"

他们就这样一边商量着，一边定好了计划。

林嘉禾说："那我先挂了。"

颜威说："好。"

等待了两秒，林嘉禾知道颜威不会说"路上注意安全"之类的客套话，对他说："颜老师，一会儿见。"

颜威回应："一会儿见。"

挂了电话，林嘉禾立即朝商场出口走去，路过墨镜柜台，停下脚步，快速把那副墨镜结了账。

拎着两只小小的购物袋，林嘉禾坐进车里，开车直奔机场。

一路上车辆确实很多，林嘉禾不急不缓地开着，感觉心情处于一种相当平和的状态。快到机场的时候，太阳已经偏西了，光线斜斜地打进车窗，这一刻，林嘉禾忽然想到，自从她与颜威相遇，之后的每一周都能和他碰面。

无论是偶然也好，刻意也罢，总之见面没有断过，那么这一周也不能断。

到了机场附近，林嘉禾给颜威拨了通电话，颜威告诉了她一家小饭店的名称。林嘉禾一边听一边打开导航输入。颜威又询问了她的位置，然后让她沿路直走，岔路向右一拐就到了。

林嘉禾挂掉电话，把导航也关了，顺着道路往前开，从第一个岔路拐进去，很快便看到了一条街。

这里处于山地，不远处半山腰上建着一座佛庙，围绕有不少人家。由于靠近机场，这里自然形成了一条商业街，两边都开成了小餐馆，或者临时住宿的小店。

颜威所说的店就在这条街上的第一家，门面小小的，很不起眼。

林嘉禾停好车，拉开店门走进去。

店内光线微暗，柜台后面供着一尊大佛像，香烟缭绕，浮动在空气里。林嘉禾视线一扫，就看到了颜威的背影。

他坐在墙边一张小桌面前，穿着一件面料薄薄的黑色外套，脚边放着一只行李箱。

外套对他而言，是难得的休闲款式。颜威坐得很正，后背衣料起了一些柔软的褶皱。窗口照进夕阳，光影之下，他仿佛被旅程的风尘轻轻包裹住了。

林嘉禾放轻脚步朝他走过去。快接近时，店主见有新顾客，抓着菜单走过来。颜威的背影这个时候动了一下，然后他转过身就看到了她。

“来了。”他的声音意外带着一种清爽感。

林嘉禾跟他漆黑的眼睛对视上，呼吸瞬间轻了：“嗯。”

林嘉禾绕到颜威对面坐下了。

店主一看他们是一起的，又走回了柜台后面。

颜威看着她问：“你吃晚饭吗？”

林嘉禾说：“我还不饿。”

颜威指着桌上的一壶凉茶：“那喝水吧。”

林嘉禾点头，伸手拿杯子，发现自己面前的杯子已经倒好了茶水。她端起来轻轻喝了一口，视线又看到颜威放在桌面上的手机。

手机还显示着与她通话结束的页面。打完电话，至少又过了二十分钟。而这段时间，颜威就静静地坐在这里等待着她。很多感受是被细微的瞬间激起来的。林嘉禾放下杯子，感觉自己心动得厉害。

颜威出声说：“你来得很快。”

“是吗？”林嘉禾看了下时间，刚四点半。

颜威“嗯”了一声：“我以为你来至少要五点了。”

“我对路比较熟悉，走了一段近路。”林嘉禾对他笑了一下。

林嘉禾虽然是临时决定赶来机场，但今天在外逛街，所以还是打扮过的。轻薄的衣裙得体，一点淡妆衬托出好气色，在这个陈旧的小饭店里，她像是个发光体一样，一举一动、一颦一笑都很灵动，也很诱人。

颜威的视线最后落在她白细的脖颈和柔软的嘴唇上。那诱人的感觉，一下子被放大了。

店里有嘈杂声响，窗外有车辆驶过，不远处还有飞机划向天空。

颜威端起茶杯，喝了一口，放下茶杯，说：“我们去隔壁吧。”

林嘉禾没反应过来：“隔壁？”

颜威凝视着她，点头。

隔壁……林嘉禾回忆起来了。她进这家饭店的时候，好像瞥见隔壁是——临时住宿。

林嘉禾的脸“唰”的一下热了。她抬起眼帘，声音倒是镇定：“来得及吗？”

刚才他好像问过她同样的问题。答案也是一样的。

“来得及。”颜威站了起来，走到她身边。

林嘉禾抬头，对上他黑漆漆的目光。颜威冲门口一歪头：“走吧。”

颜威拉着行李箱，和林嘉禾一前一后走出了饭店，又很快拐进隔壁的小旅馆。

小旅馆里也供着一尊金色佛像，香气袅袅的烟火后面，佛像敦厚圆润，姿态祥和。颜威走到柜台前，对里面的人说：“一间钟点房。”

“好的，八十。”

颜威看了一下店里的标牌：“钟点房是三个小时？”

“对的，现在开房计时到八点。”

颜威点头：“好。”

林嘉禾等在后面，一眼就对上了佛像笑眯眯的眼神，身体突然过了一道电，莫名地产生了一种偷情的紧张心理。

她垂下眼，已经感觉到了酥麻的刺激。

开好房，颜威拿到房卡，转头看了一眼林嘉禾。

他们谁都没有说话，颜威直接朝走廊走进去，林嘉禾直接跟上了他。

房间就在一楼拐角处，一刷卡门就开了。

颜威把行李箱贴墙靠好，然后关上了门。

房型很小，墙壁泛黄，卫生间、淋浴间都挤在一块很小的区域里，最大的空间里摆着一张白色大床。

窗前燃着一根香，香上一点红光，仿佛飘出一种封闭而悠远的气息。

林嘉禾往屋里走了两步，来到那张大床旁边。颜威直接把外套脱了搭在行李箱上，然后站到她的面前。

林嘉禾抬头看着他：“颜老师……”

颜威里面穿着一件T恤。这是林嘉禾第一次看见他穿短袖的衣服，紧薄的布料之下，他的胸膛原来如此结实。

颜威突然说：“你叫我的名字听听。”

林嘉禾出声：“颜威。”

他们眼睛一眨不眨地对视，之后，颜威声音发沉地道：“还是颜老师好听。”

林嘉禾笑了：“颜老师。”

颜威脸色柔和，伸手勾起她的下巴，迈近半步吻住了她。他的身体有种勃发的力量，带着熏人的热度，越欺越近。

这时，气氛刚刚好，兴奋刚刚好，还有那些呼吸、节奏、新鲜的刺激感……外面的嘈杂瞬间都远了。

翡翠、生意、金钱，那些纷繁缭乱的大浪漫啊，是谁站在巅峰，是谁转身伸手……

一根细香燃着，将他们拖入这安静又炙热的小人间。

第七章

▷ 远赴缅甸

窗前细香早已烧成了一撮灰。窗缝有风渗进来，灰白的粉末微微向上浮动着。

一炷香的时间——

林嘉禾躺在床上，瞥见窗台，莫名其妙地想到一炷香是可以拿来当计时工具的。这个念头使她默默想笑，她赶紧挪走目光，看向身边的人。

颜威摸过手机看了一眼时间："再躺十分钟，就去洗澡。"

林嘉禾说："嗯。"

颜威继续躺在枕头上，过了几秒钟，突然低头看向林嘉禾。林嘉禾也正瞧着他。颜威挪动了一下胳膊，对她说："躺过来点。"

林嘉禾这个时候笑了，脑袋向上，枕在了他的臂膀上。颜威收拢手臂，把她的肩头抱住了。

激情退却，他们都有一些淡淡的疲惫。他们只来了一场，但是很完整。

林嘉禾甚至仍在回味，颜威的身体比她想象的更有张力，他格外有掌控欲，同时，林嘉禾认为自己的表现也很好。他们相互配合，彼此享受，带来了一场很完整的体验。

时间归于安宁，一秒一秒地流走。

林嘉禾听到他胸腔的起伏和自己的心跳声，脑袋轻轻动了一下："颜老师。"

"嗯？"

"那块满绿大冬瓜毛料，是你收走的吗？"

颜威胸腔振了一下，像是笑了，似乎觉得话题又谈到了石头挺有意思，随后说："是，我让公司的人收走了。"

林嘉禾没有说话。颜威问："怎么？你特别喜欢？"

林嘉禾说："不是……只是选择的时候一念之差。我对那块大冬瓜毛料感觉特别好，应该相信自己的感觉的。”

颜威“嗯”了一声：“我不会送你。”他声音低沉，“你第一次去我的办公室，抱着那朵血翡莲花喜欢得不行。那件东西已经锁在柜子里好几年了，几乎没人看过。当时我动了送给你的念头，但是不行。”

林嘉禾轻声说：“我不会要的。”

颜威说：“那次在办公室我也说过，喜欢好东西，就要自己去赌。对赌石的人来说，石头就是一个礼物盒，要自己拆出来的才有意义。”

林嘉禾安静了几秒钟，轻轻地“嗯”了一声。

颜威胳膊一动：“好了，洗澡去了。”

他们同时坐了起来，林嘉禾裹着半截被子，颜威看着她，说：“你先去吧。”

林嘉禾微微点头，掀了被子下床。

她的肌肤光洁，身材匀称，背影看来也很有韵味。

这里洗浴条件很差，水流只有细细一小股，水温也忽冷忽热的。林嘉禾快速洗了洗，刚把水龙头一关，颜威走进来，递给她一条浴巾。

林嘉禾接过来，浴巾洁白柔软，旁边还缝着一道商标，像是他自己带的。她抬起头说了声谢谢，然后将浴巾裹在身上。

颜威这时低头，在她的额头印下一吻，然后与她擦肩走进浴室里。

林嘉禾转头看着颜威，觉得他的举动莫名很绅士，随即轻轻笑了下，继续把身上擦干。

等他们都收拾好，时间也将要八点了。

颜威拉着行李箱，跟林嘉禾一起站到房间门口。

林嘉禾说：“颜老师，你没开车来吧？”

颜威说：“没有。”

“那我送你去机场。”

“不用，我打个车。”

见林嘉禾望着他，颜威说：“在门口打车方便。”

从这里到机场打个出租也就一脚油门的事，而她如果开车过去，到了机场那边，停进停出，确实费事不少。

林嘉禾点了点头：“好的。”

出门走到路边，颜威一伸手就拦了一辆出租车。他打开后备厢放下行李，又走回林嘉禾面前：“下周到了缅甸联系我。”

林嘉禾点头。颜威进一步问：“你是哪天到？”

林嘉禾说：“周六中午。”

颜威看着她，低声说：“好。”

他们很近地站着，傍晚微风刮过，颜威压低头，在她的唇上轻轻一吻。他移开时，林嘉禾又仰头凑了一下，于是颜威又把她吻住了。

夏风温和，他们的嘴唇都很柔软。

颜威再移开脸，看了她一阵，然后点了下头，转身拉开车门坐了进去。

林嘉禾看着他的出租驶远，抱住手臂，朝自己停车的位置走去。

接下来的一周，林嘉禾反而清闲下来。公司没有太多事务，她也不用跑去赌石，大多数时间就在工厂里看着翡翠被切割打磨成各种形状。

她做的最有意义的事情，就是把自己现有的资金统计了一下，凑出了小一千万。到时候，她要带着这笔钱踏入缅甸翡翠公盘。

周五夜里，林嘉禾收好了行李箱，靠坐在一旁摸出了手机。

卧室没拉窗帘，外面尽是漆黑，屋里一片静谧，林嘉禾按了两下手机，活动了一下脖子，忽然就回忆起了在小旅馆里的那场感受。

忽然之间，她特别想给颜威打电话。

缅甸时间比这边晚一个半小时，此时他应该还没有睡。林嘉禾立即在联系人里找到颜威的姓名，手指悬在上面等了等，又移开了。她轻轻地吐出口气，感觉有几根丝线牵在她的心里。这种悸动，其实挺好受的。

明天就可以见面了。带着这份牵人的思念，林嘉禾躺上床，闭上眼睛。

第二天清早林嘉禾赶到机场。飞机在南宁经停一次，重新攀上高空后，林嘉禾歪在座椅上睡了一觉。空中阳光越来越强烈，隔着遮阳板都是热的，林嘉禾迷迷糊糊地醒过来，播音已经提示降落了。

飞机缓缓落地，林嘉禾取了行李，走出机场出口。她眯起眼睛，看到道路边种满鲜花和常绿植物，天上一轮毒辣的太阳——这里是缅甸仰光。

林嘉禾朝停车区方向走过去，把提前订好的喜多那酒店名片翻了出来。

这是她去办理公盘邀请书时，工作人员给她推荐的，说这家酒店地理位置好，附近吃中餐也十分方便。走到一溜出租车面前，林嘉禾刚打算就近拉开一辆车的门，就听到后面传来吆喝。

“坐车——坐车——”一个浓发浓眉的缅甸司机探出车窗，用不大标准的汉语热情地招呼着。

林嘉禾拉上行李箱，走向他的车子。在后排坐好，林嘉禾把酒店名片递给司机：“去这里。”

缅甸司机看了一眼就知道了，启动车子，问她：“来买翡翠？”

“对。”林嘉禾对他说，“你的汉语很好啊。”

缅甸司机怪声回应："一般般好。"

林嘉禾笑了。

缅甸的道路偏狭窄，没开多远，就有点堵车。林嘉禾向后靠着，望向窗外，市民大多身着色彩艳丽的纱笼，脚踩拖鞋，沿着路边慢慢走着。仰光是缅甸最大的城市，可是这里的房屋大部分还是保留着传统的白尖顶，偶有几处现代化的建筑。再往远处，屹立着一座座金色的佛塔和庙堂。

这是一个充满神秘民族色彩的东方国家。

车子拐过路口，一下子就离一座金色佛塔近了。林嘉禾坐直了，透过车窗欣赏。缅甸司机瞥见，伸手一指："佛。"

林嘉禾又笑了笑。

酒店很快就到了。付了车钱，林嘉禾拉着箱子走进酒店。

办理入住的时候，林嘉禾听到大厅里的几个人都在用中文交谈，心想，住在这里的华人多半是来参加翡翠公盘的。

入住手续很快就办好了。林嘉禾找到自己的房门，进屋后把鞋子一蹬，倒在床上长出了口气。

其实到缅甸仰光路程不算太远，半天时间也就到了，但是旅途的性质，就是使人劳累。外面阳光也晒，林嘉禾没什么心思出去吃午饭了，打算先休息一会儿。颜威白天估计也在忙，她傍晚再联系他比较合适。

林嘉禾刚在床上懒了十分钟，手机就响了。不是颜威打来的，而是班强。不过林嘉禾也挺意外的，接通了电话："喂？"

班强嗓门洪亮地道："你到缅甸了吗？"

林嘉禾说："巧了，我刚进酒店住下。你早一个小时打电话我还没下飞机呢。"

班强笑了声，然后问："你住哪里？是喜多那酒店吗？"

"对啊。"林嘉禾问，"你也住这里？"

"对，我们一趟来的几个朋友都住这里。你还没吃吧？一起出来吃顿午饭？"

林嘉禾想着，多认识几个玉商朋友，到时候在翡翠公盘上也有照应，于是答应了："好啊，什么时候？"

班强说："就现在吧，我们都在房间里，一会儿在大堂集合。"

挂了电话，林嘉禾穿好鞋子就出门了。

和班强一起的还有三位广东朋友，简单打过招呼，大家一起往饭店走去。在路上，林嘉禾问班强："你也是广东人？"她从班强的口音倒是没听出来。

班强闲闲地迈着步子："我不是，我的公司在广东。"他说，"参加公盘大会的人一半以上是广东玉商。"

林嘉禾也有所了解："嗯，广东的翡翠生意这几年发展很快。"

班强说："前几年缅甸的翡翠大多陆路运输，首先运到云南那边。但是现在只允许海运翡翠了，从广东那边上岸，所以翡翠产业就从云南向广东转移了。"

林嘉禾点头："原来是这样。"

饭店离得不远，很快就到了。林嘉禾抬头一看，这显然是一家华人饭店，名字叫作广东大酒店。林嘉禾摇头笑了下，跟着大家一起走进门。

翡翠行当的人，在赌石时有一掷千金的魄力，生活中却大多简朴低调，甚至可以说是不拘小节。班强和他的朋友们也保留了这样的特性。

他们在大厅找桌子坐下，随意点了几道家常菜，服务员走后，班强首先抽了口气："哎，菜价标得太高。"

一位姓潘的朋友说："是啊，公盘期间，酒店比平时贵了好几倍，中餐更是贵。"

"就逮着咱们华人宰呢。"

"那没办法，民以食为天，在这边一待半个月，不吃中餐也不舒服。"

林嘉禾只是听他们聊着。菜上来后，大家安静地吃了一阵，填饱肚子后话又起来了，话题也转到了翡翠公盘上。

班强说："听说今年翡翠公盘，石头的件数是有史以来最多的，有两万多件。"

老潘说："参与人数多了，市场狂热，石头自然就多，不过好的翡翠也就那么几百件。"

"而且不少好翡翠还都是明标。"

林嘉禾这时问："还有明标？"

明标就相当于现场拍卖，轮番叫价，最后价高者得。

暗标则像林嘉禾参加的赌石比赛那样，每个人看好石头，暗自出价，相互都不知道各自的价格。等隔日统计完毕，才宣布中标结果。

班强对她解释："主要还是暗标，但是一些表现特别好的翡翠，不愁卖不出高价，会直接明标拍卖。"

林嘉禾点头。

老潘探头问："林小姐是第一次来公盘？"

林嘉禾说："是，第一次来，不太清楚规则。"

老潘一张忠厚的国字脸，说话也很敦厚：“不碍事，主要还是要眼光好，懂翡翠。竞标无非走个形式，到了现场自然就会了。”

林嘉禾点头一笑。

饭后聊了不久，大家就散了，班强跟朋友要去一家缅式按摩店放松一下，林嘉禾跟他们告别，走回酒店。

翡翠公盘后天才正式开始，会场就在距酒店不远的国家珠宝交易场地里。公盘前三天是集中看石头的时间，三天过后，就开始陆续投标了，整体下来十天左右结束。

面对那么多的石头，从早看到晚，是脑力活，更是体力活。所以参会者都提前来到附近住下，适应环境，养精蓄锐。

林嘉禾再次回到房间，拿出手机，是缅甸时间下午两点。

午饭吃得很饱，精力也补充回来了，她坐在床边，尝试着给颜威拨了个电话。电话响到第三声，被接了起来。林嘉禾的表情一下柔和了：“颜老师。”

颜威出声问：“刚下飞机？”

“我已经到酒店了。”林嘉禾看着窗户外面的太阳，又说，“我是十二点左右到的，然后朋友叫我一起吃了顿午饭。”

“跟本地朋友结伴过来的？”

“不是，到了缅甸这边刚好联系上。”林嘉禾说，“是参加赌石比赛认识的。”

颜威随口问：“叫什么？”

林嘉禾：“叫班强，你认识吗？”

颜威回答：“认识。参加赌石比赛的人我都认识。”

聊天一来一回，他问得这样仔细。

林嘉禾不由得心念一动，开口：“颜老师，你是不是在等我的电话？”

颜威直接说：“是。”

林嘉禾顿时轻轻笑了。

颜威说：“你说中午到。”

“我以为你白天会忙。”

“今天不忙。”

他回答得很快，嗓音又低，林嘉禾的心跳又被激得快起来了。她放轻声音问：“那……我们去哪里见面？”

颜威问：“你住哪里？”

“喜多那酒店，在会场附近。”林嘉禾又问，“颜老师你住哪里？”

颜威说："我住的酒店远一些。我过去找你。"

林嘉禾说："好的，那我……"

"现在还早，我先带你去公盘会场逛一圈吧。"

林嘉禾的心顿时酥了，不知是因为他的语气柔和，还是因为那句颇有深意的"现在还早"。

她轻声问："那我们在会场门口碰面？"

"好，我大概一个小时过去。"

"嗯。"

时间牵扯了几秒钟，就在该挂掉电话的时候，颜威出声："一会儿见。"

林嘉禾握着手机柔和地笑了："一会儿见。"

林嘉禾脱下休闲衣裤，换上了一条裙子。裙子是薄绸料的，墨绿色，林嘉禾把它收进行李箱的时候，就觉得它很适合缅甸的风情。她站在镜子面前，伸手抚过光滑的裙料，感觉这样的自己，也很适合站在他身边。

都收拾好，林嘉禾坐在床边等了一会儿。窗外阳光正烈，等了半小时，一点变化也没有，但是林嘉禾坐不住了，起身走了出去。

酒店距离会场地址不远，林嘉禾在阳光下快走几步，很快就瞧见了一片栅栏围起来的开阔场地。

她绕到正面，看到大门金光闪闪的，上面用一大串缅甸语写着"国家珠宝交易中心"。届时公盘大会就在这里面举行。

此时会场已经十分热闹了，许多缅甸工人正在紧锣密鼓地布置场地，也有不少参会者提前过来参观。

林嘉禾站在大门口阴凉处，几分钟后，一辆拉满石头的大卡车停在了她面前。几个工人跳上车斗，把石头一块一块地往下搬。

林嘉禾凑上前，发现这些石头表现都很差，干巴巴的，放在国内也是几万元的处理货，在这里估计价位更便宜，怪不得直接一卡车就拉过来了。

她正半弯着腰看，突然感觉到一股力道从后面拉了她一把，紧接着，她的眼睛被人大力捂住了。

林嘉禾向后仰头，紧紧靠在对方身上。她挣扎了一下，很快感到了熟悉气息，脑袋轻微一动："颜老师？"

颜威凑到她的耳边："不是我。"

他的呼吸扑在耳朵上痒痒的，林嘉禾忍不住笑了。眼前还是一片黑暗，林嘉禾抬手覆盖上他的手："放开啦。"

颜威顺势把手松开了。林嘉禾在他怀里转过身体，看到他还戴着一副墨镜。

他身上带着赶路的匆忙气息，手搂着她的腰，脸凑得很近。

林嘉禾抬起手，把他的墨镜慢慢摘掉了。

颜威的眼睛漆黑，始终注视着她，林嘉禾的心跳越来越快。墨镜彻底被拿掉的那一刻，颜威眼神轻轻动了一下。随即，他低头吻住了她。

林嘉禾亦给予回应。

这个吻格外绵长，好像被这燥热的天气沾染了，也变得有几分浓烈。颜威的手臂箍在她的腰上，坚硬得像铁铸的。

终于分开之后，林嘉禾呼吸急促，忽然感觉到旁边有好几道目光扫过来。

她偏过头，看到那几个搬石头的缅甸工人正一动不动地瞅着他们。

被她一看，那几个工人立即像被解了穴一样，开始继续动手搬石头。

林嘉禾转回头，颜威慢慢松开了她。

他的呼吸也有一点重，林嘉禾看着他的脸，突然笑了起来。颜威也笑了声，因这孩子气的举动，他的笑声显得有几分爽朗。

收起笑容，林嘉禾抬起下巴，悄声说："要不要去我住的酒店？"

颜威眼神定着，考虑了几秒钟，然后说："都在这里了，先进去逛一下。"

林嘉禾又轻轻笑了下，点头："嗯。"

他们一起朝着大门走过去。进了会场，颜威向右拐到树荫下："这边走。"

林嘉禾跟上他，看到道路边已经摆出不少毛料了，每个区块都专门有人看管着。

她问："颜老师，这整片院子都是毛料展示区吗？"

颜威步伐不紧不慢："几乎都是。这届公盘石头数目多，到时候这些人行道都要被占。"

林嘉禾说："那看起来工程可是够大的。"

"你不用都看。"颜威停下脚步，指着不远处一座草坪围绕的平顶楼，"以交易楼为中心，一边是明标区，一边是表现好的暗标。你把中心区域那片看完就够了，外围都是一些劣质翡翠，不在你的收购范围内。"

林嘉禾点点头，继续走着。颜威又问："你知道明标和暗标的区别吧？"

林嘉禾说了声："知道。"又说，"是不是表现好的石头，一般都明标拍卖了？"

颜威说："不一定，明标翡翠一般是缅甸政府放出来吸收资金的，而私人货主喜欢把石头放在暗标里展示。明标价格会炒得很高，你主要将注意力放在暗标上。"

林嘉禾又点了下头。

沿着人行道走了小半圈，大致了解了场地布局，颜威带着林嘉禾朝中心区域的交易楼走去。

“这栋楼是投标场。”走到近前，颜威抬手指了一下。

中心交易楼只有两层高，但是占地面积很大。楼前的廊柱和墙砖都漆着金漆，有些许脱落，自带一种庄严陈旧的气势。

林嘉禾抬头望着，微微眯起眼睛。

“现在还不允许进去。”颜威在门口的草坪上停下了。室外光照强烈，颜威把墨镜重新戴到脸上，望着大门说，“等开始投标放标，这里面会聚满人，相当热闹。”

林嘉禾停在他的身边，裙摆在热风里轻轻翻起来。颜威站了片刻，转过脸看她：“会场就是这些，差不多看完了。还有什么问题吗？”

林嘉禾对他说：“我都清楚了。”

阳光之下，她的皮肤显得白皙透明，单薄的肩头挺直，像是有种自知的魅力。颜威点了点头，搂了一下她的肩转身：“走吧，这边太晒。”

他们沿着阴凉的人行道，原路走了回去。

出了会场大门，他们没有交流，心照不宣地朝着酒店的方向走去。

路上经过一片花坛，里面鲜花色彩艳丽，簇拥着一块巨大歪斜的石头。这座石头并不是翡翠毛料，只是最普通的山石，底下爬着青苔，上半部分已经被太阳烤得干裂了。

林嘉禾刚刚来的时候也注意到了这块石头，以为这是某件艺术品。这回又路过了，林嘉禾问：“颜老师，这块石头是有什么寓意吗？”

颜威瞥了一眼：“这是上吊石。”

“上吊？”

颜威回首一指：“会场后面有一座山。”

林嘉禾说：“看到了。”

颜威继续走着：“那座山上遍布斜石，每年都有人在公盘上赔得倾家荡产，然后跑到那座山上去上吊自杀。这上吊石放在会场门口，参加公盘的人都能看到，给人们一个警示作用。”

林嘉禾轻轻抿住唇，不作声了。

在这片热烈的黄土地上，赌石是一个没有硝烟的战场，切石就是在战场上亮剑的那一刻。你并不清楚下一刻，你是会抱得珍宝箱，还是把匕首刺进自己的胸膛。

环境里灿烂的阳光，也突然有了萧瑟的意味。

他们很快走到了酒店。进入大堂以后，林嘉禾朝前台瞥了一眼，几个服务员各忙各的，似乎不用登记，于是林嘉禾和颜威直接走进了电梯间里。

按下楼层，林嘉禾侧脸看向颜威，颜威抬高下巴看着数字上升，伸手把墨镜摘掉了。

电梯门缓缓打开，长走廊里铺着厚实的地毯。林嘉禾把房卡摸了出来，走到房间门口，把房卡递到颜威手中："你来开门。"

颜威直接插卡，门开了，伸手推门："你进。"

林嘉禾低头笑了笑，迈步走进。

墨绿色的裙摆拍打在她的小腿上，像是一团海藻，把人的视线紧紧缠住了。

颜威紧跟着走进去，房门关上，下一秒，他直接握住她的肩，压身吻住了她。

身后墙壁是冰凉的，脚下地毯是松软的，天花板是轻轻旋转的，空气是炙热的。

林嘉禾在喘息之中轻轻抚摸他的脸，看清了他漆黑的眼睛。她向下拉住他的手，走向那张大床……

等到房内安歇，窗外天已经黑了。

林嘉禾裹着浴巾坐在床上。颜威洗好澡，重新换上自己的衣服，坐在窗边沙发上。

林嘉禾把头发也一起洗了，湿漉漉的，用毛巾擦了几分钟，停下来后，颜威出声问："晚上吃什么？"

"咖喱？"

"去外面吃吗？"颜威靠在沙发上，不是很想走动的样子。

林嘉禾也懒得再换衣服："这个酒店不知道能不能叫餐，或者吃泡面，我带了两盒。"

颜威立即说了声："好。"

林嘉禾笑了："真吃泡面啊？"

颜威从沙发上站了起来："泡面在哪儿？"

林嘉禾也下了床："在箱子里，我来拿吧。"

林嘉禾把浴巾在胸口裹紧，蹲在箱子面前，从衣物底下翻出两桶泡面："这个是酸辣的，我最喜欢的口味。"

颜威接过泡面，看着她又站起来拿水壶："我先把水壶洗干净。"

颜威把面桶放在桌子上，从她手里接走水壶："我去洗。"

水流冲着，颜威把水壶从里到外仔细地洗了两遍。他走出来，林嘉禾递上两瓶矿泉水："烧这个水吧。"

烧好水、泡上面，他们把面桶端到窗边桌子上，面对面地坐在沙发上等着。

林嘉禾挪了一下面桶，然后抬眼问：“颜老师，你晚上可以住在这里吗？”

颜威说：“我明天要去会场。”

“那正好，这边离得近，你住得不是远一些吗？”

颜威看着她，随后说：“好。”

林嘉禾点头笑了。她的头发湿润，几滴水珠落在肩头上，滑了下去。

他们吃完泡面，简单收拾了一下，很快又跑到床上去了。

房间里只亮着一盏廊灯，光线昏暗，两个人累了之后相拥而眠。

半夜里颜威醒了一次，窗外漆黑静谧，林嘉禾枕着他的手臂，呼吸平稳。他望着天花板躺了一阵，然后伸手把房间里唯一的灯关了，再次闭上了眼睛。

第二天，颜威和窗外的太阳一起醒来。他身体一动，林嘉禾也醒了。

颜威在她的肩上捏了一把，低声说：“我该走了。”

林嘉禾立刻点了点头，挪开身体。

颜威掀开被子起来：“你继续休息吧。”

他去卫生间好好洗漱了一下，整理好衣服，然后又走回床边。林嘉禾在被子里看着他。颜威弯腰在她唇上轻吻：“再联系我。”

嘴唇流连后移开，林嘉禾轻“嗯”了一声，看着他说“再见”。

颜威匆匆出了酒店，一边大步走着，一边低头拍打衣服上的褶皱。他再抬起头，正好看到了那块歪歪斜斜的上吊石。

此时朝阳明媚，花坛的鲜花开得更艳了。

那块石头立在当中，像是一座无字的碑。

赌石这行待久了，他见过太多钱财散尽家破人亡的故事，这些苦难甚至不能带给他任何波动。

可是这一刻，颜威忽然就回忆起了前几分钟，她在被子里的那一声轻轻的“嗯”。

太阳底下，颜威顿住脚步，直望着那块上吊石。

他没想到，自己那样容易就被幸福打动了。

颜威离开后，林嘉禾在房间里睡了个回笼觉，再醒来已经中午了。

她起床后正懒洋洋地收拾着，接到了班强的电话。

“喂？”林嘉禾打了个哈欠，在沙发上坐下了。

“喂，去公盘看石头吗？

林嘉禾挑眉：“现在？不是明天才开始吗？”

班强说："今天大部分毛料展示出来了，来都来了，提前半天，还能多看上几件呢。"

林嘉禾忙说："哦，你们先去吧，我晚一些过去。"

班强说："那行，到了公盘有事再打电话。"

"好的。"挂了电话，林嘉禾换了身偏运动的衣裤，抹了一层防晒霜，把证件和赌石工具等都检查好，这才出门。

等到了会场门口，林嘉禾发现人可真不少，如果说昨天是闲逛公园，那么今天简直像参加盛大的庙会一样。

她走进门，看见场地里架起了简单的铁皮遮阳棚，展示的石头已经按编号顺序在棚子里摆好了。人们在石料之中穿梭观看，气氛火热。

林嘉禾走进一个棚子，看了几件毛料，大概清楚了暗标的形式。

每件石头下方都贴着标签，上面标明了原石的编号、重量，还有保留价格。

保留价格是货主自己定下的心理价位，如果投标价格低于这个价位，标书是作废的。这样就避免了有人拿几元钱赢走一件石头的现象。

投标价格虽然有下限，但是并没有上限，这就要求竞标者对翡翠的市场价值有很准确的判断了。当你看上一块毛料，要估算出翡翠成品的利润空间，不能头脑一热地乱标高价变成"冤大头"，也不能太缩手缩脚节约资金，否则这块毛料就会落入其他对手的口袋里。

林嘉禾一边看一边想，如果何钏也在就好了，他对成品估价更加在行。这次她只当来练练手，下次若有机会，可以考虑带何钏一起来。

靠近大门口的棚子里展示的石头都是一些低档料，甚至可以说是难以入眼的。林嘉禾只是简单地转了一下，就放弃了外围区域，直接朝中心区走了过去。

交易中心楼面前有一大片方形草坪，围绕这片草坪陈列的毛料表现明显好了许多，当然，这里戒备也更森严，走两步就能见到一个保安。

林嘉禾戴好遮阳帽，拿出手电和放大镜，选定一块毛料，屏息凝神地看起来。鼻间飘着淡淡的青草香味，林嘉禾的心也一点点静下来，接连看过三块毛料之后，她挑到了一块令人眼前一亮的石头。

这是一件半赌的金丝种翡翠。石头不算大，重十二千克，已经从中央对半切开了。只见两个切面呈丝线状分布着嫩绿花纹，像是细长的鱼游动在水中一般，细致动人。不足之处是这块料子水头一般，豆地白色，缺少灵动剔透的感觉。

这是一件花纹稀有，值得加工的中档翡翠料。这是林嘉禾对它的评价。

石头标签上的保留底价是五万欧元。林嘉禾在心里估计，这件石头约能出十五只手镯，再加上刀下料……她定下的暗标价格是七十万人民币，不到十万欧元，只是这个价格不一定能够拍到，保不齐有其他人特别喜欢这款花样。

她拿出本子和笔，把这件金丝种翡翠的编号和出标价格认真记录了下来。

“呦，林经理啊？”突然听到有人叫她，林嘉禾猛然抬头，看到了一张熟悉的面孔——王泉祥。

林嘉禾被他吓了一跳。身处缅甸，她已经习惯了身边乱糟糟的缅甸语，突然一个人拿中文跟你打招呼，嗓门还这么大，任谁也会被吓一跳。

林嘉禾赶紧把记录本合上，站起来对他点头：“王总你好啊。”

可是王泉祥还是瞧见她关注的这块翡翠了，背着手走了过来：“呦，这块石头不错啊，花纹挺好看，林经理打算暗标多少钱啊？”

林嘉禾皱眉，暗标的意义就在于私下出价，互不知晓。所以她当然不会回答，转而问：“王总这趟来缅甸，跟陆玲曼一起来的吗？”

王泉祥摇了摇脑袋：“没有，她嫌晒又嫌累的。”他抬手往身后一指，“我跟几个朋友一起来的，打算在公盘上挑上两件好石头，毕竟上回那块贴皮绿可是赔了我不少钱啊——”他故意拖长声音，斜睨着林嘉禾。

“什么贴皮绿？”林嘉禾思索一番，故作惊讶地道，“啊，是上次你花了六百万从我这里收走的石头吗？最后切垮了？切出来是贴皮绿？”

王泉祥皱眉：“你不知道？”

“当然不知道。上次卖完石头，我收拾东西就走了。”

“我怎么觉得你是故意坑了我一笔呢？”

林嘉禾展颜一笑：“怎么会？神仙难断寸玉，切开之前，我如何知道那块石头里面没有翡翠呢？王总你出手那么阔绰，我一看能赚到钱，当然就卖了。”

王泉祥仍然睨着她，鼻间重重出了口气。

林嘉禾对他说：“王总你忙，我去那边继续看石头了。”

她走开几步，扭头看到王泉祥站回朋友身边，正在指点议论着她。

林嘉禾十分反感，赌石就怕两种人，一种是不懂装懂瞎评论，一种是砸钱乱玩扰行规，王泉祥恰好两样都占全了。

她摇摇头，又走出了几十米，才沉下口气继续看毛料。

林嘉禾一块块地看过去，脚都蹲麻了，终于又看上了一块石头。

这件石头也是拦腰切开的半赌料子。

在缅甸翡翠公盘上，半赌的毛料和全赌的蒙头料几乎各占一半。

半赌料子有了一个不错的切面后，底价会偏高一些，竞争压力也更大。林嘉禾其实更倾向于看全赌的蒙头料，只是今天下午没有碰到心仪的而已。

她活动了一下筋骨，重新看向面前的石头。这是一块重达一百一十公斤的干青种翡翠。干青种翡翠的特点是硬度较低，容易有裂隙，所以不太被人们看好。而眼前这块石头除了水头不足，几乎没有裂隙，敲上去有叮叮当当的声响，说明它硬度也很高。同时，这件翡翠呈蜡绿色，有一种典雅复古的气质，林嘉禾伸手抚摸，感觉它很适合做成精美的仿古摆件。

这件石头的保留价是四万欧元，以它的体积来说，算是低价。

林嘉禾认为这件料子很有风格，雕刻的发挥空间很大。她愿意标到二十万欧元来试试，能中最好，不中只能说是没缘分了。

记好笔记，林嘉禾站起身扶了一下帽子，突然看到王泉祥又出现在不远处，装作不经意地关注她。

林嘉禾当即知道，自己刚刚看好的石头也被他记在了心里。那么他想干什么呢？想出高价拦标吗？

她看上的一块金丝豆种、一块干青种，其实都是有特点的翡翠，市场价值不算太高，只是她个人有兴趣带回去加工而已。

如果王泉祥故意出高价买下来，也会砸在手里的。如此一想，林嘉禾便不打算再管他。

又挑选着看了几件石头，天色也渐黑了，林嘉禾累得腰酸，伸手捶了捶，想着今天到此结束，明天再战。她站在草坪旁边，看着场地里人头攒动，心想颜威此时也在公盘组委会里忙碌吧。

林嘉禾正在考虑要不要联系他，手机来了电话，来电显示着班强的名字。

林嘉禾想他多半是叫自己一起吃晚饭的，闲闲地接起来，没承想却听到他格外兴奋的声音："你收到赌石比赛的邮件回复了吗？！"

林嘉禾愣了愣："没有啊……"她点开手机确认了一下，再次对着话筒说，"我没有收到。"

班强说："我收到了，我赌石比赛是第二名！矿达集团已经发通知录用我了！"

林嘉禾还没回应，又听他高声笑道："哈哈，老子再也不用买块翡翠憋屈半天了，可以拿着公司的大把资金去砸石头了。"

林嘉禾顿了一下，问他："你是刚刚收到的邮件吗？"

班强这时才反应过来，林嘉禾并没有收到邮件，他这样兴高采烈显得太不厚道了。于是他咳了一下，说："我刚收到没多久，你可能会晚一点。"

林嘉禾“嗯”了一声。班强见此，又说：“或者你发邮件问问？按说，无论名次怎样，都应该有邮件答复的。”

“嗯，好。”

“本来还说晚上一起吃饭的，我都找好饭店了，高评分缅甸菜。不过没时间吃了，我现在要赶紧回去给矿达集团填资料。”

林嘉禾说：“那行，你快去吧。”

“挂了，再见。”

“再见。”挂断这个电话之后，林嘉禾默默等了十多分钟，也没有收到任何邮件通知。

她想，难道是自己的名次太靠后了吗？

她又重新把赌石比赛回忆了一遍，想到了她最后决定投标的那两块石头，当时还得意于自己临门一脚发现了破绽。

对整场比赛来说，她其实是有信心的。

林嘉禾感到很失落。尽管她现在跟颜威关系亲密，可是也希望能够在赌石方面证明自己。同时，她还有一点小心思——如果她能被矿达集团录用，那么就可以跟颜威一起工作了。

想到这里，林嘉禾低叹了口气，再抬头环顾，觉得场地里的石头都瞬间丧失了吸引力。她随意点了几下手机，最后给颜威发了一条短信：“颜老师，你今天有空吗？”

等了几分钟，颜威给她回复了：“今天不行。”

林嘉禾垂下眼睛，打了一个“好的”，还没发过去，又收到他的一条短信：“明天也忙，后天有空，到时联系。”

林嘉禾这回把打好的文字点了过去：“好的。”

装好手机，她抱住小臂，独自走回酒店。

林嘉禾回到酒店闷头睡了一觉，没拉窗帘，第二天醒来，只见窗外一轮火辣辣的太阳。她摸过床头的手机，还不到七点。看这架势，只怕今天比昨天还要晒上几分。

林嘉禾起床后把自己全副武装起来，长袖、长裤、口罩、帽子，墨镜也加在了脸上，提了口气，这才出门。

今天才是公盘正式开幕的第一天。会场更加热闹了，大门口挂出了好些横幅和旗子，有不少人停留在门口拍照留念。

林嘉禾通过安检，走进大门，直奔中心毛料展示区，远远地就看到原本的空地位置徒然搭起了一顶黄色帐篷，旁边人挤人围了一圈。离近了，她慢了下来，注意到帐篷周围还有四个军人专门守卫着。

这帐篷里，是放着翡翠毛料吗？

周围毛料都随意地搁在地面上，这里却如此大动干戈，想必里面一定装着价值连城的“奇货”吧。

林嘉禾看到这个场景，心跳都加快了。每一个赌石者，都渴望见到能够让自己震撼的石头，然而这样的机缘并不太多。

林嘉禾凑在人群后面看了半天，才意识到大家都在排队。缅甸的军方人员站在帐篷门口，隔几分钟才放一批人进入。林嘉禾找了一下，朝队尾走过去。

上午的太阳越升越高，天气也越来越炎热，前面的人一个个都汗流浃背的。林嘉禾排了将近一个小时，终于轮到她看石了。

她掀开帘子走进去之后，一股热浪轰然袭上来。帐篷被晒了这么久，里面环境又封闭，简直跟蒸笼一样。

林嘉禾定了定神，一手拿着本子扇风，另一只手举着手电，朝中央展台走过去。

展台周围停留着一圈人，都在如饥似渴地看石头。

林嘉禾凑近之后，也惊住了。面前展示着三块巨大的翡翠料，每一块的重量都超过一吨。不仅体格大，表现也奇好，大块玉肉直接突破薄薄的表皮偾张了出来，那些玉肉晶莹剔透，简直像在闪闪发光一样。

林嘉禾倒吸了口气，赶紧细看起来。第一块是种老水足的玻璃种，手电打上去起胶起荧，翠色微微泛蓝，自带一种浪漫感。第二块更是纯净得难以想象，颜色浅淡，媲美水晶。看到第三块，林嘉禾的呼吸都放轻了——好像面前的翡翠正沉睡着，动静大了就会将它惊醒一般。

这件石头暴露出来的翡翠是正绿玻璃种，不偏蓝，也不偏黄，只是正浓的绿色。在手电打光下，里面匀透的绿色仿若有波光荡漾，映进眼睛里，一下子燥热的暑气都远了，只剩一种摄人心魄的清凉感。

原来翡翠的绿色可以这样均匀浓郁，又可以这样静谧灵动。

林嘉禾的心跳瞬间都加快了。

有些极品翡翠，没有亲眼所见之前，真是难以想象。

林嘉禾围在这件石头旁边怎么看也看不够，直到工作人员过来催她：“帐篷外面还有许多人在排队呢，每个人看石时间是有限的。”

林嘉禾这才慢慢走出帐篷，掀开门帘之前还回望了一眼。

出了帐篷，林嘉禾立刻找到一个工作人员询问。通过蹩脚的英语交流，得知帐篷里的三件毛料都是暗标，是可以投标购买的。

这令林嘉禾十分意外。她原以为这三件极品毛料是缅甸政府的收藏品，在公盘上放出来只是撑撑场面，做展览用的。

不过这也令林嘉禾更加感叹了。

那件正绿的翡翠毛料至少有一吨重，按每公斤十万元算，也价值一亿了。

如果说林嘉禾之前还自认有一笔小资金，那么这一刻，发现自己还差得很远。

林嘉禾默默思量着走了一段，才感觉到又闷又热，一抬头看到了室内休息区的标志。她朝那里走过去，想吹吹空调凉快一会儿。

推门走进去，休息室里也聚满了人，林嘉禾顺着长椅一直走到厕所门口，才看到一个空位。她坐下以后，转头一瞧标志，还是男厕所，然后把头又转了回来，权当没看见。

林嘉禾摘下帽子，一边扇风一边休息，方才那块震撼的大毛料时不时浮现于她的脑海里。

那块毛料上圆下扁，倒是很像一个大馒头。她想着想着都笑了，虽然那个“大馒头”不属于她，但不妨碍她喜欢，甚至是喜欢到不行。

休息了一阵，林嘉禾刚打算起身再战，突然有人在她的肩上拍了一下。

林嘉禾扭头，看见班强戳在男厕所门口。能在这里遇见也是巧得很，班强故意瞪大眼睛：“怎么？你没在这里偷听吧？”

“当然没有。”林嘉禾笑了下，甚至不想回应他的玩笑。

班强也笑笑：“你还再歇会儿？”

林嘉禾站起身来：“不了，出去看石头了。”

他们一起走出休息室，林嘉禾随口问：“对了，你工作的事情怎么样？决定跳槽去矿达集团了？”

班强说：“对，我昨天把之前的公司炒了，然后跟矿达集团定好了工作合约。”

“效率这么高？线上就把合约签好了？”

“不是，矿达集团的负责人正好也在缅甸，我一会儿去找负责人签合同。”

林嘉禾看了他一眼，然后点了下头。她想，颜威昨天和今天都有事，想必是在忙工作合约的事情。

望着公盘场地，她换了个话题聊：“你这两天有看上的石头吗？”

“没呢，都没来得及看。”班强搓了搓脚下的黄土地，“今天签完合同，矿达集团就会给我派活了，估计就不能私人买石头了。”

林嘉禾说：“给你派活肯定也是赌石的活啊。”

班强说："也是，能赌石就行，用公司的钱赌石更爽。"他眯起眼睛，看着场地里众多的毛料，"我自己又不想开公司，私人赌石其实没啥意思，只是手痒喜欢摸石头。"

班强沿着草坪朝大门口方向走去，林嘉禾也正打算去草坪另一边看毛料，便跟他顺路走着。走了两步，班强又问："你赌石比赛的结果有通知了吗？"

林嘉禾说："还没有。"

"那可能矿达集团不打算录用的人，真的就不发通知了。"班强叹了一声，"你赌石挺厉害的，上次在德裕茶馆里两块石头都赚钱了，我看到了，当时我还很有压力来着。"他又劝道："没事，矿达集团不录用你是他们没眼光。"

林嘉禾笑了笑，一缕难得的凉风拂过，脸颊一阵舒服。她突然产生了个念头，转头问："对了，赌石比赛，你最终的标书是怎么投的？"

班强说："啊？这个能说吗？"

"考完试还能对答案呢。"

班强想了一下，也是，赌石比赛早就结束了，讨论一下也无所谓："我一百四十万竞拍了一件小的摩西砂原石，三百六十万竞拍了一件大白砂皮。"

林嘉禾呼吸顿了一下，看着他问："是那件五十公斤左右的白砂皮？"

班强说："对，你也看好那件吗？"

见林嘉禾一时没说话，班强又仰脸叹气："这两块应该都切涨了，否则我也不会是第二名。"他又问，"你是不是看好那件白砂皮，但是最终出价低了啊？"

林嘉禾盯着地面，心想，她的出价其实更高，是三百八十万。那件白砂皮，应该是她竞拍到了。

班强实际上只以一百四十万拍到了一件小原石，他的成绩却是第二名。

那么她呢？

面前一水的黄沙地，干燥粗糙，反射着热辣辣的阳光。

班强以为林嘉禾没有回答是在难过，于是拍了下她的肩膀："真没事，你自己赌石更自由。"

林嘉禾抬头对他微微笑了一下。

班强说："行，你继续去看石头吧，我该走了。"

林嘉禾停步，跟他挥手再见。

班强的身影混入人群里，很快就看不见了。林嘉禾在原地站了一会儿，转身朝毛料区域走去。她有些心不在焉，一下午看了十来块毛料，有半赌的，也有全赌的，可是一件心仪的也没遇上。

临近傍晚的时候，林嘉禾叹了口气，又来到帐篷面前排队了。

有三件“奇石”专门搭了帐篷保护起来，还有军人守卫着，这在整个公盘史上也是不常见的。消息一传开，参会者纷纷过来观摩，于是排队的人更多了。

但是林嘉禾没办法。她很想再看一眼那块震撼人心的“大馒头”，否则回了酒店心里都不安宁。

等终于看完一遍，再次走出帐篷，林嘉禾心里更难过了。她头一次对一块石头产生念念不忘的感觉，简直像面对情人一样，一见钟情之后就得了相思病，哪怕得不到，多看一眼也是好的。

这恐怕就是真正的喜欢吧。

林嘉禾回到酒店，天刚黑下来。她洗了个澡后躺在床上，心头堆着两件事情，一是赌石比赛的结果，一是“大馒头”毛料。这使得她躺下了也放松不下来。

林嘉禾望着天花板静默了很久。

身处异国，如果她刻意去感受的话，空气里飘浮的气息仿佛都有种陌生的味道。安静下来的时候，在一呼一吸之间，很容易就感受到孤单。

林嘉禾轻叹了口气，转身抱住枕头。她这样趴了一会儿，慢慢睡着了。

半梦半醒之中，她是被手机的振动声吵醒的。

林嘉禾接通电话的同时，看到了手机上面显示的名字——颜威。

她还迷糊着，话筒里传来了颜威的声音：“回酒店了吗？”

他的声音低低的，很随意，像这黑暗房间里的一道雾气一样。

林嘉禾揉了揉眼睛：“嗯，在酒店里。”她撑着床坐起身，然后问，“颜老师，你今天工作结束了？”

颜威说：“忙完了。”

“哦，那……”林嘉禾不清楚现在几点了，看了下手机，屏幕在黑暗里散发着光，刚刚晚上八点半。

天已经这么黑了，她误以为已经是深夜了。

颜威问：“吃晚饭了吗？”

林嘉禾：“还没有。”

顿了一下，颜威问：“你是不是睡觉了？”

“嗯，刚才睡着了。”

颜威似乎低声笑了一声，然后说：“听着你迷迷糊糊的。”

林嘉禾抱住膝盖，也轻轻笑了一下。

颜威说："过来我这里吃晚饭吧，我住的这家酒店里有改良的中国菜，味道不错。"

林嘉禾说："好啊，颜老师你住……"

"我去接你。"

林嘉禾想了想道："颜老师你在缅甸自己开车吗？"

颜威说："打车。"

林嘉禾说："那我打车过去吧，不用你来回跑了。"她望了一下窗外，灯火明亮，"现在也不是很晚。"

颜威没有再坚持，直接把酒店名字告诉了她。

挂掉电话之后，林嘉禾打开导航，颜威住在一家叫作Nikko的星级酒店，距离这里大约五公里。

看好定位，林嘉禾下床洗了把脸清醒了一下，然后又挑选着换衣服。等都收拾好半个小时也过去了，她赶紧出门。

外面刮着暖烘烘的夜风，酒店门前停留着许多乌鸦。在缅甸，乌鸦被认为是神鸟，有吃不完的食物，在街道上昂首阔步，与人们相处融洽。

林嘉禾经过，几只乌鸦扑着翅膀跳开了。她走到道路边，刚好看到一辆出租，伸手一拦，车子在她面前停下。

几乎同时，后座的车窗降了下来。颜威坐在车里，朝她招手："上车吧。"

林嘉禾怔了一下，随即缓缓露出笑容，快步走到另一侧拉开车门。

林嘉禾上车后，颜威对司机说了一句缅甸语，车子很快开动。过了几秒钟，颜威转头看着她，林嘉禾也看着他。狭小的车厢空间里，他们谁也没有说话，不过离得这样近，呼吸都重叠在了一起。

颜威很快坐正了，底下却不露声色地握住了她的手。

林嘉禾垂眼看着，尝试着动了动指尖，他把她的手握得更紧了。林嘉禾轻笑，瞥了他一眼，又看向窗外。

出租车破开夜色，停在Nikko酒店门口。下车后，林嘉禾看到酒店大门后有一栋高高的小楼，小楼四面都供奉着佛像。那些佛像浸在夜幕里，被些许树影遮挡，蒙着一层浓郁的神秘色彩。

颜威牵着林嘉禾走进大门。酒店占地很大，道路上种满了茂盛的树木，仿佛成片的热带树林一样。这里没有高层的酒店楼，只有独栋别墅在树丛间零散分布着。他们穿梭其中，很快在一栋木头小楼前停了下来。

颜威拿出房卡开门，天空月光清明，树影轻轻地摇晃着，林嘉禾站在后面，看着他的肩背轻声说：“颜老师，谢谢你来接我。”

门开了，颜威把她往屋里拽了一把，扣上门，直接靠在门板上吻住了她。

林嘉禾仰头把他抱紧了。

他们浑然忘我地接吻了很久，才慢慢分开。颜威垂低头，凑近问她：“怎么谢我？”

林嘉禾轻轻一抖，还没回应，颜威就抓起她的手，带着她往屋里走去。

林嘉禾走动了两步。一楼应该是客厅，有沙发、餐桌和小小的壁炉，屋子中央有一道旋转楼梯是通向二楼卧室的。

她顿住脚步，冲他轻笑：“刚才感激之吻不是给你了？”

颜威转头看了她一眼，松开了手，直接搂上她的腰：“走，去楼上。”

这栋小别墅的楼梯是木质的，窄弧形。颜威步伐大，搂着林嘉禾的腰，两级两级楼梯地往上迈。林嘉禾被他带得小跑起来。楼梯被踩得直响。

到了二楼，他们干脆倒在了床上。林嘉禾仰头看着房顶笑起来。颜威也仰着脸笑了一声，然后翻身压了过来。

林嘉禾觉得他们像两个孩子，抱住糖罐吃了一口两口，上瘾了就舍不得撒手。

卧室里没有开灯，月光透过窗纱，淡得像抹雾。窗纱飘了又停，周而复始，最后他们终于停下了。

颜威先摸黑去洗澡，从浴室出来后，把卧室灯打开了。林嘉禾借了他的浴袍，洗完澡后披在了身上。她重新坐回床中央，轻轻擦拭着头发，看到颜威坐在飘窗面前。

飘窗前的沙发低矮，颜威陷在里面有种懒洋洋的架势。他的下巴微微抬高，视线始终看着她。林嘉禾的心不由得一软，她很喜欢颜威现在的样子，很放松，一点戒备也没有。

又擦了两下头发，林嘉禾问：“颜老师，不是说有好吃的中餐？”

“太晚了。”颜威在沙发里动也没动，“这里早餐也好吃，明天带你吃早餐。”

“哦。”林嘉禾点头。

颜威直接说了：“其实早餐、中餐都一般，就是想让你过来住。”林嘉禾轻笑了声。颜威向后靠了一下，看着她招手：“你来这里坐。”

林嘉禾把毛巾丢在床上，赤脚踩着地毯，缩进了他身边的沙发里。颜威抬起胳膊把她的肩搂了过来。

林嘉禾贴着他的前胸，闻着他们身上同样的沐浴液的味道，感到又暖又热。

她动了一下脑袋，听到颜威问：“在公盘上有看好的石头吗？”

她说：“看上了几块有特点的毛料。”

“嗯。”

“还要隔两天才开始投标吧？”

“对，先看好。”

林嘉禾说：“今天会场里搭了一个帐篷，里面有三块表现特别好的玻璃种大石头。”

颜威说：“你看到了。”

林嘉禾笑了一下：“我排队看了两次，早上看了一次，晚上回来之前又看了一次。”

颜威的身体向后一动，林嘉禾仰起下巴看他，颜威瞅着她问：“你很喜欢那块正绿玻璃种吧？”

林嘉禾笑着问：“你怎么知道？”

颜威淡淡地说：“你喜欢浓绿翡翠，却一直没有收到合适的。帐篷里展示的那块，属于顶级浓绿翡翠了。”

林嘉禾轻“嗯”了一声，说：“那块翡翠居然属于暗标，货主真的舍得出售吗？”

颜威说：“到时候货主会出价拦标的。”

“拦标？”

“嗯，货主会投一份高价的暗标，如果其他人的价格都比货主低，那么这块翡翠还是会被货主本人收走。”

“可是，如果货主不是真心想卖，何必要摆出来展示呢？”

“很多翡翠公司跟缅甸政府有协议，必须放几件精品翡翠在公盘上，吸引更多的人参会。当然，公司不想被拍走的话，就要靠一些私下操作了。”

“哦。”林嘉禾轻声说，“即便不拦标，有资金竞标那件翡翠的人也并不多。”

颜威说：“这种昂贵翡翠，一般是几个玉商，或者几家公司联合起来，集资竞标的。”

“可是暗标是个人名义的。”

“暗标只要把价格定下来就够了，名字只是代号，没人知道背后有什么势力。”

林嘉禾沉默起来，听到颜威说可以联合竞标，心里也动了一下。可是，她不可能在几天时间内联系到那么多玉商朋友，如果是非翡翠行业的投资者，也难以说服他们将巨额钱款投资到一块石头上。

尽管她是那样确定这块“大馒头”毛料一定会赌涨——切开之后，价格能够瞬间翻上十倍，甚至不止十倍。

那水光灵动的浓绿色……

林嘉禾呼吸顿了一下，然后抬头：“颜老师……”

颜威在上方“嗯”了一声。

林嘉禾轻声问：“你个人……赌石吗？”

颜威用胳膊搂着她的肩膀，隔了几秒钟，在她的肩头一拍。

“我个人不赌石，也不参与投标。”

“哦……”林嘉禾紧促地笑了笑，没想到自己能够直接问他。这时她听到颜威又说：“你很希望竞标那块石头？”

林嘉禾没有吭声。颜威紧接着说：“你的资金不足一千万，对吧？”

林嘉禾轻“嗯”了一声。

颜威说：“竞标那块石头，你的资金连一成都占不到。只有当你的钱占半数以上，你承担的风险也更大时，才能说服其他人跟你一起投标。”

林嘉禾轻轻点头。颜威又说：“所以，你想要暗标竞拍那件翡翠，不可能找人联合，只能借钱。”

林嘉禾心里一顿，忽地抬起头来。

颜威也坐正了，垂眸看着她：“你要管我借钱吗？”

林嘉禾说：“我……”

颜威松开了胳膊，直视着她：“我要听你亲口说你的想法。”

气氛好像凝固了，林嘉禾看着他，突然想起他说的那句“我喜欢聪明大胆的人”。她眨了一下眼睛，出声问：“颜老师，那场赌石比赛，我究竟是第几名？”

颜威面容微动，眼神定定地看着她。

林嘉禾轻声问：“我是第一名，对吗？”

颜威没有说话，林嘉禾清楚这是默认的信号。紧接着她又疑惑：“可是，你为什么不想告诉我名次呢？你是不想录用我吗？不想录用的话，你为什么要推荐我参加这个比赛呢？”

颜威看了她几秒钟，不知在思索什么，随后靠住沙发靠背，默不作声了。

林嘉禾把双手撑在腿上，突然感觉又回到了当初他借住在她家里的时候。那时他们关系疏远，交谈进行不下去，他就不说话了。

林嘉禾灰了，感觉自己的勇气都是吹了气的，不过是一层糖纸。她轻轻地说：“颜老师，你的想法你自己保留，我不会……”

“我可以帮助你三次。”

“什么？”

颜威突然坐正，看着她说：“还是三次，我可以帮助你三次，我要看到你的成功。”

林嘉禾当即顿在那里。

颜威说：“我不把你招募过来，是因为这不是什么好工作，会限制你，让你越陷越深。”他压了一下下颔，声音清晰，“你有天赋，不需要放低目标，从现在开始，我可以帮助你三次，让你做你真正想做的事情。”

林嘉禾头脑有些发蒙，张口问：“可是，为什么是我？因为你看重我，还是……”

还是因为你喜欢我？

颜威打断她说：“因为我能够看准人。”

林嘉禾缓缓笑了一下：“你看准我了？”

“经营这么多事情，如果看不准人，我这么多年是怎么过来的？”颜威说着，一撑膝盖站了起来。

林嘉禾目光追随着他，看到他走到柜子那边翻了两下，拿着两包牛肉干回来了。

颜威重新坐进沙发里，把一包牛肉干放在她的膝盖上，直接撕开了另一包。

颜威撕了一片牛肉干放进嘴里，别过眼看她：“吃点吧。”

等了两秒钟，林嘉禾对他伸手：“我吃你的。”

颜威嚼着牛肉干看她，抿了一下嘴。

林嘉禾说：“我就尝一口，这个包装不拆开了。”

颜威把手里的袋子递给她：“吃吧。”林嘉禾接过来，轻轻翘了一下嘴角。颜威又伸手把她的肩搂住了。

隔了一会儿，他说：“那块浓绿玻璃种，公盘的最后一天才投标，这之前你先看其他的。”

林嘉禾说：“我叫它‘大馒头’。”

“大馒头？”

“形状像。”

颜威笑了一声，然后捏捏她的肩膀：“给我一块。”

两人你一口，我一口，慢慢分食完了一袋牛肉干。又依偎着靠坐了一会儿，林嘉禾感觉颜威的呼吸越来越均匀，像是要睡着了。

她微微转头看去，果然，颜威闭上了眼睛。

林嘉禾小声说："颜老师，你累了去床上睡觉吧。"

颜威没有睡着，声音清醒，只是依旧闭目休息："不用。"

林嘉禾靠在他的胸前不说话了。过了没一会儿，颜威突然睁开了眼睛，起身说："拿个东西。"

颜威走出了卧室的视野范围，过了十几分钟才回来。他重新把林嘉禾搂进怀里，将一个东西递到她的手上。

"这是……"林嘉禾看着手里这块手表——只有简单的银边包裹，通体都是碧绿细润的翡翠。

颜威说："我赌到的第一块翡翠。"

林嘉禾点头，也认出来了，这是十年前杂志新闻上，她看到他戴的那块翡翠手表。她用大拇指轻轻摩挲，感觉这块手表比照片上显得更加低调简约。

或许只有颜威才能把它衬出光彩。

林嘉禾低着头，把表身看了一遍，才突然发现表针是不走的。她微抬头，还没问，颜威就回答说："表坏了，放太久了。"

"哦。"

"给你了。"

林嘉禾又抬起头："你不留着做纪念吗？"

颜威说："你留着吧。"

林嘉禾轻轻点头，"嗯"了一声。

"留好了。"

"嗯。"

颜威向后调整了一下坐姿，把她的肩搂得更紧了，轻轻吐息："别说话了，就这样休息会儿。"

安安静静的沙发上，林嘉禾一动不动。过了很长的时间，颜威睡着了，她也没有丝毫困意。

她靠在颜威的怀里，轻轻摆弄起那块翡翠手表。

表针停在了表盘中。可她感觉自己仿佛躺在一块偌大的表中，他的呼吸、他的心跳，全部都在走动。

夜阑人静之际，他的心跳有力，他的呼吸安定。

第八章

▷▷ 你想怎么赌?

第二天起床，他们一起吃了早饭。

颜威回房间处理事情。林嘉禾乘坐出租离开这里，去了公盘现场。

他们没有约定下次什么时候见面，或许是几天后，或许就是今晚。两个人之间像是有一根弹簧，慢慢拉长了，总会攒上劲，再次碰到一起。

林嘉禾很享受现在的感觉。一路上她看着车窗外，那些扑腾飞起的雀鸟，那些街道旧巷，还有石头和灰尘，无不告诉她，她正在热恋。

林嘉禾把帽子和墨镜都戴好，迎着太阳走进公盘。

那件昂贵的“大馒头”最后一天才投标，颜威嘱咐她先看别的，林嘉禾便绕过帐篷，来到了中心暗标区。

截至目前，她大约看完了三分之一的暗标。林嘉禾打算今天将速度加快一点，起码再看三分之一。明天开始就要投标了，虽说投标时也可以看石头，但那时心思一定会散，远没有现在专注。

林嘉禾这回从一件全赌的石头看，之后又挨着看了一件，也是全赌的。林嘉禾抬头望去，发现这一排居然都是未经切割的蒙头料。

她顿时一喜，心想自己总算找对了地方。全赌的石头才是她的“本命”啊。

林嘉禾摩拳擦掌，继续看了几块，渐渐发现了这些毛料的规律。首先，这排毛料的表现是逐渐变好的，让人慢慢进入状态，从第五件开始，连续摆了几块体积巨大且表现极好的石头，令人完全兴奋起来。这时人们就会选定毛料，定好投标价格，准备大把掷钱了。在这之后又摆了几件体积偏小，表现有特色的毛料，用来吸收人们的剩余资金。

大部分参会者打算投标一件大毛料后，余钱都不会很多，只能挑选有希望的再投上一标。

所以，林嘉禾判断，最后面这几块小毛料，投标的竞争压力会小一些。

如此思量过，林嘉禾便把重点放到了后面几件毛料当中。一上午下来，她挑选出了两件十分心仪的毛料。

一件是重 10.5 公斤的水石。这件石头表皮细腻，水头很长，很有可能开出高冰度的翡翠，制作出的成品也会显得十分高档，受市场欢迎。

另一件是重十七公斤，裹着匀散黑藓的白皮石。如果没有这些黑藓，这件石头其实表现普通，种质也不算细腻。然而它表皮上的黑藓分布太有艺术感了，像是尽情挥洒的水墨画一样，林嘉禾认为它内部的翠肉也会是花斑状分布的，就像白色地面长满了翠绿色的青苔，感觉会十分耐看。

林嘉禾初步定下这两件石头的暗标价格，分别是四万欧元和五万欧元。她在记录本上把石头的编号、表现特点，以及价格等仔细记好，然后把本子装进包里，起身去吃饭了。

会场里的餐厅有好几家，林嘉禾挑了一家人较少的走了进去，点了一份咖喱饭。吃饭的时候她想，怪不得颜威说他口味重，这边的菜确实重盐重辣，还敢于下猛料，一份盖饭恨不得整成泡饭。

吃了两口，林嘉禾赶紧拧开矿泉水喝了起来。

填饱肚子以后，林嘉禾擦干净桌面，趴着休息了一会儿。餐厅里空调凉爽，格外舒适，一上午的燥热瞬间都被熨平了，身边人来人往，林嘉禾也没有在意，直到起身一拿包，才发现包扣被打开了。

林嘉禾心里咯噔了一下，快速把包里翻了一遍。

她包里最贵重的东西就是颜威给她的那块翡翠手表了，其余只装着一些零钱和小物，还有几样证件和赌石工具。

她检查了一遍，什么都没有少。就在林嘉禾重新把包扣好的时候，忽然念头一动，撑开包，把赌石记录本拿了出来。

她翻开一页，上面清楚地记录着她看上的两件半赌石头和两件全赌石头，编号、定价都一清二楚。

林嘉禾心里清楚，刚才有人偷偷翻看了她的这个本子。

她立即抬头在餐厅里环视了一圈。是谁呢？王泉祥他们吗？

林嘉禾挺不能理解的，王泉祥也算是个大老板了，何必非得跟自己过不去呢？

慢慢走出餐厅，林嘉禾想，她没有确凿的证据，跟王泉祥对质也得不到什么结果。她能做的无非看好自己的翡翠，投标自己认为合适的价位。

她无意去整别人。至于别人有没有什么小动作，静观其变好了。

林嘉禾继续回到暗标区，看见一块编号为 1888 的大毛料旁边聚满了人。

这块毛料重达两吨，种老皮薄，颇为诱人，林嘉禾十分感兴趣，几乎花了一个小时来研究，直到观察到它的表面有一道细细的裂隙。

林嘉禾一下子就收了放大镜走开了。

对翡翠料而言，林嘉禾其实不怕黑藓，也不怕杂质，那些都是翡翠自然形成的内容物，经过巧妙地取料、雕刻，是可以化解的。

但是裂隙不一样。裂纹会使翡翠结构变得不连续，很难利用，甚至是脆弱不堪。林嘉禾从小就听老师傅讲过“不怕大裂，就怕碎裂”，大裂或许有迹可循，可以避开，但是小裂如果蔓延到翠肉内部，形成蛛网一样的纹路，那将是很可怕的。

所以，林嘉禾观察到小裂，就不再看好这块石头。

接下来一下午过去了，林嘉禾在全赌的料子里再没斩获，而是看上了一块小小的半赌料。

这块料子实在是太有风格了。它是一件带有砍刀纹的摩西砂石头，体积很小，两个半块加起来只有两千克。但它的切面上飘着浓郁的蓝绿色，种质极细，刚性十足，闪耀着金属般的光泽。简直像玛瑙一样。

林嘉禾伸手抚过，暗自感叹，这样胶质感强烈的飘色翡翠，真的很像玛瑙。而眼前这块，还是蓝幽幽的“玛瑙”，实在是少见。

林嘉禾心中很喜欢，但是这块料子显然不能按传统的方法估价了。

它不该做成大件首饰，应该拿来镶嵌的，所以它的价格已经不能计算到克了，而是克拉。

林嘉禾拂开沙尘，看到这件石头的底标只有五万欧元，这显然太低了。她把记录本摊在膝盖上，正在思索标价的时候，察觉一个人站到了她的面前。

“林小姐。”

林嘉禾暗自想，如果这个人又是王泉祥，她真的要跟他吵起来了。结果她一抬头发现不是，而是老潘——班强的那位广东朋友。

林嘉禾扶了一下帽子，对他点头：“潘师傅，你也看到这边了。”

“是啊。”老潘撸了一下袖子，两根胳膊晒得通红发亮，弯腰指着问，“林小姐喜欢这块蓝绿料子？”

林嘉禾说：“是，这件石头太独特了。”

老潘低叹口气，完全蹲了下来：“不瞒你说，我昨天就看上了这块料子，实在是喜欢，今天一整天就围着这块料子转，一有人过来看它，我这个心就吊起来。”

林嘉禾微微一笑：“潘师傅你是真的热爱翡翠。”

“唉，对别的石头也不这样，就是这一块，我这心里跟着了魔似的。”

老潘压着脑袋，一张脸热气腾腾的，直瞅着这件“蓝玛瑙”犯愁。

“我心里也没谱，不知道投标多少价格才有把握把它拿下来。”

林嘉禾很理解他的这种喜爱，只是暗标场就是战场，你不可能把你的计划向“对手”和盘托出。

林嘉禾只是说：“这件料子，或许应该按收藏品的思路去出价。”

有多喜欢，就要付出多高的价格，它的情感价值已经高于市场价值了。

“是啊，这件石头哪怕不加工，弄个摆架摆起来也是好看的。”老潘叹了口气，转头对林嘉禾说，“到时候林小姐如果拍到了这件翡翠，还望告知我一声。”

林嘉禾立即点头：“这个没问题。”

老潘说：“万一我拍到了，也愿意跟林小姐分享这件精品。”

“好的。”林嘉禾收好东西站起身，“那潘师傅，我再去那边看看。”

老潘蹲在原地，抬头跟她告别，很快又低头看起了那块石头。

林嘉禾走出几步，回头看着他痴迷的背影，叹了口气。老潘对这件翡翠的痴迷，很令她动容。

但是林嘉禾不得不考虑自己，她在公盘看了三天石头，前几件都让王泉祥盯上了，这一件老潘又如此喜爱。

她对自己的出标很没有把握，万一都落空了……

毕竟每一块毛料她都花了大量时间研究，她还是希望能够有所收获的。

林嘉禾突然感觉很有压力，在公盘里又简单转了转，天色渐黑，肚子也饿了，直接在会场的餐厅里解决了晚饭。

吃饱饭，她一边慢慢喝水，一边朝大门口走去，这时手机响了起来。

铃声响了一声，林嘉禾还没有看，就知道这是颜威的电话。因为她此时正在想他，相信他们彼此有这样的默契。

她拿出手机一瞧，果然是颜威打来的。

林嘉禾嘴角一勾，接了起来：“颜老师。”

颜威说：“你在哪里？”

林嘉禾说：“我啊，正打算回酒店了。”

“出会场大门了吗？”

“还没有。”

颜威说：“出了大门过马路，然后左转，直走五百米有一条小巷子，我在这里等你。”

他是找她去吃饭，还是闲逛，还是有其他的事情呢？

林嘉禾什么也没有问，只是说："好的。"

颜威说："一会儿见。"

林嘉禾说："一会儿见。"

此时天色完全黑了，遥远处一座高高的佛塔闪着金色光芒，近处的，都是一些星星点点的街灯，这些灯火连成片，夜风一刮，好像轻轻地流淌起来了。

林嘉禾一直走到颜威所说的小巷面前，视线尽头，只见佛塔壮观富丽，形态完整。原来这是一条小小的旅游街，街上没有楼房遮挡，可以直接观赏到大金塔的全貌。

这里气氛也热闹，有游客，有撒欢乱跑的小孩子，还有虔诚的信徒，带着鲜花朝佛塔走近。

林嘉禾目光扫过，一下子就看见颜威站在小巷墙边。他穿着一件窄型薄外套，单手插在兜里，身后璀璨的金光把他整个人衬成了一道黑影。此时他微微低头，手里转着一根香。

林嘉禾朝他走了一步。脚下的瓷砖布满花白的纹路，大块大块的，像是旋转的花朵。

她踩着这些图案走过去，快到面前时，颜威缓缓抬起眼睛，看到了她。他迈近一步，把香递给她。

一缕细白的烟雾直直向上飘着。

林嘉禾伸手接过来，看向颜威的脸："要去拜佛？"

颜威说："你信佛？"

林嘉禾摇摇头："我不信佛。"

颜威说："我也不信佛。"

林嘉禾看着手里的香："那这个……"

颜威的脑袋朝旁边一点："那边有人发的，你拿着玩吧。"

林嘉禾转头，看到几个小孩子正在举着香相互追逐，他们兴高采烈，手里的香挥舞得像烟花棒一样。

转回脸来，林嘉禾轻笑着"哦"了声，指尖却把这根香捏紧了。

颜威搂了一下她的肩："走，进去逛逛吧。"

他们朝着旅游街深处走去，刚开始也没有聊天。林嘉禾手里的香烧出了长长一截灰，抖一抖，就落了下去。

她转脸，看颜威把单手收进了衣兜里，好像这样走路更舒坦似的。

悄悄观察着，林嘉禾就笑了，问："颜老师，这个天气你穿外套不热吗？"

颜威说："不热，很薄。"然后他转眼看见林嘉禾也穿着一件长袖外套。

林嘉禾也发现了，主动说：“我穿长袖是为了防晒。”

颜威看着她，点了下头。继续走了两步，颜威说：“你今天很休闲。”

林嘉禾低头看着自己：“从公盘出来，没换衣服。”

颜威问：“你每次见我都换衣服？”

林嘉禾说：“嗯，有时间就会换。”

颜威想了一下道：“你爱穿裙子。”

林嘉禾说：“感觉裙子更正式一些。”

颜威听完又转头看了她一眼。

林嘉禾眼神微动，大大方方地任他看着。

颜威评价：“今天的风格不太一样，也很好。”

林嘉禾抿唇笑了。

小街两侧挤着一些摊贩，卖的都是本地的小纪念品，刚开始林嘉禾有意看了几家，后来发现都大同小异，也就不新奇了。她抬头看向远处的佛塔，安安静静地感受着虔诚的气氛，颜威却在一个小摊前停住了。

这是一个卖彩色编织绳的摊位，一个缅甸妇女穿着拖鞋，盘腿坐在地上，她面前摆着几捆彩色绳线，还有一个牌子，上面写了几句缅甸语。

林嘉禾不认识那些缅甸语，只认识后面的数字——两千缅币，大约十元人民币。

颜威很有兴趣，低头跟缅甸妇女交谈了一句，然后对林嘉禾说：“情人手链。”

缅甸妇女迅速在摊子上抓了几下，抬高手来，手上挂着十来条手链，各种颜色花样的都有。

林嘉禾以为是普通小纪念品，凑近看着，指了一根金红交织的小绳：“这个挺好看的。”

缅甸妇女这个时候却把手收回去了，摇头说了句缅甸语。

林嘉禾挑了下眉：“什么？”

颜威翻译：“这是只能男人戴的手绳。”

缅甸妇女又抓起自己的发梢，笑着说了一句缅甸语。

颜威转头看着林嘉禾：“要把女人的一缕头发编织进去。”

缅甸妇女又说了句话。

颜威：“保佑情人间的浪漫。”

林嘉禾看着他，缓慢地问：“颜老师，你想要一根手链？”

颜威点头：“遇见了，来一根吧。”

缅甸妇女瞧这生意有戏，赶紧又把手绳举起来了。

颜威从衣兜里抽出手，指了指刚才林嘉禾挑的那根金红绳：“这个就行。”

缅甸妇女笑意盈盈地对他说了句什么，颜威一点头，朝旁边走开了。

缅甸妇女从摊位底下翻出一把剪刀，朝林嘉禾递过来。

林嘉禾跟她大眼瞪小眼。她又把剪刀递了一下，林嘉禾只得伸手接过来，另一只手去摸自己的头发：“要剪多少？”

缅甸妇女没听懂，但是看懂了，赶紧拎起自己发尾的三五根头发，又冲林嘉禾比了个很小很小的手势。

林嘉禾懂了，这手链只用一小撮头发就够了。她转头，从自己的头发上剪下了几根，捏在手指里交给缅甸妇女。

缅甸妇女把头发收好，立即抻开红线开始编织。

林嘉禾凑近看，发现她是准备将头发包裹在一根手链之间。缅甸妇女手指灵巧，简单缠绕，手链就已经初具雏形了。

编了几下，缅甸妇女抬头冲林嘉禾笑了笑。林嘉禾对她竖了个鼓励的大拇指。津津有味地看了一会儿，林嘉禾再抬起头，视线一扫，看见颜威坐在旁边的石阶上。林嘉禾走过去坐在他的旁边。

颜威伸手搂过她的腰：“要等十几分钟，坐会儿吧。”

林嘉禾轻轻点头，靠在他的胳膊上。徐徐夜风穿过小巷，地面被月光映得发亮。林嘉禾看着墙角某处，轻声开口：“颜老师。”

“嗯？”

林嘉禾其实不知道要说什么，只是突然想叫他。她沉默了几秒钟，然后问：“你吃晚饭了吗？”

颜威说：“没有。”

林嘉禾立即坐正了：“你还没吃晚饭？”

颜威慢慢转过脸看她。林嘉禾对他说：“我在会场里吃过晚饭了，以为你也吃过了。”

颜威抬手，把林嘉禾的脑袋按了按，让她继续靠在自己的肩膀上，然后看向前方：“一会儿回去的路上随便吃点。”

林嘉禾“嗯”了一声，搂住他的胳膊，靠紧了。

时间不长，缅甸妇女走了过来，两手抻着刚编好的手链，看动作好像是让颜威试试长度。

颜威直接把手链接了过来：“可以的。”然后他掏出零钱付给对方，把手链塞进兜里。

缅甸妇女点好钱笑了笑，走开了。

林嘉禾把下巴抵在他的胳膊上，抬起眼睛："我们走吧？"

颜威点头："走。"

他们一起站了起来，原路走了回去。

林嘉禾感觉奇怪，她一个人过来的时候，感觉走了很久，可是他们一起，没走几步路就看到了公盘会场的大门。

过了马路之后，颜威带林嘉禾走进了另一条小巷子。这里面经营着几家夜市小吃摊，再往里是住户人家，低矮的窗口前晾着一连串衣服。

颜威在一家锅灶冒着白气的摊子前停下了，对摊主说了两句话，然后来到小桌面前，挪出来两把椅子，问林嘉禾："有纸吗？"

"有。"林嘉禾拿出纸巾递给他。

颜威将椅子擦了一遍，把纸团成团扔在桌上，对林嘉禾说："坐吧。"

他们并排在椅子上坐下，几分钟后，摊主端上来一碗热腾腾的汤面。

颜威把碗挪到自己面前，拿起筷子，把汤里的调料搅了搅，然后卷起一筷子面填进嘴里。

林嘉禾看着颜威的侧脸，他的脸颊轻微一动，一口面就吞下了肚子。连吃这样连汤带水的食物，他的动作也很利落。

又吃了两口，颜威再次卷起一筷子面条，垂着眼皮说："喜欢看我吃饭？"

林嘉禾笑了："看你吃得很香。"

"鱼汤面。"颜威又填了一口进去，然后问，"你吃吗？"

林嘉禾摇摇头，过了会儿又问："很辣吗？"

"辣的。"颜威看向她，说，"要不你尝尝？"

林嘉禾再次摇头。颜威低低笑了声，左手把她的腰揽过来，右手继续用筷子卷面吃。

林嘉禾靠在他的肩膀上，能够感受到他喉咙到胸腔的震动。夜幕黑漆漆的，她仰头望了一阵，忽然觉得这样很有感觉，心思也不安分了，悄悄把手移到了他的腰腹上。

颜威筷子顿了一下："怎么了？"

林嘉禾说："摸摸你吃没吃饱。"

颜威转头看着她。

林嘉禾在他的小腹上揉了一下，笑起来："好像吃饱了。"

颜威把筷子放了，说："吃饱了，走吧。"

林嘉禾跟他一起站起来，拉住他的手："去哪里？"

颜威把面钱付了，转回脸问她："你住哪里不知道？"

林嘉禾笑了，拉着他的手往酒店走回去。一路上夜色深郁，一路上脚步轻轻。

回到房间，他们很晚才睡下。但是林嘉禾睡得很不安稳，总听到细微嘈杂的响动声，夜里不断地往颜威的怀里缩。

第二天她醒来，只见窗外一片阴霾，水流倾泻如注。原来是下雨了。

起床收拾好，林嘉禾在行李箱里翻雨伞："我听说缅甸六月份开始是雨季，来的时候还在想会不会碰上下雨，结果真的碰上了。"

颜威说："你带了几把伞？"

"一把。"林嘉禾把伞拿出来，抬头说，"我们可以一起打。"

颜威看着她的伞："太小了。"

那伞收起来，也就巴掌那么大。

林嘉禾说："那一会儿跟酒店借一把吧，酒店肯定提供伞。"

颜威点头："好。"

等他们出门来到酒店大堂，看到几个伞架都已经被借空了，服务人员拿出来几件一次性透明雨衣。

有雨衣也不错了，林嘉禾和颜威赶紧一人一件，罩在身上。

一路上，颜威搂着林嘉禾的腰，举着林嘉禾的那把小伞。雨水砸在地上，激起白色的水雾。

等到了交易中心楼面前，两个人上半身是干的，半截裤子几乎全湿了。

这个天气，室外场地的石头是看不了了。好在今天就开始投标了，大家纷纷聚在交易楼的顶棚底下，等待着进入投标场。

进楼之前需要安检，进程缓慢，门口的队伍越排越长，气候潮湿，气氛也很浮躁。

颜威收起伞，递给林嘉禾说："我不在这里安检，我从侧门进去。"

林嘉禾说："你打着伞过去吧。"

颜威说："不用，几步就过去了。"

林嘉禾点头："那好。"

颜威伸手抹掉她脸上的一滴水珠，低声说："去排队吧。"

林嘉禾看着他笑了："嗯。"不过她仍然站在原地没动。

"走了。"颜威点头退后一步，转身走进雨幕里。

他的雨衣是透明的，几步之后，就仿佛和雨水融在一起了。

林嘉禾望着他的身影消失，才转回身来，抖了抖雨伞上的水，站到了长长的队尾后面。

排了约半小时，终于进了交易楼，林嘉禾在工作人员的指示下，先领取了交易手册，还有几份标书。然后她找了一张无人的桌子，把自己的记录本拿了出来。

目前抛开那件“大馒头”，她要投标五件石头，一块金丝豆种，一块干青种，一块高冰水石，一块黑蘚白皮石，还有那块“蓝玛瑙”。

林嘉禾对照着手册上的时间表，发现水石和黑蘚白皮石这两件全赌的石头现在就可以投标了。

或许因为两件石头编号接近，它们的放标时间也是挨着的，分别是下午三点和三点半。

林嘉禾赶紧拿起笔来。或许是受会场里热闹的气氛感染，填标价时，比原本定下的价格涨了一点。

那件水石，她原本定四万欧元，标书上填的是四万九千九百九十九欧元。那件黑蘚白皮石则填了五万八千八百八十八欧元。

翡翠产品很喜欢在数字上图个彩头，林嘉禾本来对此没什么感觉，但真到了自己定价的时候，觉得但凡能沾点吉利之光，也是好的。

填好又检查了好几遍，林嘉禾长出了一口气，站起身来。她按着指示，找到了相应的投标桶，把自己的标单投了进去。

这一系列操作都是新鲜的，林嘉禾停留在墨绿色的标桶旁边，转身看着整个投标大厅，感觉自己刚刚敲开了一扇事业的门。

外面雨水连绵，等待开标的时间，林嘉禾无处可去，便在室内逛了逛。

交易大厅中央设立许多展台，里面陈列着明码标价的翡翠收藏品。周围则分布着一间间标场，里面有大屏幕，有主席台，还有一排排座位，就像大型的会议室一样。各个暗标会按照排好的时间顺序在标场里揭晓，需要及时查阅手册，到时间去相应的标场里看结果。

每届公盘上虽然有上万件暗标，但是人们争相竞价的“热门货”就那么几件。每当这些“热门货”开标时，会场里就特别热闹，大老远都能听到一阵一阵的欢呼。

林嘉禾这次来公盘，其实有意识避开竞争，只是挑选一些冷门的毛料。她目前看上的五块毛料要么体积小，要么剑走偏锋，总价加起来，或许都没有一块“热门货”的价格高。

但是她也好奇那些颇受欢迎的暗标能够以多少钱成交，所以转了一圈，挑了一个人最多的标场走了进去。

会场前方的大屏幕上还没有开标，但是座位已经全部坐满了。林嘉禾沿着走道往前走了几步，找了个空位站定。

她扫视会场，人们交头接耳，都憋着劲儿，仿佛即将拆开一份惊喜的礼物，又喜悦，又期待，又怕失望。

林嘉禾更好奇了，问了问坐在旁边一位戴眼镜的中国女士："你好，请问这是要开哪件标？"

女士抬头说："马上宣布 1888 号标。"

"1888……"林嘉禾觉得耳熟。

女士说："对啊，有两吨重，是全赌毛料里体积最大的一块了。"

林嘉禾这时候想起来了，1888 号是那块表现出色的大块头，她也花时间研究了一番，不过发现有一道细裂痕就放弃了。

林嘉禾环顾会场，这么多人看好这件石头，比她赌石经验丰富的人也不在少数，或许，还是她接触的石头比较少，一看到细裂痕就有些犯怵了。

但话说回来，两吨重的毛料，这么多人竞争，不知道多高的价格才能拿下。

这时大屏幕闪了一下，突然刷新出了竞标结果。

"出了，出了。"

"出标了！"

座位里传来几声喊声，又突然安寂。所有目光都投向屏幕上的那几行文字。

一位赵姓先生，最终以三百九十八万欧元标得了这件大块头。

几乎是瞬间，会场前排猛然爆发出欢呼："中了！中了啊！"

那几人站起来，高声笑着拥抱在一起，相互把肩膀拍得啪啪响。

几秒之后，会场里其他人也纷纷站起身来，为他们鼓掌喝彩。林嘉禾被这种气氛感染，也不自觉地拍起了巴掌。

说来奇怪，出标那一刻，这件毛料与现场的大多数人就没有关系了。

但是人们都会不自觉地面露微笑，甚至心情久久不能平静。或许，每块翡翠毛料都是独一无二的，看到这样一块受关注度极高的毛料有了归属，总有种尘埃落定的踏实感。

林嘉禾心想，如果不来公盘，或许她永远也体会不到这种登峰造极的气氛。庆祝的掌声一直持续了很久，直到走出会场，她仍感觉气血翻涌，仿佛看了一场绝杀险胜的现场比赛。

只能说，在场的每个人都是爱玉之人，而翡翠魅力无限啊。

时间还有富余，林嘉禾把大厅里的展柜看了一遍，里面的藏品雕刻精美，再加上璀璨的打光，将翡翠之美展示得淋漓尽致。

只是这些藏品定价都偏高，估计一场公盘结束，也卖不出去几件，还是以展览为主要目的的。

林嘉禾看过之后转回头来，不由得对自己的毛料更加期待了。

下午时分，林嘉禾走进自己的标场。

与上午那场相比，这个会场明显冷清许多，座位上只坐了二十余人，或许还有几个人是看热闹的。

竞争压力乍然小了，林嘉禾轻呼了口气，对结果也生出了更多的期待。

她在前排坐好后，视线环顾，突然瞧见王泉祥带着两个朋友从门口走了进来。

林嘉禾顿时皱紧了眉头。他果然来掺和了。

王泉祥的目光也一下子扫到了她，随后他大摇大摆地走了过来，坐在了与她一个走道之隔的座位上。他招呼朋友一起坐好后，笑着交谈了两句，然后又扫了林嘉禾一眼。

林嘉禾把目光移走。她看着自己的膝盖，深深吸了口气，心想自己这两份标多半是悬了。只是不知道王泉祥会出价多少。最好他多砸点钱，把毛料砸在手里。

不容她想太久，三点一到，大屏幕上即刻显示出了结果。

林嘉禾抬头看到，愣了一下，怀疑自己看错了。只见一位王先生，以四十万零一欧元竞标到了那件水石。而她的暗标价格不过四万九千九百九十九欧元。

几秒钟之后，林嘉禾反应过来，公盘标书是以欧元计价的，而这位王先生应该是按人民币的价格填写的，所以造成了十倍左右的价差。

“拍到了！”王泉祥藏也不藏，即刻站起来跟朋友击掌庆贺。

他们独自热闹着，现场其余竞标者则很安静。大家都有些疑惑，这件普通的小水石，为何要以五十万欧的高价竞拍呢？

王泉祥尚未察觉异样，高兴了一阵后，慢慢转过身，跟林嘉禾对视上了。

他有模有样地叹气：“不好意思啊林经理，这件石头你是不是也看上了，但是没拍到啊？”

林嘉禾说：“是，王总愿意出大价钱购买，我自然争不过了。”

王泉祥笑着说：“是是是，是高价，就比你高了一块钱。”

他边笑边瞅着林嘉禾，想看到她气急败坏的模样，可没想到林嘉禾神情轻松，甚至也笑了出来。

“王总，你不是多了一块钱，是多填了一个零。”林嘉禾笑着摇头，“你自己填标书不检查吗？还是，我本子上记录的价格是人民币，你直接照着抄了啊？”

王泉祥的表情顿时僵住了：“多了个零？”他立即转头问朋友，“标书的价格是欧元？”

他的两位朋友也没什么经验。

“不知道啊。”

“你填标书的时候我没看到。”

王泉祥又大声问会场里的人：“标书的价格是欧元？”

有人用中文回答他：“是啊，你刚才以四十多万欧元成交的。”

“我刚花四百万人民币买了一块小破石头？！”

王泉祥的脸狠狠抽动了一下。这时他朋友又提醒说：“你三点半不是还有一件石头吗？那件标书你……”

王泉祥被他一提醒，太阳穴都鼓出来了：“那张我也是这么填的，也就是五百多万人民币啊！”他几乎咆哮起来，“标单能退吗？还没出结果，我现在能退回来吗？”

他朋友赶紧说：“去问问吧，还有十几分钟就开标了。”

王泉祥恼怒地揉了一把头发，被两个朋友拽着走出座位，找工作人员去了。

现场一下安静了。

林嘉禾望着他们匆匆走出会场，又转回头来，静默地看着大屏幕。

没多久就出结果了。王泉祥显然没有退标成功，再次以五十万零一欧元的高价竞拍到了那件黑藓白皮石。

看完屏幕，林嘉禾站起身，直接走出了这间会场。

公盘投标是有强制效应的，王泉祥必须在指定时间内付出一千万元人民币买下两块注定会赔本的石头。纵使他生意做得再大，那也是要掉块肉的。

走到指示牌附近，林嘉禾停下来看了一遍会场地图，发现二楼是明标拍卖的场地。她还没有上去看过，于是转身朝侧面的楼梯走过去。

二楼有两间大型的拍卖厅，远远地便能让人感受到里面热烈的气场。林嘉禾站在门口往里望了一眼，只见会场里坐满了竞标者，前方是主席台和清晰的大屏幕。

林嘉禾通过大屏幕，看到这个会场正在拍卖一件半赌的冰种带子绿色翡翠，仅仅四千克的重量，却已经达到三十八万欧元的高价了，还有人在不断地叫价。

真是点绿值千金啊。

林嘉禾摇摇头，价格炒得这样高，这份热闹她可不凑了。

她又走到对面另一间拍卖厅的门口，越过黑压压的人头望向大屏幕。这场正在竞标一件满色豆种翡翠，石头只有半块，切面呈现出满当当的绿色，水头短，质地略粗，但是颜色格外醒目。

林嘉禾对这件翡翠还是有点兴趣的，脚步停在了门口，想关注一下最终的成交价格。

价格从八万欧元依次递增，涨到二十八万欧元以后，再无人叫价。主席台上的主持人提示三次之后，宣布成交。

顿时会场里掌声雷动，大家纷纷为得标者庆祝。

林嘉禾靠在门口，跟着鼓了两下掌。待气氛落下，会场里人头攒动，林嘉禾忽然看到了高高的主席台上坐着一个熟悉的身影。

主席台上共坐着五个人，中间一个人是负责主持竞拍的，旁边几人估计都是公盘组委会派来坐镇的。

一场明标拍卖刚刚结束，距离下一场还有段时间，此时主席台上的人都放松地坐着。有人在整理资料，有人在打电话，而颜威坐在最右侧的坐席里，坐姿笔挺，却往嘴里塞了一个东西吃。

林嘉禾远远地看了一会儿，甚至看清了他的手正在剥橘子。

主席台上铺着墨绿色的绒布，上面放着几个配色鲜艳的果盘，想必是颜威从上面随手拿的。

林嘉禾今天一整天都憋在室内会场里，两件暗标又被王泉祥乱搞一通，可以说是毫无收获。但是这一刻，她的心情忽然就被点亮了。

林嘉禾立即在门口进行了登记，然后走进了这个明标拍卖场。

她一直朝前走，终于在第五排找到了一个难得的空位。坐下以后，林嘉禾抬头望去，颜威垂着眼皮，神色平淡，并没有注意到她。

等颜威闲闲地吃完了手里的橘子，下一场拍卖也开始了。

大屏幕上又显示出了一件满绿豆种翡翠。这石头依然只有半块，体积比刚才那件小一圈，但是切面颜色更加饱满。

林嘉禾不由得猜测，这两件翡翠是同源的，也就是从同一块巨大毛料的不同部位切割下来的。

在场的大多数人提前研究过毛料了，也早早定好了心理价位。在林嘉禾还望着大屏幕的时候，竞拍已经开始了。

色好的豆种翡翠产品是十分好卖的，如果价位合适，林嘉禾也想替公司竞拍回去。等她做好打算，现场价格已经叫到了二十六万欧元。

此时出标空间已经不大了，林嘉禾举起工作人员发给她的牌子，尝试着叫价一次："二十八万欧。"

她的声音落下，高处的主席台上，颜威立即抬起头，朝她的方向找过来。

等林嘉禾望向他的时候，他已经低头看回了手里的资料。他的脸色毫无波澜，但是嘴角不动声色地翘了一下。于是林嘉禾知道，他也看到她了。林嘉禾坐在座位上也轻笑了一下。

在她之后，左前方有人叫价到三十万欧元。

林嘉禾握了一下手里的竞标牌，思考这个价位是否已经过高。这时她突然感觉到了一道不太友好的视线。她抬起头，看见左前方一个梳着小辫子的壮硕男人正扭头瞪着她，眼神里颇有威胁的意思。

林嘉禾乐了，直接举起牌子："三十二万欧元。"

那梳小辫子的壮硕男人立即加价："三十四万欧元。"

林嘉禾耸肩，不打算用白花花的银子去跟别人抬杠了。

再无他人加价，这件翡翠最终以三十四万欧元成交了。

小辫子男人起身接受鼓掌，离开座位之前，又瞪了林嘉禾一眼。

林嘉禾想这人大概是心疼多付了四万欧元吧。她不甚在意，抬起头，刚好看到颜威从主席台上站起身来，朝她瞥了一眼，然后转身朝会场后门走去。

林嘉禾接收到他的信号，立即离开座位，走出了会场。

沿着走廊绕过拍卖场，转过墙角，林嘉禾看到颜威靠在通道墙壁上，安安静静地看着她。

林嘉禾几步走到颜威身边。

颜威伸手搂住她的腰，另一只手攥拳伸到她的面前。

"什么？"林嘉禾碰了碰他的拳头，抬起头，"里面有东西？"

颜威把拳头张开了——一个圆溜溜、黄灿灿的小橘子。

林嘉禾还没反应过来，就看见颜威淡笑的神色，于是她也笑了："颜老师，你给我偷拿了一个小橘子啊。"

她伸手把小橘子捏起来，听到颜威说："我刚吃了一个，很甜。"

林嘉禾用手指把橘子剥开了。

颜威垂眼看着她："你今天投标都结束了？"

"嗯。"林嘉禾问，"你一会儿还要进会场吗？"

颜威说："过几分钟就进去。"

林嘉禾剥下一瓣橘子肉递给他。颜威说："你吃。"

林嘉禾放进嘴里，抿起笑容："那我等你一起走？"

颜威揽着她的腰："等我一起去哪里？"

“去喜多那酒店……”林嘉禾看着他，声音小了些，“都可以……不过今天天气不好，喜多那离得近。”

“今天别等我了。”颜威说，“这边都是阵雨，趁现在雨小你先回去吧。”

林嘉禾“嗯”了一声。

颜威说：“回去之后把行李收拾好，明晚搬到我那里去住。”

林嘉禾忽地抬起眼睛，低声问他：“可以吗？”

林嘉禾莫名其妙地问：“那我要退房吗？”

颜威笑了声：“退不退都行。”

林嘉禾点头，说了声“好”。

颜威在她的腰上揉了一把：“行了，我该进会场了。”

林嘉禾往后站了一步，颜威松开了手，嘱咐说：“回去休息吧。”

林嘉禾说：“你回去也好好休息。”

颜威点了下头，看着她退了两步，然后转身走进门里。

林嘉禾往回走的时候，手里还剩下半个橘子。她走几步吃一小瓣，直到下了楼梯才慢慢吃完，回味了一下，确实甜津津的。

颜威对这边的天气估计没错。

林嘉禾走出交易楼的时候，雨水已经稀了，空气清爽，天际还隐隐挂着一条彩虹。等她回到酒店睡到后半夜，外面又开始大雨滂沱。

第二天，林嘉禾赶到投标现场，又是“落汤鸡”一个。

她去卫生间简单擦了几下，衣裤还好说，主要是她的鞋里也进了水。林嘉禾在地面上把鞋子踩了两脚，“扑哧”直响，但也没法，只能等着自然干了。

林嘉禾擦干手，拿上自己的证件去领取了标书，然后在大厅里找了一张安静的桌子，开始认真填写今天的暗标。

今天她看好的那两件半赌石头——一块干青种和一块金丝种都开始投标了，干青种今天就出结果，金丝种则要等到明天才揭晓。

林嘉禾对照着记录本，把这两件石头的表现重新回忆了一遍，都不是太热销的料子，但是都有独特的美。尤其是那件一百一十公斤的干青种，呈古典的蜡绿色，如果错失，以后也再难遇见了。

最终填单时，她考量着把价格抬了一步，给干青种填写的标价是二十六万零六欧元。

投完标书，林嘉禾在大厅里转了转。经过昨天一天，她对会场的氛围已经感觉不新鲜了，不是自己的石头开标，也无意花费精力关注，于是走到卫生间旁一条安静的走廊里，给何钏打了个电话。

她这边是上午十一点，国内时间正值中午，何钏应该不忙。

果然电话很快就接通了，何钏声音含混，正在吃午饭。

林嘉禾询问了一下这几天的翡翠加工情况。

何钏咽下嘴里的饭，汇报说：“那件红翡的饰品刚开始做，几家柜台已经预订了，那个‘五毒摆件’我最近也抓紧刻了几刀，等你从缅甸回来，应该就能看到大概轮廓了。”

总之就是一切顺利，林嘉禾点头，告诉他：“我今天投标了两件好料子，都是雕刻发挥空间很大的。”

何钏立马兴奋道：“真的？长什么样子，有照片吗？”

林嘉禾笑了笑，说：“还没有开标，如果竞拍到了，我就给你发照片看看。”

何钏连忙说：“好的。”

简单交流几句，也差不多了，林嘉禾对他说：“你快继续吃午饭吧。”

准备挂掉电话时，何钏突然说：“对了，师父，邢总好像生病了。”

林嘉禾拿着手机一愣：“邢姐？生什么病？”

何钏：“好像是心脏不太舒服，她有三天没来公司了。”

林嘉禾脑子顿了一下。她知道邢秋眉心脏不太好，但是老毛病了，也没到影响生活的地步。她忙说：“我问问她，先挂了。”

这边挂了，林嘉禾立即给邢秋眉把电话打了过去。

电话响了几声，然后被接通了。

林嘉禾松了口气：“邢姐。”

邢秋眉的声音倒是正常，她问了几句缅甸公盘的事宜，还嘱咐林嘉禾检查好东西别遗失了证件。

聊了几句之后，林嘉禾才试着问：“邢姐，你心脏不舒服吗？”

邢秋眉“哎”了一声：“怎么还告诉你了啊？没事，你不用操心。”

“那你现在是在医院？”

“没那么严重，我就在家里看电视呢。”停顿了一下，邢秋眉说，“我啊，就是突然觉得累了。前两天在工厂，忽然觉得那磨石机特别吵，吵得人心里头不舒服。”她笑了声，“可能年纪大了吧，在家里养养，没事。”

邢秋眉一直是风风火火的强势性格，忽然间服老了，令林嘉禾心里挺不是滋味的，她脚下迈动了一步，说：“我还有一周就从缅甸回去了，到时候我陪你去好好检查一下。”

“到时候再说，你在缅甸不用瞎操心。”邢秋眉说，“挂了，你快去忙吧。”

“好，邢姐你多注意身体。”

“放心吧。”

挂了电话，林嘉禾握着手机站了一会儿，深呼了口气，转身走回去。

林嘉禾提前走进会场坐下了，此时大屏幕上正在播放其他中标结果。等到这份标结束，会场里的人走了大半，林嘉禾拎包起身坐到了前排。

倒数几分钟的时候，林嘉禾把手机装好，双手搭在腿上，安静地望着大屏幕。

她感觉自己的心跳逐渐加快了。出结果的那一刻，她的眼神轻轻一动，仿佛同时预感到了似的——大屏幕显示，林姓竞标者以二十六万零六欧元标到了干青种翡翠。

这件蜡绿色大翡翠，她拍到了。

林嘉禾欣喜地站了起来，看着大屏幕，又转身看看门口，一时不知道自己下一步要去做什么，需要找公盘组委会签合同吗？

她刚想走出去询问流程，忽然听到身后传来一声吼叫：“偷标啊！”

林嘉禾扭头，就看到一个一身腱子肉的男人站起身，冲着会场里大喊：“我标的价格是二十六万欧元，这个人，这个人怎么可能正好比我高六欧元？明显是作弊偷标了！”

旁边一个竞标人仰头对他说：“你标了二十六万欧元啊，唉，我只敢标了十八万欧元。”

壮硕男人的嗓门更大了：“对吧？这件翡翠你估不出这么高的价格，我标二十六万欧元，就是势必要得到的啊！这个人……”他看着大屏幕，“这个姓林的一定提前偷看标书了！”

壮硕男人再次环顾会场，怒吼：“是谁标到的？别敢做不敢认！”

林嘉禾看到这男人的脑后绑着一根小辫子，一下子就想起来了。这人正是昨天明标拍卖时，被她拦了一标，瞪了她好几眼的那位。

这个男人肤色黝黑，装束打扮也很有异域风格，没想到却说了满口流利的中文。

林嘉禾站在走道上，脑中过了一圈念头，还没有答话，突然听到一声熟悉的声音：“是这位女士拍到的。”

她瞥过去，只见王泉祥从座椅上站了起来，冲她说：“对吧林经理？是你拍到的。”

林嘉禾看到王泉祥又出现在会场里，顿时笑了：“怎么？王总又想来抢标了？昨天的一千万凑够了吗？”

王泉祥一脸㞞相，不直接与林嘉禾对话，却借力打力，直指着林嘉禾冲那个壮硕男人说：“她姓林，肯定是她拍到的。”

壮硕男人一听，直接跨步过来，看清林嘉禾以后，浓眉蹙起：“又是你？”

林嘉禾除了笑简直不知道该做何表情，看着这个男人：“我怎么了？”

“昨天也是你拦我的标，你是哪个公司派来的？故意跟我过不去是不？”壮硕男人说话用力，下唇朝前凸着，显得一脸狠劲。

林嘉禾说：“我根本不认识你，拦你的标干什么？我完全按着这块翡翠的出货情况估出的价格。”

“骗鬼啊，估价只压过我六欧元？”壮硕男人冲会场里嚷嚷：“你们见过这种事吗？整个公盘见过这种事吗？见证奇迹啊？”

会场里留着的人也都在看热闹，有人跟着摇头，刚好价高几欧元，确实太巧了。

林嘉禾环抱住小臂：“随便你怎么说，我今天正好喜欢数字六，就这么填的。”

“你骗鬼啊？”壮硕男人又嚷嚷了一句。

林嘉禾皱眉：“你想干什么？要么你找监控找证据，看到我翻你的包偷你的标了，要么你别在这里蛮不讲理。”

壮硕男人说：“这块石头你不能签合同。”

林嘉禾说：“我标到的凭什么不能签合同？”

壮硕男人说：“因为你作弊了。”

林嘉禾简直无话可说，背了包转身想走，手臂却被他一把抓住了：“这块石头你别想带走。”

壮硕男人黢黑的手掌直接抓在她的胳膊上，掌心还都是汗。林嘉禾挣了一下，只感觉像是黏糊糊的铁钳一样。她皱起眉毛，工作人员都不管吗？

朝乱糟糟的会场里望了一圈，林嘉禾心里明白了，眼前这人就是个地头蛇，工作人员多一事不如少一事，都当没看见。

好死不死，王泉祥又在一旁说：“昨天她也坑了我两标，她经常干这种事。”

壮硕男人一听，手里抓得更紧了：“你就是专门来偷标的？”

林嘉禾感觉自己简直被两面夹攻，完全不想搭理王泉祥，吸了口气，对壮硕男人说：“你要是实在太喜欢这件干青种，等我开解出来，你可以出钱买走一部分。”

“怎么，还想再从我这里捞一笔？”

简直没法交流，林嘉禾丢下一句：“我打个电话，行吧？”壮硕男人钳着她的胳膊不撒手，林嘉禾另一只手伸进包里摸出手机，按了两下，给颜威拨了电话过去。

她一个人在这里被围着，心里有些焦急，其他也来不及考虑了，电话一通，直接问：“颜老师，你在交易楼吗？”

颜威停顿了一下，问：“怎么了？”

“我这里有点状况。”林嘉禾看了一眼壮硕男人，别过脸说，“有个人没标到石头，硬是拽着我不让走。”

颜威直接问：“你在哪里？”

林嘉禾说：“第八会场。”

颜威说：“我马上过去。”他又补充，“五分钟。”

随即电话被挂断了。林嘉禾再转回头，心里一下子定了。

壮硕男人出着匀气：“你找人来也没用，会场里多的是我的人。”

林嘉禾一字一顿地对他说：“我跟你说，我没偷标，那块石头就是我的，就凭你这个态度，翡翠切出来我也绝对不会卖给你。”

“谁稀罕一星半点，我必须要整块石头。”

林嘉禾说：“那你就耗着吧，再耗一会儿保安就过来了。”

壮硕男人听到保安，略有迟疑，但还是抓着她的胳膊：“你说你没作弊，除非你跟我赌。”

林嘉禾挑了一下眉头：“赌？”

“你跟我赌一场，你输了这件石头就是我的。”

“我赢了呢？”

壮硕男人说：“你不是要证明你会赌石吗？”

本来以为撬了个缝隙，结果还是完全不讲理的对决，林嘉禾心想，还是耗着吧。

很快颜威就来了。

颜威笔挺的身影出现在门口，他往里扫了一眼，然后大步走了进来。林嘉禾挣了一下胳膊，别过头看着颜威：“颜老师。”

颜威没有看她，目光盯着壮硕男人的那只大手，说：“手放开。”

壮硕男人表情一狠，下唇又突出来：“跟你说了找人也……哎。”

颜威直接出手扳开他的手指。关节一声脆响，壮硕男人疼了一瞬，一下子把手甩开了，嘴里嚷了一句缅甸语。

颜威把林嘉禾的胳膊拉过来，见红了一圈，伸手揉了揉，然后把她整个人搂住了。

壮硕男人又逼近了。他一身蛮肉，只是碍于会场里不敢动粗，于是冲着会场高声喧嚷：“看啊，这偷标的人还动手了！”

颜威出声问：“什么偷标？”

林嘉禾把事情经过说了一遍：“我标到了一块翡翠，价格比他高了六欧元。他说我偷看他的标书了，不让我带石头走，除非跟他赌一场以自证。”

颜威点头，对林嘉禾说：“他没任何道理，我带你去签合同。”

“嘿。”壮硕男人跨步拦在颜威面前，“你当你是法官来判案啊？这块石头你们别想带走。”

两个人身高差不多，但是面对面一站，颜威整个人显得沉静太多了。

颜威淡淡地打量着他，开口说：“你是受雇来拦标的，是吧？”

壮硕男人愣了愣。

林嘉禾问：“受雇？”

颜威说：“货主不想出售这件翡翠，雇他来高价拦标。你高出几欧元就把翡翠拍走了，他跟货主没法交差。”

壮硕男人在座椅背上拍了一巴掌：“既然知道，还敢作弊偷我的标，那就都别想好过。”

又是作弊作弊，林嘉禾憋了口气，刚想开口，就感觉到颜威的手掌在她的腰上按了一下。她抿住唇，望向颜威的侧脸。

颜威动了一下眼帘，然后看着面前的人，声音沉稳地道：“你刚才说赌？”

壮硕男人微有犹疑，仍旧呛声说：“对，我赌赢了这件翡翠留给我。”

“可以。”颜威说，“不过你要用这届公盘上拍得的所有翡翠做筹码。”

壮硕男人的表情凝固了。

颜威看着他：“你应该很清楚自己不占理，对吧？你不押下赌注，没人陪你玩。”

座位里有人怂恿说：“去赌啊，怕什么？把石头赢回来啊。”

“赌石的事拿赌石解决，正好啊。”

是谁提出赌一场来着？为何风头突然调换了？

围观的十来道目光都落在他的身上，壮硕男人感觉后脊梁涌上一阵压力。他把舌头在口腔里转了一圈，想着这个女人既然偷标，定然不大了解赌石，于是狠狠地放话道：“赌就赌。”

“好。”颜威点头，然后在林嘉禾的腰间轻轻一拍，“你去跟他赌。”

他的动作亲昵，可是声音很稳，像是嘱托一样。

林嘉禾抬起头，颜威并没有看她，但他的侧脸镇定得让人充满力气。林嘉禾看向面前的壮硕男人，声音一下就从容了：“你想怎么赌？”

第九章

▷ 价值连城的石头

双方最终定下晚八点在附近一家玩石铺里赌石。

颜威把那个壮硕男人在公盘的投标记录打印了出来，满满两页纸，略扫一遍，然后把纸一叠，对林嘉禾说：“走，去吃晚饭。”

两人在会场餐厅里一人点了一份咖喱饭。林嘉禾吃饭的时候，看到颜威又把那两张纸拿了出来，便说：“那人拍到的翡翠应该不少吧？”

颜威抬起眼皮。林嘉禾说：“我昨天在明标场也看到他了。”

颜威点头，又看回纸张：“这个人叫丹拓，在公盘上一共出手了五次，除了今天这件，其余四件他都拍到了。”

林嘉禾捏着勺柄，心想这个丹拓虽然蛮横不讲理，但能够在公盘上混，看石估价还是有水平的。

她放下勺子，颜威问：“吃好了？”

“嗯。”

“走吧。”

他们在会场门口叫了一辆出租车，坐上车之后，颜威把纸递给林嘉禾：“你可以看看。”

林嘉禾接过翻阅，看到丹拓拍得的三件翡翠都是中等档次，唯有一件，只有 1.6 千克，丹拓却以六十万欧元高价拍了下来。想必这是一件宝石级别的玻璃种翡翠，只看昂贵的价位描述，林嘉禾就动心了。

原本是去给自己找场子，林嘉禾却忽然觉得，没准能给自己抢个大奖回来。

林嘉禾把四件标都看完，又翻回开头，然后抬头说：“颜老师，这四件翡翠都是由金麒麟公司提供的。”

颜威问：“你知道金麒麟公司？”

林嘉禾点头：“也是一家大型集团公司，跟矿达集团差不多规模。”她对颜威笑了一下，“我之前查矿达的资料的时候，了解到的。”

颜威淡声说：“嗯，缅甸公盘上的翡翠主要就是由几家大型公司联合提供的。矿达和金麒麟，都出了不少力。”

“一部分可以出售，一部分却要偷偷拦回来……”林嘉禾忽然想到，颜威一看那个男人死活不放手的架势，就知道他是专门拦标的。那么颜威是不是也要找人给自己的公司拦标呢？

她看向颜威，问了另一个问题：“金麒麟和矿达，属于竞争关系吧。”

颜威转过脸来看她。

林嘉禾说：“把金麒麟公司想要保留的翡翠给赢过来，也算是变相打击。”

颜威说：“也可以这么说。”

林嘉禾微微一笑。

车外环境忽然暗了。林嘉禾看向窗外，车子拐进一条暗巷，很快在一个小门面前停下。缅甸司机回头说了一句什么，颜威打开车门：“到了，下车吧。”

青石旧巷里积了很多雨水，林嘉禾踮着脚跨到了门槛边上，颜威从另一侧绕过来，两个人一起走进院子。

几个缅甸本地工人坐在院里乘凉，见来了客人，谁也没有起身。

环顾整个院落，面积不大，更是一块石头也看不见。林嘉禾正有些奇怪，侧面一扇小门开了，一个身穿白褂的男人笑着走出来，热情地冲颜威打了声招呼，然后指示他们往里走。

颜威对林嘉禾说：“赌石在地下室里。”

林嘉禾看着颜威的手，有些想牵，但觉得在外人面前不太好，于是跟在颜威身后，从小门入口慢慢走了进去。

由于要运送石头，地下室没有修楼梯，而是一个缓慢的斜坡，通到底部后豁然一亮。

下面空间也不大，但是布置得很规整，毛料都摆在各个铁架上。正对面墙上挂着一串三角旗子，有绿、红、紫、白等，代表着翡翠多彩的颜色。墙角椅子上已经坐了三个人，见到林嘉禾和颜威的同时，那三人霍地站了起来。

其中梳着小辫子的壮硕男人是丹拓，另外两人大概是他请来的帮手。

站定对视，谁也没有说话，身穿白褂的老板随后走到他们中间，用中文问：“你们是公盘上定下的赌约，那就赌‘擦三刀’？”

丹拓使劲一点头：“行。”

老板又看向颜威和林嘉禾这边，林嘉禾点头：“可以。”

林嘉禾没有进行过这样单挑的赌石，不过“擦三刀”这名字清晰易懂。

想必是各自挑选出一件石头，擦解三刀，谁解出的表现好谁就获胜。这样既考验选石的眼力，又考验切料估货的水平，跟公盘所需要的能力是一致的。

老板点头，按亮了墙边的一盏灯："先来签合约吧。"

缅甸这边翡翠赌石盛行，无论是在公家场地，还是私人的玩石铺，定下的合约都是有强制效应的。

同时赌石十分讲究缘运，这个行当的人多少也有些迷信，合约一旦定下便不能轻易违背，否则便相当于断送了自己一辈子的玉缘。

赌石合约不仅签名，还按了个指印。林嘉禾把完成的合同往前一推，看到丹拓狠按一个指印，整个胸背都跟着抖了一下。

随后他站直了，脸上绷着一股劲儿，看着林嘉禾说："你自己赌。"

林嘉禾说："我当然自己赌。"她指了指丹拓身后的两个朋友，"你的两位朋友也不能插手。"

丹拓转头交流两句，他那两个朋友走回椅子边坐下了。

林嘉禾视线一扫，看见颜威早就退到墙边坐下了。那边光线暗得不真切，颜威单手搭在旁边的架子上，硬是把木头椅子坐出了沙发的感觉。

察觉到林嘉禾的目光，颜威对她点了下头。

林嘉禾笑了笑。

老板走到两列铁架之间："这两边都是万元以内的料子，表现基本统一。"林嘉禾和丹拓走近后，老板问，"两个小时选石，如何？"

丹拓嗤笑："两个小时，等着石头下蛋啊？一个小时。"

老板又看向林嘉禾。林嘉禾说："那就一个小时。"

老板点头，指着石头架说："中国人讲究男左女右，女士左侧货架，男士右侧货架，开始吧。"

林嘉禾走到货架面前，伸手摸了一块石头，突然感到心里有点乱。她没有回头去找颜威，深深吸了口气，让自己快速进入状态。

这场赌局，如果颜威想要赢下简直太容易了。可是林嘉禾丝毫不往这方面想，想要凭自己争到这一口气。

面前的铁架上一共二十来块石头，大多数是奇干无比的蒙头料，个头小，表皮粗，形状还不规则，还有几件是多次切解剩下来的边角料，切面一片晦气的灰白色，明摆着告诉你，里面什么也没有。

这些石头放在平时，林嘉禾连下手摸的欲望都没有，不过眼下，必须在矮子里拔个高个儿出来。

林嘉禾一块块地粗看过去，心想，就怕三刀擦完一丝绿色也没有，哪怕她能挑出件“薄皮绿”，或者“蜻蜓点水”，多半结果也赢了。

如此想着，林嘉禾最后筛出了两块混全的蒙头料。一块是土褐色不规则形状的，皮壳上分布着熟猪肝般的粗糙孔隙。这块石头表皮太厚，一点出绿色迹象也没有，恰是如此，却有种深藏不露的架势，总比皮薄无绿的强些。

另一块是三棱形的光皮石，还附带几朵绿松花。按经验说，挨近松花那侧擦开一刀，还是可能出绿色的。只不过这块石头的表皮被蛛网状的裂纹裹满了，所以风险也就上来了，倘若开出一面布满裂咎的绿色，那还真不如一块白底石值钱。

两块石头放在铁架一上一下的位置，林嘉禾站在半步远处，正在琢磨哪块石头适合赌一把，忽然听见一声咒骂。

“这都弄的什么破石头？！”

丹拓把自己架子上的石头看了一遍，没一块有谱的，憋出了满头虚汗，念头一转，朝林嘉禾的架子走了过来。

林嘉禾对他说：“怎么，想从我这边挑？”

丹拓见她表情轻松，更是起了疑心，凑到她的架子面前仔细检查石头的质量，生怕她这边混进了几块好货，而他那边都是烂货。

林嘉禾索性往后站了一步，给他让开位置：“要么你先挑？”

丹拓看过一遍，没话可说了。她这边架子上的同样烂，而且还多了几块白花花的废料。

老板这时也走了过来，对他说：“你这是不信任我啊。你们来我玩石铺里赌石，为的就是图个公平，我总不能自砸了招牌啊。”

丹拓闷头走回自己的架子前面。没一会儿，他便喊道：“我挑好了。”

林嘉禾这边也快速定下了那块猪肝皮毛料。

既然是赌，便按直觉来了，而且以往的经验告诉她，表皮越是粗陋不堪，内部往往容易出现好运气。

两件石头个头都不大，老板推出了一架小解石机，连好开关，然后问：“先解谁的？”

林嘉禾看着丹拓：“先挑好的先解。”

丹拓哼笑了声：“那就先解我的。”他朝老板伸手，“给我笔。”

丹拓挑出的是一块干黄皮的椭圆形石头，一侧带有青色麻点。他在青色那端浅画了一圈线，大手一摊：“第一刀，就这样切。”

石头在解石机下慢慢被解磨开来，林嘉禾的心也悬了起来。实话实说，这件石头可赌性还是有的，尤其是在青色显露的那端，出绿的概率更大一些。

丹拓眼神紧紧盯在自己的石头上，他那两个朋友也走到旁边一探究竟。

一刀停下，石粉纷飞，丹拓的表情一下子凝住了——只见切面一片暗淡的灰白色。

林嘉禾的心跟着怦怦直跳。还好，这刀下轻了，现在还只是雾层。倘若丹拓第一刀就切出了整片绿色，她的心脏想必会一下子提到嗓子眼吧。

一只手稳稳地落在她的腰上。林嘉禾转过头，看到颜威走到了身边，低头看着她。

林嘉禾嘴角挤出一个小弯。颜威问："紧张吧？"林嘉禾笑得僵硬，干脆不笑了，只是点了点头。

颜威转头看向解石机："继续看吧。"

丹拓转眼就定好了第二刀，与第一刀隔着三指宽的距离斜切开来。林嘉禾稍微皱了下眉，他这位置选得太远了，倘若这石头里有片薄薄的翡翠，这刀切下也隔过去了。

看来，丹拓根本没考虑贴皮绿的问题，完全是奔着满肚子的绿色去的。

然而这石头内部若有大量翡翠，表皮不会只是绿色麻点形式，大概率会形成松花。只能说，他的刀法选得太贪心了。

果然，这刀结束，石头被分成一大一小两块，切面都是白花花的石头底子。

丹拓的眉头皱出了个大包，心也慌了，他凑在石头面前研究半天，忽然抬头朝林嘉禾看过来。

林嘉禾也望着他，什么表情也没有。

丹拓嘟囔一句，又快速低下头，在与原刀口垂直处画了一圈，相当于把大的那半块石头"十字形"切开了。

林嘉禾心里顿时轻松下来。

倘若按她所想，这块石头有一层薄薄的翡翠，那也是在那小半块石头上，在这大半块石头上多半会一无所获。

最后一刀缓缓解过，丹拓凑近脑袋盯着，整个人恨不得弓成一个半圆弧。随着切面打开，他绷紧了后背，随即双手握拳在大腿上狠狠砸了一下，暴骂出一句缅甸语。

切面依然一片惨白，浮着一些黑绿色的矿点。唯一值得提的，就是这白色底子还算细腻，按高端石料大概值几百元吧。

丹拓连着骂了好几句缅甸语，跟朋友叽里呱啦地吼了一通。店老板不予理会，弯腰把林嘉禾的猪肝皮毛料抱到机器上，说："继续开下一块了。"

林嘉禾还没出声，丹拓就转回脸来，大声说：“开！”

林嘉禾瞥了他一眼，上前对老板说：“麻烦给我笔。”

这件石头形状有个凹坑，坑面上的砂粒略显细润，若有翡翠，包藏在其下的可能性也大些。林嘉禾便决定以凹坑为界，左斜一刀，右斜一刀。

画好切线，林嘉禾别了一下头发，对老板说：“先这样切两刀吧，第三刀看情况再画。”

老板应了声，开动了机器。林嘉禾停在原地，肩头挺直。她抱着手臂，目光专注地跟着刀刃走。直到一刀快结束了，她才反应过来，转回头看向颜威。

这一看，她微微愣住了。

颜威站在两步外的地方，神情内敛地看着她。

他的目光比在场所有人都专注。

林嘉禾一时有种错觉，她见过颜威看翡翠的模样。此时此刻，颜威看着她，仿佛正在欣赏一件翡翠艺术品，认真，沉浸，目中再无其他。

他们谁也没有挪开视线。嘈杂的解石声里，林嘉禾就这样回望着他，随即缓缓笑了一下。

颜威走到林嘉禾身边，把下颌朝前点了一下。

林嘉禾将注意力移回到解石机上，这才看到左斜一刀已经切开了，切面并不见绿色。丹拓在一旁长出了口气，面露几分侥幸之色。林嘉禾没有着急，只对师傅说：“麻烦按照画线切第二刀吧。”

机器再次响起，破开石头……

颜威在林嘉禾的腰上轻轻拍了一把：“分心。”

林嘉禾抬起头对他说：“是你偷看我的。”

颜威声音低低的，咬着字眼：“我看你是偷看？”

一句反问，林嘉禾脸上莫名热了，她别开目光轻笑了下。颜威低头看了她两秒钟，然后收了似笑非笑的表情，看向前方。

右斜的第二刀切完，老板亲自淋了些水冲掉杂尘，用手指仔细摸了摸石面，这才让开身体，示意林嘉禾上前来看。

林嘉禾走近一瞧，顿时明白了老板感兴趣的原因。

切面依旧不见绿色，甚至浮出了几丝黑藓。只是这黑藓不太寻常，带着一种晶莹的反光，手指摩挲还有润泽之感。

林嘉禾抬头看了看神情紧绷的丹拓，看了看老板，最后又看向颜威，轻轻皱眉：“这是，墨翠？”

没有人给她回应。颜威不动声色地看着她。这是场一对一的较量，要求旁人不能插手。

林嘉禾也没想求证，单纯地自言自语了一句，很快重新看回面前的石头。

墨翠是色泽乌黑的翡翠，市面上比较少见，林嘉禾也只见过一些墨翠雕刻成品。同时，墨翠由于颜色深，透明度较高的才算优质，水头一般的墨翠观赏价值不高，也卖不上价钱。

但即便如此，一片墨翠也比一块白花花的石头要值钱多了。

现在林嘉禾要考虑的，便是怎样来切第三刀。

这几乎是考验她的基本功了。林嘉禾仔细地观察切面上的几丝黑色，按着纹路导向，谨慎地画出了半圈线，然后抬起头，稳声说："第三刀。"

老板上前操作起了机器，林嘉禾让开了一步，只有丹拓还凑着脑袋紧紧瞧着。

赌石这行的人，时间久了，对石头多少都有些心意相通的感受。比如，这第三刀还没结束，林嘉禾已经隐隐有赌涨了的感觉，丹拓的脸色也越来越难看。

随着刀刃停下，表现显现，丹拓颓然地塌下肩膀，向后跌了一步。

这一刀，几乎正好切中了墨翠和石底的过渡界。一面石头上只带着薄薄几丝墨色，另一面凝着一汪晶莹的墨黑翡翠，尺寸很小，只能磨出一只戒面，但是这毫不浪费的切法，还是令人从头到脚地舒畅。

店老板取开原石余料，把杂尘都冲干净了，伸手示意："结果就不用我宣布了吧。"

林嘉禾勾了一下嘴角，看向丹拓，还没开口，就见丹拓狠揉一把头发："不是，我……我不能输啊！"

丹拓紧盯着林嘉禾："公盘上拍到的石头不是我自己的钱，那都是货主给我的货款啊。"

林嘉禾说："你已经签了赌注了。"

"签了赌注，签了赌注……你让我拿命还啊！"丹拓的表情颤了颤，他直朝林嘉禾冲过来，"你——"

林嘉禾微愣，还没反应，颜威上前一步，把她往后护了一下。他直视着丹拓，抬手指点了一下，意思是你别来这套。

丹拓在他的气场中，还真定住了脚。

老板走了过来："兄弟啊，你这是想违背赌石合约不成？"

丹拓的两位朋友也跟着站了过来。丹拓对朋友僵硬地摇了摇头，再转回头来，松开了握起的拳头："我不是要动手……这些翡翠我没法赔给你，我们再来赌一场。"

见颜威没有说话，丹拓又越过他的肩膀对林嘉禾喊："来啊！我们再赌一场。"

林嘉禾说："哦？你还拿什么赌？"

"三彩翡翠，我明天还要拍一件福禄寿三彩翡翠，货主让我出价到八十万欧元，比你们今天赢到的翡翠加起来都值钱。我拿三彩翡翠来跟你赌！"

林嘉禾皱眉，知道不能继续下去了。她不可能故意放水输给丹拓这样的无赖，可她如果赢了，那真就是断了丹拓的活路了。她真输也不行，赢也不行。

丹拓表情发狠，往前迈了一步，眼睛都红了："来签合约啊，我赢了，这些翡翠就还是我的。"

"可以了。"颜威这时出声了，定定地看着丹拓，"就到这里吧。"

丹拓张口笑："哈，你不敢赌了是吗？赢一把就跑是吗？"他脚步一拦，伸手招朋友，"不赌你们今天别想走。"

店老板一看这架势，直接上去叫伙计了。

颜威站着没动，忽然对他说："那块上吊石——"

丹拓表情紧绷："什么上吊石？"

"那块上吊石，就在会场外面天天盯着你呢，看来你是不认识啊。"

颜威的语调很平，听不出来是嘲讽还是叹息。

丹拓皱紧眉头，干脆把胳膊一挥："去你个鬼的上吊石。到底赌不赌？她不赌，你跟我赌。"

颜威倒是笑了声，看着他一字一顿地问："你想跟我赌？"

丹拓这回听出来了，这笑声是嘲讽，大步一迈刚要张口，又被颜威伸手给他指点住了。

"这样，我给你个选择，你往后退一步。"

丹拓微顿："选择？"

两人离得太近了，说话的唾沫星子都能飞到脸上。

颜威伸手挥了挥："你先后退一步。"

丹拓僵持片刻，选择向后面退了一大步，随即紧张地问："什么选择？"

颜威对他说："公盘最后一天，帮我拍一件石头。"

丹拓问："拦标？"

颜威："不用你自己估价，我给你报价，你要做的，就是填份暗标拍下来。"

林嘉禾这时意识到，颜威说的是那件价值连城的"大馒头"翡翠。她立即看向丹拓，丹拓也正好在她脸上扫过一眼，然后了然地哼笑：“你们俩的名字都不方便出现，是吧。”

颜威看着他，直到他收了表情，才开口说：“你帮我办好这件事，今天这张赌约，就当没有签过。”

丹拓神情一振：“赌约上的石头还是我的？”

“只要你办事没有问题，我这边也就没有问题。”颜威淡淡地看着他，“你有问题吗？”

丹拓看起来很莽，但其实是个识时务的人。他在公盘混久了，吃的就是灰色生意，对他来说，代拍一件翡翠其实是小事情，却能把几十万欧元的翡翠换回来。

丹拓思考着，把舌头在嘴里绕了一圈，然后格外轻巧地吐出回答：“没有问题。”

话音落下，地下室入口一阵吵闹，只见店老板带着几个手握棍棒的伙计下来了。

颜威搂了林嘉禾一下，示意她跟上，然后走过去对老板说：“解决了。”

老板看向丹拓那三人，都戳在原地乖乖站着，气焰确实已经灭了，于是让伙计收了棍棒，然后对颜威说：“谈好了就好，那这份赌石合约——”

颜威说：“先保管在你这里。”

丹拓在后面嚷了声：“不是说作废吗？”

颜威转身对丹拓说：“公盘结束后，你自己过来撕掉。”他指了一下桌子上的纸笔，“你把联系方式留下。”

丹拓走过去握起笔，看着颜威：“手机号码？”

颜威说：“你跟其他货主怎么联系的？”

丹拓盯着他，咧嘴笑了一下，转回头在纸上留下一串加密号码。

颜威把写着号码的纸叠了一下，放进口袋里，对林嘉禾说：“咱们走。”

两个人刚走到出口处，丹拓又大步跟了过来：“你刚才说公盘最后一天开标？”

两个人转回身，丹拓戳在原地，开口问：“你们想要的，是那个帐篷里的石头，是吧？”

颜威动了一下眼帘，看着他说：“你已经没有问题了。”

站了片刻，丹拓又缓缓咧嘴笑了：“是——”他转开眼，朝朋友走回去，“没有问题了。”

等到两个人走出玩石铺，天已经黑透了。

小巷昏暗而空荡，能望见路口有车辆驶过，林嘉禾对颜威说：“我们去大路上打辆车吧。”

颜威点头，脚步抬动：“走。”

此时已是夜里了，林嘉禾抬头看着前方天空。这边夜空中也见不到星星，但是刚被雨水洗刷过，显得特别剔透，就像是一大块墨翠一样。

走了没两步，她身边的脚步声停了。

林嘉禾转头，见颜威停在原地，朝她伸出了一只手。林嘉禾笑了，上前双手抓起他的手，一下子凑近他的身边。

经过今天一晚，林嘉禾原本有些百感交集，不过这一刻，尽数被亲密感取代了。

他们依偎着走到大路口，很快拦到了一辆出租。

上车后，颜威对司机交谈了一句，然后对林嘉禾说：“先去你住的宾馆。”

林嘉禾问：“去拿我的行李？”

颜威侧过头看她，意思是“这还用问，不是说好的吗”。

林嘉禾笑了笑，坐正了。

等两个人到了喜多那酒店，没让司机等太久，林嘉禾拿上行李便出来了。重新坐回车上，颜威又看了她一眼。

林嘉禾对他说：“我早上就把行李收好了。”

这回颜威笑了声。

等到了颜威的住处，夜色更深了，树丛里藏满了蝉声鸟鸣，空气中像是弥漫着湿漉漉的雾。

进屋之后，颜威把门反锁了，然后拎起林嘉禾的行李箱，带她直接来到二楼。颜威把箱子靠着衣柜放好，推开衣柜门说：“一半是空的，你可以放东西。”

林嘉禾走过去，看到衣柜里挂着几件整齐的男式衣裤，还有几个空衣架。她轻点了下头，若有所思地看向颜威。

颜威转开目光，直接走去沙发边坐下了。

林嘉禾轻轻笑了笑，在行李箱面前蹲下，把洗漱包拿了出来。她站起来说：“颜老师，我先去洗个澡，今天早上淋了雨，完全是自然干的。”

颜威在沙发里“嗯”了一声。

卧室连接的浴室很宽敞，有一个花砖大浴缸，洗漱台也是配套的典雅花纹瓷砖。林嘉禾把洗漱用品一一摆在台面上，然后走到花洒底下。

白色水雾蒸腾起来，林嘉禾仔细洗干净头发，打沐浴露的时候，忽然感到气流有细微变化。

她意识到浴室的门开了。

几秒之后，颜威的身影出现在水雾外面，只是一个不真切的影子。想必他看她，也是同样的。

林嘉禾站在水帘底下，轻声问："你要进来吗？"

见颜威没有动，林嘉禾朝他招了下手："你可以把衣服脱了，进来一起洗。"她刚说完，颜威就弯下腰开始脱裤子，然后是上衣。

林嘉禾静静地等待着他，抹了一把脸上的水，再看时，颜威已经来到她的面前，瞬间就被淋湿了。

水像是一种独特的介质，把人淋得落魄而真实。此时颜威身体的每个部位都真真切切。林嘉禾望着他那深黑安静的眼，心里软得发颤。

她一时不愿做下一步动作去打破它。

直到颜威的眼神往下滑了一下，林嘉禾跟着他看向自己的身体，然后捧起胸前的浴花："你要沐浴露吗？"

颜威重新看向她的脸："我看你不叫偷看。"

"哦。"林嘉禾一下子就笑了，原来还在这里等着她呢。

颜威在水底下站了一步，把她的脑袋压到胸前，不让她笑了，也藏住了自己的表情。

隔了一会儿，林嘉禾贴着他湿漉漉的皮肤出声说："颜老师。"

"嗯？"

"我喜欢你跟我在一起的样子。"

颜威顿了一下，低声问："什么样子？"

"很轻松，有时候又像一个小男孩。"林嘉禾想仰起脸看他，可是被大手压住了，她的声音埋在水流里，"你在外人面前都板着脸，跟我在一起虽然也板着，但是以轻松的方式——我描述得可能不准确，但是你，有这样的感觉吗？"

颜威没有出声，浴室里很快又被水声充满了。林嘉禾脚下挪动了一下，忽然感到颜威胸膛微震，似乎低低道了声"有"。

大手下滑到腰身上，林嘉禾同时仰头，看清了他漆黑的眼睛。随即，颜威压低头，在水帘蒙蒙中紧吻住了她。

水花砸下，汇聚成流，将瓷砖冲刷得干干净净。

在这暖湿的角落里，平凡欢爱的片刻中，有什么高高在上的东西一并落到了地上。

折腾到了后半夜，结果便是第二天两人都醒晚了。

林嘉禾感受到窗外阳光晃眼，眯起眼翻了个身，望向颜威的脸。

颜威闭目平躺着，一只手臂伸开。她已经脱离他的手臂了，可他仍然保持着这样的姿势。

林嘉禾看到颜威的眼皮轻轻动了一下，知道他已经醒了，就这样瞅着他。几秒之后，颜威慢慢睁开眼看她一眼，然后侧身把她抱住了，声音疲倦："再睡会儿。"

林嘉禾在他怀中躺舒服了，可是谁也没睡着，没过多久，就听到颜威在脑袋顶上出声问："你今天有标书出结果吗？"

"有一件，下午开标。"

"下午几点？"

林嘉禾没回答。她没有记住时间。颜威在她背上轻拍了一把，翻身坐了起来："我去拿手册。"

颜威抓着交易手册重新回到床上，垫了个枕头靠在床头，搂着林嘉禾翻到指定页，看到那件金丝种翡翠是下午三点开标。

"吃完午饭过去就行。"颜威把手册搁在床头，转回脸来，林嘉禾问他："还睡吗？"

颜威看着她，说："起床吧，收拾一下去吃午饭。"

林嘉禾点头，轻轻坐了起来。

颜威收拾得快，衣服穿整齐后，坐在沙发上翻了几下交易手册。等到林嘉禾都整理好，他把书一合，跟她一起下楼了。

之前来颜威的住处，林嘉禾都没留意看。这回在阳光充沛的白天，林嘉禾发现一楼的餐桌后面还有一个小厨房。

颜威停在原地，示意她可以参观一圈。林嘉禾走进厨房，窗户半开，外面树木繁茂空气清新。她随手打开冰箱，看到里面搁着两瓶酱料，还有一些速食面。

林嘉禾回头问："颜老师，你还自己做饭？"

颜威说："偶尔。"

林嘉禾关好冰箱，看见炉灶下方柜子里的锅具都是齐全的，看来这里是颜威在缅甸常住的地方。

林嘉禾从厨房里转回来，两人一起朝门口走去，颜威对她说："想用的话，你都可以用。”

林嘉禾轻轻笑了下：“你怎么知道我会做饭？”

颜威说：“我觉得你会。”

林嘉禾问：“那你觉得我做饭好吃吗？”

颜威转过目光看着她，淡声说：“没尝过。”

林嘉禾笑着别开眼，看前面的路。看来自己给他做顿饭，是一件不得不提上日程的事情了。

两人在酒店里的中餐厅吃过午饭，然后打车去了公盘会场。

在投标大楼门口分别，林嘉禾看着颜威匆匆走入侧门的背影，这才想起，她忘记问颜威今天上午有没有工作了。

他们懒洋洋地从床上醒来，赖了一上午，像是自然而然的事情了。颜威即使有工作，想必也在这种舒适的缠绵面前败下阵来。

颜威已经走进了大楼，但林嘉禾还是朝那个方向又望了一眼。人来人往，她却突然感到心里满当当的。

林嘉禾勾着嘴角，低头拿出证件，脚步轻快地走进交易楼里。

心情好时，气场也会很顺，下午三点整大屏幕上准时开标，林嘉禾如愿以偿地拍下了那件金丝种翡翠。

加上昨天那件干青种，她起码已经拥有两件了，这趟公盘真是没白来啊。

林嘉禾迫不及待地想把这份喜悦分享一下，站在会场外安静的走廊里，把这两件翡翠的图片发给了何钏。

果然，分享喜悦能够倍增快乐，没多久，何钏就传来了回复：“哇！！！”

林嘉禾看着那些感叹号，乐了一下。何钏紧接着又发来一条语音消息：“好看啊师父，一块嫩，一块老，都好看啊。体积都多大啊？”

林嘉禾打字告诉他，金丝豆种十二千克，干青种一百一十千克，发挥空间都十分大。

何钏立马说：“是啊，这块嫩绿飘丝的花样足够漂亮，切镯子特别好卖。那块老绿色，我最近正好收集了好多翡翠牌的样式，特别适合拿它来刻。”语音发完，何钏又发来几张图片。

林嘉禾点开看了看。第一张图片是一枚大龙牌，圆底翡翠上游动着一条活灵活现的威龙，下一张翡翠牌上雕刻了一只高角梅花鹿，有一路生财的寓意，最后几张是一套精美复古的生肖翡翠图。

林嘉禾笑了笑，跟他说这些图片都不错，具体雕刻方案回去再商量。

何钏又问：“师父，你在公盘上拍到的翡翠怎么运回来？是跟你一起回来，还是需要我在这边提前收货？”

这倒把林嘉禾问住了。林嘉禾对何钏说了声再聊，然后转身去找组委会的工作人员询问。

通过断断续续的英语交谈，林嘉禾搞清楚了，只要一件标竞买结束，便可以开始付款了。如果中标者在公盘期间付清全款，组委会便会全权为其办理运输手续。也就是说，只要你交钱早，组委会就免费帮你把石头运回去。

林嘉禾一听，便决定将已经拍到手的两件翡翠先付清，这样等她回国，石头也差不多运到了。

缅甸公盘上购买翡翠的过程很烦琐，除了购买合同，还要办理通关手续和准予销售、加工证明等。林嘉禾对这些流程不是很熟悉，听工作人员讲了一遍，又把合同仔细看了一遍。等她全部签完，两个小时已经过去了。

林嘉禾放下笔，对工作人员微笑道谢。

林嘉禾了解到，翡翠公盘是缅甸出口翡翠的唯一途径，在这里，每件翡翠都有自己的“身份证”。而她之前在国内赌石，偶尔遇到一批表现良好，但来路不明的翡翠，其实都是从缅甸走私来的。

不来公盘不觉得什么，眼下，林嘉禾忽然觉得跟公盘上的翡翠相比，自己之前购买的翡翠像是“黑户”一样。

这令她心里有点虚。

追根溯源，大自然的矿藏有限，现在越来越多的缅甸场口逐渐开采枯竭，所以每件好翡翠都该得到足够的关注，让真正的好眼睛去发现它。走私翡翠是违法姑且不论，原石从矿里开采出来，还没见到阳光，便被偷渡集运到一个地方，也是对翡翠不够珍重的行为。

林嘉禾想，这或许也是颜威的想法。

思维触及这里，林嘉禾发现她在大厅里漫无目的地走出了一大截，而时间已过傍晚了。她站定，把手机拿出来，想了想，还是给颜威发了一条短信：“颜老师，你工作结束了吗？”

没隔几秒钟，短信就传了回来：“你在哪里？”

林嘉禾低着头打字“我在一楼大厅”。还没打完，她心里忽然生出一种感觉，转回身就看到颜威从不远处的楼梯口走了过来。

林嘉禾轻轻笑了，把手机装了回去。

颜威走到林嘉禾面前，顺手搂住她的肩便往外走，问：“怎么又给我发短信了？”

林嘉禾说：“我怕铃声影响你工作。”她歪头瞅他，“你不喜欢收短信吗？”

颜威说："没有，感觉很久没用短信联系了。"

林嘉禾说："可能我们这几天一直在一起吧。"

走过两步之后，颜威轻点头，似乎确实是这样。

今天已经有些晚了，他们在饭店吃了晚饭，然后回到住处。进门之后，林嘉禾看了一眼那边的厨房，然后对颜威说："颜老师，我明天可以留在屋里吗？"

颜威转头看她："明天不用投标？"

林嘉禾点头："我看好的只剩一件蓝翡了，公盘最后一天才开标。"

颜威说："可以，没事就留在屋里休息吧。"

林嘉禾又问："那你明天中午回来吗？"

颜威"嗯"了一声。

"或者就晚上吧。"林嘉禾看着他，指了指厨房，"我想做一顿饭。"

林嘉禾说得慢了些，说完还不好意思地笑了下，但仍旧看着颜威。

其实做饭这种事，本来可以制造成一种惊喜。可是林嘉禾觉得，对颜威而言，惊喜并不太适用，他喜欢便是喜欢，不喜欢便是不喜欢，靠惊喜是包装不出来的。

颜威想了想，然后问："你知道哪里买菜吗？"

林嘉禾愣了："我打个车？"

颜威说："不用，大路左拐不远处就有个小菜市场。"他朝窗外望了一眼，似乎思索那个位置是否好找，最后转回脸，说，"你明早跟我一起出门吧，我带你过去。"

他说得很正经，林嘉禾有些哭笑不得，最后还是抿唇笑道："好。"

这天晚上，他们睡得稍微早了一些。

林嘉禾被颜威半搂在怀里，她的脑袋稍微动了动，碰到了他的下巴。颜威往上抬了一下下巴，重新调整姿势，又把她抱紧了。

冷气开得不大，屋里有些燥热，他们接触的皮肤上有种恰到好处的黏意。半梦半醒间，林嘉禾试图回忆，却想不起自己一个人睡的感觉了。他们好像已经这样相拥而眠很久了，他的臂弯、他的呼吸、他的味道，都熟悉地包围在她身上。

林嘉禾迷糊着看到整个黑暗房间的轮廓，闭上眼睛，很快便安心睡着了。

第二天颜威醒了，轻微一动，林嘉禾也醒了，不过他们谁也没想先起床，像昨天早上一样，多赖几分钟，也是舒服的。

最后颜威捏捏她的肩:“起床,去买菜。”林嘉禾在他怀里蹭了一下,仰起头。

颜威看着她,叹了声气,定声说:“起了。”

他们一起走出酒店大门,颜威先带着林嘉禾步行了约十分钟,走到一条窄街面前。颜威往里一指:“里面都是卖菜的。”

只见街道两侧摆满了摊位,色彩鲜艳的果蔬、热腾腾的熟食,还有鲜花等。

林嘉禾点了下头。颜威又问:“有零钱吧?”

林嘉禾说:“有的。”

颜威把钥匙递给她,然后说:“好,那你去吧。”

林嘉禾把钥匙装好,看着颜威走到大路边,伸手打开一辆出租车门,然后冲她摆了下手。林嘉禾也对他摆了摆手。颜威轻一点头,弯腰坐进车里。

出租车驶到路口一拐就看不见了,林嘉禾转回身,走进菜市场里。

了解一个地方人们生活的大致情况,最接地气的办法就是逛早市。林嘉禾沿着摊位逛了一半,就发现这里食品富足,想要的东西都有了,于是又走回来,开始购买。

她买了一块切解好的鱼肉、半只鸡,好几样新鲜蔬菜,最后又捎上了盐和胡椒粉等调料。这边很少用塑料袋,全部东西都装在了一只筐里。

林嘉禾拎着筐走回住处,拿钥匙打开了门,然后走进厨房,把菜放在案台上分拣了一下。多余部分放进冰箱,可以下顿再吃。

想到下顿,林嘉禾忽然意识到,她和颜威还可以在这栋房子里住好几天,而她几乎已经闲下来了。这简直像是一场意外而浪漫的休假一样。

可是公盘结束,她就要回国了,那么颜威呢,他还会回到她的城市吗?

这两个念头几乎在她关上冰箱的那一刻同时冒了出来。

林嘉禾的手停留在冰箱门上,过了几分钟,她才动了一下,转身开始准备晚饭的配菜。

傍晚天还没黑,颜威就回来了。

林嘉禾冲门口打了个招呼,然后把放在锅里保温的菜一一端上餐桌。

颜威走进来,将一瓶酒放在桌上,拉开椅子坐下。

林嘉禾走到他旁边,拎起那瓶酒看。颜威说:“在店里随便买的。”林嘉禾点头,看向厨房说:“我没看到杯子。”

“有,在客厅柜子里。”颜威站起来,“你坐吧,我去拿。”

颜威用手指钩着两只玻璃杯,凑到水龙头底下洗了一遍,抖了抖水,摆到桌子上。然后重新坐下,同时把筷子拿了起来。

林嘉禾蒸了一块鱼肉,上面撒着漂亮的辣椒丝,鸡块和蔬菜丁一起煮成了咖喱，炒了两道应季的蔬菜，主食是葱油面。

林嘉禾做饭其实不多，但是基本操作还是会的，照着菜谱就能整得像模像样。

她看到颜威夹了一块鱼，夹了一块肉，然后混着菜大口地吃起了面条。林嘉禾心里轻笑，颜威吃得很香，比直接夸她做饭好吃更令人有成就感。

快吃饱的时候，他们才想起喝酒。

酒液倒进杯里，林嘉禾捧着抿了一口。

“颜老师。”

“嗯？”

林嘉禾：“刚认识的时候，你停留在我家里，让我给你买了一大袋馒头。”

颜威端着酒杯淡淡“嗯”了一声。

林嘉禾回忆说：“当时我给你倒了一杯茶水，放凉了，你也没有喝。”

颜威从杯子后面抬起眼睛，一本正经地说：“我认生。”

林嘉禾一下笑了，觉得这个答案特别可爱。颜威看着她，没什么表情变化，跟她碰了下杯，然后慢慢喝酒。

菜几乎都吃干净了，酒也喝完了，颜威站起来，走到林嘉禾的椅子背后抱住她，在她的脸上亲了一下：“走吧，上楼。”

他的气息浓郁，林嘉禾不自觉地慢慢站起来，伸手去触摸他的脸。

颜威又捉住她的手亲吻。

此时此刻，两人微醺，呼吸都很烫。

脚下阶梯翻滚向上，通向一片汪洋大海。他们紧密相拥，任暗涌在体内翻滚，一下强过一下。

冲动的瞬间，寂静的瞬间，身体会告诉你，什么是爱。

接下来几天，林嘉禾仍旧去公盘看石头。

投标已经开始，许多暗标都已经尘埃落定。

林嘉禾在尚未开标的石头中，也再没什么收获。

大多数时间，林嘉禾等颜威一起下班，然后回到住处。只有一天颜威有应酬，林嘉禾便在公盘多逛了一会儿，忽然想到她应该联系一下班强和他那几位广东朋友，最后再吃顿饭聚一聚。

毕竟大家都是翡翠行业的人，多熟识一下，说不准下次在什么场合还能帮上忙。

林嘉禾停在一个凉棚底下，给班强拨了个电话，结果那边正在通话中。

林嘉禾挂断电话，心想班强一定很忙，于是没有再打。她收了手机，自己找地方去吃晚饭。

平稳的日子总是无声无息地溜走，转眼便到了公盘的最后一天。林嘉禾那天早上醒得特别早，或者说，晚上根本没睡踏实。

她靠在颜威怀中，感到恍惚。仿佛昨天她还在畅想他们还可以舒舒服服地相处一周，可是时间像个皮筋一样，弹了一下，就收紧了。

窗外天色麻麻亮，林嘉禾环顾整个房间，感到十分不舍。她侧了个身，用手指在颜威胸前的皮肤上滑动了一下。

颜威的身体很硬实，他上半身没盖被子，晾了一个晚上，也还是热的。林嘉禾轻轻地触碰着[illegible]寸寸皮肤，颜威胸膛一动，也醒了。

他低低地“嗯”了一声。

林嘉禾在他胸口说：“颜老师。”

颜威没说话，等待着她继续说。

林嘉禾说：“我是明天的飞机回国。”

颜威沉默了很长一阵，微微转动下巴：“明天什么时间？”

“明天中午。”林嘉禾说，“因为今天公盘就结束了。返程的票，我来之前就买好了。”

说完，林嘉禾就想她可以改签的，可以多留几天。颜威也想了改签的问题，仿佛这样就能将此时的相拥拖长几分。

可是拖到多长呢？

颜威的手掌在她背上抚摸：“行，你先回去。”

林嘉禾动了一下身体，仰起脸看他。

颜威触摸着她的皮肤：“我在缅甸还需要多停留几天。不久国内平洲有一场翡翠公盘，你可以跟我一起参加。”说着说着，颜威停了，视线定在天花板的某个位置上。很少有事情这样不经安排，就在他的身上发生。

颜威缓缓出了口气，情绪稳定下来后，再低头看向林嘉禾，声音也稳定下来：“你先回去，最多一周，我去找你。”

林嘉禾静静地与他对视，随后点了下头：“嗯。”

天色很快明亮。

颜威和林嘉禾乘车来到公盘现场，走到中心区附近，林嘉禾看见那顶专门搭建的帐篷外面，已经不再有人排队参观了。

毕竟，里面昂贵的翡翠原石已经开始投标了。

颜威停下脚步，朝帐篷位置望了两秒钟。

“我去联系丹拓，你进会场里等着。”颜威转回头来，对林嘉禾说，“拍到之后丹拓会将标书转给你，他是专门干这个的，流程都很清楚。”

林嘉禾说了声“好的”，又看着他。

颜威说：“付款的钱算是我挪给你的。你既然对那件石头有信心，那么三个月内你要开出翡翠变现，然后把钱还给我。”

林嘉禾故意问：“多少利息？”

颜威淡淡地瞅了她一眼。

林嘉禾立即笑了下。

颜威说：“要是翡翠出得好，你就多还我点利息。”没有时间再多说，颜威掏出手机，对林嘉禾示意先进会场，然后转身走开了。

林嘉禾走到交易大楼门前，吸了口气，感觉心情起伏很大，既有愿望即将成真的兴奋感，又略为担忧。

那件“大馒头”翡翠几乎可以称得上是珍宝，原货主定会出手拦标的，而颜威如何确保能够价压货主呢？

其实相比于借钱，颜威能够精准出价把翡翠拍到手，才是对她更大的帮助。只是这一层他压根略过不提了。

林嘉禾感觉颜威藏着许多事情，但并不着急寻求解释。他们之间的相处越来越踏实，这就够了。许多事情，时机到了，自然会揭开面纱。

走进会场之后，林嘉禾被热闹的氛围感染，很快便把其余疑虑都抛到脑后了。

距离“大馒头”开标还有几个小时，可是会场里已经聚满了人。人们高声谈论，对这件翡翠赞叹有加，赞的是一场公盘能有幸见识如此精品，实属幸运。叹的是资金不足，有心无力，只能看看成交价满足一下好奇心了。

林嘉禾找了个位置坐下，等待了一会儿，看见丹拓大摇大摆地走进了会场。

丹拓率先环视一圈，找到了林嘉禾，不过立即转开目光，挑了个角落座位一屁股坐下了。

林嘉禾想，他应该已经投完标，只等着出结果了。

吵闹的环境中，林嘉禾拿出手机按了几下，隐隐听到几个人用中文聊天，把这件石头称作“女娲石”。难不成这件石头还有什么故事？林嘉禾想和他们交流一下，抬头发现跟那群人隔着好几排座位，只好作罢。

开标的那一刻，会场乍然安静了。

大屏幕“唰”地显示出了竞标结果。第一排有几人站了起来，紧接着所有人都站了起来。

林嘉禾踮起脚朝前望，在人头的缝隙里，看到这件“大馒头”翡翠以一个合理而高昂的价格成交了。中标者是一个陌生的缅甸人名。

整个会场满是议论声、欢腾鼓掌声，也有人探头询问，想知道是哪位神秘人士拍到的。

忽然一个人从后面拍了林嘉禾一下。林嘉禾转头，就见丹拓冲她使了个眼色，然后朝外走去。林嘉禾拿上包，随后走了出去。

丹拓一直走到会场尽头一条僻静的走廊里，然后掏出几张私人合同递给林嘉禾：“你把收货地址写在这里就可以。”

林嘉禾看到合同中内容不少，还有关于钱款的问题，于是问：“其他的部分呢？”

丹拓说：“你男人让我随后找他填。”

“你男人”三个字在林嘉禾耳朵里跳了一下。林嘉禾紧握起笔，把地址填好。

丹拓朝左右望了一眼，快速把合同收起来。临走的时候，他小声道：“这个价格出标很厉害。”

林嘉禾看向他。丹拓把舌头在口腔里转了个圈，没再多说，转身走了。

如此，这件“大馒头”告一段落。

林嘉禾看了下时间，匆匆走向另一个会场，最后那件“蓝玛瑙”翡翠也开标了。

但很遗憾，林嘉禾并没有拍到这件蓝翡。

她标出的价格是二十万欧元，而最后中标者居然出到了五十六万欧元的高价。

林嘉禾回忆这蓝翡的表现，细腻胶感，闪着明丽的蓝绿光泽……看来有人真是爱惨了这件翡翠啊。

林嘉禾站起身来，听到前面交谈的声音格外熟悉。这个会场里人并不多，林嘉禾往前面走了两步，看到班强和老潘站在座位旁边。

老潘喜气洋洋，嘴都合不拢，看到林嘉禾后连忙挥手招呼。

林嘉禾走上前：“潘师傅，这件蓝翡是你拍到了？”

老潘说：“是啊，可算到手了。标单改了三次，生怕自己价格低了。”

见老潘对这蓝翡格外喜爱，林嘉禾更加清楚这件翡翠的分量和价值。他收获这件翡翠，也算得偿所愿了。

林嘉禾微微一笑，由衷地恭喜他。

老潘又说："咱们常联系着，林小姐有什么好的加工建议，或者喜欢什么蓝翡饰品随时跟我说。我这人也没什么主意。"

林嘉禾点头道"好"。班强在旁边笑着说："你别听他这么说，这块翡翠带回去他肯定供起来，切都不舍得切开，就当传家宝留着了。"

老潘憨笑了一声。

班强又张罗说："怎么着？一起吃顿晚饭啊？"

林嘉禾对他说："前两天我还给你打电话了，想着聚一下，不过你的手机没打通。"

班强挑眉道："是吗？哎，我这几天太忙了，今天总算闲下来了。"他赶紧又说，"那今晚一起吃吧。"

林嘉禾摇头："今晚我有事，明天就坐飞机回去了。"

班强有些遗憾，耸了下肩："那以后有机会的。"

老潘看到有工作人员进来了，说："走吧，咱们别在里面占着了。"

出了会场之后，班强渴了，大家便一起走去投标楼外的冷饮站。班强买了三杯冰可乐，递给林嘉禾一杯，老潘一杯，自己一杯。

此时天空依旧明亮，不过太阳已有了偏西的意思。

林嘉禾捧着纸杯，看到场地里的翡翠原石都在陆陆续续地撤走，而那顶帐篷，加上里面的珍品翡翠也已经撤走了。

班强也望着整个公盘场地，叹了声："唉，终于结束了。"

老潘说："这几天你是忙，紧赶慢赶跟打仗似的。"

班强嘬进一大口可乐："也不白忙，给公司收了十多件翡翠，只是没想到今年公盘竞争这么火热。"

老潘感叹说："乱世黄金盛世玉啊，翡翠的收藏价值眼见着越涨越高。"

又吸了口可乐，班强点头："现在翡翠矿藏越来越少，大型翡翠公司想生存都不容易，必须想尽办法多采购原料。那些石头才是资本。等再过几年，钱再多都没用，那些高档翡翠根本不在市面上出现了。"

说着，他抬起杯口指了指原先搭帐篷那处空地："那帐篷里的三块女娲石，就是矿达集团压箱底的宝贝。随便开一块石头，就能撑起一整个大公司。"

林嘉禾微微挑眉："女娲石？"她第二次听到这个叫法了。

"女娲拿石头补天，意思是这石头很珍贵呗。"班强眯起眼睛，"据说这三块石头都是从同一个场口里开采出来的，矿达集团对这个场口的开采权还起了些争执。"

林嘉禾听他说着，心里瞬间转过很多想法，最后只剩下一个——这翡翠本身就是矿达集团的。

也就是说，颜威从自己的公司里撬走了一件珍品翡翠。

林嘉禾忽然感觉这整件事情立体了起来。她转过头刚想问班强一些问题，就听到老潘说：“矿达集团还负责开采翡翠原石？”

班强说：“听说前几年有自己的翡翠矿区，但近几年以加工成品为主了。”

老潘打了个哈哈：“难怪叫矿达。”

班强“哎”了一声：“还真是，你不说我都没想到。”他又问林嘉禾：“你刚才想说啥？”

林嘉禾正认真听他们聊，把原本的问题都忘了。她用手指握了下杯子，问：“你知道矿达集团的合伙人有几个吗？”

“合伙人？”班强说，“大老板的话算是有三位，沈宗仁和沈凌君是兄妹，占股份比较多，还有一位叫……”

林嘉禾问：“颜威？”

班强看着她说：“对，你认识啊？”

林嘉禾点头。

班强说：“颜威赌石很厉害的，在我们公司里赫赫有名。”

林嘉禾轻轻说了个“是吗”。

班强说：“对，不过他很低调，最近几年都不怎么赌石了。”班强眯起眼睛回忆说，“据说矿达集团是父辈传给沈家兄妹的，本来是个中型公司，颜威加入之后才做大的。”

林嘉禾笑了下：“靠赌石做大的吗？”

班强说：“可不是？你别笑，大部分翡翠公司可都是靠赌石发展起来的。尤其是缅甸这边的业务，又传统又迷信，很多大型项目拿赌石来定胜负。比如两个翡翠公司争一个大项目，那么就派人来赌石一场，哪边赢了哪边来接项目，真是回归本真啊。”

老潘在旁边听得也乐了：“你今天怎么话匣子这么开啊？”

班强反应过来，笑了下：“嘿，聊点八卦，放松放松。”

傍晚天色暗得也快，喝下半杯可乐，太阳就不见了。林嘉禾又跟班强他们聊了两句，然后挥手告别。

她有一下没一下地捏着可乐杯，走了一段，拿出手机给颜威打电话。

按时间，颜威应该结束工作了。电话通了之后，林嘉禾说：“颜老师，我在投标楼门口等你。”

颜威却说："我已经回家了。"

林嘉禾愣了一下，问："你回住的地方了？"

颜威低"嗯"了一声。

林嘉禾往大门口走去，说："哦好的，那我打个车回去。"

"好。"

"颜老师，一会儿见。"

"一会儿见。"

挂了电话，颜威把手机搁在餐桌上，转身继续准备晚饭。

他从菜市场买了一条活鱼。卖家帮着杀净了，不过直到拿回家来，鱼嘴还在一动一动的。

颜威在鱼身两侧各划几刀，然后将鱼摊平，那左右刀口完全是对称的，标致得像是拿尺子量出来的。

他把鱼身撒上调料，放进蒸锅里。

窗外薄云压低，夕阳斜照进屋里，蒸汽起来的时候，身后的手机也响了。

颜威擦干净手，拿起手机看了一眼，屏幕上跳着"沈凌君"的名字。接通电话，颜威听对面的人说完，然后回答说："对，那件女娲石被拍走了。"

手机里的声音有些急，颜威随后才说："不知道是谁拍的。"

他拉开椅子不紧不慢地坐下，对手机里的人说："总有高手啊，出价高，出价准，防不住。"

手机对面的人说了很长一段话，颜威始终听着，向后仰了一下脑袋，后又收回来："嘿，谁工作没失误的时候啊？"

他的声音淡淡的，表情也淡，像是漫不经心地笑了一声。

第十章

▷▷ 翡翠店铺

林嘉禾拿钥匙开了门。听到屋子里有响动，她边往里走边说：“颜老师，我先洗个澡，一会儿我们出去……”

她停住了脚步，只瞧见餐桌上热菜摆了四五盘：“颜老师，你做饭了啊？”

“做好了。”林嘉禾走进厨房，颜威正背身站在水池面前洗碗。

她直站在原地，看着颜威擦干最后一只碗，仔细码进碗橱里，然后转过身来。颜威抬手一指餐桌：“先吃饭，再洗澡吧。”

林嘉禾慢了两秒，才点点头，拉开椅背坐下。

颜威在对面坐下，把筷子递给林嘉禾：“尝尝鱼。”他动筷率先夹了一块，然后说，“蒸老了。”

林嘉禾赶紧尝了一块：“没有啊，很入味。”

鱼肉本身新鲜，调料味道都渗进去了，咸鲜酸辣，特别适合配饭。

颜威把筷尖悬着，指点着说：“这种鱼蒸上八分钟，眼睛突出来就熟了。可以再焖一会儿，但一直开着火，就老了。”

林嘉禾抬起头，只见颜威表情如常。可她心下觉得颜威的情绪起了细微变化，这变化说不上是好是坏，只是有些反常。

颜威做了很多菜，想必是把冰箱里的食物都物尽其用了。林嘉禾头一次吃他做的饭，也很给面子，按样夹着慢慢吃。

菜各剩一点底的时候，他们又一人倒了一杯酒，之前那瓶酒刚好喝干净了。

搁下杯子，颜威说：“你回去以后，开个翡翠专营店吧。”

林嘉禾看向他，很快“嗯”了一声。

颜威说：“你现在有不少好翡翠，做出东西只挂在网上卖太浪费了。开个店面，可以把各式各样的翡翠展示出来，也能够吸引顾客来你这里定制。”

林嘉禾点头，自从她拥有几件翡翠之后，就有独立开店的念头了。只是她没有自己做过生意，多少还是有些发怵。

林嘉禾说："我回去咨询一下玉石街的店面。"

颜威对她说："玉石街上还是以赌石为主，你既然要开翡翠精品店，可以把视野放大一些，商场或者商业街都在你的选择范畴里。"

伸手移动了一下杯盘，颜威又说："做事不必有顾虑，有问题就来咨询我。"

林嘉禾又轻轻点头，看着颜威，感觉他嘱咐这么多，大部分原因是明天就要分开了。

她说："颜老师，你如果不忙，我回国以后每天都给你打电话，好不好？"

颜威靠着椅背，在对面看着她。

林嘉禾继续说着："我们可以定好时间，比如晚上十点。"

颜威问："哪边的时间？"

林嘉禾笑了下，说："你这边晚上十点吧。"

颜威缓缓点头，说了声"好"。

这天夜里下了雨，轰隆隆的雷声压得很低，好像就滚在窗边。

小屋二楼，喘息越来越浓，欲望攀着潮湿肆无忌惮地漫开。她环抱着他的身体，他拉住她的手腕，闪电划过窗外，她看清他的发丝里藏着晶莹的汗水，像是此刻最真实的烙印一样。

某个刹那，她把手指穿进他的头发里，感受到他们震颤的频率同步了。

又是一场阵雨，惊雷只是片刻，明亮也只是瞬间。最后雨停了，他们相拥在一起，沉沉入眠。

第二天早上，林嘉禾起床收拾东西，衣物、证件、洗漱用品……她来的时候是一个随身包、一个行李箱，走的时候还是如此，只不过这回是颜威拎着箱子送她出门的。

路过厨房，昨晚的餐桌并没有收拾，剩菜好像都干在了盘底里。林嘉禾多看了一眼，再转头，颜威把行李箱放在门外，开着门在等她。

他们打了辆车，很快就到了机场。

颜威陪林嘉禾在机场等了半个多小时，但两个人安安静静的，谁也没有主动聊天。临登机前，林嘉禾接过行李箱，抬头对他说："不要想我噢。"

颜威看着她："我不想你谁想你？"林嘉禾眼睛一眨不眨地望着他，最后眯起眼来，笑了。她仰头在他的下颌上轻轻吻了一下。

站回原地，颜威的脸色柔和了很多，他对她点了下头："去吧。"

林嘉禾抓着行李箱的扶手，看着他说："颜老师再见。"

颜威没有说话，只是对她点了下头。

林嘉禾转过身，在他的视线中一步一步走向登机口。

飞机沿着跑道加速，最后攒足了劲冲上蓝天。林嘉禾望着地面上的建筑越缩越小，道路也渐渐看不清了，向后靠着，闭上眼睛。

五个小时的飞行时间，林嘉禾始终没有睡着，恍恍惚惚的，不知道想着些什么。直到飞机降落，大部分人出了舱门，她才起身走出去。

傍晚时分，外面天色将黑不黑。一套流程林嘉禾几乎是下意识地完成的，取行李，出机场，坐进一辆出租车里。

司机拿熟悉的普通话问她："去哪儿？"

林嘉禾先说了回小区，想了想，又改口成了公司地址。

司机点开计价器，一踩油门出去了。

距离公司越来越近，林嘉禾的精神头才逐渐找回来了。这么早回到家里也无事可做，越歇越倦怠，她去公司还能看看石头。

除了那件"大馒头"玻璃种，公盘上的其余两件翡翠她付款较早，昨天就已经运到公司里了。想到有两件翡翠可以看，林嘉禾顿时起了兴致，当即拿手机给何钏打了个电话。

"喂，师父？"

林嘉禾问："你现在下班了吗？"

何钏说："没有，我刚吃了晚饭，回来刻那个五毒摆件了。师父怎么了？"

林嘉禾看了看车窗外，然后说："差不多十分钟，我就到公司了。"

何钏惊讶地"啊"了一声："你已经回来了？"确定了一下日期，何钏说，"你不是说明天回来吗？邢姐还说要派车去接你呢。"

林嘉禾笑了笑，道："本来想偷偷回家休息一天，结果发现闲不住。"

电话里背景音一静，想必是何钏把机器关了，随后他说："哈，你肯定是着急看石头吧？从缅甸运回来的那两件石头就锁在仓库里呢，谁也不敢乱动，我现在去拿钥匙。"

出租车在公司门口停下，林嘉禾迈下车，看着夕阳下的翡翠工厂，一时有种恍如隔世的感觉。

工厂里一片安静，机器都歇了下来，什么声响也没有。林嘉禾走近两步，看到何钏挠着头发从办公室的平房里走了出来。

"师父。"何钏立即打个招呼，跑上前来，"仓库钥匙锁抽屉里了。"

林嘉禾说："办公室的人都下班了吧？"

何钏说："是。不过邢姐在她的办公室里。她那里有备用钥匙。"

林嘉禾朝办公室望了一眼："邢姐来上班了？"

"昨天和今天都来了。"何钏伸出手，"我帮你拿行李箱吧。"

林嘉禾松开行李箱，脚步往办公室方向拐去："那我先去找邢姐。明天咱们再研究石头，计划计划，直接给它切开。"

何钏点头："行，箱子就先放工厂里？"

林嘉禾说："随便贴墙放就行，我走的时候拿上。"

何钏拉着行李箱走了。林嘉禾走到邢秋眉的办公室门口敲了敲，里面传来一声："进——"

林嘉禾推开门，邢秋眉戴着眼镜坐在电脑面前。抬头看见林嘉禾，邢秋眉惊讶一笑："呦，今天就回来了？"

林嘉禾笑了笑："刚下飞机。"

邢秋眉转身看茶壶："快喝点水。"

"我自己倒吧。"林嘉禾走过去倒了两杯茶水，端给邢秋眉一杯，然后拉了把椅子在她对面坐下。

"邢姐，这几天你感觉身体好些了？"

邢秋眉随意"哎"了一声，不是很想多聊。

林嘉禾对她说："明天我陪你去检查一下吧。"

邢秋眉说："不用，我自己的身体自己了解，除了心脏啊，其他方面比同龄人都强多了。这心脏也是因为前些年操心太多，积攒下的毛病，一受累就不舒服。"

林嘉禾还要再劝，却见邢秋眉忽然指着电脑屏幕问："你猜我这两天干什么了？"

林嘉禾想着说："回顾了一下公司的业务？"

按照邢秋眉的习惯，每回休假回来，她都要把公司的整体状况捋一遍，然后召集员工开个会。如此一番，工作动力很快就找回来了。

邢秋眉点了下头："是——"

她滑了两下鼠标，最后把手放开了，回忆着说："当初公司刚成立的时候，只有老何一个雕刻师傅，资金也不到五十万。我用这些钱买了台二手磨石机，买了台计算机画图，然后开始接一些简单的雕刻业务。

"有两个节骨眼我记得特别清楚。一次是我接到的第一单大生意，当时有个客户想做一对镂空雕花的镯子，别的工厂都嫌费工，只有我和何师傅不嫌麻烦，把业务给揽了过来。等到镯子做好，客户很满意，又委托我们雕刻了一套翡翠大屏风。我们一下子赚到了几十万加工费。还有一次，就是租下这片工厂的时候，当时这里还只是一片空地，但是租下的时候我就在心里设计好了，一边建一排办公室，一边是库房，中间一大片地方整整齐齐地摆上机器……”林嘉禾听着听着，渐渐感觉不对味了。

邢秋眉叹了口气，说：“这间公司，都是我一点一滴打点下来的，盘给别人我这心里总归不甘心啊。”

林嘉禾皱眉：“有人要收购公司吗？”

“是我自己有这样的想法——”邢秋眉摘掉眼镜，抬起目光，“所以我先问问，你有这个意愿，把公司接过去吗？”

林嘉禾怔住了：“邢姐……”

邢秋眉说：“从你开始赌石的那一天起，我就知道你是迟早要自己飞出去的。比起从头开始，咱们公司的设备和员工都是现成的，相当于你直接踩在一块台阶上了。只是，邢姐不清楚你现在资金有多少，能不能做到这么大的事情。”

窗外夕阳一分一分地落下，在这明暗交接的时刻，林嘉禾感到头脑发昏，仿佛冥冥之中许多事情在把她往高处推。

林嘉禾吸了口气，把双手撑在膝上：“邢姐，我回去考虑一下。”

邢秋眉笑着说：“你也不用有压力，邢姐的身体还撑得住。不过你要是能够把公司收走，也算是帮我一个忙，让我提前退休，享享清闲了。”

邢秋眉是个直肠子的人，林嘉禾清楚她说的每句话都是交心的。林嘉禾点了点头，定声地说了句“好”。

又闲聊了几句，邢秋眉便催她回去休息。

林嘉禾说：“一天就坐了趟飞机，也没做什么。”

邢秋眉说：“坐飞机最累人了。”她起身关了电脑，“走，我也下班了。”

先送了邢秋眉离开，林嘉禾随后打车回家。等回到家里，林嘉禾往沙发里一坐，才忽然感到累，除了身体上的累，还有一种更深处的疲惫。

在她环顾整个房间，意识到只有她一个人的时候，这种感受更加强烈。

林嘉禾赶紧站了起来，把行李箱整理出来，然后洗了个澡。她歇久了，或许做这些事的力气就流失了。

最后一切都收拾好了，林嘉禾靠在床头静静地等待着时间。

缅甸时间十点整那一刻，她把电话拨了过去。那头的人很快接了起来。

“喂，颜老师。”

“嗯。”

林嘉禾说：“好久不见啊。”

不过分别了半天时间，这句话像是个玩笑。但是电话那头，颜威也回应说："好久不见。"于是这句话一下子真实起来。

林嘉禾轻轻笑了，隔了两秒，问："你晚上吃了什么？"

颜威说："没有吃。"他问，"你呢？"

林嘉禾顿了一下，说："我也没吃。"

颜威说："我下午有事情，回来晚。"

林嘉禾说："我是……忘记了。"

颜威"嗯"了一声，也没说什么。

林嘉禾坐直了一点，说："我下飞机后去了一趟公司，邢姐，哦，就是创立华光彩玉珠宝公司的人……"

颜威说："我知道。"

林嘉禾点了下头，说："我跟她在办公室聊了很久，她有意把公司转让给我。"

颜威略一思索，说："这是好事情。"

"是吗？"

"是，现在大部分公司，要么是做翡翠原石的，要么是卖翡翠成品的。而你如果收购下这个公司，意味着你既有高品级翡翠，又能自己设计加工，也有熟悉的客源，一条链都很完整了，生意很轻松就能起来了。"

林嘉禾没有说话。颜威问："你自己有什么想法？"

林嘉禾轻声说："我只觉得，一切事情都出现得太快了。"

翡翠、公司，好像眨眼间，她全都拥有了。

颜威说："你们公司转让这件事情与我无关。"

林嘉禾笑了一下："我知道。"

静了片刻，颜威在电话那边说："人们开采翡翠矿的时候，每当发现一块精美的翡翠原石，往往要把周边都挖掘一遍，出来的石头成色都不会差。人也一样，优秀的人自然而然会吸引来优秀的事物，化成你专属的资本。"

林嘉禾听着听着，望向窗外，"嗯"了一声。

她原本有些放不开手脚，但是颜威稍一提点，整件事情一下子就很稳妥了。

他低沉的声音，慢慢扩散到了整个房间，而窗外夜色浓郁，空气中带着淡淡的温度，和缅甸那边没有任何不同。

公盘结束后，缅甸又连着下了两天雨。

外面天色阴得不行，颜威在屋里处理工作，顶灯、壁灯都亮着。

几步远就有一套办公桌，实木桌、高背椅，可是颜威没有去那里。他陷在窗边的沙发里，双腿支着屈起来，偶尔用电话核对业务后，才伸平双腿，活动一下脖子。

晚上十点，林嘉禾的电话准时打过来了。颜威讲电话的时候，视线若有若无地扫向房间里那张柔软的大床。挂了电话，他继续工作到夜里，然后掐掐眉心，直接靠着沙发闭上眼睛。

窗外始终沙沙沙的，到了第三天，雨终于停了。

这天，包括班强在内的几名矿达员工都搭飞机回国了。颜威多留了一天收尾工作，然后收拾东西，离开了缅甸。

飞机进入中国境内，会率先路过林嘉禾所在的城市，颜威心里有大致地图，但并没有朝窗外看。他仰头靠在座椅上，过了一会儿，忽然想起什么，从兜里摸出一根金红编织小绳来。

旅游街上的缅甸妇女手巧，这根头发手链也编得精细，一端有个米粒大小的结扣，另一端有个还没米粒大的孔。

颜威仔细看了看这根手链，然后把它绕到了自己的左手腕上。

小小的绳结很难系，单手操作更是困难，颜威垂着眼，手指慢条斯理地鼓捣着。在微微晃动的飞机上，这更像是种自娱自乐的游戏，他又好像是把心中的念想，以一种具体的方式不声不响地疏解出来。

不知道过了多久，空姐例行过来服务时，颜威抬起头来。

空姐站住："颜先生，需要点什么？"

"还有多久到广州？"

"大约半小时。"

颜威点点头，抬起手腕："麻烦帮个忙。"

空姐先是一愣，然后笑了，把托盘放在一旁。

几下系好手绳，颜威翻转着看了看，对她道谢。

空姐重新端起托盘："那颜先生，你看还需要点什么？"

颜威向后靠坐，仍旧看着手腕："不需要了，谢谢。"空姐微笑着离开。

半小时后，飞机落地广州。矿达集团总部设立在这里。

颜威穿好薄外套，拉高衣领，带着两个手提包和一个行李箱走了出去，刚到门口，一张熟脸迎了上来。

这人是矿达公司的司机，颜威隐约记得姓马。

司机接过行李，颜威指了指手提包，嘱咐他："玉器，平放。"

"好，您先上车。"

颜威坐进后座。司机放好行李很快回到驾驶座里，将车挪出车位，问：“颜总去哪里？酒店还是公司？”

颜威瞥了一眼车前仪表盘，傍晚六点。他抬起目光，看向后视镜，说：“马师傅，是吧？”

“对、对。”

“从公司过来的？”

“对，从公司大楼来的。”

“沈凌君在公司吗？”

马师傅摇头：“这我不清楚啊。”

颜威问：“她的车在吗？”

“啊？”

“你开车出来的时候，沈总的车还在车位里吗？”

马师傅想了想，说：“在。”

颜威点头，对他说：“那现在去公司。”

马师傅应了声，打转向准备并进主路。

车子渐渐跑上速度，颜威摸出手机看了一眼，没有未接电话。

正绿玻璃种女娲石被拍走的那天，沈凌君打了个电话来质问，聊得不算欢快，之后他们便没再联系过了。

但沈凌君是知道他今天落地广州的，马师傅多半也是她派来接机的，她没有打电话过来，明摆着是在等他主动联系她。

这么多年来，沈凌君就这脾气，颜威很清楚。

机场距离矿达大楼约四十分钟车程，车子到了以后，天空微有昏暗的迹象。

颜威下车后，让马师傅开车走了，然后调整了一下表情，给沈凌君拨了个电话过去。

电话接通那一刻，颜威脸色放松，声音甚至带出了笑意：“喂，君姐，你猜我到哪里了？”

沈凌君的嗓音脆生生的，显得很年轻，至少与她的年龄相比是这样的。但现在，她的声音有点不情愿，隔了几秒钟，她才说：“怎么？下飞机了？”

“我到公司这边了。”颜威不紧不慢地说，“还给你和沈大哥都带了礼物。”

沈凌君“哦”了一声：“什么礼物？把那块女娲石弄回来了？”

颜威笑了一声，说：“除了女娲石不要，那你的礼物可真是难买啊。沈大哥的礼物他肯定喜欢，你的礼物啊，悬了。”

那边沈凌君没绷住，也“扑哧”地笑了，随后说：“那我倒是想看看。

你沈大哥也在，晚上一起吃饭吧。”

颜威说：“好啊，那——”

“四季酒店附近有几家不错的私房菜，正好你也要住四季酒店，就定在那边吧。”

颜威说：“好，那我就不进公司了，先回酒店。”

“嗯，等下再联系你。”

挂了电话，颜威全部的表情一下子消失了。他站了几秒钟，然后抬步走向停车区。颜威并不在广州常住，所以没有固定的住处，但是有辆代步轿车，一直停在公司里。

颜威开着自己的车，沿着高峰拥堵的公路慢慢挪到了四季酒店。进了房间，他简单换了身衣服，再次开车出门，停到一排饭店门口。

傍晚无风，连夕阳都是燥热的，颜威降下车窗，天色正以肉眼可见的速度一分分地暗下去。

继续等了半个多小时，颜威拿起手机，正打算拨过去，电话打过来了。

颜威接起来：“你们到了？”

沈凌君说：“啊，你沈大哥有点事耽误了，现在时间也晚了，要不——还是在公司附近吃饭吧。”

颜威慢慢眯起眼睛，随后点了下头：“行啊，订好饭店了？”

“素会轩，就在公司对面。”沈凌君故意又问，“你到哪里了？是不是已经回四季酒店了？”

颜威淡淡笑了下：“没事，半小时就过去了。”

“那你路上慢点，我们在饭店等你。”

颜威道：“好的。”按了电话，颜威一把将手机扔到副驾驶座上，面无表情地看向前方，把车窗慢慢升了起来。

颜威原路返回矿达公司，一路上路灯、车灯都亮了。车子像是泡沫一样，被缓缓推动着向前流动。

等终于到了地方，已经八点过快九点了，颜威迈进饭店，正好遇到一桌食客饭毕走了出来。

服务员引着颜威来到包间门口，推开门的瞬间，颜威抬起下颌，表情一下子轻快起来，仿佛风尘仆仆终于归来一般。

包间中央一张圆桌，已经摆上了许多样菜。房间周围绿植流水，布景优美，沙发、茶桌陈列其中，沈宗仁和沈凌君从茶座前站起身来。

“沈大哥、君姐。”颜威大步走过去，朝二人点头。

“快放下吧。”沈宗仁把颜威拎着的两只公文包接过来，放在茶桌上，指着盥洗池，“去洗把脸，洗个手。”

颜威把双手揣进衣兜里，站在原地笑：“我刚才回酒店收拾了一下，手干净的。”

“干净什么？”沈凌君瞥他一眼，然后说，“先来吃饭吧，菜都上来好久了，桌子上有热毛巾，擦擦吧。”

三个人在圆桌边落座，颜威抽出双手，拾起毛巾擦了擦，迫不及待地看向桌面：“香啊，这都是什么菜啊？”

沈凌君说：“都是素食。”

颜威揭起面前的小碗盖，舀起一勺：“不像啊，闻着有肉香，这是鲍鱼吧？”

“那是素鲍鱼。”

“素鲍鱼，什么做的？”

“自己尝尝。”

颜威举起勺子。沈凌君在一旁看着他，沈宗仁坐在正对面也看着他。颜威把勺子伸进嘴里品了品，咽了，对沈凌君说：“还是像鲍鱼。”

沈凌君一下子乐了：“你这人，白尝。”她尝了一口，然后说，“这不明显是蘑菇吗？”

颜威说：“差不多的东西。”

“这哪儿能差不多？”沈宗仁拿起筷子，慢悠悠地说，“这说明厨师水平高，以假乱真的目的达到了。”

颜威跟着一笑，夹了一筷子笋片吃。

沈宗仁问他：“这里的菜都清淡，吃得惯吧？”

颜威说：“清淡点好，缅甸那边调味太重，反而吃不进去。”

沈宗仁说：“是，你这几天在广州好好养养。”他也夹了一口笋片，吃完然后说，“有点凉了。”

颜威笑说：“等久了，我下飞机先回了趟酒店，耽搁了。”

沈凌君朝颜威看了一眼。

所谓有事耽搁更换饭店都是借口，她就是有意让颜威白跑两趟。不过颜威不与她计较，还和和气气地坐在一起吃饭，她再有气也使不出来了。

那件女娲石的标没有拦下来，确实是颜威工作失误。但是这次缅甸公盘颜威也给公司收来了大量优质的翡翠原料。

沈凌君转了半圈桌子，指着一盘菜：“这是素红烧肉，你尝是什么做的？”

颜威咬了半口，说：“冬瓜。”

沈凌君笑了笑：“这你倒尝出来了。”

沈宗仁在对面跟着一笑，颜威余光瞥见，随后低头把另外半块无味的冬瓜吃完。

沈宗仁和沈凌君是兄妹，只是年龄差距有些大。

沈宗仁眼瞅着快六十岁了，老婆换了两个，大的孩子工作很久了，小的孩子还在上大学。而沈凌君只有四十出头，至今未婚。

只有四十岁，却已经四十岁了。良好的家境和长兄的保护，使沈凌君在她这个年纪始终保留着一种天真，即便偶有脾气，也是小女孩的脾气，处理得当，很快就过去了。而哄好了沈凌君，沈宗仁那边一切也就好说了。

吃了几口菜，又闲聊几句，沈宗仁和沈凌君都放下了筷子。颜威站起身，把两只硬箱拎到了桌上来。

“他带回来的礼物。”沈凌君指了指，再一次问，“是什么啊？”

颜威把一只箱子开了个缝，看了一眼，说：“这是沈大哥的。”

箱子完全打开，里面放着一只软布红盒。颜威打开软盒，从里面捧出一枚绿莹莹的勾玉来。

勾玉一端浑圆带孔，一端尖而细，形似动物的獠牙，在古时曾是权势的象征。眼前这枚足有巴掌大，用料大气，浑厚圆润，自带浓浓的复古情调。

沈宗仁走近，伸手接过，细细地摩挲：“这翡翠很老啊。”

颜威说：“这是汉朝时期日本的贡品。”

沈宗仁的眼睛又是一亮：“日本老玉啊。”

世界上除缅甸，还有日本、美国、俄罗斯等五个国家产有翡翠，只是品质粗糙，产量也少，所以都不成规模。

但正是因为稀少，眼前这枚细润的日本翡翠更显得珍贵起来。

沈宗仁说：“我只见过几件日本玉雕，都不上档次。”

颜威说：“日本的翡翠毛料没有皮壳，所以晶体比较粗糙，大多用来做雕刻材料了。像这样种老又细润的，比较少见，我在缅甸一家小店里看到了，就赶紧收下了。”

“好、好。”这礼物是选对路了，沈宗仁打心里喜欢这样的老玩物，笑容藏都藏不住。

沈凌君坐在旁边说：“行啦，你回家跟你那一屋子宝物放一起，慢慢看。”她看着压在底下的箱子，“那是我的？”

颜威点头，把那箱子挪出来：“这是在公盘的拍卖会上收来的。”

箱扣打开，一枚璀璨的多色翡翠组合蝴蝶置于其中。

蝴蝶主体部分是由鲜绿色梅花鹿种翡翠雕刻而成的，细腻的天然斑点很好地模拟了翅膀的纤维感。蝴蝶的身体、触角等又巧妙地镶嵌了黄翡和红翡，整款造型大方美观，同时兼具女性的甜美感。

沈凌君欣赏着，问："这是胸针？"

"两用。"颜威掀开箱子上层，下层还搁着一只配套的镶钻项链，"可以当胸针，也可以当颈饰。"

沈宗仁在一旁笑道："戴上试试啊。"

颜威瞥了一眼沈凌君今天的衣服，薄绸圆领。他把翡翠蝴蝶固定在项链上，拿起来说："君姐，我给你戴上项链看看。"

沈凌君推托不过，只好低头撩起头发，由颜威把那蝴蝶由前向后戴在脖颈上。项链扣好，冰凉的翡翠蝴蝶一半贴在皮肤上，一半落在胸前的衣料间。

颜威转到她正面看了看，一本正经地说："好看。"

沈凌君拿手摸了摸，忙说："把我的手机递过来，我照照。"

颜威从桌上拿起手机递给她。

见沈凌君照着看，沈宗仁在一边附和："好看，跟你今天的衣服很配，像是衣领带了一圈装饰一样。"

沈凌君搁下手机，在颜威手上拍了一下，笑道："挺会买啊。"

颜威只是站在那里笑着。

略微夸张的蝴蝶项链把沈凌君的脸映得神采奕奕的。颜威一时有种错觉，这十年来，沈凌君似乎没有任何变化，肤白，微胖，精致的鬈发，笑起来很明媚，保养得一道皱纹都没有。

可惜，她在翡翠行业浸润这么久了，仍旧衬不出翡翠的感觉。她是更适合珠宝华服的女人，与翡翠是不同世界的人。

思及此，颜威心里轻轻动了一下。颜威低头淡笑，然后抬起脸说："不常买礼物。这次公盘工作没做好，权当补偿错误了。"

一场晚餐，三个人弯弯绕绕，总会转回正事上。

沈凌君说："唉，别的都好说，偏偏是那块正绿色女娲石。你沈大哥下个月就过六十生日了，本来打算在生日宴上开解那块石头的。"

颜威安静站着，身后的沈宗仁出声说："既然无缘，就不要再提了。我生日那天开那块蓝色女娲石就罢了。"

"我们一共就三块，被偷标一块，开解一块，手里就只剩一块了。"沈凌君攥了一下手指，"那女娲矿区还不确定能不能……"

“嗯？”沈宗仁皱眉制止了她，摇摇头说，“不说那么远了。”他推着桌子走了一步，“今天也晚了，回去休息吧。”

沈凌君这时翻开手机看时间：“呦，都快十一点了。”她站起来说，“是该回去了，项链帮我摘下来吧。”

“戴着吧。”沈宗仁说。

沈凌君皱眉笑道：“钩头发，下次我把头发盘起来再专门戴它，来——”

颜威走到她身后，帮她把项链摘掉收回箱子里。

三人一起走出了饭店，沈凌君被司机接走了，沈宗仁和颜威各自开上自己的车。

和沈宗仁的车一前一后驶了大半程后，终于在一个十字路口分开了，颜威拐进岔路，把车速慢下来，最后停进了路边的一处车位里。

他缓缓降下车窗，不远处娱乐场所正在营业，一片灯红酒绿，热闹的音乐声一阵阵传过来。

颜威双手搭在方向盘上，整个人放松地靠坐着。

缅甸时间十点，也正是此时的十一点半，林嘉禾的电话打过来了。

“喂。”

“喂，颜老师。”林嘉禾耳朵很尖，说，“你那边有点吵啊。”

颜威说：“我在外边。”

林嘉禾说：“有音乐声。”

“外边在放音乐。”

又停了几秒，林嘉禾似乎仔细听了听，随后笑着说：“怎么听起来像是中文歌，颜老师你在哪里啊？”

“你猜我在哪里？”

林嘉禾的声音停顿了一下，随后又响起：“颜老师你……已经回国了？”

颜威瞥向窗外，目光染上了淡淡的笑意，很想对她说一句聪明，可喉咙上下滑动，只是低声“嗯”了一声。

林嘉禾的声音充满惊喜：“你已经回国了，是今天回来的？”

颜威敲了下方向盘：“对。”

“那你现在在哪里？”

“广州。”

“广州？”林嘉禾想了想，“矿达总公司在那里。”

“对。”颜威问，“怎么？想来找我吗？”

林嘉禾顿时笑了，那次他在机场准备搭飞机，她赶去送他，然后就送进了隔壁的小旅馆里。事情就发生在几周之前，她回忆起来却仿佛隔了很远。

林嘉禾语气轻下来，说：“这回我等着你来找我。”

颜威低头无声地笑，手指一下下敲着方向盘，还想再说些什么逗逗她，这时却听到她说：“颜老师。”

“嗯？”

林嘉禾说：“我今天看上了一间店铺。”

颜威坐直，慢慢问她：“在哪里的店铺？”

“在中心商业区。”林嘉禾说，“我这两天陆续看了不少，玉石街里转让的店铺大多位置不好，而且比较老旧，装修起来工程量也很大。然后我的一位朋友陈岩水，给我介绍了几间商业区里的店铺，我看上的这家店面有上下两层，空间合适，位置也很合适。”

“店面是装修好的？”

“对，比较省事。”林嘉禾笑了下，然后说，“这店面之前是一家珠宝店，装修很精美，上个月因为租金撤走了。”

“听着很合适。”

林嘉禾忙说：“我这里拍了一些照片，发给你——”

“不用。”颜威说，“你认为合适，就定下来。”

林嘉禾说：“我明天上午还要去看，你有时间的话，可以给你视频。”

“都不用。”颜威缓缓说，“过两天我亲自去看。”

“啊？”

颜威握了一下手机：“不是等我去找你吗？

林嘉禾立即轻轻笑了：“那好，我明天就去签合同，等颜老师你来了，店面应该差不多收拾出来了。”

她的声音带着一点连绵的倦意，另有细微声响，大约是翻了个身。她已经准备入睡了吧？

午夜里空气又潮又热，颜威在半敞的车厢里呼吸着，答了声“好”。

“那……过两天见？”

颜威道：“过两天见。”

挂了电话，颜威看着屏幕想，她打电话始终习惯这样的结束语：一会儿见、明天见、过两天见。她讲这些话时会微微拉长语调，仿佛在期待他的回应，又仿佛在故意教他一样。

颜威摩挲了两下手机，然后搭上方向盘。车子蒙着夜色朝酒店方向驶去。

第二天清晨，林嘉禾又醒得很早。醒得早，说明她心里挂着事情了。

林嘉禾在沙发上挨过了一段时间，八点一到，立即给陈岩水打了个电话，跟他说自己决定签下那间店面了。

陈岩水那边帮她联系了商业区的管理人员，约定好中午来店铺敲定合同。

“搞定。”这通电话结束，林嘉禾感到自己像是上了一根发条，浑身充满动力，对镜一照，脸上都不自觉地挂着笑。

林嘉禾抬起手揉了揉脸，视线下滑，看到了柜子上的一只大的方形首饰盒。

这里面是一套红翡镶嵌的首饰，是她从缅甸公盘回来后，何钏交给她的。

盒子里的耳钉和项坠都很小巧，采用明亮型切割方式，使得红翡发出钻石一般的璀璨光泽，手指摸上去，冰冰凉凉的，指尖被映上一点细腻的光。

她还没有试戴过呢。

林嘉禾将耳钉和项链一一取出来，佩戴好。这抹红色明丽，果然很显肤白。但这时，她手腕上原来的春带彩镯子就显得不搭配了。

每块翡翠料都有自己的意境，不同的绿色翡翠混搭起来都显怪异，加上色彩不一就更乱了。

林嘉禾把镯子摘掉收了起来，重新照向镜子，满意地点了点头。她就这样戴着新首饰出门了。开车到了工厂，林嘉禾走到侧面仓库门口，掀起大门，见何钏正在里面忙活着。

见到林嘉禾，何钏站起身来，收了卷尺：“师父。”

林嘉禾跟他打了个招呼，视线落到地面上。

仓库地上搁着从缅甸运回来的两件翡翠。其中嫩绿色的金丝种翡翠确定要切镯子，所以已经理成片了，上面的镯型也画得七七八八了。

而另一件干青种翡翠体积足够大，何钏想要拿它雕刻一件大型摆件，所以没舍得大刀切割，目前只是把表皮擦解了一遍，能够看到通体表现都是很让人乐观的。

“怎么样？”林嘉禾走近问，“这件大块料设计好了吗？”

“还是打算雕一个大翡翠牌。”何钏比画着说，“这块料子是扁方形的，好像天然就该雕刻成翡翠牌一样。只是能够选择的图案太多了，比如山水图、群仙图等，这么大块的翡翠很难得，就像是画布一样，一旦下刀就不好改了。”

林嘉禾蹲下身来，伸手抚摸翡翠蜡绿色的切面。

“所以，最好有人来专门定制。”

“对。”何钏立马点头，“翡翠牌很适合定制，无论赠礼还是自己收藏，都更有意义。”

林嘉禾说："那能不能这样？先把翡翠牌的大致形状切出来，不雕刻花样，只用一个摆架把它挂起来。这样方便给顾客展示，一大片绿油油的翡翠也很吸引人。"

"当然可以，只是——"何钏看向林嘉禾，"你是想以后摆在店面里吗？"

林嘉禾告诉他："不是以后，我中午就去签合同了，过不了几天这些翡翠就都能摆进店里了。"

"店铺已经选好了？"何钏"哇"了一声。他知道邢秋眉打算把公司转给林嘉禾，也知道林嘉禾这两天都在看实体店面，只是没想到她这么快就敲定了。

林嘉禾笑："是啊，选好了，你中午跟我一起去看看吧。"

说着，她蜷起手指在翡翠上敲了敲，发出悦耳的叮叮响声。

接近中午，两个人出了工厂，何钏这回主动要求开车，林嘉禾欣然同意了。

中心商业区距离他们工厂只要十分钟车程，比玉石街要近得多，这也是这间店面的便利之处。

何钏在停车区一把停好车，拔了钥匙下车。

"技术不错啊。"林嘉禾推上副驾驶座的车门，在阳光底下眯起眼睛。

何钏得意地晃了晃手里的钥匙。

两人绕过车子，朝着一家临街的二层店面走去。

还没进门，透过玻璃，林嘉禾就看到有三个人已经等在店里聊天了。她推开门的同时，那三人迎了上来。

一位是陈岩水，另外两位由陈岩水介绍："这位是商业区的招商经理，也姓陈。"林嘉禾与西装革履的陈经理握手。

"这位是这家店之前的店长，袁先生。"

林嘉禾也与袁先生握手，但同时有些不解，前店长是来做什么的呢？

陈经理解释说："这家店上一份租约要年底才到期，今年下半年算是转租，明年开始再新签合同。"

陈岩水在一旁言简意赅地道："今年剩下几个月的租金能便宜一点。"

林嘉禾懂了，欣然点头。

在签合同之前，陈经理带林嘉禾和何钏把店面重新看了一遍。

店铺一楼陈列着玻璃柜台，宽敞明亮，每个柜台都配有安全的密码锁。二楼中央有一排圆形展台，周围分布着沙发椅，最里侧有两间隔音的小屋子。林嘉禾很喜欢那两间屋子的私密设计，方便客人在里面佩戴饰品，也方便她跟客人沟通价格。

从二楼下来，林嘉禾对陈经理说：“再带我们看一下地下室吧。”

何钏问：“还有地下室？”

陈经理说：“对，这些大店铺地下都配有一间库房。”

走至地下，陈经理推开厚重的大铁门，说：“这里物业可以帮着换锁，防盗锁、指纹锁都可以。”

何钏说：“很安全啊。”

林嘉禾点点头，迈入地下室，里面空间足够大，已经打扫得很干净了，只有两个铁货架堆在墙边。

林嘉禾说：“以后一些简单的雕刻也可以在这里进行。”

何钏四下看了看，满意地说：“能摆下好几台磨石机了，比咱们公司的仓库面积都大。”

林嘉禾轻轻点头，这宽敞的地下仓库，也是她看上这家店的原因之一。

再次回到一楼，林嘉禾把店铺租赁合同看了一遍，然后落笔签订。

陈经理说：“明天我叫物业来把卫生打扫一遍，其他您看……”

林嘉禾：“把锁也一起换了吧。”

陈经理：“好。”

这边交谈完，陈岩水走了过来，问：“林经理，你开店需要店员吗？”

林嘉禾心下一动，看向他：“这家店之前的店员？”

“对。”陈岩水向身旁的袁先生示意。

袁先生上前朝林嘉禾一点头，说：“我这家店转让后，老员工都陆续找到新工作了，目前还剩两名店员处于待业状态。你需要招聘的话，可以考虑面试一下。”他又补充，“我们店之前招聘时是仔细筛选过的，店员素质都很好。”

林嘉禾微微一笑道：“那正好，明天上午让那两名员工一起过来吧。”

剩下半天，林嘉禾和何钏留在店里，把每个柜台都设计了一番，同时又找出了几处需要物业整改的地方。

第二天他们趁热打铁，收拾好店面，面试好两名员工。林嘉禾还让何钏把几件展示用的翡翠石料运到了店里，这样一忙大半天就过去了。

傍晚时候，林嘉禾才想起来叫大家一起吃顿饭。把两名新店员叫上，陈岩水也叫上，邢秋眉有事情，林嘉禾便联系了公司其他十几名老员工，让他们能来的尽量都来。

晚餐定在了珠玉饭店，这是附近比较出名的大饭店，菜色齐全，环境也好。

公司聚餐都愿意来这里，林嘉禾第一次请颜威吃饭，也是在这里。

林嘉禾打电话订好了包间，然后跟何钏一起开车往饭店赶去。

一路上何钏开车，林嘉禾靠在副驾驶座上休息。她握着手机，稍微闭了闭眼睛，这时忽然感到掌心电话振动了一下。

林嘉禾睁开眼睛，振动已经停了，只剩下一个未接电话，来自颜威。

她的心立即跳了起来。或许是之前形成的习惯，一看到颜威的未接电话，林嘉禾首先就紧张起来，想他会不会哪里出现问题了。

尽管他们在缅甸相处的那段日子，颜威整个人安全又可靠。可是他背面还是藏着一些东西的，那些不安的因素，从来没有消除。

林嘉禾立即把电话拨了回去。好在电话响了一声就被接通了。

颜威口吻平常地说："喂？"

林嘉禾松了口气："颜老师，你刚才给我打电话了？"

颜威似乎把手机拿下来检查了一下，然后说："按错了。"

"哦。"

"不好意思。"

"没事。"林嘉禾心里也放松下来，问，"颜老师你吃晚饭了吗？"

颜威说："还没有，你呢？"

林嘉禾说："我正准备去吃，今天店铺收拾得差不多了，晚上请几个帮忙的朋友在珠玉饭店聚餐。"

路上有车鸣笛的声音，颜威听见了，对她说："知道了，你去吧。"

林嘉禾把头轻轻抵在车窗上："嗯，颜老师你也早点吃饭。"

颜威说："好。"

"那，再见。"

"再见。"

挂了电话，林嘉禾的视线始终定在手机上面。何钏跟她说话她都没听到，于是何钏又叫了一声："师父？"

林嘉禾这才转过头："啊？"

何钏开着车笑道："我刚才问你的话你没听到吧？我问，是你那位朋友打来的吧？那位赌石很厉害的朋友，上次见他，戴了顶黑帽子。"

林嘉禾轻微点头，说了声："对。"

何钏打了个转向。夕阳晃进车里，林嘉禾再次看回手机，觉得自己刚刚的想法几乎是不可能的。

刚才一个瞬间，她想的是，颜威不会是偷偷来找她了吧？

第十一章

▷▷ 极品帝王绿

飞机快降落时，屏幕上播放了一个宣传短片。

清朝初年，一位云南老伯来到缅甸场口打工。苦活累活做了多年，他见到了石头的暴利，也明白了人心的复杂。一天夜里，老伯抬头望着月亮，忽感心累，决定回老家去。

老伯牵起一匹马就上路了。马背一边挂着铺盖、干粮，一边只挂着几件衣物。山路远而崎岖，老伯为了让马匹保持平衡，从山坳中捡起一块浑圆的大石头，拿褡裢一包，压在了衣物那一侧。

回家以后，那块大石头就被丢在了马圈里，垫食槽、磨镰刀、堵墙洞……直到三年后的晚上，老伯到马圈附近拾柴火，猛一抬头，愣住了。

只见一束皎洁月光下，大石头被磨处竟然透出了莹莹绿光……

这块透亮的绿石头就是翡翠。

老伯因此发了大财，当地的人也受其影响走上了玩石头的道路，后来渐渐成了规模。五湖四海的翡翠商人都往此地汇聚。

一块山坳里的石头，打开了一片赌石江湖，影响多年，延续至今日。

老伯所在的地方，便是如今的玉石街。

短片播完了，颜威将目光挪向窗外，整个城市的轮廓在机翼之下慢慢清晰起来，其中那条玉石街分为前街、后街，蜿蜒展开，后又合并，从高空俯瞰，形如一颗心。

走出机场以后，颜威给林嘉禾拨了个电话。

熟悉的环境令颜威难得生出了一种情调，他想，或许可以给她个惊喜。于是电话刚响一声，他就挂了。

颜威把手机装了起来。这时，几个躲在不远处的树底下的缅甸小贩朝他围了过来。

“是来买翡翠的吗？”

“我这里有便宜货，看看我的。”

这些缅甸小贩也被称为“旮旯”，都是看人行事的，一见颜威就知道他是外地来的，纷纷拿出各种各样的翡翠挂件让他看。

颜威对他们摆摆手，这时林嘉禾又把电话打回来了。接通电话，颜威聊了两句应对过去，等他挂断，发现自己手里被塞了一枚碧绿的翡翠蛋面。

一个黝黑精瘦的缅甸小贩用中文跟他推销：“这是上等翡翠，买回去可以做戒面，也可以雕刻挂坠。这东西在玉石街上至少卖两万元，从我这里买，五千。”

“不用。”颜威说着，就要把翡翠还给他。

“那你再看看这些。”缅甸小贩打开手里的布包，里面呈着好几种蛋面，有红翡、蓝翡，还有透明无色的，“看上哪个还可以便宜。”

“看看我这个，还有这个，都是两千块钱的。”又一个小贩举过手里的布。

“我这里有好货。”

颜威直接抬起手，对他们做了个制止的手势。

面对这些“旮旯”，你越是说不要，他们就越能跟你拉扯。颜威话少，一副拒人于千里之外的架势，几个缅甸小贩面面相觑，倒是不再往前凑了。

颜威再次把绿色翡翠蛋面递还给小贩。

小贩不接，打量他一眼，黏糊糊地说：“你都拿上了，还不买？天然翡翠这个价格多合算啊，而且还可以便宜。”

颜威问：“天然翡翠？”

“肯定是啊，我不骗人的，你手里这枚翡翠是最正的绿色均匀的冰种。”

颜威点了下头，手指在翡翠蛋面上不紧不慢地搓了两下，然后突然下蹲，把翡翠按在地面一磨。

“哎，你……”等小贩反应过来，颜威已经站了起来，对他摊开掌心。

原来那枚蛋面表皮镀了层膜，绿膜被磨掉以后，里面只是一粒灰白的岩石。

颜威抬起眼皮，声音清晰地告诉他：“这叫石头。”

“你！！！”小贩气得嘴巴都歪了。

颜威再一次拎着石头递给他，他不接，颜威直接把那石头扔在了地上。小贩怒气腾腾地缠住他：“这个你必须买。”

颜威无意过多纠缠，对不远处巡逻的保安抬手：“保安。”

那保安望过来，看见几个“旮旯”围在一起，顿时就清楚是什么状况了，一边冲对讲机讲话一边走了过来。

“来人了，走。”

几个小贩顿时作鸟兽散。刚才那名小贩捡起地上的石头，快速瞪了颜威一眼，然后跑到了道路外边的大树底下。

保安见“旮旯”们跑了，脚步就停下了，他只负责机场门口这片区域，出了道路就不归他管了。在当地这样的小贩很多，他也管不过来，最多只是驱赶。

小小的插曲，颜威丝毫没放在心上。他低头拍干净衣服，继续往前走到停车区，上了一辆出租。

出租司机先打表起步，然后才问：“去哪儿？”

颜威说：“珠玉饭店。”

“好嘞。”

看了一下时间，晚七点，颜威靠在靠座上。不确定林嘉禾今晚几点结束。他想等她聚完餐后第一时间见到她，然后跟她一起回家。

下车来到饭店门口，颜威一眼扫见了林嘉禾的车，面容顿时带上了淡淡笑意。饭店大堂里空调凉爽，又飘着温热的饭菜气息，这使他产生了一点饥饿感。

服务员从前台走过来：“先生您好，请问几位？”

颜威说：“一位。”

“一楼客满，二楼散座可以吗？”

“可以。”

“好的，楼梯就在前边。”服务员说完，转头用对讲跟楼上的人交接，“一位男士上楼，麻烦带一下。”

颜威向前走去，迈步上楼，走到楼梯中间时，忽然感觉不对了。

一股巨大的眩晕感，像海啸一般砸在他的脑袋上。颜威立即张开双手，一手撑墙，一手扶紧楼梯。

他的后背绷紧了，身体前伏，像是一张拉满的弓。

“先生？先生？”

颜威大口大口地喘息，皱眉抬起头，看到一个端托盘的服务员站在他前边。

“先生，您哪里不舒服？”服务员赶紧放下托盘，过来扶他。

颜威摆了下手，调整呼吸。那阵眩晕感逐渐散了，来也快，去也快，不过是几秒钟的事情。

颜威松开手，慢慢站直起来，这时看到那个服务员表情焦急，嘴里一开一合的，却没有任何声音。他又往远处看，大厅里一片安静，餐具碰撞声、交谈声，还有音乐声，瞬间都消失了。

原来这回，轮到耳朵出问题了。

“啊！”林嘉禾迅速抽回手。

“师父，没事吧？”坐在旁边的何钏立即站起来，把纸巾递给她。

林嘉禾看着手指，摇了摇头：“没事，不小心被扎了一下。”

她把指尖的血珠挤了挤，然后用纸巾裹住。

餐桌上新上来一盘彩椒牛肉串，穿肉的铁钎比较尖锐，林嘉禾拿菜时一不留神扎到了手指。

陈岩水见到了，起身说：“我去要个创可贴。”

“没事的。”林嘉禾对他说，“不怎么流血了。”

陈岩水仍然坚持走了出去。

有人替她埋怨：“这肉串摆盘也是奇葩，一串串都立着，跟一盘刺猬似的。”

林嘉禾笑着自嘲：“唉，赌石这么久都没受过伤，吃个饭倒把手给伤着了。”

一个老员工说：“越熟的事才越容易出状况，出车祸的大多是老司机，新司机反而比较谨慎。说明林经理赌石还是不如吃饭熟练啊。”

桌上的人顿时都笑了。

几分钟后，陈岩水回来了：“服务员一会儿拿创可贴过来。”

林嘉禾点点头。桌上有人招呼陈岩水吃菜，陈岩水摆手说吃饱了。

没一会儿服务员给林嘉禾拿来了创可贴，还带来了最后一道汤菜。大家基本都要开车，所以没有喝酒，一人盛了碗汤喝，饭局也接近尾声了。

众人边聊边走出包间，下楼的时候，林嘉禾问何钏：“我先开车送你回去吧？”

“不用，我跟我叔一起回去。”何钏指指走在后面的何师傅。

“那好。”

走出饭店，林嘉禾拉了一下车门，又挥手跟几个员工告别。等大家都散了，她转回头，拉了几下车门都拉不开。几秒后她才反应过来，她根本还没开锁呢。

拿钥匙打开车，林嘉禾坐进车里，深深呼了口气，感觉自己今晚心不在焉的，大概是忙了一天累了。

窗外的城市已经陷入了黑夜，路上车很少，因而显得无比宁静。林嘉禾轻握着方向盘。车子疾驰在路上。

忙碌的一天，也是圆满的一天，车子在楼下停好，林嘉禾上楼的脚步拖出了一点疲惫。

以后如果换房，她一定要换个有电梯的房子。不过换房一来麻烦，二来其实没必要，她已经住惯了这里，真要换她还会舍不得的。

林嘉禾这样胡乱想着，走上了最后一级台阶。

忽然一抬头，她看到前面站着一个黑色人影："颜老师？"

声控灯亮了，站在她家门口的正是颜威，一清二楚。

林嘉禾立即惊喜地笑了，朝他走过去："颜老师，你来多久了？"

颜威没有回应，低头看着地面某处，好像根本没察觉到她回来了。林嘉禾有些奇怪，脚步慢了下来。就在她又要开口时，颜威抬起视线看到了她，然后他面容微动，上前一步把她搂住了。

林嘉禾一下子陷入了他熟悉的怀抱里，怀抱坚硬而温暖。她呼了口气，伸手环绕住他的后背。

"你等很久了吧？站在门口像一尊雕塑一样。"她蹭在他胸前轻笑，"是不是等傻了？"

颜威没有说话，大手依旧紧搂着她。

这样相拥了一会儿，林嘉禾拍了拍他："好啦，先进屋吧。"

颜威把胳膊慢慢松开了。林嘉禾抬眼看了他一眼，觉得有些不对劲，可一时也说不上来。她打开家门，拉着颜威走了进去。

关上门，林嘉禾说："颜老师，我今天应该早点回来的。"她再一转头，人没了，原来颜威已经走到沙发面前坐下了。

他很不对劲。

林嘉禾一步一步走过去，只见颜威的坐姿无比端正："颜老师？"

颜威的表情很安静，安静过头，就有些冷了。

林嘉禾尝试着说："颜老师，你是大笨蛋。"

颜威的表情没有任何改变。

林嘉禾心里轰一下响了。她愣了下，才又轻轻地说："颜老师，我喜欢你。"

颜威抬头看着她，灯光之下，他的眼神很温柔。

他知道她在说话，只是……

林嘉禾慢慢地说："你现在听不到，是吗？"

颜威看着她的嘴唇，仿佛已经知道她的问题了，只是不想去做任何回应。

林嘉禾定了几秒钟，说："等一下。"然后她快速去卧室拿来了一支笔和一张纸。

她跑回来坐到他旁边，把纸按在沙发上写字：是听不到吗？

写完了她一抬头，颜威似乎笑了，好像她写了句废话，听得到她还用写字吗？

但林嘉禾依旧严肃地看着他：“是只有听力出现问题吗？几天就可以自动痊愈？耳朵不疼不痒，只是听不见？”

颜威注视着她。林嘉禾“哦”了一声，低头写字：耳朵疼不疼？

颜威看着纸，出声说：“不疼。”

见林嘉禾看着他，颜威平静地说：“跟之前一个毛病，不碍事。”

林嘉禾又看了他一眼，才拿笔写字：你今天看翡翠了？

颜威说：“对，看了一眼。”他淡淡笑了一下，“大意了。”

林嘉禾握着笔，感到心里面轻轻晃着。这次状况出现得比较突然，令她有些措手不及，但是反应过来，她其实是感到踏实的。

因为这一回颜威选择来找她了，并没有躲起来。这已经是他迈出信任的一步了。

林嘉禾写下几个字，举起来问他：你饿不饿？

突兀的问题，却问到坎上了。

颜威开口说：“我没有吃晚饭。”

林嘉禾默默与他对视了几秒钟，然后站了起来：“我看看家里有什么。”

林嘉禾去厨房找了一圈，走了回来，把纸垫在手掌上写字：泡面和水饺，想吃什么？

颜威坐在沙发上抬头等着。林嘉禾把纸展示给他后，颜威伸出手：“笔。”

林嘉禾不明所以，把笔递给他。颜威接过笔，却仍旧注视着她，最后看得林嘉禾不好意思地笑了：“看着我干什么？”

颜威的神情慢慢变得柔和，他把她的手腕拉近，用笔在泡面两个字底下画了个钩。

林嘉禾拉开冰箱，没有青菜，也没有肉。她从缅甸回来后几乎没在家里做过饭，仅剩的几颗鸡蛋已经算是意外惊喜了。

她煮了个荷包蛋卧进泡面里，然后拿毛巾垫着，端着面碗走出厨房。颜威站起身，将一把椅子搬到了沙发面前。

林嘉禾本意是想让颜威来餐桌上吃的，不过既然他都这么自觉了，林嘉禾笑了一下，把面碗端了过去。

“烫。”她小心翼翼地把碗放在椅子上。

她正要坐下时，颜威拉住了她的手腕：“坐我左边。”

林嘉禾挑了下眉，绕到沙发左边坐下了。颜威拿起筷子搅了搅面，香喷喷的热气扑出来，他出了口气，抬起左胳膊搂住了林嘉禾。林嘉禾抿起笑容，靠住他的肩膀，轻声说："快吃吧。"

颜威卷起一大口面吃了进去，能够看出他真的饿了，一个荷包蛋咬了两口就下肚了，吃完了面又补了两口汤。

林嘉禾想着要不再给他煮两个荷包蛋，又觉得太晚了，稍微填下肚子就可以了。她便没有起身，探手把纸笔拿了过来。

按在膝盖上写字的时候，颜威的目光就已经投过来了，写完林嘉禾把纸递给他看：颜老师，你在这边待几天？

颜威说："两周左右。两周之后去平洲参加翡翠公盘。"

林嘉禾点头。行业内流传着一句话：翡翠涨跌看平洲。由此便知平洲是非常著名的翡翠基地，平洲公盘也是目前国内规模最大的翡翠原料公盘。国内的公盘或许不及缅甸公盘种类丰富，但是货物一定更精更奇，是更加适合私人货主去淘宝的地方。

林嘉禾提笔写：我们一起去吧。

颜威点头："对，一起去。"

林嘉禾笑了一下，继续写：这几天，你可以出门吗？

颜威没说话。林嘉禾仰脸看了看他，然后写字：带你去看看我的翡翠。

颜威这回是听力出问题，对生活肯定有影响，但是只要她陪着他，外出也不会有危险的。更何况，他在屋里待着势必会心情不好，林嘉禾是有意想和他多出门走走的。

颜威在她腰上揉了两把，"嗯"了一声。

他的手搂着的位置不上不下，正好是很痒的部位，又或许是好几天没见，林嘉禾对这些小动作都格外敏感。

林嘉禾不自禁地用左手去寻找他的手，右手捏笔写字：很晚了，要不睡觉吧？

颜威说："好。"

要不要洗个澡？

颜威说："洗。"

林嘉禾笑了笑，拉着他的手站起身，这时，她看到了他手腕上那根细细的金红的小绳——只能男人戴的手链，可以保佑情人间的浪漫。

林嘉禾抬起眼睛："你把这个戴上了啊？"

颜威听不见她说的话，不过从她的眼神、表情，就能把语义猜得七七八八了。颜威目光转移似的动了一下，落在了她的耳垂上，随后伸手轻轻触摸。

“红翡。”他说。

林嘉禾的身体轻微颤了颤，怎么他摸哪里，哪里就痒？她看向他：“好看吗？”

颜威说：“适合你。”

林嘉禾顿时笑了：“你怎么还可以跟我对话？”

颜威认真看着她的口型：“你说什么？”

林嘉禾笑了，拉上他：“走，我教你用我家卫生间的淋浴。”

这时颜威回答说：“我能感受到。”

“嗯？”

颜威说：“刚才进门后，你骂了我一句。”

林嘉禾调笑地看向他：“哦？”

颜威看着她：“然后下一句，你说你喜欢我。”

林嘉禾眼神微微晃动了一下。她脸上闪过一丝不好意思之色，随即她抬头在他的下颌上快速落下一吻。

颜威站着没动，也没有回应，只是眼神变深了，盯着她笑了一下。

“走啦，去洗澡。”林嘉禾转身拉着他的手往卫生间走去。颜威任由她拽着，乖乖抬步跟了过去。

深沉的夜里，水声响了一阵，隔了很久，再次响了起来。

第二天，林嘉禾在颜威的怀抱中醒过来，窗外已是灿阳一片了。她再看回眼前，颜威与她枕在同一个枕头上，另半边床完全是空着的。

颜威还在沉睡，睡容很安宁。

耳朵听不见了，这个世界就一点吵闹也没有，或许这样他才可以真正意义上睡到自然醒吧。

林嘉禾依偎在他旁边躺了一会儿，然后撤开身体，轻声起床了。她出门买了早餐，回来后坐在沙发上等着，没承想这一等直接等到了中午。

其间林嘉禾饿了，把自己的那份早餐先吃了，后来又去卧室里看了两趟，颜威始终安睡着，连姿势都没有变过。林嘉禾试了试他的额头，并没有发烧，于是判断他只是太累了。

林嘉禾坐在沙发上玩起了手机，想着由他多休息吧。中午时，卧室里传来响声，随后颜威走出来了。林嘉禾放下手机：“醒啦？”

颜威的脚步懒洋洋的，头发也被压了，并不乱，只是造型多少有些不一样。

林嘉禾看着他笑了笑，然后伸了个懒腰，指着桌上的早饭：“饭都凉了。”

颜威走过去，把装早饭的袋子打开了。

“不是让你吃，都凉了，我帮你热一下吧。”林嘉禾赶紧过去，把袋子接了过来。

颜威看着她，懂了她的意思，说：“没事，可以吃。”

林嘉禾：“热一下，很快的。”

袋子里有鸡蛋饼、小笼包，还有一杯豆浆。林嘉禾找出一只蒸锅烧开了水，把这些吃的放在上面蒸了五分钟。

热好后，颜威直接站在厨房里把食物吃掉了。林嘉禾靠在案台旁边陪着他。

之后简单收拾一下，两个人就出门了。来到楼下，林嘉禾打开车门，颜威坐进了副驾驶座里。

林嘉禾先没有开车，拿出手机打了一行字，然后递给颜威看：颜老师，出门在外面，有事情我就打字给你看，你有事情也随时跟我说。

颜威读完文字，点了下头，然后抬起目光看向林嘉禾。

林嘉禾被他一看，总觉得意有所指，不自然地笑了笑：“怎么啦？”

颜威说：“我的视力出问题那次，你也嘱咐了很多。”

林嘉禾微顿了一下，想自己那是关心，关心才会操心这么多的。

颜威拉过安全带系好，看向前边说：“很谨慎，好习惯。”

林嘉禾笑了笑，别开眼。她没有问颜威想去哪里，完全按照自己的行程来了。她计划今天把现有的翡翠成品统计好，然后转移到店面里。

车子行驶一路，开进了工厂院里。停好车后，林嘉禾拿出手机，打算打字介绍一下，毕竟这是颜威第一次来她的公司。

字还没打几个，颜威便出声问：“这是华光彩玉公司？”

林嘉禾放下手机，对他点了点头。

颜威推开车门，“下去看看。”

林嘉禾跟着下了车。正值午休时间，工厂里显得有些空旷，几棵大树上飘来蝉鸣，水泥地面被晒得发烫。

颜威在院子里走了一圈，正对大门的是一片小型翡翠加工厂，后面有几间办公室，侧面是一排库房，布局可以说是一目了然。颜威很快便停住脚步，对林嘉禾点了下头，意思是看完了。

林嘉禾指了指最里面的库房：“我的翡翠在那里。”说完，她带着颜威走了过去。

这间库房只归林嘉禾一个人所用，加上了厚重的防盗锁。开了门，林嘉禾打开灯，然后转头看向颜威。

颜威微一挥手："你忙你的，我自己看。"

林嘉禾点了点头，其实颜威真不需要她刻意照顾，很多东西他随便扫一眼，比她讲解半天还要清楚。

翡翠成品都锁在库房的保险柜里，林嘉禾走过去打开柜门，顺便拿起一旁的记录本，一件一件地梳理。

春带彩翡翠她经手最早，大部分饰品已经销售出去了，目前只剩一条双色手串、几枚冰紫挂坠，还有两只贵妃镯。这两只镯子水头一般，但颜色相近，可以凑成一对。

在揽翠馆里收到的那件苹果绿团色翡翠体积比较小，统共只切出了两只镯子，已经卖掉了。剩下的饰品都是小件的，有两枚冰意十足的绿葫芦、四枚水润透亮的平安扣子，还有几条匀色珠串、项链。

红翡和金丝种翡翠都是近期的，成品比较多，镯子各有约十只，挂件、项链、手链等都足够摆满两个柜台了。

这些翡翠饰品都开好了鉴定证书，也定好了售价，只等着有缘人来收入囊中。此外还有两个大件，一个油青瓷底的五毒大摆件，一个干青种大型翡翠牌，都是半成品，可以摆到店里慢慢精修。

这一番统计下来，林嘉禾内心充满了满足感，她的赌石经历并不多，可是拥有的翡翠饰品已经很丰富了。正如颜威之前说过的，几件好石头就足以撑起一个翡翠公司了。

想到这里，林嘉禾转身一找，发现颜威已经在库房唯一一张椅子上坐下了。林嘉禾笑了下，从墙边的箱子里拿出一瓶矿泉水，朝颜威走过去，这个时候，她的手机响了。

一长串的陌生号码打来的，林嘉禾接通电话，说了几句之后慢慢翘起了嘴角，好像整张脸都被点亮了。她挂掉电话，就见颜威靠在椅子上看着她。

"在缅甸公盘拍到的那件，嗯，'大馒头'……"林嘉禾一时都不知怎么形容了，举着矿泉水瓶说，"那件正绿玻璃种大石头邮寄到了。"

颜威抬着额头，探究地读她的表情，随即微微一眯眼："女娲石到了。"

一只巨大的密封木箱搁在地面中央，箱身上贴着几张海关条子，蒙了一层薄薄的灰。

押送货物的工人前脚刚出仓库，何钏后脚就进来了："师父，有翡翠到了？"他直奔箱子面前，左右打量，"这就是你说的那件'大馒头'了吧？终于送过来了。"

林嘉禾翻出一根皮筋绑头发："吃完午饭了？"

何钏说："吃完了，还小睡了一会儿。"他摸了一把箱子，"真够脏的，都是土，我去找把刀来开。"说完抬起头，何钏这才发现林嘉禾身边还有一个人——她的那位朋友。

颜威双手揣兜，后背笔直，不声不响地站在那里。

何钏连忙笑呵呵地跟他打招呼："你好啊，没看见，光注意翡翠了。"他看向林嘉禾："对了，这位姓？"

林嘉禾说："姓颜。"

何钏立即道："颜哥。"

林嘉禾抿唇笑，听这称呼觉得怪怪的。她偏头看向颜威，这个情景，颜威纵使听不见也能应付过来。

他对何钏略一点头："你好。"

见何钏又欲讲话，林嘉禾提醒他说："先把箱子开了吧。"

何钏道了声"好"，转身跑出库房，没一会儿拿来了一把专业刀具开启木箱。

箱板砸在地上，激起灰尘。何钏咳了一下，拿手挥了挥。等他踹开木板，看到眼前的石头，不由得惊住了。

"哇，这也太，这也太……"何钏舌头打弯，搜遍脑海也找不出合适的形容词。林嘉禾之前说过这件翡翠好，可是他没想到这么好。整块翡翠巨大，皮层薄薄的，砂粒细腻得几乎看不见，最重要的是大块玉肉直接出来了，颜色极浓绿，仿若一团有生命力的活物一般。

何钏干干看了好一会儿，才说出话来："师父，这翡翠贵吧？"

林嘉禾早已见识了这块料子，但仍然被它震慑了一下。她上下点头，沉声说："贵，所以咱们要好好研究，先出几样成品把成本收回来。"

说着，她望向颜威。颜威简单看了一眼翡翠，然后坐回了椅子上，并不准备插手。

转回头来，林嘉禾招呼何钏一起凑近，先对这件翡翠进行整体估量。

这块料子毋庸置疑是极品中的极品，玉肉多处暴露，所以绿色势必是延伸进整块石头中的，唯一可赌的地方便是色带粗细的变化了。

拿尺子比量过后，何钏抬头说："师父，要不把我叔叫过来请教一下吧？具体怎么画、怎么切，让他给掌掌眼。"

何师傅在行业内工作几十年了，接触过很多大型翡翠，估料画线确实更有经验。林嘉禾本意不想让太多人知晓这件女娲石，但何师傅的为人还是值得信任的，于是她点头说："好，请何师傅来参谋参谋。"

半小时后，何师傅才放下手头的工作过来。他也算久经沙场，见到翡翠后没表现出太多惊奇之色，只简单称赞了几句，然后拿着放大镜细细看了一圈，提了许多中肯的意见。

最终，林嘉禾敲定了解石方案。

这翡翠形似馒头，侧面局部有裸露的玉肉，于是从偏上三分之一处下刀，隔开玉肉，将翡翠分为一大一小两块。

这样能够彻底看清内部成色。小的那块继续切割出货，大的那块雕成大件，或者保留在手中都是可以的。

画好切割线，何师傅跟何钏一起把切石机挪了过来。

“师父，切啦？”何钏把料子固定好，看向林嘉禾。

林嘉禾轻轻出了口气，点头：“嗯，开始吧。”

开关一扳，机器开动了。

他们使用的切石机是小型的，切割速度会慢些，磨掉的石粉也更细致。

那些飘落的石尘，在灯光的映射下微微反光，像是金粉似的。林嘉禾一时还真说不好这件女娲石和金子哪个更珍贵。

切割到底，机器停了，何钏往外跑去：“我去弄点清水。”

林嘉禾走上前，只见平整的切口上蒙着一层尘沙，但浓浓绿色已经现了出来。她迫不及待地拿手拂了拂，这翡翠表现跟料想的几乎一致，表皮不足一厘米厚，没有雾层，内部裹满了上等翡翠。

种非常老，透明度高，颜色过渡均匀，豆绿、嫩绿、鲜绿，可以说各种各样的绿色翡翠都在这件大石头里出现了。其中贴皮局部一块的绿色最正最浓，种水也最好，达到了高透的玻璃种。

林嘉禾看得简直挪不开眼。何钏接了一小盆水过来，撩着水把翡翠上的杂质冲净了。林嘉禾借着他的盆洗了洗手，目光依然没有离开。

何钏放下水盆，也看着翡翠思忖起来：“师父，最浓的这部分，达到帝王绿级别了吗？”

这个问题，林嘉禾也无法判断。

“这就是帝王绿啊！”林嘉禾转头，见一旁的何师傅背起手来，“帝王绿只是一个概念，到底多绿算是帝王绿，从来没有一个准确的度量标准。我接触了那么多翡翠，这么浓郁又这么匀透的绿色翡翠，还是第一次见。这种高贵的绿色是足以震慑人心的。”

何师傅叹声微笑道：“如果这都不算帝王绿，又有什么称得上呢？”

何钏不禁“哇”了一声。

“好了，剩下的你们看着做吧。”何师傅擦了一下汗，准备出去了。精神紧绷地切完了一整块大石头，加上库房里空气闷热，他的身体有些吃不消了。

林嘉禾送他出去，这时发现外面天已经黑透了。站在门口，林嘉禾拿出手机打了行字，然后朝颜威走过去：颜老师，我们去吃晚饭吧。

颜威已经安安静静地在墙边坐了很久。他能够知道他们对女娲石无比惊赞，能够看出他们解石时十分小心，只是这些景象在他眼里都像是平面图一样。缺少了声音，这个世界都变得空茫茫的。

但颜威并没有感到焦虑。他看着林嘉禾的动作、神情，猜测她正在说的话，反而觉得这是一件很惬意的事情。

仿佛他的生命里忽然抽出了一段时光，铺平了、放缓了，供他在其中休养。

颜威抬起眼皮来，对林嘉禾说：“不着急，你把今天的事情忙完。”

林嘉禾又举起手机：你饿不饿？

颜威淡笑了一下，看着她：“你呢？”

林嘉禾打字：还好。

颜威对她说：“不饿，不用管我，去忙吧。”

林嘉禾点了点头，朝何钏走回去。确实还有些工作要做，明天她就要去店里了，这件翡翠放在这里也不是事，她要跟何钏沟通好加工方案，然后开始动工。

商量过后，林嘉禾决定先对帝王绿部分动手，这也是整件翡翠最精华的部分。这部分翡翠净度和透明度都很高，明明是浓艳之绿，却给人一种寒光凛冽的金属感，“刚性十足”。这样的东西，做光身是最好的。

光身指只把料子磨出简单的形状，不加雕刻，简简单单，最能展示顶级翡翠极致的完美。

仔细测量过后，何钏抬头问：“师父，你想要帝王绿的镯子吗？”

林嘉禾点头：“材料允许的话，当然。”

“可以的，可以出一对镯子，然后切出两件巴掌大的光身。”何钏拿木工笔在石料上标记，“帝王绿的刀下原料也是极品镶嵌材料了，后期我可以再联系一些珠宝公司合作。”

林嘉禾道了声“好”。

“只是……”何钏握着笔挠了挠头发，“帝王绿的光身太昂贵了，放在店里恐怕不太安全，也很难有人买下。”

林嘉禾说：“当然不能放在店里，帝王绿光身做好之后送去拍卖。”

“拍卖？”

林嘉禾“嗯”了一声。

帝王绿翡翠有市无价，在最高级别的珠宝拍卖会上也是可以当作噱头的宝贝了。只靠这两件光身，她就差不多可以收回成本，然后把资金归还给颜威了。

何钊继续把型画好，然后搁下笔说：“最终可以出两件帝王绿光身，一件是椭圆形的，颜色最浓；一件是长梯形的，最为净透。”

林嘉禾看着点头，心里已经默默为这两件翡翠起好了名字。

浓绿椭圆形的，叫作“祖母的后花园”；冷冽长梯形的，叫作“无言帝王”。

等到工作结束，天已经黑透了。

锁好库房门后，何钊打了个车离开了，林嘉禾和颜威去开车。

打着了车子，车灯灯光把前面晃得雪亮，林嘉禾拿出手机给身边的人打字：这么晚，累了吧？

颜威看到之后笑了声：“我累什么？”他一直坐着，什么事都没管。

林嘉禾瞥了他一眼：我在跟你客气。

颜威把脑袋靠在座椅上，偏头看她：“你应该累了，你没有吃午饭。”

林嘉禾感受了一下，还真的不饿，精神头也挺充足的。她手指按键：我一点也不累。

颜威低低笑了声，点头：“也是，看翡翠怎么会累？”

林嘉禾探究地看向他。颜威坐正身体，朝前仰了一下下颌：“走吧。”

接下来一周多的时间，何钊在仓库里加工翡翠，林嘉禾则去商业区的店铺里营业。

店内翡翠都在柜台里陈列好了，但从店外一望，还是稍显空旷，并不吸引路人，再加上林嘉禾没有过多宣传，所以登门的顾客不多。

但是翡翠是贵精不贵多的买卖。只要有客人进门，店里的两名店员都热情地接待，但凡有购买意愿的，林嘉禾都亲自与他们沟通。所以几天下来，也陆续成交了几件精品翡翠，并且渐渐有翡翠爱好者慕名前来了。

总之，看店大体是轻松的工作，大多时间林嘉禾在店铺二楼陪着颜威。

颜威坐在窗边的沙发上，用电脑处理工作，或者看看业内新闻，话很少。

他本来话就少，再加上耳朵出了问题，即使说话也听不见自己的声音，所以若非必要，便不主动说话了。

林嘉禾便有意多打字与他沟通。这天，何钊把帝王绿的手镯打磨好了，小心翼翼地护送给她，然后又回到工厂忙碌去了。林嘉禾捧着首饰盒来到二楼。

她把盒子放在颜威面前的桌子上，慢慢打开，一对纯正均匀的帝王绿圆镯展现在眼前。镯子抛光完美，翡翠通体闪着润泽的光。既是浓艳的，也是冰冷的，不同角度变化出不同的美感，这就是帝王之绿的魅力。

颜威欣赏了一阵，随后伸手取出一只来："戴上吧。"

林嘉禾吸了口气，抬手去接。颜威抬起眼睛："我来。"然后他把林嘉禾的手牵到了面前。

直接套镯子比较生硬，林嘉禾通常会抹些肥皂或者护手霜作为润滑，可这回她的手被颜威攥在手里，揉捏两下，然后镯子很轻松地就戴进去了。

好手艺啊。

林嘉禾收回胳膊看了看，高贵的绿色衬在腕间，每一眼都是惊艳的。她轻笑着问颜威："好看吗？"

颜威垂着眼，目光落在她的手腕上，并不知道她在讲话。

这个瞬间，林嘉禾忽然联想到了一件事情。

初遇那次，颜威短暂失明停留在她家里，只三天就好了。之后他的味觉出现问题，触觉出现问题，是多久痊愈并没有考证。可是这一回，已经过去一周多了，他的听力仍然没有恢复。

所以，林嘉禾不由得生出猜测，每次他五感出现问题，持续时间是逐渐增长的吗？最开始他或许很快就痊愈了，与她初遇那次用了三天痊愈，发展到现在，则需要一周以上的时间了。他每次判断翡翠，副作用是逐渐加大的，给他的生活带来的影响也越来越严重。

是这样吗？

颜威看完镯子，慢慢抬头看着她的脸，目光中带着欣赏的笑容。

于是林嘉禾对着他的目光，柔软地笑了一下，并没有把问题问出口。

又过了两天，颜威的听力逐渐恢复了，等到去平洲公盘前一天的晚上，他已经完全好了。

林嘉禾甚至测试了一下。她让颜威待在卧室里，自己跑到厨房跟他喊话。

"颜老师，听得到吗？"颜威的声音从卧室里传来，闷闷的："可以听见。"

林嘉禾的声音转小了一些："颜老师，你是大笨蛋。"

颜威说："听见了。"

"听见了什么重复一遍？"林嘉禾站在厨房里笑，"不重复说明没听到。"

卧室中，颜威说："你过来，我给你重复一遍。"

林嘉禾轻笑，慢慢朝卧室走去，又听到颜威说："明天要出门，回来，早点睡觉。"

第十二章

▷ 金麒麟俱乐部

颜威和林嘉禾到达平洲已是傍晚了。

距离平洲最近的是白云机场，下飞机后，他们租了一辆车，自驾前往平洲。

一路上颜威开车，林嘉禾坐在副驾驶座上跟他聊天。起初高速通畅，后来进了城镇，道路变窄了，人车都堵在一起，剩余的十几公里硬是花了一下午才挪过去。

车子在一间民宿门前停下，两人都出了口气。开车的人累，坐车的人也累。

双脚终于踩到地面上，林嘉禾抻了抻腰，看到眼前的院子里摆着解石机和发电机，角落处还摞着几堆石头废料。

看来，这间民宿的老板也是个翡翠爱好者。

颜威从后备厢里拎出行李箱，然后锁上车。

林嘉禾说："我们先回房间休息一会儿，然后出去转转，吃点晚饭吧。"

颜威点头："好。"

这间民宿老板姓余，是个面善微胖的老伯，听到车声就出来迎接了，然后领他们穿过庭院，沿着一排平房往里面走。

"房间都已经住满了，你们如果没有提前预约，现在来了都没的住。"余老板抬手指了指，路过的房间都拉着窗帘，偶尔传出电视声响。

林嘉禾和颜威并排跟在他的后面。她抱起小臂，应和说："最近召开翡翠公盘，过来的人多。"

余老板："是啊，咱家这里位置好啊，除了参加公盘，你们去天光墟，或者镇河集市都很方便。"

"镇河集市？"林嘉禾挑了下眉。

天光墟她听说过，是当地一片有名的翡翠制品交易市场，只在早上营业，类似于菜市场的早市。但是镇河集市，她从未听闻过，也是售卖翡翠的地方吗？

她侧头看向颜威。颜威出声问余老板："在古道附近？"

余老板回头说："对，就在镇河古道边上，一里多长，全都是卖石头的。"

颜威点头："知道了。"他对林嘉禾说："距离不远，一会儿过去逛逛。"

他们预订的房间在院子最里面，两侧隔空，比较安静。打开房门后，余老板简单交代几句，然后把钥匙交给了他们。

林嘉禾走进屋里，先打开窗户通风。这里的房间自然不能跟酒店比，设施都相对简陋，但是胜在平房面积大，干净敞亮。

两人没在房间里停留太久，简单收拾一下就出来了。他们沿着镇巷向前走，越走越凉爽，风里都渐渐带上了湿度，前边一拐，果然，不远处出现了一条河道。河道两岸平坦宽阔，聚满了做生意的人。

想必那里就是镇河集市了。

颜威和林嘉禾朝那个方向步行过去。一路上店面越来越热闹，有饭店、旅馆，更多的是卖翡翠纪念品的，俨然形成了一个小景区。

到了镇河边，林嘉禾看见沿岸的地摊上摆满了一堆堆石头。

正值傍晚，凉风舒适，颜威朝前点了一下下巴："看看？"

林嘉禾点头。

他们慢了下来，沿着地摊边走边看，林嘉禾渐渐发现这里大部分石头只是普通石头而已，并没有翡翠原石的特征。当然，也有少数摊位是卖真正的翡翠毛料的，只是表现各异，像是把别人挑剩下的货又集中起来了。要从这里面挑出好货，更是难上加难。

林嘉禾向前边望去，大部分摊主像是本地人，或许是借着翡翠的盛名过来凑热闹的。但是这里游客也不少，比如现在，林嘉禾就看到一个秃顶男人蹲在摊位面前，抱着一块风干的花岗岩左瞧右瞧，还有好几人围着看得津津有味。

"这个像是老厂区的货啊。"

"那里有好几处藓点，有藓必有高色啊。"

"你收不收？不收让给我看看。"

林嘉禾心下感到好笑，但是周瑜打黄盖，有人敢卖有人愿买的事，她也不会掺和，无非几千块钱买个心跳罢了。

林嘉禾侧头看向颜威："颜老师，你看这些石头，不会有问题吧？"

颜威说："不会。"

"哦，那就好。"他的听力刚刚恢复，林嘉禾生怕遛个弯，再出别的岔子。

过了一会儿，颜威出声说："我是不能去感受翡翠。"

“嗯？”林嘉禾望向他。

颜威把双手插在兜里，继续向前走着：“我可以看翡翠，把玩翡翠，但是进一步感受它，就会出问题。”

林嘉禾缓缓眨了一下眼睛，明白了他所表达的意思。

一件翡翠，颜色、种水、质地，有各种各样的专业词汇去描述它，但那些描述都只是粗浅的。当你把翡翠捧在手里时，其实无须任何描述，最直观的感受就能够告诉你，这件翡翠有多美。

有人喜欢颜色浓郁的料子，有人喜欢淡色透明的料子，这更说明人们对翡翠的感受各不相同。

赌石更甚，石头表皮千变万化，专业知识是远远不足以定义它的。所以，赌石之人更多的是靠一种直觉。所谓赌石有天赋的人，正是对翡翠直觉很准的。

而颜威对翡翠的直觉太准了，所以会产生一些反噬作用。

他能够欣赏翡翠的美，却不敢接近它。这像是一种深沉的悲哀。

林嘉禾看着他，张了张嘴：“那……”

颜威有些不适，动了一下肩膀，看向前边问：“还逛吗？”

“哦，不逛了。”林嘉禾很快收神，“好货太少了，我们找个地方吃晚饭吧。”

颜威点头：“去那边看看。”

距离河岸不远处就有一片小饭馆，桌子都是露天的，食客众多，十分热闹。

他们挑了一家炭火火锅店，在临街的桌边坐下了。

店员小跑过来，递上菜单。颜威对林嘉禾说：“你点。”

林嘉禾点点头，接过菜单，点了一个清汤锅，两份肉、两份菜，还有一份面。

店员从围裙里抽出小本，记录了几笔，然后问：“小料呢？”

“麻酱就可以。”林嘉禾看向颜威。

颜威抬起头说：“我的加点辣椒。”

店员应了声：“好，给你们拿碗辣椒油。”

店里顾客很多，但是店员手脚麻利，上菜速度很快。

没过五分钟，炭火火锅就在桌上咕嘟咕嘟煮开了，菜肉摆了一圈。颜威端起一盘肉下到锅里，林嘉禾在对面下青菜。

奔波了一天，两个人都有些饿了，安安静静地开始吃饭，快吃完的时候，忽然听得一声锣响。

饭店门口的人都被吓了一跳，齐刷刷地抬头望过去。

只见一辆大卡车停在了道路边，几个工人手脚麻利地爬上卡车，把两台解石机，还有一大批毛料卸了下来。

同时，一个穿着西装的男人举着喇叭开始喊话。

店员端着盘子从旁边路过，嘀咕了一句：“又来了。”

有外地游客问：“那是干什么的？”

店员努了努嘴：“赌石会所的人，过来宣传的。”

朝那边望了几分钟后，林嘉禾明白了。

这名西装男是一家新开业的赌石会所的经理，带来的都是会所里的翡翠毛料，而他今天过来此地是开展比赛的。

但凡有人在镇河集市上购买了毛料，都可以过来挑战，西装男会从自己带来的毛料中，挑选一块价格相当的，然后与挑战者同时解石。

如果挑战者的石头表现更好，西装男愿意把买石头的钱赔给他，等于对方白捡一件石头。而挑战者输了，是不用付任何代价的，相当于只有甜头，没有苦头。

有些意思。林嘉禾笑了笑，看向颜威，却发现颜威定定望着卡车那边，不知在想什么：“颜老师？”

“嗯？”颜威收回目光看她。

林嘉禾问：“我们过去看看吗？”

颜威点头，站了起来：“走，去看看。”

转眼工夫，人们潮水般涌到了卡车面前。那个经理拿着话筒高声道：“哪位朋友愿意来比试一下啊？免费切石，白赚不亏。”

人群里一阵骚动，随后，一位老伯挥了挥手，然后抱着一包东西走了出来。

“来，第一位高手来了，大家为他鼓掌！来，站到这个解石机旁边——”

在经理的吆喝下，老伯很不自然地走到了指定位置，慢慢打开布包，露出里面一块椭圆形的石头。

林嘉禾踮起脚。那件石头重约二十斤，表皮呈干巴巴的黄褐色，是不是翡翠原石都不好说。

“觉得怎么样？”颜威在身旁问。

林嘉禾小声回答：“不太好。”

颜威笑了一下，继续看戏。

“这位高手，您贵姓？”

“免贵姓吴。”

“吴先生，这块原石您是多少钱收来的？”

“八千八。”

“八千多啊。”经理转身从自己的毛料里捡出一块不足十斤的石头，举起来给大家展示："在我们赌石俱乐部，八千块钱可以买到这块石头，它个头小，表现如何呢——其实我也不知道，咱们切开之后才能见分晓。"

不再多耽误时间，两件石头放进了两台解石机里，电源一开，机器启动了。

声响此起彼伏，围观人渐渐兴奋起来，都伸长脖子往里瞧。

第一刀解完，两件石头被同时被师傅高举了起来。

人群顿时议论纷纷，赌石俱乐部的那一块居然出绿了。

经理兴奋地说："哟，我今天财运不错啊！看来吴先生要加油了，来，大家鼓鼓掌，为吴先生的这块石头鼓劲！"

掌声稀稀拉拉一片，大家都着急看接下来的情况。

调整好机器，两件石头又被陆续切了几刀。

赌石俱乐部的那块原石体积虽小，但切开表皮，里面一整团都是翡翠，绿莹莹的，引人垂涎。而吴师傅那一块，左切右切，切碎了都看不到一丝绿色。

吴先生额头上的汗珠越来越密，最后脸色彻底垮了。

谁输谁赢，已经不言而喻。

经理站在两台机器中间，手拿话筒说："看来吴师傅今天运气欠佳啊。同样花了八千块钱，如果吴师傅来我们会所里买石头，就可以开出这样一块上等翡翠，市场估价至少八万元啊，一下子就能赚十倍。"

经理搭住吴先生的肩："但是吴先生也不要气馁，欢迎下次来我们会所里赌石。"接着，他拔高声音，"也欢迎大家来我们金麒麟赌石会所，缅甸直供货源，出绿概率极大。"

林嘉禾原本看得倦怠，听到最后这句话，精神一下子振作了起来。

"金麒麟赌石俱乐部？"她看向颜威，"是同一个金麒麟公司吗？缅甸公盘的赞助公司之一？"

当时，丹拓就是为了给金麒麟公司拦标，才跟她在会场里吵起来的。

颜威点了下头："对。"

林嘉禾轻轻"哦"了一声，望向人群中央，又有一人抱着石头上前挑战了，经理转眼便挑出了一件毛料与他比试。

即便没有凑近细看，林嘉禾也可以肯定，那位经理带来的毛料定是提前做好了手脚的，要么是切开看到翡翠后又黏合的，要么是人工填色作假的。

堂堂大型公司，这样的宣传手段令人不齿。

这镇河道边的摊位虽然鱼龙混杂，可一家家都是小本生意，真正有眼力的人还是可以从中淘到宝的。更何况这条集市本身也是一道风景线，传统氛围浓厚。

而金麒麟公司为了吸引游客，硬是把这里的平衡打破了。

不出所料，那位经理挑出的第二件石头又出绿了，挑战者的石头则垮得不能再垮。

挑战者面色十分难看，原本几千元买块石头就图个乐，切垮了也不会太难受，经理却以同样价位的石头切出了那么大一块翡翠，对比之下，自己仿佛丢了一大笔财富。

这一有落差，心里就开始生气了，挑战者转身出了人群，把自己的破石头扔进了镇河里。

而这边又是一声锣响，那经理高举话筒继续宣传自家赌石会所，越来越多的人被吸引了过去，镇河沿岸的摊位已是游客寥寥了。

林嘉禾已经不愿再看。颜威往后撤了一步，对她说："走吧。"

回去的路上，两人有些沉默。林嘉禾很想说些什么，可是金麒麟公司的这个行为并不违法，只是让人不舒服而已。

而赌石行当里，令人看不惯的事情太多，她若事事上心早就气炸了。

吹着夜风回到民宿，林嘉禾的心也静了下来。

进屋后，颜威脱了外套，在沙发上坐下："你先去洗澡吧。"

林嘉禾在行李箱里找洗漱用品，见颜威这时又站了起来，往卫生间走去："这里的热水器应该要烧。"

林嘉禾跟了过去，正看到颜威插上了热水器的插座。

"用过这样的吗？"颜威转回头来，指了指那个泛黄的热水器。

林嘉禾靠在门边笑："用过啊，小时候家里是这样的。"

颜威点了下头："等一会儿就热了。"他转身洗了洗手，把水龙头拧上了。

林嘉禾问："颜老师，你是在哪里长大的？"

颜威没有停顿，说："在很多地方。"

"嗯？"

颜威对她说："我跟石头待的时间比人长，去过很多地方。"

林嘉禾轻轻应声，又问："那你现在也没有常住的地方吗？"

"没有。"颜威把手撑在水池边上，看向卫生间的窗外，"不过我挺喜欢这样的小镇子，热闹又清净，家家户户都跟翡翠有关。"他声音低低的，仿佛回忆着什么，"差不多五年前，我在广州郊区看上了一个小院，门前爬满了葫芦藤，挂着一只鸟笼，笼子里装了一只翡翠食碗，那时我就指着小院跟公司的人说，以后我退休了就来这种地方住。"

林嘉禾认真听着，缓缓笑了一下。

颜威收回目光，看了一眼热水器，对她说："水热了，你洗澡吧。"他往外走的时候，林嘉禾拉住了他的手腕。

颜威低头看着她。林嘉禾捏了捏他的胳膊，轻声说："一起洗吧。"

这里的卫生间空间很大，可是他们只占据了一小角。两个人相拥在一起洗澡，一份沐浴露的泡沫两个人用。

水声停了下来，林嘉禾问："颜老师，你这几天需要去公盘会场吗？"

颜威伸手拿毛巾："不需要，这回我不是组委会的人。"

林嘉禾点头："那我们可以私下逛一逛。"

颜威说："嗯，公司员工在公盘上淘石头，有事情会来找我。"

林嘉禾笑："权力下放了啊。"

颜威把一条大毛巾递给林嘉禾，自己用另一条毛巾擦着头发，拿眼神瞅着她："洗完了澡，就聊这个？"

林嘉禾抱住他的胳膊，仰起脸轻笑："那出去聊？"

两个人走出浴室，来到大床边。林嘉禾坐在床上擦头发，问："颜老师，我们明早去逛天光墟吧，几点起？"

颜威找到了墙上的开关，回答说："四点半。"

"这么早？"颜威看了她一眼，然后把灯关了："所以早睡。"

黑暗中，他上床搂住她，然后把身体伏了上来。

"会起不来的。"

"明早我叫你。"

第二天，天刚蒙蒙亮，两个人就动身出门了。

林嘉禾说起不来，但是闹钟一响，还是很快坐了起来。她洗了把脸，人一下子就精神了。

这里的天光墟是远近闻名的大型翡翠集市，聚集了各种各样的民间翡翠爱好者，据说每年都有不少稀有翡翠、古董翡翠在这里以很低的价格成交。

只要细心挖掘便可以淘到宝，翡翠高手都会喜欢这样的地方。

镇上道路又窄又堵，所以颜威和林嘉禾根本没考虑开车，而是朝着天光墟的方向步行，穿出巷子后，几辆人力三轮车停在巷口，其中一个穿白背心的司机站了起来。

"二位坐车不？天光墟，五分钟就到。"

颜威点了下头，跟林嘉禾一起坐进了车里。司机一边蹬车，一边热情地跟他们攀谈：“你们是来旅游的，还是淘货的？”

林嘉禾说：“一半一半吧。”

司机说：“天光墟值得一逛啊，不过今天一天你们可逛不完，九点左右就收摊了。”

林嘉禾：“收摊这么早？”

“是啊，过去人们都摸黑赶过来，提着蜡烛买货，天亮以后正好回去开铺做生意。天光墟集市历史悠久啊，清末民初的时候就形成了……”

听着听着，林嘉禾忽然感觉手被拉住了。她侧头看去，颜威牵着她的手搭在了膝盖上，他神色安宁，静静看着沿路的街景。

很快到了地方，只见天光墟集市里陈列着人型的条案柜台，每条柜台又划分出一家家档口，一眼望去跟菜市场一样。唯一不同的是，这里的档口摆满了琳琅满目的翡翠。

颜威牵着林嘉禾走进集市，顺着柜台向前走着。

刚开始一连十几家，全都是卖翡翠花件的。这些东西看似花纹复杂，但其实都是机器加工的，缺少了几分灵气，而且玉质不好，没有收藏价值。

但林嘉禾还是大致扫过一眼，主要是抱着一种学习态度，想看看有没有独特的雕刻样式，可以买回去作为参考，只可惜并没遇到太心仪的物件。

他们继续朝前走了一段，终于出现了一片卖翡翠原石的区域。林嘉禾看过几家后，脚步在一个档口前停住了。

颜威松开了拉着她的手，示意说：“过去看看吧。”

林嘉禾点了点头，朝那家档口走近。眼前的摊位上只摆了五块石头，全部都是蒙头料，表现不一，吸引林嘉禾的，是其中一块拳头大的灰白皮毛料。

刚才路过，阳光打下来，她看到这件石头表皮隐隐起了荧光。

林嘉禾伸出手抚摸，石头表皮坑坑洼洼的，像是一个蜂窝。这蜂窝状的纹路是风化差异形成的，一般凸起的部分硬度大，而如果内部翡翠种水足够好，光线照在凸起的表皮上，确实会产生荧光效应。

她不自觉地放轻呼吸，刚想把石头捧起来细看，忽然听见一个人的声音：“不买不要乱碰。”

林嘉禾抬起头，看见一个老爷子坐在摊位后面摇着扇子：“这件毛料是您的吗？”

“不是我的难不成是你的？”老爷子一脸没睡醒的样子，扇子摇得有一下没一下，表情很不耐烦。

林嘉禾面对好翡翠，态度是足够好的，微笑着问：“您的这件石头定价多少？”

老爷子说：“不单卖。”

林嘉禾疑惑：“什么？”

老爷子把半睁的眼睛彻底睁开了，拿扇子指着说：“这五块石头，要买就打包一起买走。”

林嘉禾看回摊位上的石头，除了那块起荧光的，其余表现实在一般。她试探着问：“那这五块石头一共定价多少？”

老爷子说：“一块十万，一共五十万。”

林嘉禾皱起眉，这个要价显然高到天上去了。

整个天光墟集市里的翡翠产品其实都价格低廉，毛料一般都是几千元，过万的都很少。价格数十万的翡翠一般就放在店里，或者送到公盘上去售卖了，根本不会在这摊位上出现。

她看上的这块蜂窝纹原石好归好，但只有拳头大小，一般的老板肯定不敢标出太高的价格的。这老爷子要么是太懂行了，要么是乱要价。

林嘉禾难得看上了一块石头，不买下来切开看看，心里会一直纠结。吸了口气，林嘉禾说：“五十万我要了，我把这块小石头带走，其余的留给您吧。”

老爷子口气不耐烦：“说了要一起打包。”

林嘉禾解释说：“对，我一起买了，但是其余四块石头留在这里，相当于您还赚了。”

老爷子并不买账：“不带走不卖。”

林嘉禾好声跟他说：“我只看上了您的这件小石头。那四块大石头加起来一百多斤，我也不方便带啊。”

老爷子倒好，直接把眼睛闭上了：“你不想要就罢了。”完全不讲道理。

林嘉禾看了他两秒钟，气不过转身便走。她不买了还不成？

“不要了？”颜威靠在一张桌边等她。见林嘉禾离开了摊位，他走了过来。

林嘉禾回头看了一眼那老爷子，苦笑：“石头挺好的，只是老板太古怪了。”

颜威搂上她的腰：“那再看看。”

林嘉禾点点头，脚步迟疑了一下才迈动。颜威便知道她还在考虑那件石头，单手插进兜里，淡笑了一下。

接下来他们又看了几家毛料档口，但都没什么好货，太阳渐渐爬上头顶，棚里开始变得闷热。这时，颜威目光扫见了前边一家摊位，在林嘉禾腰间拍了一下：“那里有些老件。”

只见前边铺着一张暗红色的绒布，绒布之上搁着多枚翡翠挂件，粗看过去，光泽温润，充满历史感。

林嘉禾一眼就被吸引了，拉着颜威一起走到摊位面前。

“看看喜欢哪件？”一个小姑娘扣下手中的书，从摊位后面站了起来。

这个小姑娘扎着马尾辫，满脸胶原蛋白，大约还在上中学。

林嘉禾问她：“这些是你的翡翠？”

小姑娘说：“大部分是我爸爸收来的，也有我爷爷留下的，不过这些都是卖的，八千块钱。”

“每一件都八千？”

“都八千。”

林嘉禾点了点头，低头看了起来。

面前这些挂件都是真正的翡翠产品，并没有人工作假痕迹，这就很难得了，说明这小姑娘的父亲眼光很好。她细看之下，这其中一部分属于古董玉佩，雕工略显粗糙，但有种朴实本真的美。林嘉禾当即便决定从中购买几件。

最后，她筛选出了两件，一件是“三阳开泰”，椭圆形的黄绿双色翡翠上雕刻着三只羚羊，羚羊造型生动，整体造型祥和；另一件是“三友六合春”，白底青种翡翠雕刻着松竹梅等，有疏有细，端庄清雅。

林嘉禾把选好的玉佩挪到一边，这时颜威对她说：“我去接个电话。”林嘉禾转头，看到颜威一边接电话，一边朝安静处走去。

“就要这两件？”小姑娘问。

转回头来，林嘉禾说：“对。”

“我给你拿盒子。”小姑娘从身后的箱子里拿出两个首饰盒，然后把两件玉佩分别装了进去。

林嘉禾问：“怎么支付？”

“现金或者扫码都可以。”

林嘉禾说：“那我扫吧。”

等她付好款，颜威也打完电话走了回来，对她说：“我们去集市外面。”

林嘉禾把两只首饰盒摞着拿在手里，抬头看向他：“有事情？”

“一个员工要来找我。”颜威搂了一下林嘉禾的肩，两个人朝出口方向走去，“叫班强，你认识。”

现在不过早上七点的光景，可外面阳光已十分晃眼，马路被晒得干干发烫。

颜威拿出墨镜戴上。他视线环顾，看到对面有一家早餐店，跟林嘉禾说：“去那边坐吧。”

两人走进店里，坐在了靠门口的位置。林嘉禾抬头看着墙上的菜单，发现这家店主要卖各种生滚粥，于是点了一份鱼片粥、一份牛肉粥。

“颜老师，还吃其他主食吗？”

颜威说：“够了，喝碗粥就行。”

粥很快就上来了，热腾腾的两大碗，粥上撒着青菜丁和油条碎。颜威没摘墨镜，低头搅了搅粥，直接喝了一口，黑色镜片上起了淡淡的雾气。

林嘉禾坐在他对面，喝下了小半碗粥，额头都出了一层汗。她放下勺子歇了一会儿，把搁在腿上的首饰盒打开了，两枚玉佩躺在其中，都很有韵味。

林嘉禾合上了盒子，十分满意自己的眼光，但是又想起了刚才那块拳头大的、散发荧光的翡翠毛料。

她出神的时候，门口一人大步跨了过来，大嗓门道：“颜总？”

林嘉禾抬起头，班强来了。

颜威转过身看到他，指了指旁边的椅子：“来坐吧。”

班强只是站在门口喊了一声，等走进店里，首先看到了林嘉禾：“欸？”接着又看到了颜威，他俩面对面坐在同一张桌上。

“你们……”班强眼神震惊，后来慢慢变得富有意味，“你们……在一块儿了？”

林嘉禾笑了笑，指着椅子对他说：“你坐吧。”

“欸，不是……”班强拉过椅子坐下，脑子还在转悠，“你们是什么时候在一起的，赌石比赛之前还是之后？不对，赌石比赛时你们应该刚认识……是不是在缅甸的时候在一起的？”班强脑子一下子捋顺了，“对，在缅甸聊天时你提到过颜总，你们是那时候在一起的吧？”

林嘉禾搅着碗里的粥：“差不多，在一起有段时间了。”

班强压了压脑袋，笑嘻嘻地说：“那这趟，你跟颜总一起来的？”

“嗯。”林嘉禾问，“你吃早饭了吗？”

“吃过了，吃过了。”班强道。

颜威把碗朝旁边一推，隔着墨镜看着他：“说事吧。”

“哦。”班强赶紧点头，从随身带的包里抽出几张标书递给颜威，“颜总你看，这五件翡翠是我们今天打算竞拍的，但是资金超了，需要删掉一件到两件。”

颜威认真浏览起来。班强指着其中一份说：“咱们公司艳绿色的料子比较缺，这份标价格比较高，还是得拼一下。”

狭小的早餐店内，他们两人凑着头研究标书，林嘉禾喝下了几口粥，然后望向外面。

道路对面的翡翠集市依旧热闹，有人已经满载而归，也有人匆忙赶到，这时，一辆眼熟的大卡车开进了她的视野里。

那辆大卡车缓缓停在路边，紧接着，传来一阵响亮的锣声。

颜威皱了皱眉，和班强一起朝外望去。熟悉的声音，熟悉的场面——金麒麟翡翠俱乐部，又来这里宣传了。

早餐店老板为避免吵嚷，放下了门帘，但是透过窗户玻璃，外面的景象仍然一清二楚。

“不是……这是干啥的？”班强把双手撑在大腿上，探着头往外瞧，“戏班子？”

林嘉禾告诉他：“街头赌石比赛，昨天我们在镇河集市也碰见了。”

“怎么还敲锣打鼓的？我以为马上要唱戏了。”班强摇着头，“什么审美？”

林嘉禾笑了下。

颜威向外瞥了一眼，很快看回手中的资料。他把几张标书按优先级整理好了顺序，然后递到班强面前：“前几件务必拍下，最后两份标如果拿不下可以弃掉。”

“哦，好的。”班强接过检查一遍，又提了几个细节问题。

颜威压低声音给他解答。

林嘉禾若有所思地坐了一会儿，然后轻声说：“颜老师，我出去一下。”

颜威抬起头来，几乎不假思索地问：“打算回去买那件翡翠？”

林嘉禾看着他点了点头。

“行。”颜威说，“买下来，然后去跟外面的人赌一场。”

林嘉禾隔着墨镜与他对视，随后一笑：“嗯。”

林嘉禾其实也看不惯赌石俱乐部的那些人，很想灭灭他们的气焰，但是碍于颜威在这里，所以忍了。可没想到，颜威根本无意低调。

林嘉禾有时常常忘记了，颜威本是一个雷厉风行的人，他对大事或许有所权衡，但是对小事，懒得周旋，直接干就完事了。

班强转头问：“你有看好的石头了？”

林嘉禾点头：“嗯，在天光墟集市里看好了一块，只是石头的主人不太好对付。”她站起身来，“没事，我现在去买，不然集市该收摊了。”

颜威问班强：“这些工作还有问题吗？”

班强当然理解他的意思，立即把标书整了整，装进包里：“没问题了，咱们一起去。”

一行三人走进了天光墟集市里。此时早市接近尾声，客流量很大，大部分顾客在往外走。几个进货商推着推车挤了过去，颜威侧身避让，随后走过来拉住了林嘉禾的手。

林嘉禾会心地笑了，用手指捏了捏他的手掌。在熟人面前牵手还是令她有些不自然，不过视线望去，班强却毫不留意，全部注意力都放在路过的摊位上，然后他在一家卖玉玺的档口前停下了，大手一挥道："颜总你们先去，我看看这家。"

颜威和林嘉禾继续向前走，很快看到那老爷子的翡翠档口就在前边。

摊位上还是搁着那五件石头，一动未动。林嘉禾松了口气。她还怕石头被其他识货的人买走呢。

颜威这时松开她的手，说："你去吧。"

林嘉禾一转过头，颜威就对她解释："你看上的石头，我会忍不住去判断，离近了，怕出问题。"

林嘉禾看着他，笃定地笑了一下，轻飘飘地道："不用你。"

颜威忍不住抬手摸了摸她的脸。林嘉禾笑着后退转身，朝摊位走了过去，走到面前才收好表情。

"您好。"林嘉禾探身打招呼。

那老爷子似乎靠在椅子上睡着了，甩动了一下胳膊，才不情不愿地睁开了眼睛，见又是林嘉禾，又准备把眼睛闭上。

林嘉禾赶紧把话都说了："您这五块石头我都收了，我找一辆车把石头拉走，请问怎么付款给您？"

老爷子转过脑袋，耷拉着眼皮看她："说得好听，一出去肯定把石头都给我扔了。"

"不会的。"林嘉禾好声笑着道，"您放心，我今晚回去就把这些石头都切了，肯定一点也不浪费，我住的民宿里就有解石机。"

林嘉禾并不只是为了能买下心仪的翡翠才这样说的，老爷子对这五件石头同等重视，肯定有其道理。她回去解开这五件石头，也算为自己解惑了。

老爷子见她态度真诚，拎着蒲扇站了起来："行吧，看你跑回来一趟也不容易。石头你拿走，钱打到这个卡上。"他从布衣口袋里摸出一张字条，上面写着一串卡号。

林嘉禾立即接过字条，站到一旁拿出手机来。这时班强抱着个大红盒子走过来了。林嘉禾一边准备打电话汇款，一边看着他问："你这是买了什么？"

"一对玉玺。"班强展开盒盖，两枚沉甸甸的黄白龙钮翡翠玺置于其中。

林嘉禾点头，问他："古董货？"

“不一定，只是翡翠是真的，我就图个样式好看，回去摆我们家书桌上。”班强乐津津地盖好盒子，又看着摊位上的五件石头问，“哪块是你买的？”

林嘉禾说：“都是。”

“都是？”班强瞪大了眼睛，“你这是搞批发啊。”

说来话长，林嘉禾无奈地笑了笑，说：“你能帮我借辆推车吗？我看到不少人在用，不然这些石头带不走了。”

“行。”班强抬步走开，说，“我去问问。”

林嘉禾汇完款，班强推着一辆推车，跟颜威一起走了回来。

班强说：“那我先把这五块石头装车了。”他活动活动肩膀，又伸手拦了一下颜威，“没事颜总，我来就行，都是灰，你别沾手了。”

颜威没有看石头，只对班强说：“辛苦。”

林嘉禾对摊位后面的老爷子说：“您好，我打完款了，石头我们带走了。”

老爷子摆摆手，意思是知道了。

林嘉禾见他根本没查看，问：“您不用确认一下吗？”

老爷子说：“确认什么？”

林嘉禾好心提醒：“用手机查一下账面余额。”

老爷子：“我没手机。”

林嘉禾望向颜威，无奈地笑了一下。

班强搬完石头，直起腰说：“这年头还有人没手机？老爷子，您多大年纪了？”

老爷子没回答他。

班强继续自说自话：“我瞅您快八十了，这些卖翡翠毛料的钱，应该是直接打到您孩子的卡里了吧？您得朝孩子们要啊，别辛辛苦苦摆半天摊，自己一分钱也花不到。”

或许是这番话说到心里了，老爷子幽幽地叹了口气：“我自己也花不到什么钱，孩子们挣钱也不容易啊，天天大半夜跑到道路边守着，一年下来也就能捡到几块石头。”

“捡到？”班强愣了，“您这些翡翠毛料是捡的？在哪儿捡的？”

班强天生嗓门大，一没注意就更大了，老爷子抿了抿嘴唇，不再说话。

颜威站在摊位旁边，挪了一下脚步，语气淡淡地道：“一般人都喜欢把石头的来历编得神乎其神。不然一块普通的石头，是卖不出那么高的价格的。”

林嘉禾看向他，知道这是激将法。

班强也了然，立即附和：“是啊，单凭这些石头的表现，不编个故事还真是不好卖不出去。”

老爷子不愿意了，拿扇子敲了一下桌面：“我这五块石头可是实打实的缅甸货，上边的土都是缅甸矿坑里带出来的，我是生怕你们不识货把石头给浪费了啊。我要的这个价位，懂行的绝对不嫌贵。”

班强咧嘴笑道：“那您不更是瞎吹了？缅甸挖出来的石头，怎么可能掉到广东来？”

老爷子急了：“你说你这人，我说啥怎么你就是不信？我儿子在云南工作，他那边有条小路跟缅甸通着，夜里经常一车一车的石头偷运过来，车子颠簸，偶尔就有石头掉下来。边境警察都在查这些走私货，我儿子捡了石头怎么敢在当地卖？当然要送到外地的集市上来了。”

老爷子说罢停了，直喘气，一脸“你们占了大便宜却还不识货”的表情。

班强“哦”了一声：“您别急啊，我们又不退货，谁让您没把故事讲清楚的。”他伸手扶上推车，说，“行了，知道您货源好，这回开出好翡翠，下回还来找您。”

老爷子不耐烦地摆摆手，意思是“你们可赶紧走吧，别再来了”。

颜威看了一眼车上那五块带土的石头，又看向前边，没有再说话。

而这个时候，林嘉禾也没想太多。翡翠走私，对他们这些爱好赌石的小人物来说，似乎还隔了一层，离得很遥远。

三个人一起出了集市，走到了路边那辆大卡车附近。

此时卡车周围已经围了好几圈人，他们找了个有空隙的位置站定，看到里面两台解石机刚刚切完石头，从人们的议论声中不难听出，俱乐部带来的赌石又是大涨。

这回过来宣传的是一位女主持人，穿着一身精神的套装，扎着高马尾，声音十分嘹亮：“欢迎大家来我们金麒麟俱乐部赌石，同样的价格，可以选到最好的翡翠。”

班强皱眉：“金麒麟公司开的赌石俱乐部？”

林嘉禾转头，肯定地对他点了点头。

“净搞这些歪门邪道，做出来的翡翠难看得不行。”班强不屑地笑了一下，对林嘉禾说，“金麒麟公司也就是拥有一个翡翠矿，所以不缺原料，但他们公司的董事长是个缅甸老头，审美不行，特别钟爱做大型翡翠佛像。那佛像瘦得跟猴似的，根本卖不出去，白白浪费了上好的翡翠材料。”

林嘉禾听着笑了。

班强又探头对颜威说：“颜总，金麒麟公司来这一出，咱们能忍？”

班强虽然话多，不过都说到点上了。颜威也只是静静站着由他说，这个时候，人群中的女主持人高声道："好，现在两台解石机已经收拾好了，接下来哪位朋友愿意上来挑战啊？我们的师傅经验丰富，免费替您切石！"

颜威朝前边点了一下下颌："过去吧。"

林嘉禾在人群后面举起手。班强帮她高高地举起手，还大声道："我们要上去！"

"好的，那边有位高手应战了。"

围观群众闻声望过来，自觉地让出了一条路，林嘉禾、颜威和班强依次走了过去，其中班强拉着一辆装满石头的推车。

女主持人看到这个情况，歪起脑袋来，刚准备问话，林嘉禾主动说："这些是我的石头，朋友跟我一起来的。"

"哦？"女主持人握着话筒道，"原来是一位美女高手，请问您……"

"姓林。"林嘉禾走到她的旁边。

女主持人面对面采访她："好的，林女士，这些翡翠原石都是您今天早上的收获吗？"

林嘉禾说："是的，都是在天光墟集市里收的。"她微微一笑，对人群说："这个集市里面好货很多。"

女主持轻轻咳了一声，赶紧接过话："那林女士，请您从中选出一件石头进行挑战，我们还有其他挑战者，不可能把全部石头都替您切开。"

林嘉禾点了点头："我也只用一件。"

她走到推车面前，班强悄声问："你打算用哪个？"林嘉禾弯腰，把放在顶上的那块拳头大小的毛料拿了下来。

林嘉禾抬起头来，看到颜威双手插兜站在一旁，隔着墨镜，他似乎淡淡笑了一下。

班强只大致瞟了一眼，但也觉得这件小毛料很有搞头，小声提醒说："这块料子不错，小心点磨。"

林嘉禾对他们笑了笑，转身朝主持人走了回去。

女主持人看到她手里的石头，调侃道："林女士带来了一块很可爱的小石头啊。"

林嘉禾问："规则没有变吧？你会代表你们俱乐部选择一块毛料跟我同时解切，如果我赢了，你们俱乐部就把买石头的钱赔给我？"

"是的。"女主持人点头笑道，"请问林女士这块石头是多少钱收来的？"

林嘉禾双手捧着石头，微笑着回答："五十万。"

"五十万？"女主持人半张着嘴愣住，始终保持着"万"字的口型。

林嘉禾拿出手机："我这里有刚刚汇款的证明。"

"哦……好的，好的。"女主持人简单地看了一眼，很快整理好表情，对着观众道："我们金麒麟俱乐部里各个价位的毛料都有，下至千元，上至数十数百万元，看来这回我需要挑一件高价原石来应战了。"

女主持人说完，又悄悄瞅了眼林嘉禾手里的毛料，那么丁点一块，居然价值五十万。她没料到街头会出现这样昂贵的赌石，这若是输了，他们可就赔大了。

女主持人把两位解石师傅叫到一起，谨慎地商议了几分钟，然后把最大的一件毛料从车上抬了下来。

这毛料呈扁圆形，表皮一侧裹满了绿色松花，待看到另一侧的表现后，林嘉禾不由得笑了。

这竟是一件半赌的料子，切口处已经飘出一大片绿色色带了。

林嘉禾抱着小臂，问女主持人："在你家赌石俱乐部，五十万可以买到这么大一块半赌翡翠？"

女主持人支吾着说："差不多……翡翠这种东西，只能价位相当，总不能一分都不差。"

围观人群中也有识货的人，小声议论。

"这件原石都可以拿去拍卖了，能卖上百万吧。"

"那可不？底价至少也一百万了。"

班强在旁边高声说："这半赌料子五十万卖给我怎么样？我买下来之后你们随便切，切出来的货给我就行。"

女主持人脸色尴尬，赶紧解释着："我们带来的翡翠原石是不卖的，公司要回收的。"

林嘉禾掂了掂手里的小毛料，然后走到解石机旁边："切吧。"

女主持人转头看向她："啊？"

她以为大家对这件半赌的翡翠充满争议，正考虑要不要换一块呢，没想到林嘉禾这么爽快就应战了。

林嘉禾微笑着说："不是免费解石吗？如果我赢了能白赚五十万，我输了也一点不亏。"她把毛料往机器里一搁，"帮我把它小心点磨出来就行了。"

"那好……那我们这就开始解石了。"女主持人赶紧把场子找回来，站在两台解石机中间，介绍说，"我们俱乐部的这件料子虽然是半赌，但赌性还是很高的，需要纵向再切一刀，看看其中能开出多大一块玉肉……"

随着机器运转起来，主持人的声音越来越小。

解石时有隔板挡着，大家看不见，也并不关心切石方法。人们讨论的重点只在于，这拳头大小的毛料能不能赛过那件半赌的大翡翠。

大家都喜欢见证奇迹，随着讨论传开，看热闹的人也越聚越多了。

小小的毛料擦起来也不费时间，不多久，机器便停下了。解石师傅垂着脑袋，半天也没有打开机器隔板。

“什么情况啊？”

“切涨了吗？”

在人群的嘟囔声中，解石师傅招手把女主持人叫了过去，然后他们一起看着小翡翠发愣。

林嘉禾抬步走了过去，看到机器下的情况，心里也激动起来。

果然，若起荧光必有奇玉。

这件拳头大的毛料被浅浅磨掉了一层表皮，露出了里面一团细腻的冰地飘花翡翠。这翡翠的配色太独特了，明明是冰绿色的底子，局部却带有蓝色飘花，两种颜色过渡得十分漂亮，好似结冰湖水中飘荡着绿草，灵动无限。

林嘉禾不由得想起了缅甸公盘上那件类似于“蓝玛瑙”的翡翠。那石头表皮同样具有坑坑洼洼的纹路，切面处的翡翠起胶起荧，光泽冷冽惊艳。

然而那件“蓝玛瑙”被班强的朋友老赵高价拍走了，当时林嘉禾还略为遗憾，没想到在这里还能遇到一件风格类似的翡翠。

此时此刻，林嘉禾心里被喜悦充满了，打压金麒麟赌石俱乐部倒成了次要的事。

解石师傅在大家的催促下，不情不愿地撤下了两架机器挡板，众人顿时一片哗然。

俱乐部的石头也算稳扎稳打，开出了一大块豆绿翡翠，其中夹杂些许雪花棉，但是可用的翡翠料也不少，市价起码值二百万。

只是凡事就怕对比，林嘉禾的这件玛瑙般的蓝绿翡翠实在是表现罕见，实属珠宝级别的。这翡翠体积虽小，但只要能镶嵌出一套首饰，那价值也就不止二百万了。

女主持人抓了一下头发，此时场面还需她来主持。她感觉嗓子里干干的，咽了一下口水，重新拿起话筒说：“两件石头都开出了不错的翡翠啊，具体价值孰高孰低，还需要请我们俱乐部的专业鉴定师来定夺。”

围观的人顿时不干了。

“谁看不出那件小翡翠赢了？”

“说得好听，说是挑战者赢了就赔钱，人家一赢却开始赖账了。”

“不是。”女主持人勉强笑着道，“即便这位挑战者的翡翠赢了，五十万这笔款也比较大，我这边需要先上报给经理。”

议论声越来越大，女主持人控制不住场面，干脆搁下话筒，走远几步去打电话了。

林嘉禾也不急，把自己的冰绿飘蓝花翡翠抱了起来，拿布仔细擦了擦。然后她望向颜威的方向，得意地笑了笑。

颜威站姿笔挺，隔着墨镜对她点了下头。

这个瞬间，林嘉禾忽然察觉到什么，视线一转，只见那个女主持人躲在卡车旁边，悄悄举起手机给她拍了张照，又朝颜威那边拍了张照。

林嘉禾立即皱了皱眉，抱着翡翠走到颜威身边，小声说：“颜老师，刚才他们偷偷拍照了，不会有问题吧？”

班强也发现了女主持人在偷拍，正打算过去理论，但颜威似乎并不怕事情扩大，只是淡淡地道：“没事，等着吧。”

那个女主持人把电话挂了，焦躁地踱着步子。隔了没几分钟，一辆轿车停在了人群外面，随后一个全套西装的男人穿过人群，朝着林嘉禾走了过来。

“林女士对吧？”西装男直接伸出右手。他下颌微宽，戴一副金属框架眼镜，一脸精明相。

林嘉禾看着他，伸手简单一握：“是的。”

西装男立即礼貌微笑：“林女士您好，我是金麒麟俱乐部的公关经理，姓陈。恭喜您在我们公司举行的赌石比赛中获胜，还请跟我前往俱乐部领取奖金。”

林嘉禾微有疑惑，这时颜威把她的手拉住了。林嘉禾抬起头，看到颜威神色安定，好像一直在等着这一出。

陈经理顺着动作看向颜威，以及站在后面的班强：“二位跟林女士是一起的对吧？欢迎一起来金麒麟俱乐部。”

班强小声嘀咕：“这个……我们去不太好吧？”

班强的想法很直接，矿达和金麒麟毕竟属于翡翠行业的竞争对手，他们跑到金麒麟俱乐部里，别被当成商业间谍了。

不过他看颜威似乎没有拒绝的意思，也就把话语收了。

颜威出声问：“有车吗？”

陈经理抬手一指：“就在路边。”

班强摸出车钥匙：“我也是开车来的。”

颜威点了下头，却说：“坐他们的就行。”

跟着陈经理走出人群后，他又小声对班强说："这边路太堵了，自己开车累得慌。"

班强乐了，把车钥匙装了。没想到颜总还挺幽默的。

天光墟集市外面设立有专门的翡翠寄送站，林嘉禾委托物流把推车里的四件大毛料送回了民宿。然后他们三人坐上车，来到了金麒麟赌石俱乐部。

下车后，林嘉禾走到颜威身边。班强还没推上车门，就先皱起了眉毛。

只见俱乐部门前几乎停满了车，除了私家车，还有好几辆旅游大巴。一位导游正手举小红旗，带着一队游客朝俱乐部走进去。

果然，宣传是有效用的，这里显然被塑造成了平洲赌石的标志性场所。

陈经理随后走过来，伸手往前一引："几位跟我走吧。"

几人走至门前，前面那队游客还卡在入口处，正在一位一位地检票。

班强不由得嗤笑了一声，弄得跟旅游景点似的。明明金麒麟目的是把游客骗进去消费，却还要再赚上一份门票钱。

颜威不紧不慢地跟在人群后面，又伸手牵住了林嘉禾的手。林嘉禾贴着他，悄声问："颜老师，你是想了解一下金麒麟俱乐部的内部情况吗？"

颜威压低声音道："看他们怎么安排。"他看着前边，嘱咐说，"有机会最好能够看到他们高级别的翡翠毛料。"

林嘉禾轻轻点头。颜威有很多想法没有说出口，大部分时候她能够领悟他的意思，有一些事情，还是需要她主动探清楚。

进门时，陈经理对检票员摆了下手："这几位免票。"随后几人畅通无阻地走了进去。

"这边是翡翠展品大厅，那边是赌石大厅。"陈经理简单介绍了一下，然后说，"一楼主要接待游客，几位贵宾，我们二楼请。"

陈经理把他们带到了二楼一间办公室里，屋里一圈椅子，林嘉禾挨着颜威坐下，班强坐在颜威的另一侧。

几人安静等着，陈经理一一给他们倒上了茶，又出去端来了一盘干果。

林嘉禾捧住茶杯，眼看陈经理又准备出门，不由得道："陈经理，你不用忙了。"

班强看了眼表："我下午还要去公盘，赶紧说正事吧。"

林嘉禾也对陈经理说："我们的时间都不多，麻烦把我赢得的五十万兑现一下吧。"

陈经理双手交握，笑着站在他们面前："是这样的，我们家是平洲最大的赌石俱乐部，有大量的翡翠原料。刚才你们也看到了，一楼大厅里有几百件翡翠原石，不过那都是一些大众价位的石头，游客可以随便摸，随便看。但二楼就不一样了，二楼的包房里有更加优质的原石，一般非会员是不让进入的，而只有在我家俱乐部消费达到二十万，才能够成为会员。”

班强明白过来，直接便问：“哦，你想拿石头来抵那五十万？”

陈经理笑着解释：“不能说是抵。我们家翡翠原料质量有保证，看几位也是热爱翡翠的人，不妨瞧瞧，万一有看上的呢？”他又补充，“买完石头可以直接在我家解石，如果赌涨了，那五十万一下子就翻成几百万也说不定啊。林女士今天刚赌涨了一件毛料，何不趁着手气好再试一把？”

说罢，陈经理笑容满面地看着林嘉禾。

林嘉禾缓缓转着杯盖，正想着不能答应得太轻易。这时班强往嘴里扔了个果仁，问道：“我们不要石头，就是只要现金呢？”

陈经理搓起双手，为难地道：“实在是只要现金的话，三个月左右才能到您的账上。”

班强一听乐了：“三个月？你怎么不说三年啊？”

陈经理硬着头皮说：“我们俱乐部每天卖石头，也要买石头，流水并不多，没办法很快挪出五十万来。”

“这么大一家店，五十万的奖金都拿不出来？”班强坐直了，凑近跟陈经理说，“我知道你们的规矩，赌石比赛赔掉了五十万，你作为经理，还有今天那位女主持人，恐怕都要被扣很多奖金吧。让我们在你这里买石头，你们又能赚到提成，这差价一下就补上了。”

陈经理推了一下镜框，有些心虚地道：“也不光是奖金的问题，我家石头真的挺不错。”

林嘉禾手里转着杯盖的动作停了，她说：“行吧，石头就石头。这里的石头是明码标价的吧？”

陈经理一听，精神立即起来了：“放心，价格都是定好的，我们绝不会胡乱要价。”

班强探头看了看颜威，又看向林嘉禾，小声问：“确定？五十万就要石头了？”

林嘉禾和颜威手握在一起，两人表情都很肯定。于是班强收回目光，对陈经理说：“那行，先带我们看看石头吧。”

出了会议室，陈经理领着他们沿着楼道向前走，然后用门卡刷开了一扇沉甸甸的大门：“里面请。”

房间里装饰金碧辉煌，陈列着几张高背沙发，里面还套着一个小门。

陈经理双手交握，站在小门旁："为了维护赌石环境，每次只能进入一位客人看石。林女士请您独自挑选石头，两位男士还请在外边沙发上等候。"

班强好笑道："我们是买石头，又不是比赛，怎么还要隔离开？"

陈经理微一点头道："这是我们俱乐部的规矩。"

林嘉禾看到里屋光线挺暗的，问："有手电和放大镜吗？"

陈经理说："有的，里面赌石工具齐全。"

林嘉禾点了点头，说："那我进去看了。"

颜威摘掉墨镜，对她说："去吧。"

林嘉禾笑了一下，转身走进小门里。颜威在沙发上坐下，视线始终看着她。班强在一旁嘟囔着："就是瞎讲究。"

其实，在黑暗中赌石也是一种传统方法，但那是用来观察极品毛料的。一块翡翠表皮足够薄，种质足够好，黑暗中打上一束手电光，能够完美看到其荧光表现。只是对普通的翡翠毛料而言，光线变暗，完全是增加难度。

小屋里面摆着两列货架，上面的翡翠毛料不算多，统共也就五十来件。林嘉禾取上手电和放大镜，从第一件开始细细观察起来，接连看过两件，林嘉禾皱起眉，放眼望了望货架，然后转身便出去了。

"陈经理。"陈经理一个转身，见林嘉禾这么快就出来了，十分惊讶："林女士已经挑好了？"

林嘉禾微微笑着道："这间屋子里面的，就是所谓只有会员才能够看到的翡翠？"

陈经理的表情变得有些尴尬。

颜威和班强都转身看过来。班强出声问："怎么了？"

林嘉禾指着身后说："这里面都是作假翡翠。"

她刚才看到的石头里，有的翡翠水口是移植过来的，有的绿色松花是人工添加的，总之各有各的假，简直是假得花样百出。

班强腾一下站了起来："你们公司街头赌石比赛骗人也就罢了，没想到这么大一间俱乐部还坑人？"

陈经理立即拍了下脑门，点着头说："不好意思，走错了走错了，我对这些包间不是太熟悉。这间屋子应该是供会员专门赌假的游戏房。"他继续连连道歉，"实在是不好意思，我这就带你们去高档翡翠包间。"

颜威站了起来，对他说："最后一次。"

陈经理说："当然，当然。"

走出包间，林嘉禾转过头，看到大门的门牌上写着“偷天换日。”

她心里好笑，刚才进门时未留意，这包间看名字也是专门用来赌假的。陈经理真以为她不识货，居然想让她在这里随便挑一件翡翠蒙混过去。

沿着楼道走到尽头的房间，陈经理停了下来。此时他的两边，一扇大门上写着“浪里淘金”，一扇大门写着“妙手探花”。

陈经理抹了一下额头，说：“这‘妙手探花’包间里是我们俱乐部顶级的翡翠了，只是价位都很高，都是百万级别的。另外这间‘浪里淘金’包间，好货也不少，价位相对低一个档次。”

林嘉禾打断了他，说：“没关系，我就看顶级的这一间。”

陈经理说：“这个房间里，五十万恐怕连最小的石头都买不到。”

林嘉禾对他笑了笑：“我如果真有看上的，又不是不能加钱。”

陈经理犹豫着想了想，随后点头：“那好，我这就开门。”

颜威和班强坐在等候区，林嘉禾独自从小门进入里间。

这一回，林嘉禾在里面停留了很久。

这小屋里不过二十来件石头，体积差距较大，大的接近一百公斤，小的比拳头也大不了多少。只不过林嘉禾看着看着就迷惑起来，这些石头的表皮都有一个共同的特点，那就是都具有坑坑洼洼的纹路。

有的纹路呈蜂窝状，有的纹路呈砍刀状，但是那些凹凸起伏的质感，在仔细抚摸之下，是极其相似的。

林嘉禾不由得猜测，这些毛料不仅是从同一矿坑里开采出来的，而且几乎是从同一位置开采出来的。它们受到了相似的地质作用，因此形成了极其相近的外观。

而她今天解开的那件拳头大的蓝绿色翡翠，也是类似的坑洼不平的外观表现。这些石头，表皮那样相似，而且屡出奇货。手电筒白亮的光线晃在地面上，林嘉禾一时间发愣起来，甚至产生了一种不可思议的惊悚感。

这时，小门外面传来班强的喊声：“怎么样了？”

林嘉禾回过神来，关了手电，走了出去。

“哦，里面的石头表现很好，不过我还没看完。”林嘉禾看班强站了起来，问，“是不是到时间了？你要去参加公盘？”

“对。”班强看向颜威，“那我……”

颜威说：“你去工作吧。”

班强点了点头，这里事情也解决得差不多了，剩下的无非林嘉禾要挑出一件翡翠。于是班强说：“好的，那我先走了，有事随时给我打电话。”他又笑着挠了挠头发，“我明天没事，买石头可以叫上我。”

颜威点头道“好”。林嘉禾冲他摆了摆手。

班强把脑袋一点，转身走了。陈经理跟着他走到门口，以确认他不乱碰设施。

趁这个空当，林嘉禾走过去悄声对颜威说：“颜老师，这间屋子里的石头，都像是一个矿区的。”

颜威靠坐在沙发上，抬头看着她：“为什么这么说？”

林嘉禾描述道：“它们的表皮都有相近的纹路，看上去不一样，但是用手抚摸，触感是很像的。”

说着说着，林嘉禾把话语收了。她发现颜威并没有在听，仿佛陷入了某种纠缠的回忆中。

只是一瞬，颜威很快回神，对她轻点了下头：“是，一个矿区开采出来的。”

他的眼神慢慢收紧了，声音里含着许多东西：“那个矿区，叫女娲矿。”

“林女士，还要继续看吗？”陈经理很快返回包间里。

林嘉禾愣了一下，才对他说：“哦，我再看一会儿，还没选到合适的。”

陈经理抬腕看了眼表：“好的，不过您要抓紧时间。四点之后有客户预约来这里看石头，您只剩下四十分钟了。”

林嘉禾点了点头，脚步却没动，脑子里装着另外的事情，思绪变得有些迟钝起来。

陈经理双手交握，表情狐疑地等着她。

这时颜威伸手握住了她的手腕。林嘉禾与他对视。颜威在她的胳膊上捏了捏，嘱咐说：“进去吧，专心挑一件石头。”

林嘉禾的思绪这才归位，她应了一声，然后转身朝小门走去，路过陈经理身边时，她轻飘飘地道：“四十分钟，足够了。”

小屋里没有窗户，四周摇晃着昏暗的壁灯灯光。林嘉禾按亮手电朝一排石头走过去，在这安静的氛围里，脑海里的事情也自动捋出了头绪。

屋内这些表皮相近的石头，都是从一个叫作女娲矿的矿坑里开采出来的。

而之前在缅甸公盘上，矿达集团提供的那三件价值连城的巨型翡翠，也被称为女娲石，其中一件已经在她手中开出了帝王绿。

这样的称呼不可能是巧合，那三件价值连城的大石头应该同样产自女娲矿。如此说来，女娲矿真是一个宝藏矿坑啊，曾经挖出过上吨重的绝品翡翠，现在出产的这些小型翡翠也都表现奇好。

只是，林嘉禾想不通的是，女娲矿目前的开采权显然是属于金麒麟公司的，但为什么矿达公司会拥有那三块巨型女娲石呢？

两家公司曾经合作过？或者，女娲矿曾经属于矿达，而金麒麟通过某种方式把它夺走了？

她想起刚刚颜威提到女娲矿的神情，后者的可能性显然更大些。

林嘉禾暗暗吸了口气，感觉自己已经很接近真相了，更具体的，可以找机会问一下班强，或者直接询问颜威。

但是目前，想再多也无用，她要从这间屋子里选出一块翡翠毛料，这才是要紧事。看石时间最多只剩半小时了，林嘉禾握紧手电，定下心来。

刚才她已经将屋里的毛料大致看过了一遍，选择范围也缩小到了三件约十公斤的毛料上。

抛开坑洼的纹路不说，这三件毛料的表皮晶体都十分细腻，敲击声响清脆入耳，说明其质地坚硬，种质可观。而且这三件毛料标价相同，都是每公斤七万元，石头整体价格肯定高于五十万，但也不会超过太多。

只不过，林嘉禾用手电筒压着放大镜，把石头细细看了好几遍，却越看越觉得心里没底。这三件翡翠原石明明表现很好，但仿佛缺少了灵气。

如果非要让她准确概括一下，那么她感到这些石头像是空心的一样，完全没有内容，丝毫不值得期待。

当然，空心是不可能的。

林嘉禾抬起头来，揉了揉脖子，觉得是自己产生了错觉。

眼看时间快到了，林嘉禾不想等陈经理趾高气扬地进来催促，于是按照常规判断，选了表皮最有潜力的一块石头带了出去。

见她出来，颜威站了起来。

林嘉禾笑了笑，抱着毛料对陈经理说：“我就要这块了。”

陈经理点着头走过来：“好的，我先称重计算价格，林女士是想在私人包间解石，还是去楼下大厅解石？”他补充道，“在俱乐部包间里解石是要收取小费的，在大厅解石可以供游客观摩，比较热闹，也不收取费用。”

林嘉禾不由得挑眉。她赌石这么久，还是头一次听人提到解石收费。

翡翠毛料一般价格不低，店家已经赚足了钱，所以之后的切石，乃至于简单加工，店家都会帮忙做了。

解石还想收取小费，行业内任谁听了这话都会道一句小气。

林嘉禾不愿多费口舌，只说：“那我就去大厅里切吧。”

陈经理伸手一引：“好，那我们去楼下再称重。”

出了房间，陈经理在前带路，林嘉禾和颜威跟在后面。

林嘉禾看了看手中的毛料，忽然起了玩心，往颜威面前一递：“颜老师，给你拿着？”

颜威低头扫了一眼，赶紧移开了目光。林嘉禾歪头看他的表情，轻声笑出来。颜威抿了一下嘴唇，出声叫道：“陈经理。”

“啊？”陈经理转身。

“石头，请你帮忙拿一下。”

“哦。”陈经理很不好意思，立即点着头把毛料接过来，“忘了忘了，辛苦林女士抱了半天。”

陈经理抱着毛料继续走在前面。颜威面容上浮出淡笑，伸手搂住了林嘉禾的腰。

一楼的赌石大厅面积宽阔，一大片雕工精致的木架上陈列着各式各样的翡翠毛料，每件毛料上都拴了一根红绳，上面挂着价签。

而在大厅一角设置了三个看台，看台上面摆着解石机。

下午时分，俱乐部里游客众多，在导游夸张的宣讲下，不少人掏出钱包买下了一件件翡翠原石，想试试自己能不能“撞大运”。

此时三个解石区都聚满了人，陈经理望了望情况，带他们来到切石即将结束的一个看台旁边。

看台上的解石机正在切割一件土黄色的毛料，看台下一对中年男女悄悄拉扯着。

那女的拽着男的说：“咱们上去吧，都快切完了，这里啥也看不见。”

男的紧张得满头是汗，却死活不敢上台近看。

“你这心理素质还非要买翡翠原石，几千的看不上，非挑了个五万块的。你可赶紧好好祈祷祈祷，切坏了钱可不给退。”女的数落了两句，又赶紧踮起脚朝台上望去。

男的站在原地，嘴里不知念叨着什么，最后还真的闭上眼睛祈祷起来。

一刀切完，机器停下了。女的踮脚一看，立即大叫起来：“有绿，出绿了！”女的抓着男人的手臂使劲摇着，几乎笑出了眼泪，“咱们开出翡翠了！”

男的也难以置信地喃喃道：“发财了，发财了。”

只见那块毛料切掉了薄薄一片，两面切口都飘着水汪汪的绿色。

看台上的主持人立刻喜气洋洋地宣布：“恭喜二位，你们的这块原石大涨啊！让我们的解石师傅估一下价格。”

主持人转头跟师傅交流，没多久便回头大声道：“这块原石现在估价至少二十万元！让我们掌声恭喜一下！”

噼里啪啦的掌声中，主持人笑着走到中年男女面前：“现在我们公司打算花二十万元买回这件翡翠，请问您二位愿意出手吗？”

那女的脑筋立刻转了起来，抬着头问：“刚才导游不是说，一块石头能切好几刀？这不刚切了一刀？”

主持人在台上摊手：“对，现在卖不卖随你们决定。”

那男的嘀咕说：“那再切几刀。”

女的立即打了他一下：“现在二十万？不卖？”

男的说：“还能涨的，还能涨的。”

女的其实想法谨慎，可仍然禁不住诱惑，抬起头对主持人说：“我们先不卖，再把翡翠切大一点。”

主持人立即举起话筒，走回看台中央：“好的，接下来请师傅再切一刀。”

林嘉禾和颜威站在一边默默等着。陈经理冲他们道：“不好意思，要切第二刀，还需要再等一会儿。”

林嘉禾转头小声问颜威：“颜老师，你看这种解石，不会出问题吧？”

颜威说：“不会。”

林嘉禾放心了，重新看回前方。过了片刻，她轻微皱了下眉。

台上的解石师傅并没有研究这块毛料，第二刀直接就落下去了，仿佛事先定好了一样。

他不怕把内部翡翠切坏吗？

林嘉禾顿时意识到这里的赌石是有套路的。第一刀贴皮出绿，主持人会高声宣扬赌涨了，充分调动观众的情绪。这时，货主如果愿意出手，俱乐部也不亏，毕竟宣传的作用已经达到了。但往往大部分货主是舍不得出手的，还想要再切一刀。而这第二刀下去，多半就悬了。

果然，第二刀切完，那薄薄一面绿色已经消失了，取而代之的是白色絮状的石头底子。看台下的男女顿时愣了。

“怎么，怎么里面没东西了？”

男的不说话，只是嘴唇开始哆嗦起来。女的赶紧央求师傅：“再切几刀，找找石头里面哪里有翡翠。换个位置，从那边再来一刀。”

师傅又接连切了两刀，石头已经被彻底分成了小块，全部都是白花花的颜色。女的已经快崩溃了，拽着男人的胳膊又推又摇的：“你非要再往下切，二十万没了吧，本金五万块都没了。”

男的脸色发白，表情怔怔的。

女的挥手把他甩开了：“你个八竿子打不出个屁的。”

主持人从解石的废物里，把那片贴皮薄绿石头挑了出来，朝男女递过去：“这可以留作……”

“留什么留，这能值几个钱？”女的接过薄石一把摔在了地上，咣当一响，倒是没碎。

主持人在台上好生笑着道：“翡翠是硬玉，翡翠原石也比一般石头坚硬，摔也是摔不碎的。”

又折腾了好一会儿，这对男女才被工作人员劝走了。

林嘉禾等得无聊，轻轻靠在了颜威的肩膀上。

俱乐部的石头有蹊跷，这对男女的心态也有问题，两边交锋，形成了这样一场闹剧。财富大起大落之间，围观游客都看得惊心动魄，但林嘉禾对这样的现象已经麻木了。

这片解石区域终于腾出来了，陈经理松了口气，赶紧给林嘉禾的毛料过秤。

“8.9公斤。”陈经理算过一番，说，“算您六十二万，这十二万的差价需要您补一下。”

林嘉禾二话不说，拿出手机给他转账。此时已经接近晚上了，她只想赶紧把这件石头切开，然后带着翡翠回去休息。

收完钱，陈经理把毛料放到台上，对林嘉禾微笑道：“这块毛料是您的了。”他跟工作人员简单交代了几句，然后一点头便离开了。

解石师傅见这件石头没拴红绳，说明是从二楼购买的贵价翡翠，于是专门走过来与林嘉禾商量切割方案。

林嘉禾朝他要了木工笔，在毛料贴皮位置、拦腰位置各画了一道切割线，如此直截了当，看清楚表现就完事。然后她把笔递还给师傅，自己重新走回颜威身旁。

颜威很自然地搂住她的肩：“累了吧？”

林嘉禾莫名轻轻笑了一声。颜威瞥她一眼：“怎么？”

林嘉禾说：“颜老师，你会主动关心人了。”

颜威瞅了她两秒，然后“嗯”了一声，转开了视线。

林嘉禾依然笑着，叹了口气道：“今天又没有吃午饭，早上只喝了一碗粥。”

颜威说：“这是好事，说明你赌石起来很投入。”

林嘉禾望着台上，过了会儿问：“颜老师，你等我赌石的时候不无聊吗？”

“不无聊。”颜威几乎立刻回答。他看着前边，机器慢慢切完了大半块石头时，又忽然低声开口：“我看你赌石，很羡慕。”

林嘉禾心中轻微一紧，转头看他。颜威的脸上没有任何表情，好像说出的这句话只是事实，而说出这句话的他，一点也不脆弱。

林嘉禾轻轻低了一下脑袋，再抬起头，她问:“颜老师，我们今晚吃什么？”

颜威的回答几乎是可以预料的：“你定。”

林嘉禾又笑了。

不知不觉间，看台上的机器停了。解石师傅首先看清情况，随后主持人走过去，也看清了这块原石的表现。

他们的表情有些僵硬，显然与喜庆不挂钩。

林嘉禾心下便知结果可能不好，立即走上前，看见切割完毕的毛料，不由得皱紧了眉头。

这是她挑的石头吗？内部丝毫没有表现出翡翠原石的质感，甚至说没有石头的质感，像是一团石灰，灰暗松散，拿手一摸就能落下粉尘来。

林嘉禾与这件石头面对面站着，忽然就想起了自己看石头时那种不确定的感受，仿佛这件石头是空心的。她低低道了声：“难怪。”

过了一会儿，颜威走到了她的身边。

林嘉禾没有转头，看着面前石灰般的石头，回忆说：“颜老师，在那间赌石房间里，我本来备选出了三件原石，但是每一块我都感觉不太好。”她轻轻吸了口气，“或许，那些原石切出来，都会是这样的表现。”

看来，女娲矿既产无比珍贵的翡翠，也有这样蹊跷的石头，但他们从外观是很难分辨出来的。能够准确把这些原石分拣出来的人，赌石水平一定很高，可以说，比她的赌石水平高。

整个金麒麟俱乐部，虽然坑人的骗局很多，但每块石头都是实打实的真货。他们在街头赌石中能够保证每块原石都切涨，而在这赌石大厅中，也能够精准“表演”一刀富一刀穷的把戏。

神鬼莫测的翡翠原石，却有高手能将它玩弄于股掌之间。

林嘉禾不知愣愣地想了多久，等回神，发现颜威正抬头望着二楼某个位置。

林嘉禾跟着抬起头，看到一个身着褐色长袍的男人站在二楼栏杆后面，距离较远，只能辨别出他身形瘦高，面部轮廓立体，像是缅甸人。

缅甸男人把整个大厅环视了一圈，很快转身走进了走廊深处。

林嘉禾皱了皱眉，收回目光：“颜老师，那个人你认识？”

“认识。”颜威抬着视线，过了几秒钟才移开。

他的脸色不太好，但情绪很快调整了过来，他对林嘉禾平淡地道：“金麒麟公司的人。”

第十三章

▷▷ 矿达生日宴

颜威和林嘉禾从金麒麟俱乐部出来，打了一辆出租车。

外面天已经黑透了，他们的车行驶在道路中间，两边都是赶路的旅游大巴，很长一段路堵堵停停，始终没有拉开车距。

林嘉禾感觉他们仿佛变成了一块夹心。她轻轻叹了口气，侧头靠在颜威的肩膀上时，脚踢到了脚边的一只袋子。袋子里装着那块切垮了的毛料。

林嘉禾执意把它打包带了回来，目的就是给自己提个醒。这件石头她亏了十二万，数目不算大，却令她心里憋屈。

当时在赌石房间里，她已经心存犹豫了，可还是带走了这件毛料，就那么一念之差，结果满盘皆输。

颜威很早之前就对她说过，赌就是要赢，输了没有任何理由开脱。现在林嘉禾才算深刻领悟，只要赌输了，那就是技不如人，差一点甚至比差十万八千里更加令人痛心疾首。

林嘉禾余光看着那只袋子，疲惫地打了个哈欠。

出租车拐进巷子，车灯照亮了民宿的大门。他们下车后，民宿的余老板从院里走了出来："回来啦，你们的石头放在那边墙角了。"

顺着余老板的手势，林嘉禾和颜威这才记起来，还有从老爷子那里收来的四块大石头等着他们呢。

墙角搁着一只铁丝网捆成的箱子，四块石头在里面码放得整整齐齐。

林嘉禾连忙道谢："麻烦您了。"

余老板道："没事，我这场院就是用来放石头的，你要是想切石，那边的机器通上电就可以用。"

林嘉禾说："好，不过今天太晚了，明天找时间……"

"也不晚，八点刚过。"余老板热心肠地道，"放心，不扰民。你们在院子里切石头，后面住的人听不到的。”

林嘉禾笑着附和：“好的。”

颜威在她旁边开口说：“我们先回去休息，然后把晚饭吃了。”

“还没吃饭啊。”余老板立即让开了道路，“行，行，快去吧。”

林嘉禾感觉累瘫了，开门回到房间里就往沙发上一坐。大清早出门，忙了一整天，除了看石就是解石，连坐都没时间坐，她的体力已经透支了。

林嘉禾身子一歪，趴在了沙发扶手上：“颜老师，要不我们点个外卖吃吧？”

颜威去卫生间洗了洗手，然后走了出来：“行。”

林嘉禾伸手往身上一摸，没找到手机，刚要起身去包里拿，就听颜威说：“我看着点吧。”

林嘉禾便没有动，轻轻“嗯”了一声。

颜威坐到她旁边，滑了几下手机，很快便点好了。

他一放下手机，林嘉禾就把脑袋换了个方向，枕到了他的腿上：“颜老师。”

“嗯？”

“你给我讲故事吧。”

颜威低头看她：“讲什么故事？”

林嘉禾轻轻地说：“女娲矿的故事。”

颜威停顿了一下，问：“你想听什么？”

林嘉禾的声音更轻了：“什么都可以。”

她的脑袋歪着，头发软软地拂过她精巧的侧脸，然后垂到他的腿上。

颜威伸手揉了揉她的头发，缓缓出了一口气，刚开始有些僵硬，后来整个胸膛都平静下来。

他低声说：“女娲矿是一个私人翡翠矿，也可以说是黑矿，没有被缅甸政府记录在案。”

林嘉禾肩头轻微一动：“怎么会？”

她有些困，但是思维还在，知道翡翠资源属于缅甸国宝，所有公司都必须经过缅甸政府才可以合法开矿，同时，所有的翡翠原石必须通过“公盘”才能合法出境。

随着翡翠资源的稀缺，缅甸政府对各个矿区的管理也越来越严格了。而且，翡翠矿不是小地方，占地面积大，挖掘动静也大，怎么可能藏得住呢？

颜威把手放在她的肩膀上：“你知道，缅甸的翡翠场区分为老场和新场。老场的开发时间早，翡翠品质高，但目前已经开采枯竭了。现在市面上绝大多数翡翠来自新场区。”

“女娲矿是属于老场？”

“是。缅甸有一条乌龙河，沿河两侧盆地建有缅甸最古老的翡翠场口，有近百年历史了，如今大部分已经废弃了。女娲矿就在其中一个废弃场口的地下更深处。”颜威向后靠在沙发上，声音低低的，既像是在解释，也像是在陈述，“按常理说，翡翠矿石是不会在那样深的地下形成的，所以女娲矿逃脱了缅甸政府的搜寻，但是十年前，被几个捡漏的矿工发现了。”

颜威的声音平静，真的像是在讲述一个古老的故事。林嘉禾“嗯”了一声，眼皮碰上了，呼吸也越来越均匀。

窗外一片漆黑，屋中灯光亮着，泛黄的墙壁和天花板封闭出了一个足够安全的二人世界。

很多时候，人的讲述欲是随着踏实感一并流出来的。

颜威抚摸着她的肩，慢慢叙说：“缅甸矿工的工资很低，基本只能勉强维持生计，所以有些工人白天完成工作后，夜晚会偷偷溜进废弃的矿区里‘淘金’。有一天夜里，废弃矿区的地面塌了，几个工人掉下去受了重伤，公司营救他们的时候，把一块翡翠原石一并捞了出来。女娲矿就是这样被发现的。

“当时那些受伤的矿工，一半是金麒麟公司的人，一半是矿达集团的人。”

这个时候，房门被敲响了：“你好，外卖。”

颜威抬了一下眼皮，仿佛从回忆中被拉了出来。

他慢慢坐直，这时发现，林嘉禾已经趴在他的腿上睡熟了。

颜威扶着沙发扶手，朝门外的外卖员说：“放在门口就可以。”说完，他低头瞅了一眼，林嘉禾没有被吵醒。

外卖员听见了，说：“那行，哥，我给你放门口台阶上了。”

“谢谢。”

“好了，哥那我走了，你记得出来拿。”

门外的声响消失了。

颜威看着林嘉禾熟睡的侧脸，轻轻抚摸她的肩膀，安静地坐了一会儿，然后仰头靠在沙发靠背上，就那样闭上了眼睛。

清早的时候，林嘉禾醒过来了。

这个睡姿实在不舒服，不然她能睡更久。

颜威也随之睁开了眼睛，看着天花板，低声问：“还困吗？”

林嘉禾点了点头。

颜威站了起来，搂着她懒洋洋地往床上走去：“再睡一会儿。”

回笼觉一睡，两个人一下睡到了大中午。

林嘉禾起床后洗了个澡，收拾了一番，感觉自己清清爽爽的，一下子就活了过来，就是有点饿。于是两人一起出门吃饭。一开房门，林嘉禾就瞅见了地上的外卖袋子。

颜威弯腰拾起来，路过垃圾桶时扔了进去："昨晚没来得及吃。"

林嘉禾笑了一下。她睡得太早了，所以没来得及吃。

他们就近找了一家小饭店，点了两样炒菜，等着菜上桌的时候，林嘉禾回忆起昨晚颜威讲的故事。

他说，女娲矿不受缅甸政府管辖，是个悄悄运营的黑矿，是十年前被金麒麟和矿达两个公司同时发现的。

那么接下来发生了什么？为什么女娲矿现在完全隶属于金麒麟公司了？

林嘉禾正琢磨着怎么继续昨晚的谈话，桌子对面颜威的手机响了。

颜威拿起手机看了一眼，说："公司的人，我出去接一下。"

颜威这个电话打得有些久，菜上来了好半天他才回来。

林嘉禾不由得问："有事？"

颜威在对面坐下了，说："没什么事，班强跟我汇报了一些公盘上的情况，然后今晚你跟我一起去吃个饭吧。"

"跟你们公司的员工？"

"对。"颜威指了一下手机，神情好像有些不满，但最后只是淡淡来了句，"班强组织的。"

林嘉禾笑了笑，听起来这倒是班强的风格，到哪里都喜欢张罗吃饭。

她把筷子拿起来，递给颜威："我们先赶紧把午饭吃了吧。"

下午他们去附近的玉器市场转了转。傍晚六点左右，两人奔赴饭店参加聚餐。

公盘工作结束得早，矿达的同事们都在饭店包间里等着了，班强来到门口，把颜威和林嘉禾引了进去。

走在楼道里，林嘉禾问："这回平洲公盘，矿达来了几个人？"

颜威说："五个？"

班强点头说："对，不算颜总五个人，不过有两个同事带了老婆和孩子，吃饭也一起叫上了，已经都到了。"

林嘉禾默默点了下头，有其他家属还好些，如果吃饭时就她一个外人，她还有些紧张的。

走到包间门口，班强把门一推道："颜总来喽，还带来了一位——"

坐着的人纷纷站了起来，热情地跟他们打招呼。

这个包间不大，两个女家属和两个小孩挨在一起，几个男同事在另外半圈，屋里位置几乎已经被占满了。

靠近门边的一个男同事伸出胳膊打算与颜威握手，但颜威似乎没有这个习惯，简单点了下头，直接走到了预留好的两张椅子前。

于是那人退而求其次，冲林嘉禾笑道：“这位是颜总的……”

这些员工对颜威并不了解，连他是否结婚都不清楚。

林嘉禾微微一笑道：“林嘉禾。”

这个回答就说明了不是妻子，而是女伴。

“噢，嘉禾姐。”男人立即应声。

他旁边坐着一个女的，应该是他老婆，立即推了他一下：“别叫姐啊，你都三十多的人了，人家一看就很年轻。”

这男人张嘴笑着。

林嘉禾微笑道：“没关系，就叫我林嘉禾，或者嘉禾，都可以。”

热热闹闹地寒暄了两句，大家都在椅子上坐下了，服务员走进包间，等着记录点菜。

班强把菜单搁在转桌上转了过来：“颜总、嘉禾，你们看看吃什么？”

菜单就是一张简单的塑封纸，颜威用手指指着第一列说：“点几个特色菜就可以。”

旁边一个男同事介绍说：“这里的特色是柱侯鸡、吊烧鸡等各种鸡，哦，还有三四种河鲜。”

颜威说：“可以的，那就这几样特色菜。”他把菜单推到林嘉禾面前：“你看吃什么？”

林嘉禾看了眼菜单，点了两样青菜。

对面一个女家属立即说：“对，加点青菜，别光点肉菜。”

林嘉禾笑了笑，把菜单递给对面的人：“大家看看。”

旁边一个眼尖的男同事立即道：“哇，这镯子不错。”

林嘉禾不由得低头看去，一只浓艳剔透的祖母绿手镯挂在她的腕间。

桌上除班强，其他同事的主要工作并不是赌石，但大家对翡翠都是门清的，打眼一瞧就知这镯子价值不菲。只是这毕竟是戴在林嘉禾手上的首饰，他们几个大男人也不好意思使劲评价。

倒是一个女家属由衷地赞美道：“这翡翠真绿啊，漂亮、衬人。”

颜威拉住她的手腕，说：“她自己赌到的翡翠。”

一个男同事立即称赞：“好水平啊。”

颜威说了声：“是。”语气里带着点骄傲的意思。

林嘉禾抚摸着手腕上的玉镯，大方地笑了一下。

没多久，第一道凉菜上来了，林嘉禾拿筷子时才想起自己没洗手，看了颜威一眼。颜威问：“洗手？”

林嘉禾点头。

颜威抬起头环顾包间。班强看到了，指着门说：“洗手池在外面。”

颜威跟林嘉禾一起站了起来。林嘉禾对大家说：“我们下午看了翡翠，手上都是灰。”

同事们立即道：“快去洗洗吧。”

“出门右拐就是。”

两人一起出门洗手去了。包间里顿时安静下来，大家都等着，没有人先动筷子。没过几秒钟，一个男同事试探似的说：“颜总他……挺不好相处的。”

另一个人明白他的意思，小声说：“嗯，但是人挺有钱的，长得也不赖。”

“颜总女朋友，应该是特别有耐心的。”

“嘿，说什么呢？”班强听不过去了，拿筷子敲了敲碗边，“林嘉禾我以前就认识，她赌石很厉害，现在自己也开公司了，事业起得轻轻松松，人家很有能力的。”

那几个男同事也知道背后议论人不大好，但按捺不住想讨论的欲望。憋了一会儿，一人开口道：“没有颜总在背后帮她，她怎么可能那么轻松？”

另一个人说：“她那玉镯应该属于祖母绿品级了，一个私人货主，能有机会接触到那么好的料子？”

班强张了张嘴，呆了。他本意只想凑齐大家热热闹闹地吃顿饭，借机熟悉一下同事，没想到这些同事一个比一个事儿妈。他嘴笨，也不知道还能再说些什么。

事实上，林嘉禾为什么会和颜威在一起，他也没搞清。但他心里知道，不是同事们说的这样。

回到位置坐下，林嘉禾感到桌上变安静了，不由得转头看了颜威一眼。颜威拿起筷子，对大家说：“吃菜吧。”

立即有人道：“对、对，吃菜，先上的先吃。”

颜威夹过一筷子菜之后，大家接连动筷，一盘凉菜转了一圈就见底了。

服务员走进包间端上一盘新菜，把光盘撤走了。

“这是什么鸡？”坐在门口的男同事指着大盘子，“吊烧鸡还是？”

服务员回答：“这是本店特色柱侯鸡，用酱料焖制而成，骨酥肉烂。吊烧鸡是脆皮的，正在制作，稍后就上。”

“哦、哦。”男同事笑，“点了好几道鸡，分不清。来，颜总先尝尝吧。”

男同事打算把菜盘转过去，被颜威伸手按住了桌面：“不用，你先吃吧。”

那男同事愣了一下，然后笑道：“我坐门口沾光了，行，那我就不客气了。”

之后菜肴越上越多，大家热络地品尝起来。

颜威吃饭很安静，每道菜到达他面前时，他才夹上一筷子，更多时候，他都将筷子搭在盘子上，径自坐着。

这显得他有点冷，林嘉禾明显感觉到了，其他同事也感觉到了。

一道红烧鲈鱼上桌时，一个男同事问：“这是河鲈鱼，还是海鲈鱼啊？”

另一个人说：“看着像淡水鱼，河鱼吧。”

正好这时颜威夹了一块鱼肉，那同事便问：“颜总，你尝着这是什么鱼？”

好几人一起看向颜威，颜威把鱼肉咽了，说：“不清楚，你们尝。”然后他把菜肴转走了。

那同事尴尬地笑了一下，也就不再有意地找他聊天了。

出差在外，同事之间愿意聊的话题也不多，把桌上的特色菜评论完一遍，大家最终还是讨论起工作来。

一个男同事边吃边说：“对了，我今天跟公司商品部门对接时，他们说咱们在公盘上拍的翡翠都少了一份加工许可。”

另一个人问：“加工许可？公盘上的石头证书不是都齐全了吗？”

“不知道啊，今年交易严格，可能多了一道手续。我明天去会场问问。”

颜威放下筷子，出声说：“我看一下。”

“啊？”那男同事在桌子对面，没反应过来。

颜威说：“把你交给商品部门的文件给我看一下。”他歪头一指，“我看你带了公文包。”

“噢，好。”那同事立即将放在身后的公文包拿了起来，抽出文件，绕过半圈桌子交到颜威手里。

颜威整体翻过一遍，然后定在一页上，指着说：“这里需要找组委会加盖一个章。”

“哦好的。”男同事凑近看完，立即点头，“这样就有加工许可了。”

颜威把文件递还给他：“其他没有问题。这些文件记得准备两份，一份交给加工部，一份存档。”

男同事伸手接过文件：“知道了，谢谢颜总。”

颜威抬头道：“辛苦了。”

男同事连连点头笑着，返回座位坐下了。

颜威继续拿起筷子，忽然眉心微动，转过头，见林嘉禾正握着筷子看着他。颜威指了一下桌子问："你想吃哪道菜？"

林嘉禾说："我夹得到的。"

颜威"嗯"了一声，转回脸说："再吃点，很快就结束了。"

他继续安安静静地吃菜，桌上热闹的聊天仿佛又与他无关了。

林嘉禾夹起盘里的青菜，莫名地产生了一种心疼的感觉。

颜威并非一个不懂客套的人，相反，那些人情世故他都很懂，只是他在刻意远离。他对待工作相当认真，却不愿与员工有任何牵扯。

仿佛，他只当自己是个过客。

林嘉禾垂下眼睛，把青菜吃了下去。

桌上菜都吃得差不多了，大家几乎不怎么动筷了，班强便张罗着问："还加点什么吗？主食？点心？"

有人忙说："不加了，吃不动了。"

班强环顾一圈，看来大家都吃好了。

颜威说："那就到这里吧。"

他牵着林嘉禾站了起来。

大家一起往外走去，走到饭店门口，班强问："颜总，你们也打个车回去？"

颜威点头。班强看向道路边："现在不太好打车，等会儿吧。"

站在饭店门口等待的时候，林嘉禾问班强："你们都去一个地方吗？"

班强说："对，公司统一给订的，市中心的宾馆。"他又问，"你们今天看石头了吗？"

林嘉禾说："没有，在屋里歇了大半天。"

班强点了下头："今天我在公盘转了转，也没看到什么好东西。"

班强抱着胳膊站在门前台阶上，其他同事都聚在台阶底下聊天，但他没有参与过去，觉得自己是颜威这一边的。也许是因为其他同事都不太懂赌石，他还是跟颜威和林嘉禾他们更有话题聊。

班强看了颜威一眼，觉得他今晚话尤其少，当然今晚聚餐氛围也不大好。他正想主动找话说，刚好颜威开口了："你明天有空吗？"

班强立即道："有啊。"

颜威说："我们打算切从天光墟集市收来的那四块石头，你明天过来帮忙吧。"

"成，在哪里切？"

颜威告诉了他民宿地址。班强听了一遍就记住了，抱着胳膊点头。

出租车陆续来了，班强跟另外两个同事拼车走了，颜威和林嘉禾也坐车回了民宿。

进屋后，颜威先洗了个澡，林嘉禾后洗。她没洗头发，冲干净身体很快出来了，看到电视机打开着。

电视停在一个新闻台上，正在讲解边贸问题。颜威放松地坐在沙发上，胳膊搭着扶手，屏幕光映亮了他的脸，他的表情很平淡。

林嘉禾停了一下，某个瞬间，觉得那份平淡里充满了孤独。

颜威转过脑袋，看着她招手："过来坐。"

林嘉禾过去贴着他坐下了，把腿也缩了上来。颜威展臂搂住了她。

电视画面跳跃着，林嘉禾静静看了一会儿，然后把手机拿了出来。

过了几分钟，颜威低声问："在看什么？"

林嘉禾滑着手机屏幕："查一下平洲还有哪些玉器街，或者景点也行，我们后天可以去看看。"

"后天不行。"颜威说，"后天我要回趟广州，公司里有点事情。"

林嘉禾抬起脸来。颜威对她说："广州距离近，当天晚上就回来。"

林嘉禾微一停顿，随后才点点头，靠回他的胸前："那我们大后天出去也可以。"

颜威的肩膀动了一下："舍不得我？"

林嘉禾小声说："没有。"

颜威直起身体，俯头在她的脸上亲了下："我尽早回来。"

林嘉禾抬眼看清了他的面容，随即他又坐正了。

明明是亲昵的动作，可是那份孤独感依然没有消除，自从聚餐开始，林嘉禾就感到一种情绪沉甸甸地压在她的心上。

"颜老师。"过了会儿，她轻声唤道。

"嗯？"

"我有一种感觉。"林嘉禾慢慢捋着说，"感觉你想把所有工作都交代完成，然后自己就要退休离开了似的。"

颜威一时没有说话。林嘉禾不由得抬起头看他，只见颜威面容淡淡地笑了一下，自嘲般道："我现在也不赌石，跟退休没什么差别。"

很快，他又把神色调整过来，手指捏了捏她的肩："你的感觉很准，不光在于赌石。我……再过半年想从矿达抽身了。"

林嘉禾始终看着他，缓缓转动着脑子：“为什么是半年？”

“其实不到半年。”颜威说，“今年冬天，矿达跟金麒麟有一场赌局，获胜那一方，可以拥有女娲矿。我留在矿达，就是一直在等今年冬天的到来。”

林嘉禾愣了片刻，问：“靠赌石，赢得女娲矿的开采权？”

颜威点头：“是十年前，由两家公司共同定下的。”他向后靠坐着，继续开口，“那时，矿达和金麒麟共同发现了地下女娲矿，许多地质现象说明这个矿坑里必会开出很多珍宝，但是两家公司在开采方式上产生了很大分歧，没有办法合作。所以依传统，两家公司约定每五年进行一场赌局，赢方可以拥有这五年内女娲矿的开采权。”

颜威感到她听得认真，伸手轻轻抚摸着她的肩，说：“这就是昨天，没有给你讲完的故事。”

林嘉禾静了一会儿，思考着说：“十年前第一次赌局应该是矿达赢了，所以才拥有了那三件大型女娲石。而五年前第二次的赌局，金麒麟公司赢了，是吗？”

颜威没有回应，不过林嘉禾想，故事应该就是这样了。

不知不觉，夜已很深了。颜威在她的头顶上说：“走，去床上睡觉吧。”

他们把灯关了，来到床上，颜威又拿起遥控器把电视关了。寂静中，林嘉禾侧转头，看到他的每一个动作都像在黑暗中荡开波纹。

颜威安静地平躺着。林嘉禾知道他没有睡着。

“颜老师。”林嘉禾的思维飘散很久，想到了很多事情，她轻声说，“金麒麟俱乐部的货源那么好，是因为他们拥有了女娲矿对吗？如果这一次矿达公司把女娲矿赢过来……”

“我不关心矿达的命运。”颜威忽然出声，望着漆黑的天花板，声音一点点淡下来，“哪家公司拥有好翡翠，与我已经无关了，我提供给矿达的帮助，已经够多了。”

林嘉禾侧过身体：“可你还是想赢下女娲矿赌局的。”

安静片刻，颜威低声道：“现在好的老矿坑几乎绝迹了，每一块翡翠都十分珍贵。我之所以要赢下赌局，是因为金麒麟公司开采过度。”

他的声音很平静，所有东西都藏在背后。

但是林嘉禾瞬间怔住，感到一股热血慢慢地滚过胸腔。

她忽然想起了录制节目遇见颜威时，他逆着所有人宣布那件翡翠白菜是造假的，对着话筒斩钉截铁地说，这是对天然翡翠的不尊重，不配谈价值。

这样刚性的语句，带着坚硬的主心骨，可以瞬间把人扯到一条光明的大路上来，同时告诉旁人：你们走的路是错的，那些卷动的暗尘与迷雾，本不该有。

颜威身上其实没有任何傲气，很多时候他都收敛锋芒，平淡地待在一旁。但是他身体里的傲骨从来没有动摇过，那支撑着他进行所有的事情，无论有没有人知晓。

林嘉禾一时间感到很庆幸，是自己陪在他的身旁。

黑暗中，一阵窸窸窣窣声响起，颜威感到一个毛茸茸的脑袋抵在他的胸前。

他压低头问："怎么了？"

林嘉禾抱住他，轻声叹气："颜老师，我忽然觉得你是个好人。"

颜威顿时感到好笑，但没有笑出来，只是轻轻地翻过身，抱住了她。

他们不知多晚才睡着。林嘉禾或许失眠到更晚，第二天醒来时，颜威已经起床了。颜威站在门外，正在打电话，明媚的阳光落在他的肩背上。

林嘉禾下床走过去。颜威把电话挂了，转回头说："班强到附近了，没找到路。"

林嘉禾点了点头，说："那我赶紧去洗漱。"

等她收拾完毕，班强也风风火火地找过来了。他顺着一排平房，走到了最里面这间。

"哎，不好意思，今天起晚了，到这边司机又绕错路了。"班强走到门口刹住了。

他们房间的门开着通风，班强顺便往里看了一眼："哇，房子挺大，我们住的宾馆又小又憋屈。市中心地价贵啊，还是这边舒服。我看离这里不远的地方还有条河。"

颜威跟林嘉禾走出屋，把房门关上了。

林嘉禾对他说："石头放在外面的院子里了。"

班强点头："哦，行，看石头去。"

班强不光赌石，对磨石、切石也都是一把好手。很多时候等店家切割太麻烦，他自己弄台机器尝试着切，久了就熟练了。

班强把院子里的小型解石机通上电，试了试确认好用，然后朝墙边的毛料走了过去。林嘉禾跟了过去。

班强把四块石头摸了一遍，转头问她："先切哪块？"

林嘉禾其实哪块也不看好，说："你觉得哪块有潜力就切哪块。"

班强琢磨了一下，把一块中等个头、造型最圆的毛料抱了出来："那先从这块下手吧，这块感觉种水最老，也没有裂。"

将石头在机器上固定好，班强不忘朝颜威招呼一声："颜总，我先切这件了，直接拦腰一刀吧。"

颜威站在两步远外一棵酸枣树下，点头："可以。"

机器开动了，第一刀下去，没见翡翠。班强调整位置，紧接着下了第二刀。

他对这块毛料没有太大兴趣，懒洋洋地等着，没想到这刀结束，切面上居然出现了一道细细的绿色色带。

"哎？"班强凑近瞧了瞧，再下刀时就小心了，又花了约一小时，分割出了一片巴掌大的石头，上面飘着一道鲜亮的绿色。

他举过来："能切出个小圈口的镯子。"

林嘉禾接过石头看了看，晶体十分细腻，无论是白底，还是那道翡翠，都带着强烈的胶质感，光泽灵动。

班强指着说："挺细润的，跟你昨天解出来的那块蓝绿小翡翠似的，种水够老。"

林嘉禾满意地点点头。

班强歇了没一会儿，又准备开始切第二块了。

林嘉禾等在一旁，感到把班强叫过来像是干苦力的，有些不好意思。她转身回屋拿出了两瓶矿泉水，递给班强一瓶、颜威一瓶。

颜威拧开瓶口，递给她："你不喝？"

林嘉禾跟他并肩站在枣树下，摇头道："不渴。"

颜威举起瓶子喝了两口。这个时候林嘉禾的手机响了，她看了眼，何钏打来的。

林嘉禾晃了晃手机："我去接电话。"

颜威合上瓶盖，点了点头。

林嘉禾走到噪声小些的院子另一侧，接通了电话。

何钏跟她简单打了招呼，然后说："师父，今天有一个男的来店里了，说想要定制一样东西。"

林嘉禾随口问："定制什么啊？"

"他想要定制翡翠算盘。"

"算盘？"林嘉禾顿感新鲜。她以前从没想到，算盘还可以用翡翠来制作。她想着说，"也就是，他需要一批翡翠算盘珠对吧。"

何钏说："对，他只要翡翠珠子，算盘的框架他另外找人定制。

林嘉禾说："这不是很好办？翡翠珠子也没什么难度。"

"是，只不过……"何钏把事情想了一遍，才说，"这个男的有点奇怪，我觉得他太挑剔了。”

“怎么了？”

“他在店里转了两个多小时，把所有绿色的翡翠制品都仔细看了一遍，但是没有看上的。”

林嘉禾轻微皱了下眉，首先想到不会是同行来找碴吧？但转念一想，又觉得同行没必要用这么笨拙的方式找碴。

“这个人没有看到满意的，是颜色不满意吗？”

何钏说：“他说想看颜色更绿、级别更高的翡翠。所以我想，咱们仓库里那件大块头……”

林嘉禾立即说：“我嘱咐过，那件翡翠尽量不要让别人看到。”

何钏说：“知道的师父，我很小心。只是算盘珠用磨镯子剩下的边角料就足够了，所以我想，可以拿一块边角料展示给他，看他是否满意。”何钏又补充说，“边角料都已经切碎了，没人知道石头原本长什么样子。”

林嘉禾仔细想了一下，帝王绿镯子磨下的那些边角料品质确实很好，如果能做出一套高品级的算盘珠，也算物尽其用。

她点头答应了：“好的，那你先选一小块样品带到店里拿给那人看。这是品质极高的翡翠了，如果那人继续挑剔就有问题了，你要及时跟我汇报。”

何钏说：“好的。”

林嘉禾又嘱咐了好几句，才挂掉电话。她握着手机站在院子里，隐约感到有些不安，却没有原因，可能是她太在意那件“大馒头”了吧。

林嘉禾摇摇头，朝解石机走了回去，此时一刀已经切完了，班强跟颜威站在酸枣树下交谈着。

她路过面前，两个人的谈话立即停了。林嘉禾玩笑地说：“聊什么呢？”

班强抱着胳膊道：“哦，明天我们要去广州参加……”

“参加一个公司会议。”颜威说。

班强诧异地看了颜威一眼，飞快地找补道：“嗯对，参加公司会议。”

林嘉禾这时注意力正在切完的石头上，轻轻“嗯”了一声，并没发现他们这些小动作。

接近傍晚，四件石头都解切完毕了，除去第一块外，其余都没出绿。

班强不免有些丧气，摊着两只手道：“别是我今天手气不行吧？”

林嘉禾赶紧说：“没有，我本来也只看上了那块蓝绿小翡翠，这四块都是捎带着的。”

班强反应过来，说：“也是，反正那块小翡翠你也赚够本了。”他指着切完的一堆石块，道，“说实话，这些我也都没看上，能切出一道绿色都算惊喜了，可以磨出个镯子戴着玩。”

说话间，他们开始打扫战场，将院子里的废石都收走了，并且把解石机推回墙边归位。

都收拾完毕，颜威说：“一起吃晚饭吧。”

“我请你们。”林嘉禾笑着对班强说，“让你辛苦了一下午。”

班强挠头一笑：“没什么，晚上随便吃口就行。”

他们走到镇河附近挑了一家饭店，这里不仅热闹，还可以吹到舒服的凉风。

饭后稍坐了一会儿，班强便说：“行了，我该回去了，明天还要去广州。”

颜威和林嘉禾都站了起来。班强在路边拦上一辆出租，又转头问：“颜总，你明天跟我们一起坐高铁走吗？”

颜威说：“我清早就走，联系好了车。”

“哦，好的。”班强坐进车里，透过车窗笑着挥手，“回去吧，可别送我。”

出租车开走了，颜威和林嘉禾回到了民宿里。

这天晚上，他们很早就躺在了床上。林嘉禾没什么困意，在颜威怀里轻轻翻了个身，想跟他聊天。颜威感受到了，胳膊紧了一下，低沉道：“睡吧。”

他胸口呼吸很匀，林嘉禾贴着他的皮肤，感觉他分明没有睡着。可是颜威紧搂着她，使得她无法看到他的脸。

第二天清早，颜威便动身出门，坐车去了广州。

林嘉禾在屋里把衣物整理了一下，然后把那块小小的蓝绿飘花翡翠，以及昨天切出来的那片镯子料都仔细擦干净，包裹好装进了行李箱里。

她忙活完一通，窗外的太阳刚刚升上天空。

这本该是很清闲的一天，林嘉禾打算出门吃个早饭，随便转一转，等着颜威回来。可是一通电话把这些计划打破了。

是一个陌生号码的来电，林嘉禾接通后，礼貌地说了声：“喂，你好。”

“林嘉禾女士，对吗？”

林嘉禾皱了皱眉，对面是很娇脆的女声，听不出年龄，但是简单的“对吗”两个字，声音轻轻挑了个弯，不友好的感觉就这样露了出来。

林嘉禾下意识地拿开手机，又看了一遍这个号码，然后才重新接听：“我是林嘉禾。请问您是？”

女人说：“我是沈凌君，你或许不认识——”

“认识。”林嘉禾打断了她，然后又礼貌地道，“矿达集团的沈总对吧？

您好。请问您有什么事情吗？”

沈凌君道：“你认识我？噢，颜威跟你说起过我吧？”她轻轻笑了一声，“他都说我什么了？”

林嘉禾：“他没说过。我知道您，还有您大哥沈宗仁，都是矿达的老板。矿达是个大公司，翡翠行业内的人多半听说过。”

那边的人又轻笑了一声：“噢，他没提过我啊。”

真不知是提到令她高兴，还是不提到令她高兴。林嘉禾轻皱了下眉，说：“沈总，您给我打电话，有什么事情吗？”

沈凌君说：“我啊，想约你聊聊。”

林嘉禾：“我们不是正在聊？”

“我是想跟你见面聊。”沈凌君忽然将声音转小，轻轻地道，“有的事情，不见面聊不清楚。”

林嘉禾脑中滑过了很多念头，但总结成一条，沈凌君找她，一定跟颜威有关系。

她握着手机说：“如果是跟颜威有关的事，请你直接跟他明说，不用越过他来找我，我这里提供不了任何信息。”

沈凌君说：“你不用这么警惕，我跟颜威也是朋友。我可能没表达清楚，我打电话，是邀请你来矿达公司参加宴会——今天是我大哥沈宗仁的六十岁生日宴，办得相当热闹。”

林嘉禾微愣之时，沈凌君又说：“看来你是不知道了。矿达举办生日宴，许多翡翠公司的人受邀前来参加了。颜威他没有邀请你，那么我现在来邀请你。”

颜威今天去广州，是去参加生日宴了？

林嘉禾轻轻皱眉，主要是不理解他为什么不直接说明，生日宴有什么好瞒着她的呢？

沈凌君继续说：“在今天的生日宴上，会切解一块蓝色大型女娲石，或许你会想要看看的。毕竟——那块正绿色女娲石在你手里开出了那么多好翡翠。”

林嘉禾瞬间想到了，说道：“昨天是你派人到我店里去看翡翠。”她完全反应过来，不由得笑了下，“说是要做翡翠算盘，其实只是找借口去看那块女娲石的材料，对吧？”

沈凌君笑着“哎”了一声：“我大哥确实想要一个翡翠算盘，只是当作他今年的生日礼物来不及了。我在你店里已经付定金了，记得抓紧做啊，或许我可以在明年生日送给他。”

林嘉禾握着手机：“如果是因为那件女娲石——”她提了口气，镇定地说，“石头是我自己在公盘上看好并且拍下的，至于你们公司是否乐意，那并不关我的事。我通过正规渠道买下了翡翠，而你们拦标的行为本来就是不被允许的。”

沈凌君笑了声：“你不用跟我说这么多。颜威愿意博美人一笑是他的事情，在我看来，只有石头没了才是事实。”她换了语气，“不过这是次要的，我邀请你来公司，是因为另一件至关重要的事情。”

林嘉禾的思绪很乱，她不由自主地问：“关于颜威？”

“当然，关于颜威。”沈凌君拉长了声音，“好了，这个电话打得也够久了。今天中午在矿达生日宴开解那块蓝色女娲石，你来晚了，可就看不到了。”

那边的人已经挂了电话。

林嘉禾站在原地只愣了片刻，然后立即行动起来。她换好了衣服，收好了随身包，这时她的动作又慢了下来，停在门口，把电话给颜威拨了过去。

林嘉禾不是一个好奇心重的女人，但做事也不会畏首畏尾。她已经决定要去矿达跟沈凌君当面聊一聊了，给颜威打这个电话，只是想要稳定一下心绪。

电话振动时，颜威正靠在车后座上休息。他缓缓睁开眼皮，看到来电有些意外，接通了。

电话那边，林嘉禾轻声说：“喂，颜老师。”

颜威坐直起来：“嗯，怎么了？”

林嘉禾顿了一下，然后问：“你到哪里啦？”

颜威说：“快到广州了。”

林嘉禾：“哦，我看已经一个小时了，以为你该到了。”

“还没有。”颜威道，“到公司大约一个半小时。怎么了？”

林嘉禾说：“我就是问一问。”

颜威瞥着窗外，了然地笑了下：“我晚上就回去了。”

“那你路上注意安全。”

“好的。”

“嗯，那晚上见。”

颜威握着手机，低声回应：“晚上见。”

电话挂了，前面的司机转了下脑袋：“高架堵车，我从下路绕一下吧，这样省时间。”

颜威装了手机，抬起视线：“好。”

车子绕过半圈城市，在矿达大楼门前停下。颜威低头下车，关上车门。

这时刚刚早上八点，太阳穿过明亮的玻璃大门，几个员工站在一楼大厅里，见到颜威，纷纷点头打招呼：“颜总。”

颜威对他们一摆手，大步走进电梯间。

宴会大厅在九楼，办公室都在十楼。颜威按下数字“10”，双手插进兜里，抬头望着数字一个个地往上升。

终于到了。

沿着走廊向前走，颜威远远就看见正对面的办公室门半开着。走到跟前，他抬手叩了两下，然后直接推门进去了。

沈凌君在窗前转过身来。

颜威一下子挂起笑容：“呦，君姐今天打扮得漂亮啊。”他定在原地，仔细瞅了她一眼，“纱裙，公主穿的那种吧？”

沈凌君低头看了看，不好意思地笑道：“什么公主，就是普通的礼服裙子，带点花样。”

“可不普通，到了中午宴会上，君姐肯定是最醒目的那一个。”颜威说着，走到了她的办公桌边，扶了一下椅背，“我坐了？”

沈凌君说：“你坐吧。”

颜威拉出转椅就坐下长出了口气。

沈凌君朝他走过来：“路上累了吧？”

颜威靠着椅子笑道：“早上起太早了，有点困。”

沈凌君说：“宴会中午才开始，你怎么过来这么早？”

“公司里有点工作，一会儿我得去一趟。”颜威说，“这不，先上来给你打个招呼。”

这个办公室很宽敞，安置着两套大办公桌，是沈凌君和沈宗仁共用的。颜威见那边办公桌空着，问：“沈大哥呢？”

沈凌君一努嘴道：“在楼下宴会厅布置呢，他那人你也知道，瞎讲究，一块桌布、一张餐巾都要完全按照他的意思来。”

颜威点了点头，随着她笑。

沈凌君把鬈发拨到了后边，又扯了几缕搭回肩上，随口问：“对了，最近平洲公盘的工作，还算顺利吧？”

颜威说：“顺利，下半年公司的翡翠原料都够了。”

“那你……最近还行吧？”沈凌君用词很小心，试探着看他的表情，“在赌石的时候。”

颜威笑着看她：“当然行啊，不然公盘上我怎么收到那么多好石头的？”

沈凌君也微笑：“嗯，不出状况就行，五年前赌局那次，可把我给吓着了。”

颜威的笑容不由自主地消失了，但他也没说话，轻轻晃着转椅。

沈凌君一直站在他面前，好像忘记了坐。她慢慢笑着说：“可不光下半年，以后好多年，咱们公司的翡翠原料可都要靠你呢。”

颜威点头笑了一下，这时瞥见了办公桌上的一个翡翠纸抽盒，立马直起身子，凑近摸了摸：“这东西雕刻得不错啊。”

沈凌君在旁边说：“你沈大哥找人做的，做了一对，他留了一个，塞给我一个。”

颜威翘起嘴角，从里面抽出一张纸巾拎在手里：“拿翡翠做这些日用品，挺有意思的。”

沈凌君没被他带跑题，很快正色道：“你没问题就行，翡翠原料的工作那我可就不管了。”

颜威又靠在了转椅靠背上，手里攥着纸巾玩：“嘿，我什么时候让你管过啊？”

沈凌君慢慢笑了一下。

“行了。”颜威站了起来，“我去交代点工作，中午来给沈大哥过生日。”

沈凌君不动声色地出了口气，送他到门口。

颜威又转回身：“对了，我还给沈大哥准备了一份礼物，让店里拿紫檀盒包装好了。我什么时候给他合适？”

沈凌君说：“生日宴上呗。”

“那多不好意思，大家都看着。”颜威看着沈凌君，低声说，“回头我给送上来吧，悄悄放他的桌子上。”

沈凌君笑道：“都行，你眼光好，送什么你沈大哥都喜欢。”

颜威点了一下头，拉开门：“那我走了。”

沈凌君目送颜威走向电梯，又等了一会儿，才把门关上了。

她走回窗前，拿出手机拨通了保卫处的一个号码，电话很快通了。

“喂？记得我早上吩咐过的事吗？”

高窗之下，只见大楼门前铺了一条地毯，每个参加宴会的客人都要在地毯尽头拿出证件登记。

沈凌君握着手机说：“等一位叫林嘉禾的女士到了，邀请她来我的办公室。”

她将手指轻轻搭在玻璃上，望着大楼下方：“大概中午之前，很快了。”

林嘉禾在去矿达的路上想了许多。

她判断，颜威和沈氏兄妹应该只是维持着表面关系，背后大概有诸多过节，否则颜威提到矿达时也不会是那样淡淡的神情。

他说，再过半年，他就打算离开矿达了。

而沈凌君此番找她谈话，无非两种可能，要么对她兴师问罪，要么通过策反她来留住颜威。无论沈凌君唱的是红脸还是白脸，林嘉禾自认都能够坦然应对。

返程的车林嘉禾已经预约好了，她打算中午跟沈凌君见个面，下午三点就往回赶，这样天黑之前就能回到民宿里。

等晚上颜威回来了，她再把今天全部的事情跟他谈一下。

矿达公司里人多眼杂，颜威没有告诉她今天矿达生日宴的事情，多半是出于保护她。所以林嘉禾也断然不会在生日宴上直接去找颜威。

林嘉禾坐在车上深深呼了口气。她想，她与颜威彼此信任，无论沈凌君与她谈什么内容，都不会产生太大波澜的。只是她很少做出这样小女人的事情，这有些不像她。

车子靠着路边缓缓停下了。

林嘉禾下车后，抬头看清了矿达大楼的全貌。这栋楼她在查阅资料时也曾看过，不过那是一张仰拍的夜景图，照片里的大楼亮着一圈璀璨灯光，衬着后面通明的高楼与马路，显得雄壮而静默。

而现在，这栋楼的细节一下在她眼前清晰起来。林嘉禾发现矿达大楼只有十层，完全没有想象中高，但占地很宽广，说明这楼的建筑时间相当早，放在现在寸土寸金的城市中，显然有些浪费。但正是这样跨越时间的建筑，更显出一种气派。

林嘉禾抱着小臂，朝大楼走去。楼门前铺着一条喜庆的地毯，地毯两侧摆着鲜花篮，一看就知今天楼里有大型宴会。此时几个客人正聚在门口抽烟，避开了地毯，把花篮挤得歪歪扭扭的。

林嘉禾看到有一个男的没有穿西装，走来走去很忙碌的样子，想必是工作人员，于是朝他走了过去："你好。"

工作人员立即回以微笑，往前面一指："参加宴会的吧？请跟我到前面登记。"

林嘉禾跟他走着，顺便说："我是来找沈凌君沈总的，不知道你……"

工作人员停下了脚步，转头看了她一眼："请问你叫？"

"林嘉禾。"

“噢。”工作人员立即道，“沈总吩咐过，那先不登记了，您跟我这边走。”

林嘉禾跟着他直接走进大楼电梯里，一路上什么人都没碰到，或许除了在门口抽烟的那几位，其他人都已在宴会现场了。

工作人员按下十楼的按钮，然后双手交握直直站着。

林嘉禾问他：“请问，生日宴在几楼举办？”

“九楼。”

“到时候解石也在九楼对吗？”

“对。”

“几点开始解石？”

工作人员说：“午饭后，一点到两点之间。”

林嘉禾看了下手机时间，现在是十一点半，她们的谈话也进行不了太久。

电梯到达之后，工作人员领林嘉禾走到办公室门口，替她敲了两下门。

里面传来一声：“请进——”

工作人员扭开门把手，对她做了个“请”的手势，然后转身离开了。

林嘉禾下意识地回看了一眼，然后转回头，定了定神，迈进办公室。

一个女人不紧不慢地迎了过来：“你总算来了，比我想的晚了点。”

林嘉禾首先看到了她身上的粉色缎面礼服裙，腰臀裹紧，小腿处裙摆的衬纱蓬起来，造型像是一条丰腴的美人鱼。她脖子上戴着一条翡翠钻石项链，上面五颗大怀古形翡翠吊坠色彩各异，配上碎钻堆成的花朵项链，无比繁复。

林嘉禾以前在拍卖会上也见过类似的夸张项链，那时想这东西买来也不过是收藏的，没想到真有人愿意将它戴到脖子上。

好看是不得不承认的，但除此之外，更明显的特征是——奢华。

除去华服，沈凌君的皮肤也十分细白，脸上带着有福气的温和感。林嘉禾同为女人，能够看出她是一个保养到逆龄的女人。

沈凌君也在打量她，但眼神里更多带着探究，并没有太大敌意。

她本人其实并不像电话里那样难缠。林嘉禾基本可以把情敌这一可能性排除了。

见面后林嘉禾迅速有了些判断，礼节性地打招呼：“沈总您好。”

沈凌君招招手，示意她往屋里走，嘴里说着：“我猜你十一点会到，结果晚了。你是不是纠结了一会儿才决定要来？怕我什么？怕我绑架你？”

林嘉禾说：“没有，我接完电话就决定过来了，只是路上高架堵车了。”

沈凌君顿时笑出声。她捂了一下嘴，然后在皮沙发上坐下，看着林嘉禾说：“你也坐吧，坐沙发，或者坐那边的椅子。”

林嘉禾不愿意坐她旁边，于是走到办公桌前拉开转椅坐下了。

沈凌君把双手搭在一起，静静打量着林嘉禾，然后说："你跟他真是有点像的，怪不得能走到一路。"

林嘉禾问："沈总，您约我来这儿，是什么事？"

沈凌君眼睛一眨道："你来我这里，没有告诉颜威，对吧？"

见林嘉禾没有回话，沈凌君接着又说："你没有告诉他。因为颜威是不想让你跟我见面的，他在你面前的形象太好了，他不会想打破的。"

林嘉禾微微皱眉，不过早有心理准备，倘若沈凌君说一些关于颜威的负面的事情，她也就当听个故事罢了。

"这次见面后我会告诉他。我不会保留秘密。"

沈凌君垂眼笑了，抹了抹小腿处的裙摆："那就看你想听多少了。"

林嘉禾看着她，只能说她谈话的段位不太高，像小女生欲擒故纵的把戏一样。"你想和我讲什么？"林嘉禾把双手撑在腿上，身体向前倾，"你把想讲的干脆都讲了吧，直接一点，咱们都节约时间。"

沈凌君笑了笑，问："你跟颜威认识有多久了？"

林嘉禾说："不算久。"

沈凌君问："不会超过一年吧？"

林嘉禾故意没说话，果然没等两秒钟，沈凌君就自顾自地开口了："我十年前就认识他了，那时候啊，他还是个毛头小伙子。"

林嘉禾心里头轻微动了一下。从另一个人嘴里听到颜威的过去，总归令人有些酸酸的。

沈凌君忽然抬起目光："对了，你知道颜威大学的情况吗？"

林嘉禾甚至不清楚他上没上大学，不由得摇了下头。

沈凌君说："他是正经学地质出身的，一直热爱石头，这个倒是没变过。大学前两年，他一直半工半读，还靠领奖学金过日子。我也不知道他怎么过来的，反正我见到他时，他身上就穿了件破外套，整个鞋面都是灰。"沈凌君笑了一下，"哦，不过衣服破、鞋破，有可能是因为他刚搬完石头。他在一个赌石会场里打工，总不能穿太新的衣服对不对？"

林嘉禾抿住唇，淡淡地看着她。

沈凌君笑容很灿烂，好像在讲一个外人的事情，跟她没有半分关系。

"我见到他的那天，或许可以称为他生命中的转折。我给了他十万块钱，让他替我到场子里随便玩，结果他买下了一块石头，真的切出了特别好的翡翠，又绿又水灵。

“我也不能让他白忙活啊，于是用那块翡翠镶嵌了一块手表送给他。他接过手表，跟我说，十万元本金太少了，如果我愿意出更多的钱，他能给我赌到更好的东西。他那时候眼神很坚定，直直地看着我。我觉得挺有意思的，于是过了几天，带他去了广州市最大的盲赌公盘，给了他一百万本金，结果，你猜怎么样？”

林嘉禾一字一顿地说：“他是那场公盘的赌石之王，对吗？”

沈凌君意外地朝她看了眼，很快又笑着说：“是啊，我真没想到他这么厉害，只可惜赚到的所有东西都是我的，他只不过是拿钱替我忙了一通而已，不过他也算是过瘾了，证明了自己对不对？

“我回去跟大哥一商量，就把他招进矿达了。矿达一直是翡翠加工企业里的领头羊，如果能够通过高胜率的赌石，以很少的资金获得优质的原料，那岂不是如虎添翼？对颜威来说，起码他赌石的时候，可以不用穿最破的鞋子了。”

林嘉禾一时听得愣住了，说不出心里是什么滋味。

许多记忆跨越时间在她的脑海中碰上了。关于“史上最年轻的赌石之王”的新闻中，颜威抬起手遮挡镜头，露出了他腕上戴着的那块翡翠手表。

第一眼往往只能看到表象。林嘉禾曾觉得照片中他气场独特，有种冷峻的沉默，却不知道那背后其实藏着一个男人全部的青涩与仓皇。

从最初认识到现在，颜威一直在暗暗帮助她，无论是助她买下第一块春带彩，让她参加赌石比赛，提示她开自己的公司，还是帮她拿下那块正绿女娲石。

林嘉禾以为这是恋人间的示好，可实际上，颜威却把这视为维持感情平衡的正确方式。

自始至终，他都不认为自己本身是值得喜欢的。生命中的经历告诉他，若想将她留在身边，那么只能不断拿赌石、拿利益去换。

“颜威只敢喜欢你，因为在你面前是他重新塑造起来的形象。也因为只有在你面前，他才不自卑。”沈凌君看着她，声音慢悠悠的，“或许你也感受到了，对吧？”

林嘉禾一动不动地坐着，固执地看着她。

沈凌君叹了声气：“每次见过颜威，我大哥就跟我说，这小子装作无所谓的样子，实际上都是强撑出来的。外表装得有多坚强，内里就有多脆弱。”

“不是的。”林嘉禾忽然说。

沈凌君止了声音，探究地看着她。

林嘉禾说："颜威在我面前没有装过。你所说的只是你看到的，你们一直在利用颜威，利用他赌石的能力，毫不关心他其他方面的事，那他凭什么对你们交心呢？这是根本不可能的。"

"哦？"沈凌君笑，"那你喜欢他，难道不是因为他的能力吗？他帮你弄到了好翡翠，帮你开起了公司。"

"我自己也会赌石。"林嘉禾看着她，声音微硬，"我不需要他亦步亦趋地帮助我。而我之所以到现在的位置，是颜威把我架上来的。"林嘉禾微换了口气，清晰地说，"一直是他在推动我，也是他想要塑造我。"

他说：你有天赋，不需要放低目标，我可以帮助你做你想做的事情。

他说：我看你赌石，很羡慕。

他只是想看她成为他所期待的样子。他不自由，所以希望她可以自由。这其实是一种更加温柔的知遇之恩。

林嘉禾表情有点僵，但她笑了笑，想明白了。

沈凌君面容微微一动，随后叹声说："你说什么便是什么吧。"她伸手一下下理着自己的裙摆，"你们两人相互喜欢，我也不是不祝福，甚至，颜威愿意送你一块女娲石，我也放下了，毕竟他为公司工作了这么久，好石头也该有他的一份。只是——"沈凌君忽然坐正了身体，轻声说，"人不能只看眼前，要往长远看对不对？你不要害了他啊。"

林嘉禾愣了："我为什么会害了他？"

沈凌君说："你知道他赌石之后，眼睛可能会瞎吗？"

沈凌君的用词很难听，但是，她似乎不了解颜威五感都有可能出问题。

林嘉禾抿住唇，没有出声。

沈凌君看着她，顿时问："你知道？"

林嘉禾的心跳忽然加快了，她稳了稳，沉声说："他可以处理好。"

"可以处理好？"沈凌君一下笑了，"你不会以为这是他与生俱来的毛病吧？像普普通通的过敏一样，自己就能痊愈了。"

"那是……"

"五年前，他在一场大赌局中掉进了一个深坑里，突然失明了。他在那坑里被困了一天一夜，差点死在里面，是我找了几个矿工把他拴上绳子，从坑底里一点一点拖出来的。"

林嘉禾完全愣住了。

沈凌君说："医生说他这是应激性心理问题，尝试过很多药后，终于有一种药可以控制。"

林嘉禾喃喃地道："有药物能控制？"

可是，他为什么还是会出问题？

沈凌君站了起来，提着裙摆走向柜子："他瞒了所有人，我们所有人都以为他控制住了，以为他能够正常赌石了。你说你了解他，你说他能处理好。那么你知道……"沈凌君拉开柜门，捧出一大捧塑料药瓶撒在地毯上，"知道他有多久没吃药了吗？"

雪白的药瓶四散在地毯上。有多少瓶呢？二十几瓶，还是三十几瓶？

林嘉禾捡起滚到脚边的一瓶药，感到有点窒息，连胳膊都在抖。

"壮观吧？我当时也吓坏了。"沈凌君站在一旁，抱起胳膊，"昨天我本来是去颜威的车里找东西的，他不喜欢办公室，资料全都放在车里，原本我想找到他偷标那件女娲石的确凿证据……唉，现在也不重要了。我打开他的后备厢，看到满满的都是药瓶。"沈凌君倒吸了口气，"他五年前看过医生后，我也再没过问过。昨天晚上，我联系了那个医院，他们说颜威定期会去取药，每瓶是一个月的量，但是你看这里有多少瓶？他有几年没吃过药了？"

林嘉禾握紧那只药瓶，问："他始终不吃药，会怎么样？"

沈凌君说："我也问医院了，医生说，他这样的心理问题发展是很迅速的，他主观上又逃避治疗，很可能有一天，他摸了一下石头，然后就永远也看不见了。"

林嘉禾心跳剧烈，说不出话来。

她始终能感到颜威背后藏着许多东西，但之前认为人都有明、暗两面，就像树一样，枝越是想往高处探，根就越要伸向黑暗的地底。

可是现在，她发现那片黑暗原来是深不见底的沼泽，她完全探索不了，而且他在躲，她根本找不到他在哪里。

沈凌君叹息地开口："颜威近几年揽下了很多工作，许多他以前根本不愿参与的事情，比如抛头露面地录制节目、出席会议，他都去做了。现在想来，他是清楚自己的赌石能力出问题了，想要在公司里立足，必须通过别的方式搪塞过去。可无论他做多少，公司的赌石工作还是需要他的。"沈凌君笑了笑，赶紧转过话语，"我们是不希望颜威的身体出问题的，你肯定也不希望，起码这一点，我们是能达成共识的，对不对？"

林嘉禾张了张嘴："我……"

这一刻，她忽然感到后背发冷，甚至没有一分一毫信心，认为自己能够帮到他。

沈凌君叹了一声说："如果颜威之后无法赌石，那么——"

这时她忽然皱眉，和林嘉禾一起朝门口望去。

办公室的门发出一声巨响，好像被什么砸中了。

沈凌君一边理着裙子一边走过去，打开大门，只见地上躺着一只四分五裂的紫檀木盒，里面滚出了一只翡翠金钱象。沈凌君的眉毛顿时皱了起来。

“颜威，是吗？”

沈凌君转头，看到林嘉禾脸色发白。林嘉禾直直盯着那个木盒，又问：“刚刚是颜威来了，是吗？”

沈凌君转回头看着地面：“是吧，他可能上来送礼。”

话没说完，林嘉禾挤开她，沿着走廊朝前跑去。等到了电梯面前，显示数字刚刚到达 层，林嘉禾赶紧按动电梯。

身后沈凌君跟上来几步，出声道：“都说开了，也不是什么坏事。”

见林嘉禾转过身，沈凌君局促地笑了一下：“我找你来，真的没有其他心思，只是想让你帮帮他。嗯，你们关系不一般，你可以想想办法。”

电梯终于升到了十楼，门开了。

林嘉禾没有说话，直接站进电梯里。

沈凌君慢慢走到了走廊中间，楼道窗户开着，但她的鬓发打理得整整齐齐，没有一丝被风吹起来。

她站在那里，像是一道雍容华贵的影子。

“五年前那场大赌局，颜威失明摔进了深坑里，当时我真的把他拖出来了吗？”

电梯门在面前关闭了，林嘉禾听到她自言自语般轻喃——

“或许，他始终在那个坑底，从来没有出来过。”

第十四章

▷▷ 尘封的往事

电梯到达一楼后，整个大厅空无一人。林嘉禾跑出大楼，喜庆的地毯延伸到前方川流不息的大马路上。

街道繁忙，行人匆匆，远处高楼大厦折射着金灿灿的阳光，她一直找到路口，始终没有看到那个熟悉的身影。

林嘉禾有点气喘，停在原地，把手机拿了出来。

她将电话拨过去，一声、两声……直到忙音都无人接听。

静等的时间，林嘉禾想，颜威不是一个幼稚会闹小脾气的人，他的思路直接，并且是愿意解决问题的。这次他转身离去，是因为突然的情况把他太多的计划打碎了，他面对不了，也解决不了了。

林嘉禾闭上眼睛深吸了口气，呼吸有些抖，但是努力让自己平复了下来。她有能力帮他一起解决问题，但是首先必须联系到他。

再次拿起手机，林嘉禾给班强打过去一个电话。

“喂，喂？”班强倒是迅速接通了，扯大嗓门喊了好几声，但是仍盖不过背景里的吵闹声。电话里环绕着音乐声和聊天声。班强左看右看，整个宴会厅一处安静地方也找不到，于是他扭着脖子捂住手机说：“有什么事吗？我现在……在一个会议上。”

林嘉禾说：“是不是生日宴上要开始切女娲石了？”

“啊？啊……”班强笑了声，“你知道了啊？是，石头已经抬到现场了。”

说着，班强踮脚朝会厅中央望了眼，台上刚运来了一块上吨重的蓝色女娲石，石头拦腰绑着一条红色的缎带。客人全都拥向前边观望，刚才班强正打算凑近看，还没挤过去，电话就打来了。

林嘉禾听着那边的热闹，感觉自己的表情完全是僵的，直接问：“你知道颜威在广州常住在哪里吗？哪里的房子，或者哪家酒店？”

“颜总啊，我刚才还看到他了。”班强歪头看进人群，不久前颜威就站在台下一角，现在那个位置空了，“怎么了？你没联系到他？”

“是。”

班强说：“今天颜总比较忙，等晚上应该就……”

“不是的。”林嘉禾踩着高跟鞋在原地走了一圈，头一回体会到了急得够呛，却没法表达清楚事情的抓心挠肝感觉，“刚刚我跟颜威之间发生了一点问题。现在他不在公司里了，所以我想问一下，你知道他可能会去哪里吗？”

班强顿了一下，然后挠了一把头发：“我想想啊，颜总他，一般住在四季酒店。”

“四季酒店。”林嘉禾不由得念了一遍。

“对，但你可以先看看他的车在不在。”

“他的车停在哪里？”

“在公司地下车位，他的车好像是黑色的。”班强琢磨了一下，也只知道颜威停车的大概位置，车牌号等全都不记得，赶紧说，“这样，你等会儿，我下楼带你去看。”

林嘉禾说：“谢谢，麻烦了。”

宴会厅里换了一首喜庆激昂的音乐，一名礼仪小姐端着装有金剪刀的托盘款款走上舞台，沈宗仁对大家微一拱手，从盘中执起金剪刀，剪断了女娲石上的红色缎带，沈凌君面带微笑地陪在旁边。

底下顿时掌声雷动，宾客纷纷叫好，剪彩完毕，就要开始切那块大石头了。

班强心里还惦记着看解石，不甘心地最后张望了一眼，然后才匆匆走出会厅。他下了楼，看到外面的林嘉禾时，心里顿时咯噔了一下。

林嘉禾站在楼前地毯的尽头，轻轻抱着胳膊，望着人行道的方向，像是在不停地寻找什么。

女孩子都怕晒，可林嘉禾就那样暴露在阳光底下，显然很不正常。

等她转过身来，班强发现她的脸色很差。林嘉禾今天穿了一条收身的长裙，脸上也带着淡妆，可是那糟糕的状态是通过她的眼神，以及她勉强挤出的笑容透出来的。

这更不正常了。

班强顿感懊恼，自己居然恋恋不舍地还想看解石，这里显然出大状况了。

他赶紧走上前，说：“找颜总是吧？你别着急，咱们先去他的车位看看。”

林嘉禾点了下头，跟他一起走进了地下车场。班强大步朝里面找着，然后在一个空位前停下了。

“车开走了。”班强指着说，“上午他的车还在，我看到了。”

林嘉禾立即说：“嗯，那我去四季酒店。”

班强说：“我开车送你去吧，我的车就搁在那边车位里。”

林嘉禾说：“不用，我打车也一样，你快回去参加宴会吧。”

班强摆了下手，往自己的车子走过去：“我送你去。不就是切女娲石吗？回头同事们能讨论好几个月，讲得绘声绘色的，比我自己看还真。”

班强的车还是那辆赌石赢来的卡宴。林嘉禾没有再推托，坐进了副驾驶座。

开车在路上，班强不断用余光瞅林嘉禾，终于又憋出了一句：“你别着急，谈恋爱有矛盾是正常的。颜总他没告诉你来参加生日宴，可能是怕你路上累着，你说是吧？”

班强通过他片面的了解，猜测问题的全貌——颜威瞒着林嘉禾参加生日宴，被林嘉禾发现了，林嘉禾感到不受重视，于是来查岗了，两人的矛盾就这样产生了。

林嘉禾轻轻扯了一下嘴角：“我不该过来的。”

班强默默想：确实不应该，哪个男人喜欢查岗啊？！

当然，他嘴上不能这么说。班强敲了下方向盘，宽慰道：“没事，能解决，不是什么大事。”

林嘉禾继续按着自己的思路想，如果她没有与沈凌君见面，就没办法了解颜威隐藏的秘密。这关系到他身体的健康，可以说是至关重要的。

她不想打破他的硬壳，不愿打破他的自尊——如果他把那视为自尊的话。可是，他们的关系不可能永远隔着一层东西。眼下隔阂被打破了，如果能够顺利解决问题的话，他们就可以靠得更近了。

无论沈凌君怀着怎样的心思，但林嘉禾要感激她把一些过去的事情讲清楚了，这或许会对他们的关系起到推动作用。

如此想着，林嘉禾望着窗外深深呼吸，把心中的力量感逐渐找了回来。

班强把车停在四季酒店门前。下车后，他瞥到了停车价位表，前半小时免费。他不禁想，免费时间段内，他应该能把车开走了吧？

林嘉禾径自沿着停车场的一排车屁股向前找。班强跟了上去，问：“找颜总的车？”

林嘉禾点头：“你认识他的车吗？”

班强说：“我不记得车牌号，但大概能认出来。”

林嘉禾有种强烈的想法，她也能认出他的车。

最后，他们共同在一辆黑色轿车面前停下了。

“应该是这辆。”班强点头，“型号都一样。”

林嘉禾看了这车几秒钟，然后说：“嗯，我进去找他。”

班强跟在林嘉禾旁边走着，说道：“颜总这人很好找的，轻易丢不了，绝对不会故意躲起来的。别人都是三点一线，他是两点一线，除了工作地点，就是睡觉地点，吃饭都在这两个地方解决了。”

来到酒店门口，班强往里指了下：“颜总应该住三楼最里面一间，我听同事说起过。”转回身，他看到林嘉禾神情很僵硬，好像正在拼命给自己鼓劲似的。

于是班强决定送佛送到西：“走吧，咱一起进去。”

坐电梯来到了三楼，班强问：“对了，你给颜总打电话了吗？”

林嘉禾低声说：“他没有接。”

“哦。”班强点头，怪不得她这么纠结，原来是怕吃闭门羹。班强拿出手机，说：“这样吧，刚好我有个业务要问颜总，要不我先去找他谈？”

林嘉禾立即抬起目光，挤出一个笑容：“真麻烦你了。”

通过一个人去联络另一个人，真的是很幼稚的方法，可是她又必须将台阶一步一步搭到他的面前。

班强道：“小事情，我先去敲门。这业务就是颜总点个头的事，几分钟就出来了。”

班强迈着大步过去，到了门口，按了下门铃，然后整整衣领，端正地站在猫眼面前。一扇厚门沉默地挡在那里，过了几秒钟，门开了。

班强立即举起手机笑道：“颜总，有个要紧的业务要请教你。”

颜威没有停留，低声说了声“进”，留着门就走开了。

班强关上门，走进屋里，看到颜威已经坐回了一张大沙发上。那张沙发很矮，他身体微微向前弓着，手搭在额头上，仿佛头疼。

整个房间都拉着窗帘，开着微黄的灯，颜威的脸沉在阴影里，完全是暗的。

面对这个场景，班强一时忽略了业务问题，直接开劝：“颜总，我跟你说，女人谈恋爱好奇心都重，这我也有经验，不光是查岗，查电脑、查手机都有可能。你有什么不能接受的，可以好好说。”班强拉过一把椅子在他面前坐下了，“不过啊，冷战是最不可取的了，有很多感情，相互冷着、僵持着，然后慢慢就淡了。”

见颜威在沙发上一动没动，班强像个知心老大哥似的，继续说：“林嘉禾算很不错的了，她还愿意主动进一步，你……”

颜威忽然抬起目光：“我怎么样？我要给她道歉吗？”

班强一时愣了，颜威紧紧绷着额角，好像忍耐着很多东西。他狠狠指了一下地面，从嘴里磨出声音："你怎么不让我给她跪下啊？"

班强完全惊住了，意识到面前的问题比他想象的要复杂得多。

颜威眼睛有点红，但很快对班强摆了下手："抱歉。"他低头站了起来，走到窗帘面前，"抱歉，不是你的问题。"

班强迟钝地笑了下："没事，我理解。"他解释说，"今天林嘉禾找不到你，我看她特别伤心，所以才……"

"我也不想让她伤心啊。"颜威背身站在那里，双手揣兜，缓缓吐出一口气，"尤其是，不想让她伤我的心。"

班强闭住了嘴，胳膊搭在大腿上，皱起眉望着他。

"你知道这感觉像什么吗？"颜威脚下挪了一步，垂着头说，"像是一场梦终于醒了，是时候面对现实了。"他又低又哑地笑了一声，"其实我这心里，也算是踏实了。"

班强的眉头皱出了一个大包。颜威的下巴又抬了起来，后背直直地绷紧了，他的姿势好像在眺望着窗外，只是窗帘紧闭，他分明什么也看不见。

过了好一会儿，颜威低声说："你说有业务？"

"噢。"班强这才想起，站了起来。

"以后公司的业务不要来找我。"颜威转回身，对他做了一个摊开双手的动作，"不关我的事情了。"

班强再一次愣了，隐约感到，颜总不光是对林嘉禾生气了，好像对公司、对所有人都生气了。

颜威对他点了下头，声音已经变得很淡："抱歉，你先走吧。"

班强判断了片刻，随后道了声"好"，转身就离开了。出门后，他把房门关上了。林嘉禾站在酒店走廊的尽头。班强走到她面前，使劲摇了摇头："很不好。"

林嘉禾立即淡淡地笑了下。

能看出她很伤心，但是又要张口客气，班强赶紧说："不用谢我，我什么也没做。"他搓了下手掌，又叹了口气，"起码现在，我什么也帮不上了。"

林嘉禾说："你快回公司吧，没准还能赶上最后一刀解石。"

班强问："那你呢？"

"我不走。"说完，林嘉禾有瞬间怔神，曾经何时，颜威也低声对她说过："我不走，我到那边坐一会儿，等你结束。"

那是在德裕茶馆里赌石的那一天。

那天，颜威戴着顶棒球帽，指着胸前的墨镜跟她开玩笑：“标配。”

那个时候，他有些懒洋洋的，是难得放松的模样。那样的状态，她望见了，也会情不自禁地轻轻笑起来。

林嘉禾回过神，对班强低声说：“不用管我们了，你先回去吧。”

班强点了点头，后撤几步，又对她握了下拳，这才转身离开了。

林嘉禾慢慢走到了颜威的房间门口。她没有敲门，只是试探地开口：“颜老师？”

这扇门很厚，林嘉禾不确定他是否能够听到，但她用轻而平常的声音慢慢说着：“我今天接到了沈凌君的电话，应该先告诉你，不应该直接去见她，对吗？”林嘉禾将肩头轻轻抵在门上，“可是很多事情，你都不愿意告诉我。”

她心中情绪涌动了一下，叹了口气：“但我应该感受到的，我应该主动问你的，是吗？”

走廊无比寂静，空气的流动都缓了，林嘉禾将手指抚摸在门上，忽然生出了一种感觉。颜威此时走到了门后，或许正靠在门上，沉默地听她说话。

林嘉禾感到自己的一切情绪都淡了，只剩下很轻的呼吸的声音。她十分疲惫，只是想要回到他的身旁。

“颜老师，其实是我太贪心了。”她回忆着，对自己笑了一下，“毕竟最开始，我只是想要离你近一点。”

对翡翠的喜爱，说起来是个很长、很模糊的话题。

但颜威知道，他天生就是要跟石头打交道的，因为有两件事他记得尤其清楚。

一次是他上小学的时候，收养他的家庭附近新开了一家赌石馆，他每每放学路过，脚步就迈不动了。刚开始，顺路的同学还会等等他，后来大家开始嘲笑他，不懂这些破石头有什么可看的，再后来，连嘲笑都没了，大家都自动忽略了他。

毕竟嘲笑也是需要互动的，而颜威本人就像块石头一样，表情硬邦邦的，什么言语都激不起水花，一点意思都没。

颜威小时候语文、数学成绩都不好，或许这说明他的理解能力和计算能力都不算强，但他在赌石馆门口偷看了两天，便迅速了解了这里的玩法。

店里每天会摆出六块翡翠毛料，对应六个下注箱，供赌客们下注，天黑之后统一解石，最终哪件毛料解开的成色最好，下注这件毛料的赌客便赢了。店里会将全部筹码进行清点，按照比例分给赌赢的下注者们。

白天，赌石馆里常常挤满了赌客，人们都猫着腰，肩膀顶着肩膀，屁股挤着屁股，恨不得把每块石头都摸得反光。接近傍晚，看石的人就少了，小馆里一片紧张的寂静气氛，只有呛人的烟味不断飘出来。

这个时候，颜威就会偷偷溜进店，迫不及待地把每块石头摸一遍。在石头面前，他连呼吸都小心翼翼的，那粗糙的皮壳磨着掌心，熟悉得像他自己的掌纹。

六块石头，颜威不出十分钟就能看完，并且会在心里准确排出高低次序。但是之后的解石是一个漫长的工程，天也越来越黑了，颜威等不到“对答案”的那一刻，就不得不转身回家了。

这样看了大半个学期，颜威终于碰上了一块令他振奋的石头。那件石头颜色不够亮，表皮呈暗淡的土黄色，表现也不够出众，布满了密密麻麻的斑点，但是颜威抚摸着它时，呼吸都情不自禁地贪婪起来。

一秒心动便是如此。

不过十岁的颜威，清晰地意识到，他遇上了目前为止最喜爱的东西。颜威从地上站了起来，鼓足勇气询问旁边一个抽烟的店员，多少钱能够参赌。

那店员懒洋洋地喷了口烟，说多少钱都行，一块钱也不嫌弃，把房子压押上也不拦着。

颜威立即背过身开始翻书包，把他从饭钱、书钱里零零散散省出来的钱都凑了起来，凑了九块钱。

他表达对一件石头的喜爱，唯一的方法就是用钱砸它。往正规了说，是在公盘上参与投标；往随意了说，那就是在赌坊里投下赌注。

颜威把九块钱装进写了名字的信封，投进了下注箱里。

投注的时候，颜威透过缝隙，发现这个箱子里面是空的。也就是说，目前为止，这块石头还无人看上。

颜威内心的激动还没来得及产生，他忽然听到一人朗声大笑：“哈哈，小娃娃也来赌啊。”

一个身宽面宽的男人走了过来，伸手就想摸颜威的头。颜威脑袋一避躲开了。男人又笑了声，对店员招手：“来，我投十万，也押这块土石头。”

店员恭敬地走过来：“好的赵哥。”

等这位赵哥押注完毕，很快就开始解石了。最后，土黄色毛料成了当天的一匹黑马，开出了这家店有史以来最好的翡翠。店员一边惊奇着，一边将全部赌款收集起来，按比例分给颜威和赵哥。

赌款共计一百多万，抛去店家扣下的手续费，颜威赢得了九十块钱，赵哥赢得了整整一百万。

颜威握着薄薄几张十元钞，有些傻眼，全部赌款本来都该属于他的。

那赵哥开怀大笑，连连跟身边的人道："小娃娃手气就是好。"说着，他成功在颜威的头顶摸了一把。

颜威猛然往后躲了一步，茫然地环顾赌石馆，转身便跑出了店门。此时千万户灯火亮起，天早已经黑透了。

那九十块钱，被颜威卷成了一小卷，没人时就拿出来把玩。时间久了，颜威从这硬硬的一卷钱上悟出了两个事实：一是他具有一般人没有的赌石天赋，二是他并没有实力收获他喜爱的东西。第一个事实使他暗喜，第二个事实令他悲哀。

尽管颜威很早就发现了自己具有非常好的翡翠直觉，但并没有机会接触到太多石头，偶尔有赌石的机会，也像在赌石馆中那样，处于小打小闹的状态。

他真正树立起对翡翠的正确认识，并决定将翡翠赌石当作自己的事业，主要是因为在大学里遇到了一位地质学教授。这是他印象深刻的第二件事情。

颜威初入大学，偶然路过一个矿物实验室，顿时被里面丰富的矿石标本吸引了。就像他小学时路过赌石馆一样，他的脚步扎在门口，目光定在实验室里，一步都不舍得离开。

一位头发斑白的老教授把他招了进去。实验室里堆着各种各样的矿石，除了翡翠，还有钻石、红蓝宝石、月光宝石等美丽的矿物晶体。但颜威始终盯着桌子上的几块翡翠原石。老教授不由得问："喜欢赌石？"

颜威点了点头。老教授指着那些石头，问："哪个好？"

颜威指着中间的那块说："这个好。"

老教授依然伸手指着："为什么？"

颜威也没收手："就是感觉好。"

往往越有意思的对话，就越接近于废话。老教授收回胳膊，推了一下眼镜，笑了："你说得对。"

颜威有些纳闷。老教授对他肯定地点头道："你是适合赌石的人。"

老教授踱到一片矿层模型面前，拿手描画着："你看，几十万年以前，翡翠矿石就形成了，之后在大自然的风化作用下，岩体崩解成小块，流落到不同环境中，形成了不同表现的皮壳。而在这几十万年以后，才有了我们人类。人类存在很久以后，才有了赌石这项活动，进而有了种种赌石技巧与套路……

"人类是无法完全了解自然的，更不该妄图揣测自然。赌石这项活动，唯一合理的存在，就是必须摆对顺序：石头、人、赌石……必定是这样的自然顺序。”

讲完，老教授又转回头来：“你大几了？”

颜威听得整个人迷迷糊糊的，回答他：“今年的新生。”

老教授点头：“怪不得。”他说，“小伙子，无论以后你懂得了多少知识，积累了多少赌石经验，都不要被那些技巧蒙蔽了自己的感觉。你要始终记得，石头才是第一位的。”

颜威似乎明白了，恭敬地说：“先有石头，才有赌石。”

老教授和蔼地点头，在转身看到那片翡翠矿层模型时，又突然正色起来：“大地有灵，这些翡翠便是它孕育的灵魂。赌石是人与自然的沟通，是一项相当大气的事业，必须摆对心态，才能持续地走下去。”

之后老教授又跟颜威谈了很久，直到阳光从正空转向西斜，颜威感到自己对待赌石的初心，就是在那天下午树立起来的。

临走时，老教授送给了颜威一个矿物盒，里面装着各种各样美丽的翡翠样品，有深绿的、浅绿的，还有彩色的。颜威记得直到回了宿舍，他始终紧紧握着那个盒子，有同学过来抢着看，他都死活不松手。

同学跟他吵闹着玩，把他的手指都掰红了，但他一声不吭，只是定定地看着盒子，好像那里面装着他对翡翠事业的全部憧憬。

一个既有天赋，又无比热爱翡翠的人，以赌石为事业应该是很幸运的事情吧？

幸运吗？

颜威不清楚自己的心态是何时出现问题的。随着他遇见沈凌君，加入矿达集团，累积的财富像是泡沫一样越堆越高，越丰盈，也越脆弱。

他至今仍能回忆起十年前的女娲矿赌局。矿达集团和金麒麟俱乐部共同发现了女娲矿，定下以每五年赌石一次的方式决定女娲矿的归属权。沈凌君回去后对颜威说：“幸好有你，不然这个矿我们还拿不下来呢。”

她知道颜威一定能赢，因为她从没见颜威赌垮过。

颜威也自信，淡淡地笑了一下，什么也没多说。

那时候颜威加入矿达集团还没多久，对翡翠矿也没有太多概念。赌局当天，他到达现场以后，完全被震慑住了，大片废弃的盆地矿场像是荒漠一样，枯黄、颓败，毫无生机。

之后他们一行人通过地下暗道，然后工作人员使用缆绳把颜威慢慢放进了矿洞里。底下的场景令颜威再一次震惊了，这里的泥土是细腻的，石头是湿润的，两侧墙壁在火把的照耀下闪闪发光，好像整片大地的灵魂都在这里。

那场赌局中，颜威发现了三块巨型女娲石，毫无意外地获胜了。

从矿坑出来后，颜威头一次对沈凌君和沈宗仁提出要求。公司私自开采女娲矿可以，但必须与缅甸政府的规定相同，适当开采，不能破坏矿底环境。

他话语严肃，“二沈”也点头同意了。

之后的五年，是矿达集团蓬勃发展的五年，优质的翡翠原料使公司底气十足，生意也蒸蒸日上。而颜威赌石的成本越来越高，从几百万、几千万，到上亿。他踩着翡翠步步上升，一块也不能失败，否则那些阶梯就会像多米诺骨牌一般接连倒下。

五年过后，第二场女娲矿赌局到来了。颜威走在矿场的砂土地上，背着热辣的阳光，听到车窗里飘出沈凌君和沈宗仁的对话。

沈凌君说：“我今天不知怎么了，左眼皮一直在跳。”

沈宗仁悠悠地道：“左眼跳财，那是好事。”

沈凌君说：“那一直跳也心慌啊。”

沈宗仁道：“放心吧，这次赌局不可能出问题。你见过颜威赌石吗？他注视玉石时那个模样，就好像上帝造人时给了每个人五种感官，却多给了他一种。”

明明是普通的谈话，颜威却感觉脑中轰然一响，直到下进矿洞里，他脑中都不停地重复着这个念头：感官多给了我一种，多给了我一种……

那天中午，乌云突然压住了烈阳，之后暴雨急降而下，留在矿洞里的几个工作人员都在说：“不好，不会塌方吧？”

“一会儿别上不去了。”

一声惊雷滚过天际，深深的地下，颜威手中的火把灭了。他心里突然产生一种强烈的下坠感，紧接着眼前一黑，身子直直向前跌去。

万物平衡，偏偏多给了他一种，是不是其他方面该还回来了？

之后的事情颜威印象都很淡，只记得沈凌君真正开始焦急了。

她在一个月内联系了不下二十家医院，终于开到了一份有效的药方。

办公室里，沈凌君满心期许地看着颜威打开药瓶，吃下那几粒药片，没等片刻，便指着地上的一块毛料：“你看这块石头试试？”

颜威坐在沙发上笑：“君姐，药物生效要时间的，这种精神药物，估计几天才开始管用。”

沈凌君忙点头：“那咱们三天后再试。”

三天后，颜威跟着沈凌君和沈宗仁来到了一个毛料仓库里。颜威大步走到仓库中间，语气轻松地问：“挑一块最好的？”

沈凌君说："嗯，你看着挑，别着急。"

一块块石头看过去，颜威心里逐渐漫上冰凉之意。

吃了那种药，他的头确实不会忽然剧痛了，也不会应激失明了。只是，他看所有的石头都仿佛隔着一层幕布，没有任何心动的反应。

也就是说，他最引以为傲的对翡翠的那种感觉消失了。

颜威试图想起小时候一些温馨的事或曾令他气急败坏的事，猛然意识到，自己对全部记忆的感觉都很淡了。这种药物，根本不是治疗他的应激反应，只是淡化了他的情绪而已，只是把他的感受锁起来了。

颜威低头站在石头面前，慢慢扯了一下嘴角。

颜威凭借着这些年积累起的赌石经验，依照石头的外观表现，随手挑了两件优秀的。最后石头开解出来，果然都出绿了。

沈凌君喜笑颜开："那药是管用，你以后记得及时去见医生。"

沈宗仁也连连点头："不错，你赌石慢慢来，不要心急。"

这是头一次，他颠倒了顺序，把赌石技巧置于石头之前了。颜威在脑中这样想着，面上对二人附和道："好。"

当天晚上，颜威独自走进卫生间里，握着那只白色药瓶晃了晃，然后看着镜子里的自己笑了。

他将药片倒进水池里，转手拧开了水龙头："吃药啊，下辈子吧。"

药片被水流冲走。颜威双手紧撑着水池，心里忽然生出了一种快感。从此以后，他用心赌石必会出现问题，再无侥幸，尘埃落定，干干净净。

他感觉好像心里面被挖空了一块，又突然踏实了啊，那种感觉，跟现在几乎一模一样。

颜威皱起眉心，脚下挪动了一步，回忆戛然而止。他不知道自己靠在门边多久了。刚才林嘉禾在门外轻声跟他说话，现在那声音也没了。

颜威转过身，透过猫眼，看到外面走廊空荡荡的。他的心立即揪了起来，但是很快，他看清下方有个黑色头顶——林嘉禾已经靠在门边坐下了。

颜威垂着眼，思考了两秒钟，然后慢慢拉开了门。林嘉禾身体不由得向后一倒，但她很快掌握了平衡，抱腿坐着，转过头望向他。

颜威握着门把手，沉默地站着。

林嘉禾始终望着他，最后缓缓笑了："颜老师，你让不让我进去？"

颜威没吭声。林嘉禾慢慢举高胳膊，伸到他的身前。她朝他的手掌瞥了一眼，又很快抬起眼睛。

她的眼神那样黑亮，眼里盈着轻笑，仿佛教他似的："颜老师，手。"

第十五章

▷▷ 赌石初心

“颜老师，你怎么胡子都长出来了？”被拉起来后，林嘉禾凑近在颜威面前看着。

颜威迟钝地开口，嗓音也有些哑：“胡子？”

林嘉禾点头，探手摸了摸他的嘴唇上方，再次点头：“你看，扎手。”

被摸得有点痒，颜威脸色稍微一动，把她的手抓住了。

林嘉禾继续望着他，笑着说：“是不是一发愁，就开始长胡子了？”

昏暗的房门口，他们离得很近。尽管知道她在有意调侃他，但是她轻盈的声音仍然一下把环境点亮了。

颜威出了口气，感觉内心的郁结消散了大半。他捏了捏她的手，说：“我不发愁。”

林嘉禾立即点头：“嗯。”

颜威看了她两秒，然后转开脸，拉着她往里走：“先进来。”

进了屋里，颜威坐回了沙发的老位置上。林嘉禾拽着他的胳膊站在面前。

颜威说：“坐吧。”

林嘉禾把这个房间环顾了一圈，转回头忽然问：“颜老师，这个酒店是矿达公司给订的吗？”

颜威说：“是。”

林嘉禾说：“我们不要在这里待了。”

颜威抬着目光，随后问：“去哪里？”

“我们先回平洲的民宿收拾行李，然后回我家。”他们静静对视，林嘉禾晃了晃他的手，欲开口，就见颜威直接站了起来：“走吧。”

颜威直朝门口走去，林嘉禾跟着说：“我们以后不回这个酒店了。”

颜威说：“对。”

林嘉禾问："你不用收拾一下东西吗？"

"不用。"颜威停在门口，然后说，"没什么可收拾的。"

颜威比林嘉禾还积极，牵着她就出门了。下了电梯后，颜威把房卡留在前台："房间退了。"

前台客服接过卡，刷了一下，然后抬起头微笑道："这是预留房，下次您过来直接在前台取卡就可以。"

出了酒店，天空中压着艳红的晚霞。颜威站在台阶上深深舒了一口气，然后转头说："走吧，我去开车。"

林嘉禾说："嗯，我们回到平洲应该不会太晚。"

在停车场里上车，他们就启程了。车子在路上缓慢地挪着，城市的傍晚显得特别漫长。夕阳斜斜地打进车窗，穿过她的面前，映在颜威的肩膀上。

颜威双手搭着方向盘，刚开始他的面容是暗的，后来他稍微向前挪动，侧面轮廓一下子明亮起来。

林嘉禾望着他，忽然开口说："颜老师，你说话很算数。"

颜威问："哪句话？"

"你说当天晚上就回平洲，结果真是当天回来了。"

发生了这样的事情，结果只过了一个白天。颜威转头看了林嘉禾一眼，她侧在椅子上，表情生动。颜威看回车前，静了一会儿，说："你有什么想问的，开口问吧。"

林嘉禾首先说："颜老师，我以后遇到事情会先告诉你。"

颜威说："我没有生你的气。"他的手掌在方向盘上一张一合，声音低了些，"之前……我一直避免你关注我这方面的问题。"

林嘉禾刚想开口，又听到他说："你了解了，肯定会想办法帮助我，或者说治疗我。而我不需要帮助，恋爱不该是这么谈的。"

林嘉禾看着他，缓缓动了一下眼神："可是，有药物能治疗的话，你为什么不肯吃呢？那个药不管用？或者有什么副作用？"

"有副作用。"颜威声音肯定地道。

林嘉禾点了下头，怪不得，颜威不会是一个偏激到逃避治疗的人。

车子到路口转了个弯，行驶平稳下来后，颜威进一步说："吃了那种药，精力没办法集中起来，所有情感都被冲淡了。如果我一直服用那种药物，不会喜欢你。"

林嘉禾望着他，不由得愣了一下。

颜威察觉到了，余光扫了她一眼，解释说："我的意思是，情感被淡化了，心里就没有喜欢的感觉了。”

“我知道。”林嘉禾赶紧点头，没有误会别的。

颜威低低“嗯”了一声，继续开车。

林嘉禾还有最关键的问题：“颜老师，你每次感官产生问题，所需要的痊愈时间是逐渐增长的。”她望着他，小心地开口，“会不会有一天严重了……”

像沈凌君所说，他会不会永远也看不见了？

“不会。”颜威立即回应。

见林嘉禾神色无比认真，颜威停了一下，缓缓地说：“我自己能够调整。不会的，你放心。”

颜威仿佛有一种魔力，只要在他身边，只要他开口，她心里就瞬间安定了。

无论其他人是什么言论，林嘉禾相信他对自己有准确的判断。她看着他，点头“嗯”了一声。

之后车内氛围趋于融洽，林嘉禾心里一块石头落地了，她回想起今天的全部事情，可以定性为他们产生了矛盾，现在又和好了。

林嘉禾有些不好意思起来，拧开一瓶水，问：“颜老师？”

颜威说：“不喝。”林嘉禾点了点头，自己喝了一口。

此时车子已经上了高速，车灯也亮起来了，路旁反光柱快速后退，渐渐接连成一片。林嘉禾看着颜威安静的神色，问：“颜老师，你在想什么？”

颜威说：“我在开车。”

林嘉禾轻笑：“你在想事情。”

颜威瞥了她一眼，然后看回前方：“我在想，这辆车里装着不少资料，不好收拾。所以，我们先到平洲休息，之后开车自驾回去吧。”

“自驾？”

颜威“嗯”了一声。

“距离很远的。”林嘉禾拿出手机，定位两地搜索路程，抬起头说，“两千一百公里。”

颜威说：“可以接受。”

林嘉禾想了下，自驾确实比飞机或其他交通工具都更有趣，而且是一项能够散心的活动。

“嗯，那我们换着开。”她又看回手机上的路线，“我们可以花三天时间开回去，晚上就近找宾馆休息。”

颜威说：“两到三天。”

林嘉禾问：“明天早起出发？”

颜威说："你昨天不是查了平洲的景点？不去看看？"

林嘉禾说："没有太感兴趣的。"

颜威点头："那就明早出发。"

车子下了高速，一路通畅地开回了民宿。车灯一照，林嘉禾发现还有另一辆熟悉的车停在民宿门口呢。这是他们来时在机场租的车。

颜威也刚想起来，迈下车，对林嘉禾说："一会儿我给租车公司打电话，让他们派人把车开回去。"

除了这辆车，其他再没出什么岔子。他们回屋后很早就睡下了。这一天的插曲，收了一个圆满的尾。

林嘉禾情绪安宁，靠在颜威怀里睡得很香。第二天自然醒来，他们简单收拾，然后开车上路。

说是两人轮换着开，可是颜威没有让林嘉禾搭手，在高速上跑车，看着沿途变换的风景，是件很惬意的事情。林嘉禾偶尔与他聊天，偶尔脑袋一歪就睡着了。

第一天开车十小时，跑了一小半路程。第二天颜威开车开得顺当，便没打算再住宿，直接一口气开到了目的地。

车子缓缓停在林嘉禾的小区楼下时，已是夜里了。

楼道里一片静悄悄的，他们轻声上楼，然后林嘉禾拿出钥匙开门。房门响了一下，林嘉禾转头对颜威笑了。

此时此刻，她感觉有一种鬼鬼祟祟的温馨感。

进门后，林嘉禾按开灯，一边换拖鞋一边说："颜老师，今天太晚了，我们明天起来再……"腰部忽然被一只手搂住了，然后他将她身体转了过来。

颜威向前迈了一步，另一只手扶住她的头，压低吻住了她。

很奇怪啊，他们仿佛好久没有接触了。林嘉禾身体不自觉地轻抖，也搂紧了他。他们在狭窄的门厅里亲吻，他动了一步，她退了一步，于是她靠到了墙壁上。

颜威的手从她腰上慢慢向下，他低声问："明天起来再什么？"

林嘉禾睁开眼，看到他深刻而温柔的脸，她脑子好不容易转了转："明天起来再洗澡。"

"哦。"颜威点头，"我以为你想明天起来再什么呢。"

他再一次吻住了她。

不是明天起来再亲密接触，那就好办了。

这一晚，颜威感到自己格外动情，也格外投入。这两天来他们沿路奔波，最后回归于这个小而温馨的家里。他们紧密结合，默契得仿佛自为一体。

于是这一晚，他们也真的累了。

窗外阳光越晒越高，他们依然安睡，直到中午过了，下午来到。

林嘉禾先醒来。她尝试着挪开颜威的胳膊，颜威微微一动，也醒了。

林嘉禾撑起脸，望着他问："颜老师，把公司炒了的感觉如何？"

颜威没有完全睁开眼，哑声说："累。"他清醒了一下，翻身抱住她，"也挺轻松的。"

林嘉禾在他怀里轻轻笑了一声。他们又依偎了一会儿，然后便起来了。洗漱过后，两个人出门去吃饭。

这时间既不是午饭，也不是晚饭，应该算是下午茶。他们在小区门口就近找了家西餐厅。吃完饭，林嘉禾说："颜老师，一会儿去我店里看看吧。"

颜威问："店里有事情吗？"

林嘉禾摇头："没有。"事实上，她还没有告诉何钏和其他店员她回来了。

颜威对她说："今天先不去店里，我们去个地方。"

林嘉禾看着他："哪里？"

颜威喝了口水，然后站了起来："我带你去。"

颜威开着车，带林嘉禾来到了玉石街对面那栋无名大楼。

进电梯后，颜威按下了七层。林嘉禾不由得问："去你的办公室？"

颜威点了点头。沿着走廊走到701门口，颜威不紧不慢地开了门。

林嘉禾看着他的肩背，生出了满满的熟悉感觉。刚认识时，她来过几次他的办公室，送翡翠葡萄果盘，等他吃饭，以及在他的沙发上差一点没有完成的亲吻。每一次，都是不一样的心情。

走进去后，颜威把门关上了。他站在门口，看着屋里成排的货架，以及上面摆满的翡翠毛料，过了会儿，出声说："这个办公室，是完全属于我的。"

林嘉禾站在他身旁配合地点头："防盗门质量很好。"

颜威淡淡笑了一下，说："曾经我把自己关在这个办公室里，尝试着使用各种方式看石头，仔细抚摸，或者只是无接触观看，想试探自己到哪种程度，感官才会出问题。"

原来这屋子里这么多毛料，是他曾经练习用的。林嘉禾感到心情说不出的复杂，蹙眉望向他。

颜威继续说："后来，我发现并没有规律可循，有时候我简单看一眼翡翠，下一秒就出问题了。有时候我仔细看过一件翡翠，过后很久都没有问题。"

颜威双手插进兜里，深深出了口气："你记得在德裕茶馆那次吗？我中午帮你看了两件石头，但直到很晚，我都没有出现症状。所以我渐渐发现，这确实跟我自己的心态有关系，情绪好的时候，症状发作就会推后一点……”

颜威转过头，对林嘉禾说：“所以我再回答你，这个我可以自己调节，绝对不会突然坏到极点。你不用担心。”

他们来到这里，原来是要证明这件事情。

林嘉禾看着颜威，笃定地点头。

颜威“嗯”了一声，再次环顾整个办公室。他曾经连续几周把自己关在这里，身边只有成袋的馒头和矿泉水；他曾经失明到寸步难行，最后跌倒在地上。

这些过去，都仿佛被捏成了一页薄纸合拢了，之后新的篇章，有人在他身旁，与他共享。

收回目光，颜威平淡地说：“这些翡翠原石，还有那边柜子里的翡翠摆件，明天找人都运到你的公司里吧。”

“这些……”林嘉禾一时发愣，望着他，“这些不是属于矿达公司的？”

“是我个人收集的。”颜威把下颔朝前一仰，“都带走，以后这里也不回来了。”

隔天，林嘉禾联系了一家长期合作的物流公司，将办公室里的“宝贝们”转移走了。她大致分拣了一下，把几件要优先切解的翡翠原石运进了工厂，其余毛料都锁进了仓库。那保险柜里的翡翠摆件是颜威纪念性的收藏，于是都陈列进了店铺二楼的展示柜台里，只供欣赏，并不出售。

物流工人在店里忙进忙出，直到搬完了最后一件物品。林嘉禾和颜威走出店门透气时，一个工作人员走过来，递上一份单据：“物品清单，请您核对一下。”

林嘉禾检查过后，把单子签好，物流公司的大卡车很快开走了。林嘉禾将一式两份的收据撕开一张，递给颜威：“颜老师，你留一份底单吧。”

颜威侧头瞅她，点了一下自己的脑袋：“有多少件石头，我都记得。”

林嘉禾笑：“你不怕我不认账啊？”

颜威淡淡笑了下。林嘉禾递给他：“你拿着吧，正好单子有两份。”

颜威伸手把单据接过来，简单一折，装进兜里。

店门正处风口，好在现在温度适宜，凉风在台阶上打了个旋，舒适地兜在人身上。

林嘉禾眯起眼睛，说：“一下子有了这么多翡翠原石，好几年的加工材料都够了。”她深吸了口气，“果然充足的原料才是一个翡翠公司的资本，我现在感觉特别有底气。”

颜威似乎觉得好笑，伸手搂住了她的肩。

林嘉禾低头笑了，觉得自己刚刚发出了一个小公司的标准感慨。过了几秒钟，她忽然听到颜威低低地回应：“我的底气是你。”

林嘉禾抬起目光，颜威的表情很正经，他的眉骨深，鼻梁挺，眼神坚定，天生便是一张利落又正经的脸。她不禁有些想亲他，脑袋刚一抬，就听到后面传来声音：“师父，咱们店二楼简直成翡翠博物馆了！”

他俩转身，就见何钏从店里推门出来了。

林嘉禾靠着颜威的胳膊，笑了下：“琳琅满目，是吧？”

她第一次去颜威的办公室，瞧见他那一柜子的翡翠精品摆件，也贪婪地看了好久。

何钏点头：“开眼了。”他看向颜威：“那些都是你的？”

颜威说了声：“是。”

何钏钦佩道：“哇，颜哥是个收藏家啊。”

颜威说：“我接触翡翠整十年，积累那么多，实属正常。”

何钏说：“收藏翡翠升值空间很大啊，我前几天还看到新闻里说，翡翠的升值速度已经飙升至世界宝石之首了。”

颜威很认可这一观点，说：“是，二零零七年那一年，缅甸翡翠原石的价格上涨了百分之五十，连带着全世界的高档翡翠首饰都大幅涨价。在那之后，翡翠价格连年飞涨，赌石的风潮也慢慢起来了。”

何钏连连点头：“现在钱都贬值，还是收藏翡翠的人有眼光。”

颜威“嗯”了一声：“翡翠是不可再生的，又是全球稀缺的，是最好的‘隐形储备金’。”

林嘉禾抱着小臂，听他们一唱一和地讨论收藏价值，不由得笑了笑。

何钏转过目光，对林嘉禾说：“师父，我再攒上一年钱，然后也收藏一件好翡翠。”

林嘉禾说：“你可以先从小件做起，比如收藏一副翡翠耳坠或一枚翡翠戒指什么的，以后送女朋友。”

何钏挠了下头发：“那是不是属于嫁妆？”

林嘉禾笑了：“我说送女朋友当礼物，又不是让你攒老婆本。”

何钏“噢”了声，顿时不好意思起来。

“还是不对。”颜威出声说，“女生带来的叫嫁妆，我这边的才叫老婆本。”

林嘉禾立即看了颜威一眼，颜威依旧是一脸正经。

何钏将挠头的手放下，看着他俩笑了。

之后他们回到了店里，今天登门的顾客不多，店员足够应付过来了。林嘉禾和颜威没有什么可插手的，何钏闲不住，打算回工厂里继续雕刻。

临走前，他忽然跑到柜台里拿出了一本记录本："师父，这是你去平洲出差的几天里公司里接到的电话，都是通知你去看毛料上新的。"

何钏说着，拾起一支笔："我是按顺序记录的，前两家时间已经过了。"他把前两条画掉，然后说，"后面这两家都是明天上新，一家在玉石街，另一家地点未定，决定去的话，你再打电话咨询一下。"

林嘉禾拉拉颜威的手："明天去看毛料吧。"

颜威说："可以。"

林嘉禾看着他笑了一下。颜威懂这笑的意思，一本正经地对她说："我不看，陪你去。"

林嘉禾点过头，对何钏说："明天一起吧，我早上联系你。"

何钏笑着说了个"好嘞"。

在翡翠店里虽然环境好，但没什么大意思，何钏还是更喜欢雕刻或者看赌石。而林嘉禾不会雕刻，那么她喜欢的只剩一件事了，那就是赌石。

虽然她和颜威目前还有很多石头等待开解，可是翡翠这种东西，总是不嫌多的，而且自己亲手赌到的翡翠，感情上总会不一样。

何钏离开以后，林嘉禾坐在店里的沙发上，看着记录本——明天有两家毛料上新，时间重了，她只能挑一家。

在玉石街的这家店，林嘉禾一看名字就有印象了。这店她进去过，店面不大，老板脾气却很大，问了价格不买就能瞬间把他惹毛。

林嘉禾摇摇头，决定还是去看第二家吧，然而记录本上只留了电话和时间，没留固定地址，说明这批毛料的老板属于"倒爷"，并不开店，只是倒卖货品的。

这种人手中的毛料没有经过精挑细选，往往容易出好货。

林嘉禾照着预留号码，把电话拨了过去："喂，您好，我是华光彩玉公司的。嗯对，请问现在看翡翠毛料的具体地址定下来了吗？"

对方说完，林嘉禾皱了皱眉："在哪里？"

颜威这时走了过来，林嘉禾抬起眼睛，伸手拉住了他的手。她听着电话里又重复了一遍那个地址，依然很怀疑："在城郊的铁轨下边？那里是一片山坡吧？"

对方的语气无比肯定，令林嘉禾有些想笑："好的，我知道了。"

挂了电话，林嘉禾对颜威说："颜老师，我们明天恐怕要去荒郊野岭看石头了。"

颜威在她旁边坐下，说："正常，倒卖翡翠，怕被人查到。"

第二天，颜威和林嘉禾赶早便出门，到公司附近接上了何钏。

何钏钻进后排座位，探头一看是颜威在开车，还有些不好意思："谢谢颜哥，还绕过来接我一趟。"

颜威对他摆了下手，开车上路了。林嘉禾在副驾驶座上转过头说："这点路不算什么，我们要去的地方还更远。"

何钏问："不在咱们市？"

"市郊。"林嘉禾看了看手机路线，然后嘱咐颜威："顺着这条路一直朝西开就可以。"

何钏探头说："那边好像有片村子。"

林嘉禾说："过了村子。"

何钏咋舌："那我就没去过了。"

颜威继续开了约一个小时，沿路坡地上出现了铁轨的影子。林嘉禾看着窗外说："差不多快到了，也没有什么标志建筑。"

颜威将车速降下来。没过多久，何钏指着一处说："那片草里好像有个集装箱。"

林嘉禾也看到了，说："应该就是那里了，颜老师你看车停哪里合适。"

这边道路狭窄，最多只容两车交错，停到路边是不可能的。颜威把车斜插进土地里，刹住了。

下车后，他们发现前面不远处还零星停着几辆车，以及两三辆摩托车。

何钏一边踩着杂草往山坡上走，一边说着："哎，大家看石头的热情真是无可阻挡啊。"

林嘉禾笑了笑。颜威拉紧她的手，说："你小心脚下。"

山坡上杂树凌乱，半山腰处清理开了一片空地，安置着两只掉漆的大集装箱。等他们离近了，看到面前的空地上摆了一圈塑料椅子，有几个顾客坐在椅子上聊天，靠边上坐着两个小年轻，晃着腿，抽着烟，应该是看守货品的。

林嘉禾走了过去："你好，我来看毛料。"她朝集装箱示意了一下，问两个小年轻，"毛料都在那里面？"

一个年轻人把二郎腿放下了，揪掉嘴里的烟说："是，你想看哪边的？"

"有什么区别？"

年轻人站了起来，指着集装箱说："左边集装箱里的论块算，每块都定好价了。右边的按斤称，两千块钱一斤，你买得多可以便宜。"

林嘉禾点头：“也就是左边的毛料品质好，对吧？”

“你要是想挑好货，那肯定是左边好。”小年轻说完，又把烟塞嘴里吸了口。

林嘉禾说：“那我看看左边的，直接进去就行？”

“对，那不是有梯子吗？踩着进去就行，那里面有灯，也打扫干净了。”

林嘉禾刚打算去看毛料，颜威走了过来。他抚住林嘉禾的背，问那个年轻人：“这些翡翠毛料是你们的？”

那年轻人已经坐回椅子上了，抬着头说：“我替别人卖的，咋了？”

另一个年轻人在旁边说：“大哥你放心，别看我们在这个烂地方，但石头都是明码标价的，不坑人。”

他们说话的时候，一个穿棕夹克的顾客坐在不远处偷瞄着他们。

林嘉禾察觉到了，看了一眼那个顾客，又问颜威：“这里有问题吗？”

颜威拍了下她的背：“没事，了解一下。你先去看吧。”

林嘉禾点了点头，地方是简陋了点，难怪颜威会警惕，不过往往烂地方才出奇货。她也没再多想，转身叫何钊一起去看石头。

林嘉禾先踩着梯子爬进了集装箱。何钊替她拿着装赌石工具的包随后进去。集装箱里空间不大，高度倒是足够，站立是没有问题的。此时里面没有其他顾客，只有一件件石头摆在地面上。

何钊掏出手电筒和放大镜。林嘉禾对他说：“我先大概看一遍。”何钊点了点头，把工具攥在手里。

头顶上挂着好几个灯泡，十分明亮。林嘉禾半弯着腰，看过几件后，蹲下来拍了拍一块大石头表面的泥土，发现它的表皮乌黑，带着细腻起伏的砂粒，像是老帕坎场口的。

林嘉禾紧接着又看了一件，是白盐砂皮的，种质很细，像是木那场口的。林嘉禾抬起头，换了口气。

何钊问：“师傅，这些石头不好？”他发现林嘉禾并没有仔细研究，像是大致一扫就放弃了。

林嘉禾摇头：“不是，我看的几块种水都很老，都是著名场口的石头。只是……”只是与普通的沙土不同，这些石头表面都故意抹了一层厚厚的泥土，像是生怕被发现了本来面貌。

林嘉禾皱眉搓了搓手上的泥巴。何钊接着她的话说：“这些石头都太脏了，是吧？”

“嗯，不过再看看吧。”林嘉禾从何钊手里接过工具，走到集装箱中部，再次挑了一块石头细看。

她蹲在石头面前，拍掉了表皮上干涸的泥土，照着放大镜一看，愣了。林嘉禾赶紧把它的表面清理干净，细细抚摸，发现整块石头都具有砍刀状凹凸不平的纹路，砂粒又细又硬，在手电打光下像是钢粒一般闪闪发光。

林嘉禾对这种触感太熟悉了，纹路坑洼，刚性足……这是一块来自女娲矿的石头。

她正愣神思索着，忽然感觉集装箱的铁皮地板被跺了几下。

何钏跑到了门口："师父，外面打起来了。"

"啊？"林嘉禾赶紧站了起来，第一时间担心外面的颜威。

何钏探头看着，又说："不是打架，好像是警察来抓人了。"

林嘉禾更纳闷了，赶紧把工具收起来，跟何钏一起爬出了集装箱。

只见刚刚那个小年轻被按在树上，嘴里一个劲喊着："我就是替别人来看货的，我哪儿知道走不走私啊？一块石头能卖好几十万，我还纳闷呢！"

另外那个小年轻也被一个便衣警察控制住了。

方才那名穿棕色夹克的顾客，此时站在小年轻面前，厉声说："货主的电话报一下。"

原来那些坐在椅子上的顾客，一半是警察。

这小年轻歪着脑袋："手机在我的口袋里呢。"

穿棕色夹克的便衣警察替他拿出手机，举到他面前翻找号码。

"这个……就是这个号码。"小年轻看着屏幕说。

警察抄录着号码："备注老金，全名叫什么？"

小年轻说："我不知道。"

警察又问另一个人，另一个人说："我也不知道……我们都叫他金老板。"

这个小年轻歪头喊着："我们今天是第一天看货，一天就挣两千块钱，都不关我们的事啊警察同志，哦不，警察叔叔。"

林嘉禾和何钏一直站在原地看着，毕竟警察抓人的现场并不常碰见，直到颜威朝他们走了过来。

林嘉禾抬起头："颜老师，这里的毛料是走私来的？"

颜威轻点了下头。林嘉禾小声对他说："我刚才在集装箱里，看到了一块来自女娲矿的石头。"话音刚落，颜威将目光挪向前面，林嘉禾顺着他的目光望去，只见那名穿棕色夹克的警察朝他们走了过来："三位出示一下身份证。"

他们配合地拿出身份证。何钏主动说："我们只是过来看毛料的。"

警察一边看证件，一边问："你们是怎么知道这里有翡翠原石售卖的？"

何钏说："有人给店里打了电话。"

"知道是谁打的吗？"

何钏说："听声音不认识。"

林嘉禾说："我们是本地一家翡翠公司的，电话在官网都可以查到，其他部分顾客，应该也是通过这种方式被通知的。"

不远处的几个顾客也正在接受盘查，有个人刚到这里就被拦下了，看起来不知所措。

警察抬起目光，把证件还给他们："行了，以后购买翡翠原石一定要去正规店面，问清来源。"

何钏立即装好身份证："好的，警察同志。"

"最近我们正在严查从缅北密支那到境内的走私翡翠，你们商家下次再遇到来路不明的原石，或者有什么线索，随时联系我。"

警察掏出一张写有联系电话的便笺："我姓林。"

何钏伸手接过便笺，歪着头说："巧了，师父你也姓林。"

林嘉禾礼貌地笑了笑。

林警官看了林嘉禾一眼，目光又扫过颜威，然后说："好了，有线索打这个电话，你们可以走了。"

在野外没看成毛料，他们开车回到市区已经中午了。

眼瞅着路经玉石街，何钏探身问："师父，要不去玉石街那家店看看？"

林嘉禾摇了摇头："不了，一上午了，毛料都被挑得差不多了，我们不去捡剩了。"

何钏又靠回了座椅上，想着刚才那些警察的行动，叹气道："唉，在外面看回石头差点被抓，还是去店里靠谱。不过赌石店里的石头不会也有走私的吧？"

"不好说。"林嘉禾说，"我们在店里看上一块石头，一般价格合适就付款了，很少检查它的证件齐不齐全。"

"正规的翡翠原石都有证件？"

"嗯，我从缅甸公盘带回来的石头，每块都有证书和编号，相当于它的身份证。"

何钏问："那如果没有通过公盘呢，比如一个开矿公司在缅甸挖出石头来，然后私下卖给我们？"

林嘉禾说："那就属于走私。

"啊？"何钏有点傻眼，"不通过公盘都叫走私啊。"

“对，私下交易翡翠出境都是违法的。”林嘉禾扭头看向颜威，他安安静静地开车，毫不参与讨论，“颜老师，我们去吃个午饭吧。”

颜威问：“吃什么？”

林嘉禾说：“你掌着方向盘呢，你说了算。”

颜威淡淡地笑了下，目光在路边找着，很快在一家东南亚小饭馆门前停下了：“吃咖喱吧。”

进店落座，颜威和林嘉禾一人点了份咖喱饭，一个咖喱鸡肉的，一个咖喱牛肉的。何钏翻着服务员拿过来的那本菜单，上面还有不少好吃的菜，他不由得抬头问：“还加点别的吗？”

林嘉禾说：“你点你爱吃的。”

何钏快速点了个炭烤拼盘、一份冬阴功虾面。他合上菜单，没一会儿烤肉先上来了，何钏夹了块炭烧猪颈肉，吃得心满意足。他把盘子往中间推了一下：“你们吃，刚烤出来的，很香。”

颜威给林嘉禾夹了一块，自己也夹了块。林嘉禾有些没食欲，拎着筷子，一直想着刚才那件来自女娲矿的石头。

这事他们倒不用避着何钏讨论，让他了解也无妨。

“颜老师，金麒麟公司，是在走私翡翠吗？”林嘉禾转头轻声问道。对面的何钏的眉头一下子蹙了起来。

颜威点了下头：“显然是。”他夹着烤肉，蘸了蘸酱料，“金麒麟过度开采女娲矿，根本消化不了。若是少量几块，还可以掺进其他矿区产地，混到公盘上。但他们开采规模太大了，女娲矿的石头表现又都很有特点，保留在缅甸境内都很危险，必须尽快走私出境。”

林嘉禾问：“那不可以……”

“不可以。”颜威快速说。

林嘉禾也意识到了，不可以向警方举报，因为女娲矿本身就是个黑矿，矿达集团前些年也参与了它的开采，脏水搅成一团，根本分不清楚。

颜威低声说：“女娲矿不合规只是一方面，但这是由缅甸政府约束的。而咱们国内查的是走私渠道，正如今早遇到的那些警察，他们不关注石头是从哪个坑里挖出来的，不关注开采方式合不合法，只追查这些翡翠原石是通过什么方式流进境内的。”

颜威把胳膊搭在桌上，手指一下下敲着桌面：“比如，原石藏在了什么车里，怎样躲避了检查站的搜查，入境后什么人负责接应。通过盘查这些线索，才能向上摸到公司。而直接指控一家翡翠公司，毫无力度，也没有证据。”

林嘉禾侧头听着。何钏了解了个大概，在对面应和：“对，开矿和走私是两码事。翡翠矿都在缅甸呢，咱们的警察管不着，走私到境内了，才归咱们警察管。或者可以合作，一般跨国案件，不都是警察跨国合作？”

见服务员来上菜了，何钏赶紧把嘴闭上。服务员走开后，桌上一时安静了。

林嘉禾吃了两口饭，把勺子搁下了：“我们在天光墟集市时，那个古怪的老爷子说他的毛料都是他儿子半夜守在路边，跟在偷运车队后面捡的。”她忽然想到这件事，顿时联系起来了。

颜威点头：“跟今天这批走私毛料大概是同一渠道。”

林嘉禾说：“那附近居民是了解一些情况的。”

“嗯，警察细致盘查，肯定有收获。”颜威把饭简单一拌，吃了一大口。

林嘉禾又拿起勺子，过了会儿，轻声问：“颜老师，矿达集团没有参与走私吧？”

“没有。”颜威的回答丝毫没有犹豫，感受到林嘉禾的目光，他转过头，跟她说，“我经手的，从来没有。”

林嘉禾放心了。

何钏刚开始听个半懂，后来越听越糊涂了。但他感到这事刨根问底也不好，于是低头专心吃面。

接下来几天，他们再没出去看石，颜威和林嘉禾每天窝在店里。

林嘉禾把公司近期的业务都捋了出来，对着电脑一样样地看。邢秋眉已经把公司彻底交给了她，前两天在电话里说打算去呼伦贝尔旅游，今天朋友圈就晒出了九宫格的北国风光。

林嘉禾放大照片，看到邢秋眉穿着一件收身小羽绒服，裹着色彩鲜艳的披肩站在大草原上，她身后的蓝天白云与碧草一线之隔，宁静得像张屏保图片一样。林嘉禾不由得笑了，给她的朋友圈点了个赞。

现在她拥有的翡翠原料多了，加工任务也稍显繁忙，但是公司的一众员工都是邢秋眉亲手带出来的，个顶个拿得住，故而一切运转正常。林嘉禾其实没多操什么心，与以前最大的不同，便是她要形成大局观，把所有事情在脑子里过一遍。

林嘉禾一般坐在二楼看电脑。二楼清静，她以为颜威也会喜欢二楼，可有时抬起头来，颜威人就不见了。她走下楼，看到颜威往往靠在墙边的柜台上，望着店里的热闹，有时还上前帮着卖卖货。

这天一位四十出头的妇女带着她母亲来买翡翠，在店里转了又转，一件件镯子点着看，几块玉佩也比来比去，始终定不下来。

店员戴好手套，全程陪着她们，久了不免有些不耐烦："请问您更倾向于镯子还是挂件？心理价位是多少？我来帮您推荐一下？"

妇女身穿长款大衣，打扮得体，但能看出只是普通中产，看到柜台里的翡翠都挂着一长串零，还是有点不安的。

她犹豫了下，说："十万左右吧。"

她母亲立即摇头："买那么贵干吗？一万左右的翡翠就不错。"

"妈，没事，给你买个好的戴嘛。"妇女朝柜台努了努嘴，"咱刚才看到的首饰，挂点绿色的起码大几万，一万块钱都不显眼的。"

店员在柜台内纠结地找了找，然后招手说："您来这边看，这里几款镯子都是晴水飘淡绿的，三万到五万不等。"

老太太一瞧，头摇得跟拨浪鼓似的："不行，太贵了，三五万就带这么一点点绿色，不仔细看都瞧不出来。"

店员说："这些镯子底子都不错，买回去越戴越亮。你看这款五万的，像山水画一样，种老起光，特别保值。"

老太太皱眉："钱都给你们了，我保什么值？"

"哎，妈。"妇女拉住母亲的胳膊，"保值是万一以后你不喜欢这个镯子了，想换别的，这个镯子还能卖上价。"

老太太说："我现在也不喜欢，没个绿色。"

"喜欢带颜色的翡翠？"店员站在柜台后面正发愁，抬眼看颜威走了过来。

"是啊，我妈喜欢绿一点的。"妇女立即转向颜威，笑了笑说，"你是经理吧？麻烦你给挑挑，稍微贵一点没关系，主要是我妈她自己要喜欢。"

老太太依旧舍不得花钱，嘟囔说："可不能太贵。"

颜威瞥了一眼老太太微微发福的胳膊，然后点了一下柜台："这几只淡绿镯子的圈口也不合适。"他对店员说，"她手围六十二左右，你先给量一下。"

刚刚老太太她们一直在店里转，并没有试戴，所以店员都忘记量手围这回事了。店员忙拿出垫布和软尺，让老太太五指并拢，在她的手的最粗部位量过一圈。

"六十三。"店员读着尺子说。

手镯的正常圈口在五十二到五十八，超过五十八就属于大圈口了。而刚刚店员推荐的那些淡绿飘花手镯，都是主流款式，老太太即便看上了也戴不进去。

"六十三是吧。"颜威点头，说，"来看这款。"

妇女和母亲跟着走了过来。店员绕进柜台里拿出了颜威指示的那款镯子。这是一只大圈口的贵妃镯，用料取自那件“大馒头”女娲石最廉价的部分。镯子颜色属于偏深的豆绿色，与帝王绿自然不能比，但在普通翡翠中，也算是颜色十分浓郁的了。而且女娲石的水种没的说，这镯子细腻莹润，光泽极为优雅。

妇女和老太太的目光立即被吸住了。

“妈，这个喜欢吧？”妇女扶着母亲的胳膊晃了晃。老太太的表情是很容易读的，喜欢肯定也藏不住。妇女赶紧抬头问颜威：“这款，贵吧？”

颜威平淡地道：“十二万。”

“不行，太贵了。”老太太立即挪步。

妇女拉住她：“没事，妈，我的预算够，就给你买个真正喜欢的。”

颜威说：“这个镯子有点瑕疵，要跟你说明一下。”他冲店员示意，店员立即打光照着，他慢慢旋转那只镯子，然后在一个位置定住了。

“这里有几道棉絮，藏在里面，能看到吧？”店员说。待妇女和老太太都看清了，店员把亮光关掉，继续举着镯子，“没有强光照射，是几乎看不出来的。”

“是，就一点点白絮，你照光看着也不太明显。”妇女说，“这也算瑕疵啊？”

颜威说：“如果没有这点瑕疵，这只镯子至少标价二十万。”

妇女和老太太一时都不说话了，带一点微乎其微的棉絮，二十万降到十二万，她们不能说是不心动的。

“还有另一只镯子，我记得也是大圈口。”颜威问店员，“蜡绿色的，在哪里？”

“哦，我去拿。”店员立即反应过来他说的哪款，走到最边上的柜台，将一只首饰盒捧了过来，打开盒子，里面盛着一只干青种圆镯。这用料来自林嘉禾在缅甸公盘上拍到的那件大干青翡翠，除去雕刻翡翠牌外，剩了一块料子，按尺寸正好磨出个大圈口的镯子。

妇女看着眼前这只圆镯，水头一差，整个镯子就显得死气沉沉的。蜡绿的颜色虽然浓郁，但是老气，像是拿颜料刷出来的，没有翡翠应有的那种灵动感。她试探地问：“这个多少钱啊？”

店员回答她：“这只四万八。”

“啊，这个还五万块钱呢？”

店员将镯子拿出来展示：“这只属于满绿，无瑕无裂，十分难得。而且大圈口的镯子市面上比较少，一般标价都会高些，如果定制的话价格更高。”

妇女有些纠结地看向颜威。颜威对店员说："给老人家戴上试试。"

店员把软布垫在柜台上，小心翼翼地将两只镯子，一左一右地戴到了老太太的两只手腕上。

妇女执起老太太的双手一看，立即笑着说："妈，这个十二万的好看是吧，显得你的皮肤都亮了。"

镯子上手一对比，老太太心里跟明镜似的，连违心的话都说不出口："这不贵嘛，肯定的。"

妇女立即抬头说："我们就要这只好的了，能不能给便宜点？"

店员看了一眼颜威，虽然林嘉禾是店长，但他知道颜威也是说话算数的。

颜威对妇女说："这个标价不高。"

妇女张了下嘴："都十二万了还不高？你好歹给打个折。"

颜威看了一眼那只镯子，然后说："十二万这款镯子，一点不贵。"

颜威只是客观评估，这镯子种老细腻，绿色也浓，这样的翡翠在市场上可遇不可求。如果是他，十二万一定不会卖，但林嘉禾标出这个价格，估计是女娲石体积太大，好翡翠料太多，对这些边角翡翠她就不太重视了。

妇女看着颜威沉静的神色，相信他说的是事实。她转头对老太太说："妈，我去付款，你让店员把那只老绿镯子摘下来，漂亮的新镯子你就戴着走吧。"

妇女去了收银台，这边就没颜威什么事了。他双手揣兜悠悠走开，看到林嘉禾从二楼下来了。林嘉禾望着他笑了笑。

那个妇女付完款，扶着老太太往外走。老太太满脸喜色，不停地举着自己的手腕看。妇女回头对颜威说："谢谢你啊经理，这个镯子越看越耐看，下次我还来你店里。"

颜威对她们点了下头，待顾客走出门，又悠悠走到林嘉禾身边，低头问："老板，加工资吗？"

林嘉禾摸了一下他的脸："加也是加奖金。"

颜威依旧垂着脑袋，低声说："别瞎摸。"

"摸哪里不是瞎摸？"

"你知道是哪里。"

林嘉禾笑着打了他一下。颜威抬起头，把视线转开了，也笑了笑。

逆着玻璃门外的阳光，他身上像是镀了道金边，林嘉禾望着他，忽然觉得他真正轻松起来。

颜威大学没毕业便进入了矿达，沉浮十载，如今乍一回看，他似是找回了当初那个少年郎。

第十六章

▷▷ 女娲矿赌局

距离生日宴已经过去一周多时间了，林嘉禾和颜威都没提起关于矿达的事情，但是他们暂时忽略，不代表沈氏兄妹不会找过来。

那天下午，店里来了一位老大爷。老大爷裹着一件军大衣，双手揣怀，鬼鬼祟祟地走到了柜台面前。店员抬头一愣，下一秒赶紧微笑：“您好，想看首饰还是摆件？送人还是自己收藏？我来给您介绍。”

老大爷摇晃着脑袋：“我不买，我是想请你们看个东西。”

店员疑惑：“看东西？”

老大爷从怀里掏出一个布包，放在柜台上，小心翼翼地解开四角。店员一看，这是一尊花青种的小型翡翠观音像：“您这是？”

老大爷把双手合在一起搓了搓：“你给估个价。”

店员顿时懂了，忙说：“不好意思，我们店只卖翡翠，不收任何产品。”

“我也不打算卖。”老大爷拿手抚摸着观音像，抬头憨笑道，“这可是我昨天刚淘到的宝贝，就想让你们店给估个价。”

店员摇头：“这个我们做不了。”

老大爷扶着柜台，把身子往前凑了凑：“哎，你就跟我大概说个价格，我看看买亏了没有。”

店员规规矩矩地站着：“不好意思。”

老大爷脸上肌肉一抽，笑容顿时没了：“不就开个口的事？非得藏着掖着，你去其他店问问，哪个不给估价？”

店员伸手往外一指：“那您大可以去其他店里估价，这条街走到头还有一家小珠宝店，您可以去碰碰运气。”

“嘿。”老大爷急了，“你们店还赶人走不成？觉着我买不起东西是不是？”

“不是。”

老大爷拔高嗓门，红着脖子冲店里喊："亏得这店面弄得亮亮堂堂的，心思那么龌龊，话都不会说，就知道看不起人？"

店内还有其他几位顾客，顿时都转头看过来。

这店员是个年轻小伙子，一下子慌了："哎，大爷，您别这样啊。"

颜威正好在楼下，闻声走了过来。店员立即向他求助："哥，你看这……"

颜威看了眼柜台上的翡翠观音像，问："什么事？"

店员瞥着老大爷，小声说："他非要我给估价，这哪儿能估啊？谁知道他在哪家买的东西？"

老大爷梗着脖子道："那你就赶人？赶我走？"

"谁赶你了？你自己说别家店都给估价，那你就去别家店看看嘛。"

颜威侧身靠在柜台上："同行间不给估价，这是约定俗成的事。"

老大爷立即看向他，说："为啥不给估？我是觉着你们懂翡翠才来请教你们的，就这么不敞亮？"

颜威平淡地道："翡翠审美因人而异，每个店的定价标准都不同。你买了一件翡翠，如果不放心，可以去找专业机构鉴定，但是拿到其他翡翠店都是问不出结果的。"

"咋没结果？我不信所有店都……"

"那是个别店不专业。"颜威直接打断了他的话。

老大爷瞪着他，脖子又梗起来了。话说明白了，他还是不肯走。

店员在柜台后面一脸尴尬，颜威摆摆手，让他先走开了。

颜威不紧不慢地叹了声气，心情难得不错，又瞥了眼那尊观音像，问："这样吧，你告诉我，这个东西在哪里买的？"

老大爷眼珠转动："咋的？你又要给我估价了？你不专业？"

颜威说："我跟别的店不一样。"

老大爷看着他，缩了缩脖子，嘟囔说："就是在玉石街的摊子上买的。"

"那你……"颜威目光无意间往玻璃门外一扫，瞬间顿住了。

沈凌君正从路边一辆轿车上下来，随即裹紧围巾，在一名男下属的陪同下朝店里款款走来。

颜威皱眉望着她，慢慢站直了。

"你还要问啥？问我多少钱买的？"老大爷冲着颜威说，"我花了整整五万块。别看我挺喜欢，但是买回来了心里还是虚，觉得自己冲动了，所以才来找你们估价的。你也别嫌我态度不好，五万块也不是小钱，谁不想靠它发个财？"

男下属推开玻璃大门后，沈凌君迈进店里，环顾四周，朝颜威笑了一下。

颜威平静地转开目光，对老大爷说：“你这观音是假的。”

“啥？假的？”老大爷愣了，“不值五万块？”

颜威说：“你不是来估价吗？我可以告诉你，这东西一文不值。”

老大爷急了：“你……你凭啥这么说？”

“这尊观音的材质叫‘八三花青种’，听说过吗？八三种是专门用来作假的，带绿斑，质地粗糙，但没关系，做成饰物后填充点树脂，一下就变透亮了。稍微懂行的人拿眼睛一扫，看到有八三种翡翠制品，就知道这家老板要坑人了。坑的是什么人呢？就是你这种半点不懂却只想发财的人。”

听颜威一口气说完，老爷子完全傻了，随后他立即跳脚：“你这人，你……”

颜威往旁边迈了一步，对他挥手：“你别在这里急，找摊主去吧。把力气用在跟他闹上，没准钱还能要回来。”

颜威转过身，沈凌君已经被晾在旁边好几分钟了。

他双手收进兜里，站着离她一步远，没说话，对老大爷的一番发言已经令他情绪相当稳定了。

沈凌君先开口了，笑盈盈地说：“你们店里挺热闹啊。”

颜威点头：“还行。”

沈凌君朝那老大爷努了努嘴：“一直这么‘热闹’啊？”

颜威说：“热闹点挺好。”

只见老大爷抱起布包，在地上狠狠跺了两下脚，夺门而去。

沈凌君笑了一下，然后对颜威说：“我们谈谈吧，你这店哪里安静点？”她故意慢动作地转了一圈，好像在努力寻找。

颜威略过她，直接往外走：“出去谈吧。”

商业区中心有一座喷泉，现在天气冷了，喷泉关着，游客寥寥。颜威走到不远的步行道旁边，转身对沈凌君道：“就在这里说吧。”

那位男下属，或者说是保镖站在了几米之外。沈凌君走到颜威面前，抬头问：“她呢？叫什么来着，林嘉禾？”

颜威没回答，反而问：“沈宗仁呢？我以为他会一起来。”

沈凌君说：“他来了，在车里。”她朝路边那辆轿车望了一眼。黑漆漆的车窗半开，看不到里面的人。

“生日宴你都没参加，你沈大哥自然生气了。你如果还想待在公司里，就主动去车里跟他聊聊。如果你有别的想法，我都劝不了你，那你沈大哥再多说什么也没用了，是吧？”

颜威低低出了口气，随后说：“公司我不回去了。”

沈凌君立即说：“你不要放弃啊，你的问题我们还可以继续看医生。我们认识的人广，一定能找到医术更好的医生。”

“我之前也跟你说过。”颜威出声打断她，看着她说，“跟金麒麟的这场赌局结束后，我就退出了。”

“可是你生病了啊，总不能一直拖着，我是真关心你，想要帮你治好。”沈凌君缓缓露出微笑，“你记得十年前吗？在赌石会场外面，你也是这样站在道路上，对着我说，只要我给你更多钱，你就能给我赌到更好的东西，那个时候你意气风发的样子……”

“人要知足。”颜威声音沉下来，认真地看着她，像是在反劝她一样，“君姐，人要知足。公司现在的规模已经够大了，你跟沈大哥需要考虑的是，怎样设计有创意的翡翠产品，怎样打造自己的品牌，而不是想着把全天下所有的好翡翠原石都大包大揽过来，然后流水线生产一些毫无意义的产品。”

沈凌君的表情慢慢凝固了。

颜威继续道：“你问我记不记得十年前，十年前矿达的主要业务是翡翠设计加工，这你还记得吗？你以前喜欢自己设计珠宝，还拿手稿图给我看，给沈大哥看，大家不夸你你还不乐意，这些你还记得吗？”颜威点头笑了一声，“是，赌石是来钱快，千百倍地赚钱，可这不是支撑公司的长久手段，甚至，这都不是靠你自己完成的。”他缓下来，一字一顿地说，“我帮了你们，现在公司已经独立支撑起来了，还希望你们能够知足，可以吗？”

沈凌君脸上的笑容完全消失了，她愣怔地看着他：“你不要忘了这些年是谁在扶持你。没有矿达，你能全世界到处看翡翠？你能出席各个大型公盘？可能吗？你现在见得多了，就想自己单飞了？你这叫忘恩负义！”

颜威感到自己刚刚那一番话都白说了。他深深出了口气，低了低头，又很快抬起，不耐烦地望向不远处的喷泉布景。

沈凌君瞪着他，又怨又怒：“我真没想到你能这样，你以前不是这样的。你以前一直对我特别信任，我始终拿你当亲兄弟一样，有什么好事不想着你？”

颜威倒是想问问有什么好事，但忍着没开口。

沈凌君又恨恨地说了两句话，随即冷着脸不作声了。

确定她终于安静了，颜威出了口气，看回她说：“下个月，我会去参加跟金麒麟的赌局，重新拿回女娲矿开采权后，矿达还依照从前的模式采矿，相信五年之内，矿达是不会缺翡翠原料的，这时间足够公司慢慢转型了。”

沈凌君重新抬起目光：“你还能赌？”

颜威淡淡笑了下："以前不能，现在心态好了，有信心了。"

沈凌君神色怪异地望着他："你都这么坚决要走了，还冒着危险帮公司做事？"

"不光是帮公司。"颜威微微眯起眼睛，对她说，"女娲矿我输掉了五年，现在机会来了，我必须参加。"

沈凌君讥笑道："哟，还挺狂妄，我以为你只想在这小店里卖卖货，就当个普普通通的翡翠商人了。"

颜威说："如果我放弃这场赌局，那我最多只能当个翡翠商人。"

沈凌君问："你还当什么？"

颜威想了片刻，却回答说："我不知道。"

沈凌君气得又笑了。

一场谈话，双方言止于此，也言尽于此。

沈凌君转身朝路边那辆漆黑轿车走了过去。

颜威停在原地，站了一会儿，忽然感觉手机响了一声。他拿出手机，看到林嘉禾发来短信："颜老师，沈凌君来找你了？"

颜威回了个"是"。

林嘉禾很快问："需要我过去吗？"

颜威低头打字："我们谈完了。我就在店外不远处。"

装了手机，颜威迈步走了回去。

与此同时，林嘉禾站在玻璃门后，望着路边那辆轿车。车子停在那里，迟迟没有开动，林嘉禾觉得颜威多半就在那车里跟矿达公司的人谈话。

她在店里度秒如年，实在不放心，出门走了过去。距离车子几步远的时候，林嘉禾听到车内有争吵声，从窗缝隐隐约约飘出来。

沈凌君的声音说："他答应参加女娲矿赌局了，我们不必……"

一个男声说："五年前你忘了？他这种状况，能够赢下赌局？"这个声音显然不是颜威的，音色沉底气足，像是上了些年纪的人。

沈凌君说："他说有信心……"

男人说："你要明白，他现在已经不是我们公司的人了，心已经走远了。"

沈凌君说："你来决定行了吧！反正今天我都气饱了。"

林嘉禾忽然感应到了什么，转过身，看到颜威不知是从哪儿走回来的，已经站在店门前了。

她顿时尴尬，趁着车里人没发现，赶紧悄悄往回走。这个时候，她又听到了那个低沉的男声："不用惋惜，所谓人玉有缘，颜威和翡翠的缘分，尽了。"

他是在劝沈凌君吗？他声音里分明带着浓郁的叹息，好像带着什么重大遗憾。

林嘉禾抬头望着颜威，熟悉的店门口，他的站姿无比轻松，仿佛了却了一桩大事，可林嘉禾忽然有了一种不好的预感，像是刺人的荆棘，在太阳底下乍然而生。

“颜老师，你一定要参加女娲矿赌局吗？”

“对。”

几天以来，这已经不知是林嘉禾第几次问这个问题了。

在家里沙发上，颜威搂着她转过身，决定好好聊清楚：“你觉得，我不该参加吗？”

林嘉禾犹豫片刻，摇了摇头。

颜威看着她笑了：“摇头是应该还是不应该？”

林嘉禾说：“我理解你想把女娲矿赢回来，只是觉得不太安全。”

“身体状况，你不用担心。”颜威摊手比画了一下自己，“这回我没有那么大压力。在矿洞待上半天时间，我能撑下来。”

林嘉禾没说话。颜威用手捏捏她的肩，继续说：“五年前那次属于意外，这回属于有准备的战役，感受是不一样的。”

“那矿达集团还会配合你吗？”

“嗯？”

林嘉禾说：“以前你在矿达工作，很多公司人员会配合你，比如跟随你一起进入矿区，给你提供一些帮助，或者在附近给你放风。现在这些人力、物力都不会有了吧？”

颜威笑了下：“没那么复杂，又不是抢银行，赌石不需要团队配合。”

林嘉禾说：“可女娲矿那边很偏僻……”

“是，矿区条件肯定好不了，但毕竟要运输石头，道路早已压平了，车进车出没有问题，不用徒步跋涉翻山越岭。等到了赌局现场，只有我一个人能进入矿洞，金麒麟也只能派一人，随行人再多也没意义，都只能在外面的车里等着。”

颜威见林嘉禾认真听着，脸色却始终没有放松下来，低头问：“你还有什么顾虑？”

林嘉禾思索着，慢慢说：“沈凌君他们……会不会借机报复你？”

这听起来是个很小气的问题，但很直接。

颜威垂了一下眼帘，耐心地跟她分析：“这场赌局赢下以后，女娲矿回归矿达集团，沈凌君和沈宗仁他们落得实际利益，而我图个心安。如果我输了，对我们双方都没有好处。你认为矿达会搭上整个公司的前途，只为了给我使坏吗？”

林嘉禾微微摇头，这也是她没想通的地方。颜威参加这次赌石，与矿达集团的利益相通，大家被拴在同一根绳上，颜威理应受到矿达的保护才对。

所以，她根本不知自己的忧虑感从何而来。那种不安莫名而生，飘浮在半空中，自然令人无法放下。

林嘉禾劝说不过，靠在他身上叹了口气，有些郁闷地说：“那我跟你一起去缅甸。”

颜威淡淡一笑，搂紧了她：“正好，下个月缅甸也有翡翠公盘。咱们多待几天，赌局结束，我陪你看看石头。”

公盘是缅甸出口翡翠的唯一途径，因此缅甸每年大大小小的公盘数不胜数。这其中称得上号的大型公盘一年有三场，一般三四月份一场，六七月份一场，十一月份还有一场。

之前林嘉禾便参加了六七月份的那届公盘，在缅甸仰光举办，被称为翡翠珠宝特别交易会。而十一月份即将召开的公盘被称为翡翠年度交易会，在缅甸内比都举办，是全年规模最大，交易份额也最大的公盘。

有了上次的经验，此次林嘉禾顺利办好了公盘的准入证，出发去缅甸前一天晚上才开始不紧不慢地收拾行李。

这边已经入冬了，而缅甸气候温暖，需要准备两季的衣服，林嘉禾特地找出了一只大号行李箱来装。等她好不容易收拾完了走出卧室时，沙发上搁着一只瘪瘪的双肩包，而颜威在旁边不知闲坐多久了。

“颜老师，我借你一个行李箱用？”

颜威说：“我车里有。”

林嘉禾说：“那你……”

颜威说：“我不用箱子，这一个包足够了。”

林嘉禾顿时笑了，走过去说：“我怎么觉得你这个包是空的啊？”

“装了一身衣服，还有证件。”颜威歪过脑袋看向背包，“不用带工作资料，出门方便得很。”

林嘉禾拎起背包试了试，果然是装了东西的，但还是轻：“洗漱用品呢？”

颜威说：“带了几样，其余酒店都有。”

“换洗衣服就一套，坏了怎么办？”

“到处都有卖的，我那外套就在缅甸买的。”颜威抬手往门口一指，衣架上挂着一件半长的黑色大衣。

那件大衣料子薄挺，剪裁很好，颜威穿着显得人很精神，林嘉禾夸过一次，这次出门他就又翻出来了。

林嘉禾笑了笑，顺势伸手，把他从沙发上带了起来：“都收拾好了，那就早点来睡吧。”

早睡加早起，半天的飞行时间，第二天下午，两人落地缅甸首都内比都。

这时缅甸正处于最舒服的季节，二十摄氏度左右的气温，阳光也不算强烈，只要不赶上下雨，那简直可以称得上完美。难怪这期间举办的翡翠公盘最受华人欢迎。

林嘉禾在飞机上提前换好了一条薄裙。颜威直接把外套脱了，搭在小臂上。出了机场后，颜威单边肩膀挂着背包，手上推着林嘉禾的行李箱，朝前面一辆出租车招招手，然后快步走了过去。

林嘉禾跟在后面，多看了几眼他的背影，忽然觉得青春洋溢。这个词显然跟颜威差了十万八千里，但就是这样的违和感，在蔚蓝天空之下，竟显得可爱起来。

林嘉禾默默站住脚，看颜威扶着车顶，低头跟司机交流，随后他转过头：“去酒店路上经过公盘会场，先过去看看？”

林嘉禾点头：“好啊。”

“上车吧。”颜威拉开后车门，等林嘉禾坐进去后，他也坐了进去。出租开动后，颜威才凑过来低声问，“你刚才在看什么？”

林嘉禾笑：“看你背书包可爱。”

那双肩包没有放进后备厢，就搁在座位旁边，颜威正好拎过来看：“这是书包？”

黑蓝色的双肩包，还带着几道运动条纹。林嘉禾点头：“像是中学生背的，我在上学路上肯定看到过。”

颜威笑了笑，放下包，揽过她的肩：“书包就书包，你觉得可爱就行。”

林嘉禾倚在他的胸前。颜威伸开胳膊后，胸前那道肌肉会变得微微紧绷，不软，也不硬，靠着正好。

在飞机上林嘉禾已经睡过一觉了，现在很精神，看着窗外途径的道路，过了会儿，问：“颜老师，路上大约多久？”

“到公盘二十分钟。”

“不算远，我们简单看看，之后就可以回酒店了，明天还能休息一整天。”

颜威在她的头顶“嗯”了一声，然后说：“今晚一起休息，明天下午我要去矿区那边了。”

林嘉禾愣了一下，抬起脑袋：“赌局在什么时候？”

“后天。”

“后天？我以为……”

在家里订机票的时候，颜威一点也不着急，林嘉禾以为距离赌局时间还早，起码也要隔个一两周。

现在她有些没反应过来，或者说根本没做好心理建设，有些茫然地问：“赌局时间早早就定好了？不用商量个双方都有空的时间吗？”

颜威说：“日期是约定好的。据说后天是一位缅甸‘赌石祖师爷’的诞辰，在诞辰这一天从事翡翠活动，能够图个好彩头。你看翡翠公盘，不也选择了在后天开幕？”

林嘉禾不由得皱眉：“赌石也有祖师爷？”

颜威说：“缅甸这边的传统。我们中国有个和氏璧的故事，你听说过吧？”

林嘉禾轻轻地“嗯”了一声。

颜威看着她闲闲地道：“那你给我讲讲。”

林嘉禾有些心不在焉，顺着他的话就讲了一遍：“过去有个叫卞和的人，曾经给三代皇帝进献璞玉，前两代皇帝都把美玉当作石头，以为卞和故意戏耍他们，先后废掉了他的左右双脚。直到最后文王登基，相信了他的话，打开璞石，才发现了里面的稀世美玉，并且把这块美玉命名为和氏璧。”

颜威点头，对她说：“这是咱们最早关于赌石的传说了。缅甸也有个类似的故事，就当他们的祖师爷是缅甸版的卞和吧。”

颜威有意转移话题，可是林嘉禾的眉头始终淡淡皱着，颜威便搂着她不再多说，直到出租车在公盘会场附近停下。

下车后，他们明显能感到这次公盘气氛格外火热。距离开幕还有两天，会场外面已经人山人海了。

会场中心是一栋醒目的圆弧大楼，想必到时候投标、开标就在那栋楼里进行。从远处望，房顶一圈玻璃反射着金色阳光，像是一个巨大的金元宝。

颜威摸出墨镜戴上，转头问：“过去看看？”

林嘉禾说：“等一下。”她从包里翻出眼镜盒，将一副大墨镜扣在脸上，抬起头来。

颜威看着她笑了笑：“标配少个帽子。”

林嘉禾没有笑，隔着墨镜，一切景象都森森凉凉的。她想跟他进会场里面逛逛，可是发现自己根本没有心情。她换了口气，还是问回来了："颜老师，矿区那边有手机信号吗？"

颜威朝她走过来："矿区里信号很弱。"

林嘉禾问："我可以跟你一起去吗？"

颜威说："我一个人去。"

林嘉禾抬着脸，一时没有再说话了。颜威忽然感觉墨镜能够一下子拔高人的气势，他也感到镜片后面，她的眼睛一眨不眨地看着他。

颜威没有移开视线，对她实话实说："你跟我一起到了矿区，也只有我一个人能够进入女娲矿。我独自进矿洞，什么顾虑也没有。你留在外面反而不安全，那边不比城市，地势杂乱，还有很多来自金麒麟公司的缅甸人……"

"如果感到不对劲，第一时间联系我，可以吗？"林嘉禾开口打断了他。

颜威怔住了，他刚才打内心深处软了一下，语气刚有软化的迹象，就被她拦住了。

林嘉禾把头发都别到耳后，呼了口气："颜老师，你现在背后没有公司，但你不是一个人作战。我也在缅甸，如果遇到状况，你要记得第一时间联系我，知道吗？"

颜威看着她，点头："我知道。"

林嘉禾也点了下头。她转身望着会场里面的热闹，说："我们早点回去休息吧，不进去逛了。"

颜威说："等赌局结束，我再陪你过来。"

"那是后天，还是大后天？"

"大后天。后天在女娲矿里摸爬滚打一整天，休息休息。"

林嘉禾往他身边站了一步，低头笑了一下。

说是早点回去，可他们仍然停留了一会儿。

两人都戴着墨镜，林嘉禾抱着小臂，轻轻靠着颜威的肩。身边往来嘈杂，他们并排站在阳光下，站在微风里。

这样的场景很融洽。

第二天吃完午饭，颜威乘车前往乌龙河矿区。

林嘉禾站在酒店门口，看着他的车离开。返回房间的一刹那，她就开始后悔了。她是赌石的人，也是靠直觉吃饭的，相信自己的任何一种感觉都不会没有来由。

林嘉禾不停回想自己看到过的每一件翡翠，但凡有所犹豫的，最后无一例外垮掉了。赌石垮了还可能是因为她经验不够、精力不集中，但这回事关颜威，她不能放任一丝不确定的念头。

林嘉禾在屋里转了两步，忽然想起可以给班强打个电话。等待的时间，林嘉禾开始构思怎么开口，还没摸到头绪，电话已经通了。

“喂，喂？哎……你说话了吗？”那边背景吵，隐约还有广播通报的声音，林嘉禾问：“你在机场吗？”

班强对着话筒大声喊：“你等会儿啊，我往外走两步。”过了十几秒，他的声音才重新回来了，“行了，这回清楚了。你刚刚说什么？”

林嘉禾扶着沙发坐下：“你是刚下飞机吗？”

班强说：“没有，我还没坐上呢。广州这边连着下雨，飞机全都延误了，机场挤得都是人，我刚才想吃碗牛肉面，排了半小时愣是没排上。”

“今天的机票？”

“对，就是不知道什么时候才能走。”班强问，“你已经到缅甸了吧？”

林嘉禾应了一声，问他：“你这回怎么一点不着急？明天公盘就开幕了，今天才准备飞？”

班强说：“嗐，别提了，我本来都不打算去了，这次公盘公司根本没给业务要求，机票也不给报。前两天我几个朋友到内比都会场里转了一圈，给我又是发照片又是发视频的，这公盘规模可是够大的，馋得我够呛，赶紧把机票买上了。”

“矿达没参与这次公盘？”

“没有，不是那什么吗？”班强声音小了一点，说，“颜总不是退了吗？本来他负责给原料把关的，他一走，公司信不过其他赌石的人，就没安排采购业务了。”

林嘉禾问：“那矿达公司……”

“我这人啊跟废了似的。”班强又继续开口了，顿了下，问，“啊，你说啥？”

林嘉禾赶紧把话咽了：“你先说完吧。”

“噢。”班强又接上了，“我说自从颜总走了，我跟废了似的，不光这次公盘没我的工作，以后可能也完全不用我赌石了，公司准备直接跟缅甸的翡翠公司合作了。”

“合作？”林嘉禾皱眉，喃喃说，“这怎么合作？现在哪个公司不缺翡翠原料？”

班强说：“我也只是猜测，最近两周，经常有缅甸人来公司，在沈总的办公室一待就是大半天。他们肯定在谈一个大项目，只是暂时没谈拢，所以公司还没有对下面宣布。”

“是金麒麟公司的人吗？”林嘉禾突然出声。

“啊？金麒麟的？”

林嘉禾握紧沙发扶手，绷直了后背，刚才电光石火间，她脑中闪过了这样一个想法。

班强被她问得有点糊涂：“金麒麟跟矿达关系不好啊，我自从进公司就听说了，不过你怎么会这么问？”

林嘉禾扯了扯嘴角，这突然闪过的念头浇得她浑身直发凉：“你觉得……有可能吗？”

班强说：“金麒麟公司的人我也不认识，不能看到几个缅甸人就瞎猜啊。”不知想到什么，他把声音压小了一些，“你还有什么隐情吧？是不是颜总让你打听的？”说到这里，他的声音又精神了，“对了，我一直没问，颜总离开矿达，是不是打算单干？”

林嘉禾望着窗户，那一方阳光透进来，光芒散了一地。她轻轻动了一下眼珠，说：“我们可能，需要你帮个忙。”

“什么忙？”

林嘉禾没有及时回应。班强懂这沉默的意思，颜威毕竟已经离开矿达了，但他还在矿达工作，所以林嘉禾怕他所有戒备，这是在等着他喂一剂定心丸呢。

班强点了下脑袋，对着手机道：“我跟你说，矿达公司上上下下，我也就看得上颜总，只有他是真正做翡翠的人。什么事你说吧，我能帮就帮，帮不上我也绝对不去告密。”

林嘉禾吸了口气，沉声对他说：“颜威这次来缅甸，是来替矿达参加一场赌局的。”

“赌局？比赌石的？”

“嗯，这个赌局是矿达和金麒麟公司之间的。”林嘉禾问，“你知道女娲矿吗？”

班强反应倒是快：“女娲矿……出产那三块女娲石的翡翠矿吧？”

林嘉禾说了个“对”字。

班强一拍大腿道：“我就说，那三块女娲石我死活看不出来源，原来这矿我压根没接触过。这是个私人小矿吧？”

林嘉禾简单一笑，相关事情复杂，快速说了一遍。

“矿达和金麒麟公司约定每五年开展一次赌石，赢方可以拥有这五年内女娲矿的开采权。五年前颜威输了赌局，金麒麟公司便开始大肆开采女娲矿，对矿坑的破坏很大，所以这一次，颜威尽管退出矿达公司了，仍然想把女娲矿赢回来。”

班强听着点头：“像是颜总做出来的事。”

林嘉禾怕他又扯开话匣子，赶紧继续说：“但我始终觉得不太对劲，所以给你打了个电话。刚刚你忽然提醒我了，如果矿达和金麒麟决定合作，那么这场赌局根本就不是赌局，而变成一个陷阱了。”

“你觉得矿达会报复颜总？”

林嘉禾皱眉说：“颜威毕竟了解女娲矿的内幕，即便矿达公司拿回了开采权，也会对颜威有所忌惮。”

班强说：“矿达肯定不会甘心的。我跟你说，按照规定，开采翡翠原石要先用小水苗冲，把石头都冲出来，再由工人慢慢挑拣。按这种方法，十天半个月也出不了几块翡翠，像女娲矿这种黑矿……”他赶紧压低了声音，避开人说，“这种黑矿，哪个公司不想挣快钱，恨不得白天黑夜拿机器不间断地挖？说不准哪天就被缅甸政府收回去了。你说，矿达怎么愿意慢慢来呢？以前颜总在公司里，或许还可以商量，可是他现在已经走了啊。”

林嘉禾感到自己的想法进一步被证实了，声音顿时发紧：“所以，颜威对这两个公司都是一种约束。”

班强拿开手机，深深抽了口气。然后他朝外面走着：“这样，我现在回一趟公司，金麒麟只要来公司里开过会，肯定有相关记录。咱们瞎聊也没用，还是要找找证据。”

林嘉禾握紧手机，张了张嘴。

班强又说：“总之有些蹊跷，你让颜总先别去女娲矿那里啊。”

林嘉禾说：“他已经去了。”

“啊？”

“我给你打电话前，他就去了。”

外面卷着风沙，颜威用力推开车门，一脚踩到黄土地上。

面前地势起伏，蒙着荒凉的黄土，颜威在墨镜后面眯起眼睛，认了认方向，朝一片有工作迹象的矿场走了过去。

这里是缅甸最古老的翡翠场区，大部分开采早已停止，只有少数几个小矿场还在运作着。其中女娲矿就藏在不远处的山坡背后，但那是颜威明天才要去的地方，而今天——

颜威走到一个哨亭面前停下了。这里的矿场由栅栏围着，进出有人专门检查。

颜威拿出工作证给门卫看，同时用缅甸语问：“这里是金麒麟公司负责开矿的？”

“是，你没走错。”这工作证是上一届缅甸公盘组委会发放的，已经过期了，但是门卫也没细看，大致一扫，就点头放行了。

矿区里挖出了一大片深沟，工人们都趴在半坡上挑石头，几个巡逻的人绕来绕去，但只走个形式，监管并不严。

颜威站在附近看了一会儿，转头发现身边有个两层高的哨亭，上面是空的，于是颜威顺着楼梯爬进了哨亭里，拍干净衣服，双手收进兜里，居高临下地观察着矿坑里的动静。终于，他把目标锁定到了一个矿工身上。

这个矿场属于次级矿场，翡翠原石品质都很一般，矿工们也只是拿锤子敲一敲，拿放大镜看一看，把稍好一些的石头保留下来，废石就直接扔进乱石堆里。但有个矿工每次走到乱石堆附近，都要在怀里抱一会儿石头，再鬼鬼祟祟地扔进去。

这样的行迹，从高处俯视，特别显眼。连续观察后，颜威看清了矿工手里藏着一根粉笔，于是瞬间明白了他的把戏。这矿工把看好的石头做上了记号，扔进废石堆里，趁着晚上没人再偷偷扒拉出来，以此赚上一笔。

颜威这些年来见多了各种情况，很清楚每个矿区里一定都有搞小动作的工人，这回逮到一个，也就够用了。

没多久，天色渐渐暗了，工人纷纷上岸吃饭，颜威从二楼下来了。

那个黑黑瘦瘦的缅甸矿工一边走着，一边低头擦手，忽然一个人拦在了他面前。

见矿工抬起脑袋，颜威用缅甸语对他说：“跟我来这边聊聊。”颜威指着跟人流方向相反的一处安静的地方。

矿工着急吃饭，摇了摇头，绕开他就要走。这时，颜威举出了一块小石头，上面赫然画着几道重重的粉笔印：“这是你的吗？”

矿工瞪大了眼睛，表情开始显露出害怕：“不是我的，这个不是我的。”

颜威慢慢点了下头，这矿工一下子更害怕了，以为颜威是上面公司派来的监工，大声喊着：“我没有偷石头，不要开除我。”

颜威搭住了他的肩膀：“我不开除你。”他侧头看了看手里的石头，“我也不会举报你，但我想问你几个问题。”他松开了手，一歪头道，“跟我来这边。”

矿工双手抓着衣摆，一脸紧张地跟着他走了几步，来到了一棵大树的阴影背后。此时天色已经半黑了，巡逻的人也都去吃饭了，没人发现他们在这里。

颜威转过身，说：“知道我为什么不开除你吗？”

矿工摇头。颜威说："因为有其他人做了比你更坏的事，我想找出他们。"

矿工忙说："我不敢偷石头，大家都不敢偷石头。"

颜威说："我不追究这一两块石头，在乎的是一大批石头。这个矿区一直在走私翡翠，你知道吗？"

矿工神情呆愣。颜威以为他不了解走私这个词，于是换了种说法问："你们挑出来的好石头，金麒麟公司会派车运走。但是分成两批，一批在白天的监管下运走，一批晚上偷偷运走，是这样吗？"

矿工嘴里嘀咕："晚上……"

颜威分辨他的表情，立即问："晚上你参与过？"

矿工说："晚上给的工资多一倍，但不是挑石头，要捆石头。"

"怎么捆？"

"先用黄泥抹在石头上，然后用胶布紧紧捆起来，这样看起来就不像石头了。"

颜威皱眉："把石头捆好之后呢？一般用什么车拉走？"

这个矿工并不知晓伪装好的石头是要走私出境的，所以并没有戒心，实话实说道："很多辆方形车。"

"面包车？"

"对，那种方方正正的小车，不是大卡车。"

颜威又问："那面包车本身是拉什么的？"

矿工说："像是做生意的，或者是出去旅游的。"

"里面有很多行李？"

"对，车里有行李箱，还有装衣服的大袋子。"

"那石头一般藏在哪里？"

矿工这时候停住了，"藏"这个词，让他意识到有些不对劲。

颜威已经问得差不多了，对他说："你再想一下，车里都是行李，石头一般放在哪里？"

矿工憋了半天，才说："不知道了，捆好石头我们就去领工资了。"

颜威点了下头："好。"他把手里那块画着粉笔的石头往地上一扔，说，"你可以去吃饭了，晚上还要加班。"

矿工说："今天不加班，昨天刚捆过石头。"

颜威突然转回头："什么？"

矿工眨着眼睛，小声说："昨天晚上我们刚捆了一大批石头，最近这段时间晚上都没有工作了。"

“也是用面包车拉走了？”

“对。”

颜威转身便往外走去。

那矿工愣愣地站了半晌，赶紧捡起地上的石头，把上面的粉笔印擦干净。

出租车已经在矿场外等了很久了。颜威下车时，跟司机约好傍晚六点来接，现在看天色，已经晚了不止一小时了。

好在颜威给够了车钱，司机也没什么怨言，等他上车后，问：“去哪里？现在回内比都要半夜了。”

颜威摇头：“不回去。”

他找好了住宿，就在附近村庄里，但是拿出手机后，一点信号也没有。

颜威皱了皱眉，见司机还扭着脖子等他回复，抬头说：“你先往外面开。”

整片矿区无比荒凉，偶有车辆经过，但信号真是半格也无。终于开出了山地，颜威看到不远处隐隐有灯火，低头问：“那是哪里？”

司机说：“还没到村落，那是一座小庙。”

颜威握着手机指了一下：“去那里。”

车子接近庙前，手机终于有了信号，颜威首先看到了林嘉禾的一条未接电话。来自下午三点，他没有接到，她也没有继续再打。

车子贴着小路边停下了。颜威下车后，朝庙门的方向走起，把电话给林嘉禾拨了过去。

车灯在他身后晃了一下，然后地上的光亮消失了。与此同时，电话通了。

“喂。”颜威的声音响在黑暗里。

“嗯，颜老师。”

他们两个都有要紧事，但电话一通，似乎谁也不着急了。

颜威问：“怎么电话打了一个，就不打了？”

林嘉禾说：“我以为……你那边不方便。”

颜威说：“一直没信号，担心了吧？”

林嘉禾轻轻“嗯”了声，随即说：“你答应有状况要想办法联系我，没联系，那就是没有事。”

颜威低声笑了，一步步走着，说：“我有件事情要跟你说。”

林嘉禾说：“我也有件事情要跟你说。”

颜威说：“嗯？”

林嘉禾问：“你现在是一个人吗？没有跟矿达的人在一起吧？”

颜威说：“没有。”

林嘉禾说："那你先说事情吧。"

寂静无人的路上，颜威看着脚下的地面，说："这个电话结束以后，你联系国内报警。你的小徒弟何钏，联系他就可以，他有上次查走私的那位林警官的电话。"

"走私报警？"林嘉禾问，"颜老师，你那里有线索了？"

颜威说："昨天夜里金麒麟公司装了几车走私原石，最快今晚，最迟明晚，这些走私车辆就该入境了。装运的车是伪装过的面包车，车内装着普通行李，但车里很可能安装了隔板，石头藏在更隐蔽的位置。所有翡翠原石都捆上了黄色胶布，也做过一些伪装。这两天需要警察在相关道路上仔细排查，尤其严查面包车。"

林嘉禾说："好的，今明两天，查伪装的面包车。"

颜威低低地"嗯"了一声。

林嘉禾轻声问："颜老师，你今天下午去调查金麒麟的矿区了，是吗？"

颜威说："去看了看，不确定能不能问出来，所以没跟你说。"

林嘉禾没说话。颜威又赶紧说："我前几年经常去矿区里，很熟悉，这是个官方的小矿，没有危险。"

林嘉禾本来还想冷一会儿，但听到他的语气，没憋住，笑了一下。

颜威慢慢说："以后都会跟你商量。"

林嘉禾应了声，然后说："那我就说我的事情了？"

颜威说："好。"

林嘉禾说："颜老师，明天的女娲矿赌局很可能是个陷阱。"

颜威顿了一下，问："你那里又有什么线索？"

林嘉禾说："我今天联系了班强。他发现金麒麟的人来矿达公司开过会，会议不止一次。而且，他发现矿达公司在缅甸的大量设备，还有雇的部分矿工，都调给了金麒麟公司。所以，他们很可能已经达成协议共同开采女娲矿了。"林嘉禾稍微缓了口气，然后说，"之前你说，矿达不会做有损自己利益的事情，所以不会给你使坏。可是现在，矿达和金麒麟有共同利益了，他们都不会想让你赢下女娲矿的，这个赌局甚至就不该有。现在赌局依然如期举行，那么只有一种可能，它只能是一个陷阱。"

颜威沉静片刻，然后说："也报警吧。"

林嘉禾愣了一下："什么？"

颜威说："缅甸警方这边由我联系。本来只是金麒麟走私翡翠的事，但如果沈宗仁他们也参与了……"他微一停顿，然后淡淡地说，"那就只能自己受着了。”

他们最后又聊了几句，颜威向林嘉禾嘱咐了一些事项，这时已经走到庙门正前方了。

挂掉电话前，林嘉禾说：“颜老师，那你明天注意安全。”

颜威不自觉地点头，然后对她说：“我知道。明天晚上我就回去了。”

林嘉禾轻声说：“那……明晚见。”

颜威道：“明晚见。”

她总是习惯这样的结束语：一会儿见，明天见，过几天见。

像是她早有预感，他随时会消失一样。她心里不安，所以在期待他的回应。

但这是最后一次了，全部尘埃终会落定，明晚他将如期回到她的身边。

颜威抬高头，望着那座闪着暗淡金光的佛庙，然后沿着台阶，一步一步走了上去。

殿里搁着一把自行取用的香火，颜威抽了两支香，在香炉旁点燃了。

他不信佛，什么也不信，可是烟气飘起来的时候，忽然意识到，人们需要的或许只是这份佛前的宁静。

于是这一晚，他在静谧的庙里独自想了很多。他想到了赌中第一块石头后那种难以自抑的兴奋，也想到了全部赌石都换成重量，压在他心里那种喘不过气的感觉。最后想到了初进大学时，老教授说的话。

教授说，一定要记住，先有石头，才有赌石。

你越功利，赌石就对你越神秘啊。

颜威闭了闭眼睛，眼前的金色消失了。他忽然回忆起了第一次去她家中的感受，他坐在沙发上，一片黑暗之中，她始终躲在门口偷看他。

他知道她在看他，看得他都坐不住了，于是出声问：你是不是在偷拍我？当时她立刻把照片藏到了背后。

那些心思，清晰而直接，令他心里柔软得想笑。

他也忽然怀念她朝他伸出手，带他慢慢走过那段或黑暗或寂静的路。那每一步，都令他相信，无论山高海深，总有人不辞辛苦，愿意为他而来。

一道黑色身影，久久跪在佛前。

烟火熄了，烟灰散了。

一只乌鸦，扑棱着翅膀停在门框上。外面天空即将破晓。

第十七章

▷ 最美的翡翠

凌晨三点，在距中缅边境仅几公里的村道上，中国警察截获了两辆走私翡翠的面包车。

车辆提前打通了检查站，因此躲过搜查，顺利入境。按照老套路，司机先在路边下车，给车子换上中国牌照，之后开进村里卸货，那些石头就像水混进了水里，根本无从查起。

谁知牌照换了一半，提前蹲守的警察迅速包围了过来，雪亮的灯光一晃，司机吓得丢下车子就跑，正好被逮个正着。

几名警察把车辆相关人员押到路边。林警官带着另外几人开始仔细搜车。

车里和后备厢都是干净的，林警官掀开面包车引擎盖，发现这车的油箱改小了，空位里塞满了缠着黄色胶布的石头；另一名警察蹲下身子，手电一照，看到挂了一半的牌照后面有个暗格，里面也满当当装着石头。

两辆面包车，最后搜出了大大小小三十来块石头。警察照着手电一一检查，看到石头上面都用油漆笔写着歪歪扭扭的编号，但号码是不连贯的。第一辆车是一号至十三号，第二辆车直接跳到五十六号至七十五号。

“其他石头呢？”林警官走到路边，质问司机，“你们一共几辆车？”

两个司机已经被审问半天了，此时抱着头，哆哆嗦嗦的，一言不发。

一个警察对他说：“金麒麟公司的人。”

林警官转头冲对讲机道：“他们是分批入境的，其他走私车辆还滞留在缅甸境内，联系缅甸警方。”

晨光初升，颜威站在尘土飞扬的沙砾地上，对面一辆车门被打开，一个青年男人迈步下来了。

这个男人皮肤棕黑，却有一双蓝色眼睛。颜威不确定他是不是缅甸人，只知道他是金麒麟公司的赌石一把手，前两场赌局，都是他们二人之间的对决。

两个人既是老熟人了，又一点都不熟。

“蓝眼睛”朝颜威走了过来。他身后的车窗降下，一个身着褐色长袍的老男人坐在车内，面容枯瘦，深深地望着颜威：“你们其他人呢？”

颜威收回目光，就听见面前蓝眼睛的男人问：“只来了你一个人吗？”

颜威对他说：“会来的。”

天空一点点亮了起来，他们处于一片废弃的盆地中，这里沙石裸露，植被荒芜，像是一个巨大下陷的伤口。

颜威在阳光中眯起眼睛，终于，几辆黑色轿车驶入了视线里。车队停在了不远处，前几辆车下来了几个工作人员，最后一辆车却没有动静。

颜威朝那边走了过去，扶住车顶，低下头，后车窗才慢慢打开了。

颜威淡笑：“哟，来了？”

沈宗仁坐在车里面，没什么动静。沈凌君靠近他这边，神态有些不自然，看他一眼，目光又赶紧挪开了。

颜威冲他们点了下头：“人都到了，那赌局就开始吧。”

见他转身要走，沈凌君突然叫了声：“哎——”

沈宗仁立即给了她个眼色。沈凌君紧促地笑了笑，抬头说：“下到矿里还是挺危险的，你身体撑不下去的话，我想，你就别帮公司参加了。”

“我不是帮公司，是在帮我自己。”颜威看着她，“君姐，我上次也说过了。”

沈凌君说：“非得揪这个字眼，你这是钻到死胡同里了，何必呢？”

颜威笑了下，脚下踉了踉地面的沙土：“以前我老师教过我，赌石是人与自然的沟通，是一项相当大气的事业。在矿达这么多年，我觉得自己心态越来越小气了，真像你说的，钻死胡同里了。我是想试试，看自己能不能走出来。”颜威低头转身，眯起眼望着整片矿场，“跟自然沟通……咱们把大自然挖成这样，还拿什么去跟它沟通？每次进入矿洞之后，我是真的有点心疼的。”

沈凌君开始皱眉了。

颜威转回身：“这次赌局我能赢下来，之后公司开采女娲矿慢慢来，就跟五年前一样。”他看向车里，认真地说，“别的我不多追究，就这一个要求，君姐、沈大哥，你们同意吗？”

沈凌君张了张嘴，说：“不然，你还是别参与了。”

沈宗仁抬手拦了她一下。他直起身子，在避光的车厢里说：“我们共事十年了。我现在开始后悔，不应该把你招进公司。”

颜威与他对望，沈宗仁神情淡然，只是眼神很混浊。颜威点着头笑了，他说得也对，他们从来不是一路人。

沈宗仁靠回靠背上，对沈凌君说："他心气这么高，就让他去吧。"他又对颜威说："你先去赌，是输是赢，从矿洞出来，咱们再商量。"

颜威扶着车顶，看沈凌君抿紧嘴巴，似乎没有任何话要说了，于是松开了手低声说"好"，然后转身朝矿洞方向走了过去。现场停着金麒麟和矿达的车，还来了几位德高望重的缅甸人做主持。整片矿场黄沙飘散，遮蔽天空，局面混成一团，没人知道，下一步将军的是谁。

开幕仪式过后，颜威和"蓝眼睛"进入地下暗道，然后顺着绳索到达了矿洞深处。他们手里只有三样东西：水枪、锤子以及照明灯。

挖矿都是一层一层向下进行的，女娲矿表面几层已经开采干净了，但是最底层只由几名矿工简单探测过，并没有仔细挖掘。

矿坑深处布满了蛛网一样的小道，他们二人首先要对岩层、沙土等种种地质表现做出判断，然后选择一条方向向前探索。之后需要不断用水枪冲开沙石，用小锤仔细挖掘石头。半天时间，谁能够发现更有价值的翡翠原石，谁便获得胜利。

同时，他们发现高品质翡翠原石的位置，也就是之后几年公司着重开采的地方，相当于他们是公司开矿的领路人。

下入矿底，颜威和蓝眼睛男人并没有过多交流，把照明灯在头顶绑好，然后背向朝着矿坑深处走去。

颜威一边慢慢前行，一边仔细抚摸沙土，熟悉的感觉逐渐涌上他的全身。颜威仰头环顾，忽然生出一个念头，产出那三块女娲石的地方，就在他头顶上方，位置应该偏差不会太大。因为这里砾石和沙土的质感似曾相识。

此处已经位于第四纪地层了，也就是极深的地下。这里砂粒岩石结构松散，胶结作用差，原石表皮容易受到氧化作用，也容易形成卯水或者雾层，可是那三块女娲石表皮极薄，皮壳上什么覆盖物也没有。所以，女娲石附近泥沙势必紧密胶结，成岩作用良好，而这里的环境异常符合这一点。

此时，人工通道已经走到头了，颜威把头顶的照明灯光压低，拿水枪小心冲开面前的沙土，一寸，再一寸……那种熟悉的感受越来越强烈了，颜威感到胸腔一阵一阵发热。

十年前，他发现了那三块女娲石，现在那些神奇的经验重新找上了他。是自然创造了神奇，并非他在循着规律探索自然，而是自然一步步引领着他，来到了这里。

忽然间，颜威把水枪移开了。他抬手抚摸，一片光滑细腻的翡翠表皮展现在眼前。这是一块无比巨大的翡翠原石，从暴露的玉肉来看，呈幼嫩泛黄的鲜绿色——这是，第四块女娲石。

石头位置偏高，颜威仰着头贪婪地欣赏着它。照明灯光都显得暗淡了。那抹翡翠似绿似黄，呈现出了一片初春般的光彩盛景。

颜威不知站在这面前欣赏了多久，直到深深松了口气，忽然感受到身后有动静。

颜威转过身，看到那个蓝眼睛的男人站在通道洞口处，头顶的灯光晃着。颜威看不到他脸上的表情，只听到他用缅甸语低低说了句："对不住了，是他们让我这样做的。"然后他转身疾步朝外走去，把水枪留在地上。

颜威抬手挡脸，迎着高压冲刷的水流努力朝外走去，等他好不容易走出这条小道时，发现通向地面的绳索被撤走了。

此时整个矿洞里只剩他一人。幽静深黑的地下，抬头连天空也望不见。

颜威把灯筒从头顶取下来照明，这时灯光猛然一晃，在他手里熄灭了。

在黑暗里过了几分钟，颜威喃喃地叹了口气："连电池也要动手脚。"

缅甸中午十一点，颜威和蓝眼睛男人已经进入矿坑三个小时了，地面上的气氛有些焦躁。

金麒麟车上，那名穿着褐色长袍的缅甸老头手里不停转着佛珠，忽然他的车窗被敲了敲，一名矿达的下属跑过来传话："沈总问，为什么你的人还不出来？"

缅甸老头摇晃着脑袋："不要着急，要先把颜威困住，他才好出来啊。"

"过了中午，赌局就该结束了，可别让颜威先出来了才好。"

缅甸老头笑道："我的人又不傻，让二位沈总放心吧。"他在手心里一下下绕着佛珠，"不是说，颜威赌石眼睛会出问题吗？我不放心，让人把他的照明灯也换了，到时候灯光一灭，他即便眼睛没瞎，也看不见东西了。几十米深的地下，那可是叫天天不应，叫地地不灵啊。"

当然，最后这句成语缅甸老头是不会说的。矿达下属向沈宗仁传话时，特地这样翻译了过来。

沈宗仁在车里听完点头，跟沈凌君说："那再等等吧。"

没过十几分钟，金麒麟的车窗又被敲了敲。缅甸老头手里的佛珠又停了，他心想着矿达的人真是沉不住气。他不紧不慢地降下车窗，却看到了自己手下慌慌张张的脸："警察，警察来了！"

缅甸老头大惊："什么？！"

那手下指着身后："警车全来了！"

缅甸老头推门下车，一只脚刚踏到地上，几名警察举着枪朝他围近，高声喝令："下车！双手抱到头顶！"

缅甸老头面色抽搐，放眼望去，他的每辆车周围都围着警车，所有人都被警察控制住了。刚才那名通知他的手下，此时双手抱头，哆哆嗦嗦地蹲在地上。

缅甸老头闭了闭眼，慢慢把手举到头顶，佛珠滚落到地上。

距离金麒麟不远的那几辆矿达的车，先收到信号，一脚油门跑了。缅甸警察派了两辆警车去追。另外几个警察相互交流。

"那是中国公司的人。"

"联系那边警方。"

守在矿洞暗道里的工作人员并不知地面情况，他们用绳索把蓝眼睛男人拉了上来，几个人刚刚爬上地面，瞬间就被警察按倒了。

矿场另一边的道路上，一辆小车疾驶而来，随后林嘉禾和班强推门跳下车。

两个缅甸警察立即拦上来："干什么的？"

班强拿英文喊着说："我是报警的人，我向你们汇报的这里的情况。"

缅甸警察皱眉，用缅甸语问："什么？"

班强"嘿"了一声："什么水平啊你们？"然后他努力搜刮大脑里的词汇，用磕磕巴巴的缅甸语说，"报警，我是报警的。"

两个缅甸警察一交流，一个警察问："你叫颜威？"

班强拍了一把大腿："他也报警了，我是后面第二个报警的。哎，你让我们进去吧，这我用缅甸话也不会说啊。"

林嘉禾始终朝矿场里面望着，看到警察从矿洞方向押过来了几个缅甸人，但没有颜威。她立即冲缅甸警察说："颜威还没有出来。"

缅甸警察只听懂了颜威这名字，皱眉问："什么？"

班强也急了，再次努力搜刮缅甸语："颜威，报警的那个，还在矿洞里面，快去找他。"

两个警察叽里呱啦地讲了一番，又盘问了几个金麒麟的人员，终于派几个警察去矿洞底下找人了。

又过了半个小时，林嘉禾才看到颜威从那个矿洞里面出来了，随后几个警察也跟了出来。

站到地面上，颜威先把身上的绳索解了，把头上的安全帽摘了，脱下水靴，接着开始拍衣服上的尘土。

林嘉禾远远望见这个场景，瞬间露出了笑容。颜威开始关注衣服，那就是没什么事，起码身体没出问题，也没有受伤。

颜威站在缅甸警察面前说了很多话，然后微一点头，朝林嘉禾这边走了过来。

一直拦路的警察让开了，颜威直接伸出手，把林嘉禾一把拉住了。

她抬起头，看到颜威脸上带着很多道灰。她又翻开他的手掌，手心更脏。颜威却像是怕她松手似的，反手又把她抓紧了。

林嘉禾抬头笑着，看到颜威难得落魄的脸上，挂着从未有过的轻松笑容。

之后警车送他们回住处，在车上，颜威说："我们先回内比都休息，明天我还要去一趟警察局。"

林嘉禾靠在他的肩上，说了声"好"。

颜威说："明天也去不了公盘了，只能后天了。"

林嘉禾抱着他的胳膊："后天也不想去了，你多休息休息。"

颜威垂眼看着她笑："我身上就这点灰，可都被你蹭走了。"

班强坐在副驾驶座上，听得直摇头。

回到内比都之后，颜威洗了个澡，然后跟林嘉禾与班强一起吃晚饭。他们心情都格外轻快，有种大获全胜的感觉，因此多点了两瓶酒喝。

酒过三巡，班强原本一直笑着的脸，变得哭丧起来。他把酒瓶子往桌上重重一搁，叹声道："唉，好不容易进入矿达，结果又失业了。"班强趴在桌上，一声接着一声地叹气，"找个能赌石的工作，怎么那么难呢？"

林嘉禾说："来跟我们干吧。"

"啊？"班强一下抬起了脑袋。

林嘉禾指了指身边的颜威，笑道："你之前不是问他是不是想单干吗？当然是啊，加入吧。"

班强看向颜威，颜威一直在安安静静地喝酒。他端着杯子，指了指林嘉禾："不用问我，她给你发工资。"

班强看着他俩，又不明所以地"啊"了一声。

颜威笑了，搂住林嘉禾，另一只手拿过杯子跟他碰了一下。

颜威花了两天时间与缅甸警方沟通，把女娲矿的相应信息一五一十地提供出来，之后又陪林嘉禾在内比都公盘上看了看翡翠，半个月后回到了国内。

回国后他们跟何钏又去了一趟公安局，把相关信息提供给了中国警方。

关于翡翠走私，颜威确实了解不多，通过跟林警官的谈话才知道，沈宗仁和沈凌君确实也牵扯进了这场走私案里。

沈宗仁早早便怀疑颜威不能赌石了。自从颜威举办了那场赌石比赛，招募了几个赌石员工之后，沈宗仁更加确定了这一想法。颜威虽然工作认真，但真正赌石都是由下属完成的，他只进行简单的把关与验收工作。

沈宗仁无法接受这个事实。他之所以接纳颜威，就是因为亲眼见证过颜威的赌石天赋。如今那个天赋消失了，无异于整个公司的金宝矿消失了，他必须从别的地方再挪个更大的宝矿回来。

跟金麒麟的人私下接触之后，沈宗仁找到了第二个宝矿。

没有赌石、辨石的能力不怕，同样的成本，他能够弄到大批量的石头，瞎猫碰耗子也足够开出许多好翡翠了。

于是沈宗仁跟金麒麟一拍即合，愿意废弃女娲矿赌局，甚至愿意少吃一些女娲矿的利润，只希望金麒麟与他共享渠道。

不久以前，沈宗仁与金麒麟合作，大尝甜头，快速安排了第二次合作，殊不知，一张天网已经悄悄落下了。

一个月后，沈宗仁与沈凌君在白云机场被捕。

沈宗仁的家人早已生活在国外，只是他自己实在舍不得办公室里那些精巧璀璨的翡翠制品——那些玩物他收集了大半辈子，几乎是他的命啊。于是他与沈凌君一起悄悄溜了回来，本以为过了一个月，风头已经过去了，没想到警方这么有耐心。

倒不如说，他的贪心也只能撑过一个月时间。

得知这个消息的时候，颜威和林嘉禾正在翡翠店的地下室里。班强和何钏也在，他们正在一起欣赏何钏雕刻好的那件五毒大摆件。

零散用时半年，这件大块头终于完工了。何钏把它挪到店里让大家给提提意见。他本意是想听听大家的夸赞，可没想到这个班强一来了，还真提出了一大堆建议。

班强蹲在摆件面前，指着五毒之一的蟾蜍说："后背这些圆形斑点，没必要再雕刻小纹路了，不如磨平，那样光泽才能出来。"

何钏很不服气，这些斑点的浮雕方法是他特意从一位大师的作品上学来的，雕刻时也花了好大功夫呢。

于是何钏说："不是刻出来光泽不行，是这料子本身种质就不行。"

班强立即摇了摇脑袋："不是的，我给你看个样子。"他翻了几下手机相册，展示出一张照片。照片中是一块墨翠雕刻的金蟾挂件，细巧精美，工艺极佳。

何钏看了，眼睛一亮："这是你刻的？"

班强说："不是，这是我朋友的作品，但是你看，这个蟾蜍的后背就是光滑的斑点。"班强把图片放大，展示给他看，然后又恢复原状，"你看，光泽很好吧，他这个墨翠的种质还不如你这个瓷白油青花呢。"

眼见为实，何钏立刻服气，嘴上没说什么，但心里觉得学到了。

这个时候，颜威出去接了个电话，回来后站在林嘉禾旁边，有些沉默。

林嘉禾抬头，疑惑地望着他，颜威解释了一下情况，然后对她低声说："陪我去看看沈凌君吧。"

当天下午，他们便搭乘飞机前往广州。

翡翠走私案还没有审判，沈凌君也没有进监狱，只是临时被关押在看守所里。他们乘车来到附近。

看守所门前有个简陋的小花园，林嘉禾停在树丛旁边，对颜威说："你进去吧，我在这里等你。"

颜威点了下头，走了一步，又转回身来："我其实没什么可说的。"

林嘉禾轻轻笑了一下，牵住他的手："我跟你讲过我家里的事情吗？"

颜威看着她。

林嘉禾说："我小时候父母都太忙了，从我有记忆起，他们就在外地忙忙碌碌，但是也不见赚到钱，以至我都不确定，他们到底是工作忙，还是只是不喜欢我。邢姐就住在我家隔壁。她一直照顾我，在我小时候给我买好吃的，我长大了就带我去她的工厂里玩，很多事我现在想起来都感觉很温暖。"林嘉禾双手捏着他的手掌，叹了口气，"所以，对我们好过的人，我们心里都会记着。第一次见到沈凌君，我就想到了邢姐，虽然，她们差距很远。"

颜威停顿了一会儿，说："邢秋眉是个很好的人，过几天我和你一起去拜访她。"

林嘉禾笑了："拜访归拜访，但这不是重点。"她抬头望着他，"我的意思是，沈凌君即便做尽了坏事，但她只要带给过你一丝温暖，那一点好，也值得你去看看她。"林嘉禾松开他的手，往前推了他一下，"她现在被关着，你愿意出现，她会高兴的。"

颜威深深看着她，随后低声说了句"好"，朝看守所走了两步。林嘉禾在他身后说："你如果实在不知道说什么，可以帮我带句话。"

颜威又转回头来。

"她在店里订的那个翡翠算盘，是打算明年生日送给沈宗仁当寿礼的，现在看，恐怕用不上了。”林嘉禾摊开两手，“你跟她说，我就不给她做了。”

颜威一下笑了，点头说“好”。

走进看守所，颜威看到沈凌君的第一眼，忽然觉得她很素净。她坐在椅子上，头发披散，脸上妆容都消失了。她抬起眼睛，眼皮仿佛变得很重，不过但眼神还是老样子，有点精明，但其实挺干净的。

沈凌君看着颜威一步步走近，扯起嘴角笑了：“我会被判几年啊？”

颜威站定，对她说：“不知道，这要问律师。”

沈凌君又笑了一下：“老样子，你还是老样子。”

颜威想，这不是他想说的话吗？即便被关在看守所里，她整个人变化也不大。

颜威稍微缓和下表情，说道：“我想，沈大哥会护着你的，罪名他会担下来，你的事情应该不大。”

沈凌君歪头想着，轻轻点了点头。

之后颜威站了两分钟，他们谁也没有再说话了。

颜威说：“君姐，那你……”

沈凌君抬起眼睛来，语气疑惑地说：“你说，我到底是看不准人，还是看不准事啊？”

颜威站在那里，开口对她说：“你运气不好。”

沈凌君不由得皱眉，往前坐了坐。

颜威说：“我也看不准人，也看不准事，甚至不是一个好的赌石者，赌石都能把自己的心态赌丢了。”颜威说着，低了一下头，然后抬起头来望着沈凌君，“但你知道吗，我的运气太好了。我开出了一件无与伦比的翡翠。”

看守所外，小花园旁，林嘉禾站在一棵大树的阴凉里。

她等得有些无聊了，伸手转了转自己手腕上的帝王绿手镯。这已经是她的一个习惯性动作。

然后她呼了口气，微仰起头，眯眼望着树叶间灿烂的阳光。

番外

转眼年关近了，一场大雪降下，整个天地都变得白茫茫的。路上积雪难行，出门逛街的人少，翡翠店里生意也不太多。

于是，这天店内只留一名店员值班，林嘉禾和颜威，还有何钏都待在地下室里。何钏坐在一台小型打磨机面前，脚边搁着一只大木盒，盒盖打开着，只见里面摞着一排排翡翠切成的小方块。那些方块比手心略小一圈，每件都是糯化的白冰料子。这般高冰白底料子在当下十分流行，切出的镯子叫白月光，干净明丽，很适合年轻人佩戴。这种翡翠料不算太稀有，但难得的是，眼下这些小方块每件都品相相似，颜色相近，而且足足有一百三十六块之多，说明这些小方块的原料，都来自一块巨大无瑕的白冰翡翠。这就奇怪了，既然有这么大料子，为何不做成大型摆件呢？没准能在拍卖会上拍个好价格，眼下却切得这样零散……

何钏举起一件小方块细细检查，然后翻了个面，对它进行最后的抛光，只见方块正面刻着两个圆圆的饼形图案。何钏又拿起另一件方块抛光，正面赫然刻着“八万”两个字。看回箱子里，原来这些小方块，竟凑成了一整副翡翠麻将牌。

“好了！”何钏将每张麻将牌都细细检查完，然后从凳子上蹿起来，“大功告成！”他伸了个大懒腰，把箱子端到林嘉禾和颜威面前。

林嘉禾从中拾起两张麻将牌，触手冰凉玉润，上面雕刻点漆的图案精巧无比。翻到背面，那两张麻将牌像是两枚糯米团子，似透非透，刚好透不出正面的花色。林嘉禾微微点头，这样正好。起先她担心这块料子太通透，打麻将时跟明牌似的，那可就不好玩了。同时，这块翡翠料子又糯化得十分均匀，没有纹路和白斑，所以每张牌背面都一模一样，不存在根据花样记牌的可能性。

总而言之，这是一副完美的麻将牌。林嘉禾之所以关心这些细节，是因为她父亲酷爱打麻将，正常打还不一定能赢他，如果麻将牌再有记忆点，就更加赢不过了。送给父亲一副翡翠麻将这个想法，也是颜威提出的。

大约一个月以前，林嘉禾在早市上淘到了几块翡翠毛料，表皮青灰，与路边普通石块几乎无异，却切出了两块漂亮的极品，一块是蓝色飘花，一块是老绿飘花，种水都极其细腻，比前段时间从公盘上拍回来的表现还要优秀，何钏当场就惊呆了。然而，这几块原石表皮不知被什么机器粗糙地打磨过，又经过水洗，外观表现被完全破坏了，使得产地难以追溯。次日，林嘉禾和颜威一起找到了那个小贩，细细问过，小贩却对翡翠毛料一窍不通，只说是看别人都拿石头卖钱，他就从老家那边的厂子随手抱了几块，根本没想到还能切出翡翠。

再往下问，小贩居然跟林嘉禾来自同一个地方，他所说的厂子，正是林嘉禾家附近一家小型石材厂，与她家距离不超过一公里。

离开早市，林嘉禾深感事情离奇："我家附近的厂子，居然有翡翠毛料？"

颜威问："你对那个工厂很熟悉？"

林嘉禾说："我上小学以前，经常跟其他几个小孩溜进那个厂院里玩。我记得厂子里有大型石板，有碎石，还有沙子堆成的小山，我们就在石头山或者沙子山上爬上爬下的。"林嘉禾说着笑了笑，"之后我来到了大城市上学，父母都外出工作，主要由邢姐照顾我，从那以后我就慢慢变得懂事了，但是小时候，我还是调皮捣蛋过的。"

她转头看向颜威："我小时候踩过的那些石块，里面不会藏着大团大团的翡翠吧？"

颜威摇头："事情追溯不到那么久远，这些翡翠原石，应该是最近才混进工厂里的。你说那个工厂里有碎石堆成的小山，如果我没猜错，那厂里的石头应该都是磨碎了用来铺路的。如果其中经常出现翡翠原石，早就被人发现了，不会经过多年，才经由小贩的手，偶然流落到集市上。"

林嘉禾说："或许有一车翡翠毛料，被不识货的人当成普通石块给卖了？"她想着，又说，"或许有人偷偷贩卖翡翠，藏到了普通石头里，却被小贩随手摸走了几块？"

颜威没说话。林嘉禾又皱了一下眉："这些毛料不会是走私来的吧？金麒麟公司事发以后，翡翠的源头一直查得紧……"

颜威往前迈出半步，长叹了一口气："是时候跟你回趟家了。"

"嗯？"林嘉禾一时没反应过来，"跟我回家？"

颜威展臂搂住她的肩，两个人慢慢往回走：“我们在一起以来，只跟邢秋梅吃过一顿饭，还一直没见你父母呢。今年过年，我陪你一起回家。”

一起回家，见林嘉禾父母是主要目的，探访工厂里的石头，只是次要目的。或者说，工厂里出现翡翠毛料，只不过是诱因而已。

事情就这样定下了，颜威对此次拜访十分重视。关于礼物，他多年来与翡翠打交道，能够想到的最好的礼物，也只有惊奇的翡翠制品，于是他让林嘉禾多提点一下。林嘉禾之前送过母亲翡翠手镯，也送过几样适宜的耳环、项链，所以首饰方面很难再出挑了。不过林嘉禾忽然想到，母亲习惯戴手表，左手常年带着一块老古董的手表，翡翠手镯只敢戴在右手上，怕与手表磕碰。颜威听后，便购买了一块机械手表，表盘上镶嵌着精巧的绿色罗马数字，表链与表盘精美结实，可与翡翠手镯或者手链同戴。

至于林嘉禾的父亲，送首饰自然不合适。颜威手里有一只收藏多年的老料翡翠酒壶，可是林嘉禾的父亲从不饮酒，酒壶放在家里也只是摆设，这样的礼物似乎差点意趣。颜威又从保险柜里取出一只精致的翡翠鼻烟壶，但林嘉禾父亲刚刚戒烟两年，戒烟时无比折磨，好容易熬过去了，送个鼻烟壶生怕再勾出他的瘾来。颜威两手一摊，倒也不着急，搂着林嘉禾让她好好想想。林嘉禾无奈地笑着说，父亲退休以来，戒了烟，不喝酒，也没别的爱好，只喜欢凑人打打麻将。颜威听到这里忽然坐直了，当即敲定，那就做一副翡翠麻将。

于是一个月以后，这一副完美的翡翠麻将，便呈到了这里。颜威仔细端详一会儿，转身走到抽屉面前，取出了两枚红彤彤的骰子。骰子用料为红翡，是颜威前些日子亲手打磨完成的，精巧的六面上描出了一到六的数点，润泽剔透，色泽宛如艳丽红豆。颜威将两枚骰子在手心把玩一番，然后轻轻地放在了翡翠麻将之上：“完美。”

麻将雕琢完毕，何钏彻底放了假，跟工厂里的何师傅一并回老家过年了。林嘉禾跟颜威在店里多留了两天，积雪彻底化净的那一天，他们开上车，将准备好的礼物，还有大包小包的年货塞满后备厢，自驾回了林嘉禾的父母家。

他们过年前五天到的家，年后七天返程。这趟为期近半个月的探亲之旅，颜威感受到了来自林嘉禾家人饱满的热情——一方面是态度上的热情亲切，一方面是饭桌上的丰盛殷实。

除了早饭素减一些，午饭、晚饭，林家一张小饭桌必定堆满两层，上层凉菜先吃，美其名曰开胃，吃得差不多了，人也快吃饱了，这时便撤下吃下层热菜。据林父介绍，他家附近有条清水河，河鱼鲜美肥腴，于是饭桌上每每都有一条鱼菜，或清蒸，或红烧。林父还教颜威，一条鱼，其脸、腹、尾部，滋味各不相同，颜威便听他所言，每个部位都夹一块。品完鱼，林父满意地点头，继续介绍其他热菜。餐桌上的猪肉往往是亲戚养的黑猪肉，鸡是附近村里的走地鸡，蛋当然也是柴鸡蛋。林父每道菜讲过去，颜威都配合地吃上好几口，等到终于吃饱了，林母便笑容神秘地走进厨房，没一会儿端出一大盘主食来。

林嘉禾这时放下筷子，连忙说着饱了饱了，然后瞅着颜威，心里偷偷发笑。

如此过了几天，邢秋梅风尘仆仆地回家了。她自己的父母走得早，林父、林母便是她最亲近的家人，年也自然在一起过。邢秋梅这人讲究养生，在家里吃了一顿便受不了了，开始亲自下厨监督，号召要多菜少肉，健康为主。于是颜威在饭桌上的压力减轻了不少。邢秋梅回来以后，家里的一项娱乐活动也可以组织起来了，那便是打麻将。

林母对麻将不感兴趣，林父也不好叫外人过来凑桌，这些天心里一直痒痒。现下加上了邢秋梅，还有颜威，林嘉禾，与林父正好凑成一桌。当天午饭结束，刚刚收完桌子，林父便迫不及待地将一张毛毯铺在方桌上。颜威见状，拎来翡翠麻将，倒在桌子上，几人当即开局。邢秋梅是个喜爱翡翠的，一边摆牌，一边细细欣赏手里莹润的牌面，直道奢侈。林父打起麻将来心情舒畅，赞道：“这麻将真是送到我心坎里了，像艺术品一样。只是也不能光摆着看，利用起来才能发挥最大的价值。”

说罢，便摆好牌，掷出骰子。林父坐了个庄，他摸起一张牌，又感叹：“这麻将啊，冰冰润润，夏天打起来肯定更凉快。”说完率先掷出一张牌，“白板。”

几轮下来，大家牌面还稍显零散时，坐在林父对面的颜威忽然把牌一推：“和了。”

林父的眼神立即看过来，他检查了一下颜威的牌，抬起头笑道：“果然是和了，小颜手气旺啊。”

林嘉禾笑着看了颜威一眼，重新洗牌。颜威坐庄，摆牌出牌，几轮以后，林父打出一张牌，之后眉头轻微一皱，显然是只差一张了。到了颜威这里，他摸起一张牌，略微看一眼，然后将牌推倒，声音波澜不惊：“和了。”

林父又抬起头来。邢秋梅笑道：“哎哟，庄上和，还是自摸，厉害厉害。”林父也笑了一下。又开一局，林父瞅着桌上的牌面，思索片刻，扔出一张牌，颜威却直接捡起：“和了。”打眼望去，只见他面前一张单牌，就和林父打出来的这一张。

林父有些笑不出来了。虽然打麻将就是个娱乐，可是玩起来难免会认真，认真起来自然想赢。这一把他细细研究，小心出牌，已经估摸出颜威要和哪张牌了，邢秋梅却忽然拍了一把桌子："我和啦！"林父一脸无奈，他只顾着关注颜威了，却不小心给邢秋梅点了炮。

颜威又连着和了好几把，林嘉禾也和了一把，之后林父终于来了运气，摸上一手好牌，掷出两张后迅速地和牌了。

林父长长舒了一口气，摆着手说："不玩了不玩了，歇了。"说完，他端起茶杯，慢慢抿了一口，走进了卧室里。

林嘉禾牵着颜威，来到外面的院子里透气。她家院中有一个小小的菜园子，但在林嘉禾记忆中，这里从来没有种过菜，一直荒芜着。前些天的雪水融进土地里，显得有些泥泞。

颜威望着整个小院，不由得问林嘉禾："你父母为什么不去楼房住呢？"

林嘉禾说："我爸妈在城里是有房子的，可是我爸退休以后，就回到了这个院子里居住。他们自己的选择，自己喜欢，我也拗不过。"

颜威点了一下头，又说："园子里不种点东西，可惜了。可以种两棵果树。"

林嘉禾静静地站了一会儿，又抬头望向颜威："我都不知道你打麻将这么厉害。"

颜威说："打麻将要记牌，记住桌面上的牌，记住每个人打出的牌，很容易就能赢。"他吸了一口院子里清冽的空气，感叹似的说，"你父亲爱打麻将，难得回家，这些天就陪他多打打。"

林嘉禾说："原来如此，你是有意陪我父亲玩麻将啊？"

颜威说："当然。"

林嘉禾说："我以为你是一定要赢呢，就跟赌石一样。"

颜威说："打麻将当然不是赌石，输赢不重要，以开心为主。"说到这里，他忽然顿了一下，随即看向林嘉禾，求证道，"我是不是……赢太多了？"

林嘉禾感到好笑，摸了摸他的脸："当然啊。你看我爸都睡午觉去了，他一般郁闷了就跑去睡午觉。不过没关系，他睡一觉就又精神抖擞了。"

颜威神色纠结，无奈地笑道："我没想这么多，你应该提醒我一下的。"

林嘉禾宽慰他："没事的，其实无关紧要，你在我们家表现得很好，你看我爸妈都很喜欢你的。"

两个人又闲聊了一会儿，颜威想起麻将之事，对自己摇了一下头。他想着晚饭后，一定要再打几圈麻将，让林父多赢几把，或者……颜威望着眼前几近荒芜的小园子，想，也可以从别的方面找补回来，让林父玩得高兴。

吃过晚饭，林嘉禾提议继续打麻将，邢秋梅却连连摇头，催促大家出去遛弯，说刚吃饱便久坐，对肠胃实在不好。说着邢秋梅拉着林母一起出门了，剩下三个人牌局也凑不起来。颜威对林嘉禾低语了几句，林嘉禾听完乐了，立即点了点头，然后收起笑容，朝林父走过去：“爸，咱们一起去遛弯吧。”

出了家门，三个人一起朝着石材厂的方向慢慢散步。林嘉禾说：“爸，颜威说，想把我们家的园子收拾一下，现在遇到下雨、下雪，园子里都是泥巴，还会弄到路上，太不美观了。”

不出所料，林父连忙推辞：“太麻烦了，年轻人好容易来家里一趟，好好歇一歇，不用干这些粗活。”

颜威：“不麻烦，我找一些石头，把园子围起来便好。之后再种几棵果树，就能把泥土抓住了。”

林父：“种果树倒是不错，只不过不用麻烦你啊，过完年我找人一起……”

“爸，这不就是石材厂吗？”林父话没说完，林嘉禾停下了脚步，指着不远的石材厂。

此时厂院里灯火明亮，大门前贴着对联，挂着两只红红火火的大灯笼，年味十足。这个厂子是私人开的，那户人家就住在里面，所以尽管是过年期间，厂里也是有人在的。

林嘉禾提议说：“我们进去看看有没有合适的石料，有的话就买一些回来，明天白天咱们一起把园子围起来。这也算是做做体力劳动，邢姐一定高兴，觉得咱们锻炼身体了。”

颜威跟着点了一下头，然后两个人一起眼巴巴看向林父。林父无奈，只得说：“行，那咱们过去看看吧。这家人是咱们老邻居了，要他一车石头，都不会向我收钱的。”

几个人进了厂院，林父又走向后面的住房，敲门表明来意。没多久，一个身材粗壮的老伯披上羽绒服走了出来，把院子里的灯又点亮了两盏。

“随便挑吧，这一片都是碎石子，那边是还没加工的石头。你们拿个推车，看哪些大小合适，就自己装起来，我就不下手帮你们了啊。”

林父连忙说让两个小辈自己来就好，难得两个孩子有孝心。林嘉禾和颜威朝老伯点头道谢，然后朝着那堆尚未加工的石头山走了过去。

林嘉禾和颜威分头行动，围着石头山，一块块看过去，最终他们在石山背面一处地方会合了。这里有一窝石头，外观与之前从早市小贩手里得到的石头极其相似，表皮磨掉，且无灰尘，打理得十分干净。这些石头大都拳头大小，形状略扁，边角圆润，林嘉禾细细看过几块，在其中一块上，找到了没有打磨干净的黑色粗砂。她朝颜威肯定地点了一下头，表明这是翡翠原石无疑了。把石头翻了个面，林嘉禾不由得惊讶起来，表皮打磨太过，这块石头已经露出了一角晶莹的翡翠。

林嘉禾站直身子，望着整片近乎废料的石山，喘了口气。真是想象不到，这十余块翡翠原石，是经过怎样的乌龙才混到了这里。

究竟是出了怎样的岔子，她管不到，总之这些毛料已经由她发现，那么就不会再被埋没了。

林嘉禾和颜威把这些毛料挑捡到石头山前面显眼的位置，林父此时正在跟老伯聊闲，林嘉禾朝他走过去："爸，你过来看看，什么样的石头合适？"

林父朝老伯拱了一下手，然后跟着林嘉禾边走边说："还是没经验吧？石头不要太大，否则留有缝隙，泥水还是会流出来。也不能太小，不然形不成壁垒。最好形状偏扁，才能像堵墙一样……"

林父走到石山面前，立即眼前一亮："你看，这石头不是正好？这里有这么多呢，就挑这样的……"此时颜威已经把推车推了过来，林父一边说着，一边把石头往推车里捡，直到把那些扁扁的，拳头大的毛料全部捡进了车里。他动作麻利，很快捡了小半车，最后将那块露出一角翡翠的毛料丢进了车里，他并没有发现它的特殊之处。

推上车子，林父要付石材厂老伯二百块钱，老伯死活不要："这能有多少钱啊？我这里石头都是按吨卖的，一吨都没多少钱，你们拿去用就是了……"

于是这车石头被顺利推回了家，稳稳地停在了院子里。当晚月色皎洁，疏朗的月光静静地笼罩下来，似乎这些石头即将发生某些神秘的质变。

林嘉禾躺在床上翻来覆去睡不着，内心无比激动，正如当初第一次赌石那般。她时不时下床溜到窗前望一望小推车，生怕里面的石头飞走了。

第二天是个难得的好天气，太阳明晃晃的，照亮了几日来雪雾交杂的阴霾。颜威和林父蹲在院子里，打算用石头建造园子的围栏。颜威对林父说："石头还是有些厚，似乎切成两半更合适。"

林父点头，确实如此。于是林嘉禾连忙说："我去厂子里借一个小切石机过来。"没等林父反应，她就跑了出去，很快就推着一台机器回来了。

林父接好电源，随手捡起一块石头，操纵机器，一切为二。

咦？是他被日头晃得眼晕了吗？怎么这石头中间，仿佛凝着一汪水呢？怎么这水中，似乎还飘着丝丝缕缕的水草呢？那颜色清幽无比，当真是美极了。

“嘉禾，小颜，你们快来看。”

两颗脑袋凑过去，几秒之后，林嘉禾惊喜地说：“爸，这是翡翠呀！”颜威也说：“这么普通的石头，居然切出了这么优秀的翡翠。”

林父一时蒙了，被两个人整得晕头转向。林嘉禾笑着说：“爸，你之前常问我赌石是怎样的，还怕这是什么不正当的职业，跟赌博似的。你现在就是在赌石啊。你获得了一块石头，并且赌对了，切出了漂亮的翡翠。”

林父愣了愣神，忽然反应过来，兴高采烈地招呼屋中林母：“我切出翡翠了！你快出来看看啊……”当天林父一口气将所有石头都切开来了，其中只有一小部分是翡翠毛料，其他大部分都只是普通石头而已。最后清点，统共获得了八块有价值的翡翠原料。

接下来的几天，林父带着林母一起捧着这些切半的石头欣赏。这批料子几乎都是飘花料，但是成色不同，种水不同，各样有各样的美。每一块都像是优美的山水画一般，足够令人陶醉。

到了林嘉禾与颜威返程的那天，林父却把翡翠料都拿了出来，挑出了自己最喜爱的一块，也就是他最开始切出的，宛如清幽池塘一般的那块。其余的，他全都奉还给了石材厂的老伯。老伯大为震惊，之后对林父格外敬佩。两个人邻居多年，一直如两道平行线，却因此事成为挚友，之后越聊越投机，简直相见恨晚。当然，这已经是后话了。

几个月之后，天气慢慢热了起来，林嘉禾在店里刚刚忙完，就接到了母亲的电话。

母亲在电话里寒暄了几句就开始抱怨：“你爸啊，和那个石材厂的老伯，每天晚上都悄悄摸摸地聚在一起切石头，大的不行，小的不要，专挑拳头大小的。你爸为了这个，连麻将都不打了。切石头也就罢了，最近他跟入了迷似的，路边遇到喜欢的石头都要捡回家，在抽屉里藏好，吃完晚饭，就抱上石头，去石材厂里跟老伯一起切开。我去找过他几次，看到他守在机器面前，一惊一乍的，直到最后一下子泄气了，就跟那泄了气的皮球一样。你说，就是个破石头，哪来的那么大的魅力呀……”

林嘉禾听着，轻轻地笑了，不由得望向自己店里琳琅满目的翡翠。翡翠饰品固然美丽夺目，可是它最有魅力的那一刻，永远是原石切开的那一刹那。那一瞬间，期待的目光，忐忑的心情，都被推到了顶点……

翡翠原石变幻莫测，完全切解之前，没有人能够完全知晓内部的情形。直到表皮除开，清水淋下，尘沙洗净，那时一片璀璨，足以惊艳所有人的心。